Sabine Klewe, Jahrgang 1966, Studium in Düsseldorf und London, ist freiberufliche Schriftstellerin und Übersetzerin und arbeitet als Dozentin für Fremdsprachen und kreatives Schreiben, unter anderem an der Heinrich-Heine-Universität in Düsseldorf. 2006 erhielt sie den Kärntner Krimipreis (3. Platz) und den Förderpreis für Literatur der Landeshauptstadt Düsseldorf.

Martin Conrath, geboren in Neunkirchen an der Saar, ist Schriftsteller, Musiker, Journalist und Dozent. Seit 2006 lebt und schreibt er in Düsseldorf. Mitglied im »Syndikat«, deutschsprachige Autorengruppe Kriminalroman, und bei »Quo Vadis«, Autorenkreis Historischer Roman. Im Emons Verlag erschienen seine Kriminalromane »Stahlglatt«, »Das schwarze Grab«, »Der Hofnarr« und »Der Schattenreiter«. »Das schwarze Grab« wurde 2008 als Tatort verfilmt.

Dieses Buch ist ein Roman. Handlungen und Personen sind frei erfunden. Ähnlichkeiten mit lebenden oder toten Personen sind rein zufällig. Wir haben nach bestem Wissen und Gewissen die Geschichte Esslingens recherchiert. Wo entweder die sichere Quelle fehlte oder es dramaturgisch unumgänglich war, haben wir unsere Phantasie spielen lassen.
Im Anhang befindet sich ein Glossar.

MARTIN CONRATH / SABINE KLEWE

Das Vermächtnis der Schreiberin

SCHWABEN KRIMI

emons:

© Hermann-Josef Emons Verlag
Alle Rechte vorbehalten
Umschlagzeichnung: Heribert Stragholz
Druck und Bindung: CPI – Clausen & Bosse, Leck
Printed in Germany 2009
Erstausgabe 2008
ISBN 978-3-89705-607-7
Schwaben Krimi 2
Originalausgabe

Unser Newsletter informiert Sie
regelmäßig über Neues von emons:
Kostenlos bestellen unter
www.emons-verlag.de

»Nur dem Anschein nach ist die Zeit ein Fluss.
Sie ist eher eine grenzenlose Landschaft,
und was sich bewegt, ist das Auge des Betrachters.«

Thornton Wilder

»Eine stillstehende Uhr hat doch
täglich zweimal richtig gezeigt
und darf nach Jahren auf eine lange
Reihe von Erfolgen zurückblicken.«

Marie von Ebner-Eschenbach

1

Das fing ja gut an. Fast hätte ihn ein Lieferwagen überfahren, auf dem in grünen Lettern der Name eines Weingutes prangte. Der Wagen hatte eine Vollbremsung hingelegt, das Klirren aus dem Inneren des Wagens hatte Heinrich Morgen klargemacht, dass der Fahrer seine Unaufmerksamkeit teuer bezahlen würde und es nicht nötig war, sich aufzuregen.

Heinrich atmete ein paarmal tief durch und zog sich den Schal enger um den Hals, obwohl ihm gerade heiß geworden war. Die Temperaturen waren in der Nacht um fast zehn Grad gefallen. Wo gestern noch Pfützen das Licht gespiegelt hatten, glänzte heute eine Eisschicht. Ja, es war plötzlich kalt geworden, aber eine noch eisigere Kälte saß in seinem Inneren, weil er sich dazu entschlossen hatte, in die Unterwelt abzutauchen. Er wusste nicht, was ihn dort erwartete. Moder? Ratten? Ungeziefer? Der Tod? Eine dumme Entscheidung. Aber es half nichts. Gestern hatten sie zusammengesessen in ihrer Stamm-Pizzeria, dem »Al Forno«. Seit einer Woche liefen der Aufbau, die Organisationstreffen und fast tägliche Feiern. Heinrich musste einen Moment überlegen, um den Namen des Glasbläsers einzufangen. Ulf. Ein gemütlicher Mann, wohlbeleibt, gebildet und freundlich. Jetzt, da er, Heinrich, mit dabei sei bei der ehrenwerten Gesellschaft, müsse er sich Esslingen auch von unten ansehen. Das sei so etwas wie ein Initiationsritus und unabdingbar. Die anderen hatten zustimmend gemurmelt, und Heinrich konnte nicht anders, als sich darauf einzulassen, um seine neuen Kolleginnen und Kollegen nicht zu verprellen.

Noch einmal sog er tief die kalte Luft ein. Die Wirklichkeit hatte ihn eingeholt. Heinrich Morgen, der Jungstar der deutschen Historiker- und Archäologenszene, musste sein Geld auf einem Mittelaltermarkt verdienen. Immer noch besser als Gefängnis. Oder doch nicht? In vier Wochen würde er es wissen.

Heinrich stellte sich zu dem Kreis von Touristen, die alle schwer behängt waren mit Videokameras und Fotoapparaten jeder erdenklichen Preisklasse. Er trug seinen Mini-Camcorder in der Manteltasche; er hasste es, wenn Menschen mit ihren Sachen herumprotzten und ihr Touristendasein wie eine Fahne vor sich her trugen.

Die Sonne war schon lange hinter dem Schelztor versunken, die Stände bereits für die Nacht verrammelt, auch seiner, die meisten verschnürt, denn sie bestanden aus Zeltbahnen, ohne Nagel und Schraube, manche verriegelt, vor allem die Tavernen, die aus massiven Brettern gebaut waren, um ungebetene Gäste fernzuhalten. Die Security würde bald ihre Nachtschicht antreten, um das Hab und Gut der Beschicker zu bewachen. Über eine Million Besucher wurden auf dem Esslinger Mittelaltermarkt erwartet, Heinrich hoffte, dass sich die Voraussagen seines Chefs erfüllten und er ein gutes Geschäft machen würde.

Immer noch fröstelte er, weil seine Angst vor engen Räumen nicht weichen wollte. Ich könnte mir bei der ersten Treppe den Knöchel umknicken, überlegte Heinrich. Oder eine Migräne-Attacke könnte mich außer Gefecht setzen. Nein. Das wäre kindisch, und er würde sich zum Gespött des ganzen Marktes machen.

Eine junge Frau trat hinzu, Heinrich schätzte sie auf Anfang zwanzig, etwa zehn Jahre jünger als er selbst. Ein Schildchen an ihrer wetterfesten Outdoor-Spezialjacke wies sie als Hannelore Weil aus, Stadtführerin der Stadt Esslingen. Sie lächelte warm, das ließ ihr schiefes Gesicht zu einem angenehmen werden. Heinrich stellte sich vor, dass er über eine grüne Wiese ging, eine warme Sonne über sich, und vergaß seine Angst vor engen Räumen.

Hannelore Weils fein gedrechselte Sätze flossen über die Zuhörer, erzählten von alten Mauern, dem Katharinenhospital, das viele Jahrhunderte da gestanden hatte, wo jetzt der Wochenmarkt zu Hause war, direkt am Rathaus, im Herzen der ehemaligen Reichsstadt.

Heinrich lauschte. Es war angenehm, zuhören zu können und nicht selbst reden zu müssen, nicht als Historiker Vorträge zu halten. Viele Einzeldisziplinen innerhalb der Geschichtswissenschaften hatten sich herausgebildet. Heinrich zählte sich zu den Mediävisten, die sich auf das 14. und 15. Jahrhundert spezialisiert hatten. Als Nebenschauplatz hatte er sich Karl den Großen und dessen Sachsenkriege ausgesucht. Ein weites Feld. Er hatte sich in den Quellen des 8. Jahrhunderts festgebissen, sich nächtelang den Kopf über einzelne Formulierungen zerbrochen und eigene Thesen zu

Karl dem Großen und den Sachsen entwickelt. Er hatte sich immer die ungeklärten Phänomene ausgesucht. Er war herumgereist, hatte gegraben, gestöbert, gesucht. Irgendetwas Besonderes sollte es sein. Als er es dann gefunden hatte, war er schwach geworden.

Hannelore Weil verkündete, dass sie heute die Genehmigung hätten, einige Privatkeller zu besichtigen, die normalerweise verschlossen blieben. Heinrich horchte auf und stellte fest, dass er von ihrem Vortrag fast nichts mitbekommen hatte. Bevor Hannelore Weil sie in die Unterwelt entführte, mussten sie eine Erklärung unterschreiben, dass sie keine Angst hätten vor engen Räumen, also nicht unter Klaustrophobie litten, dass sie körperlich gesund wären und die Stadt Esslingen von jeglicher Haftung freisprächen, sollte auf der Führung irgendetwas passieren.

Heinrich setzte ohne Zögern seinen Namen auf das Papier. Er wollte sich nicht anmerken lassen, dass er mehr Angst als Vaterlandsliebe hatte.

Sie begannen in der Krypta unter der Stadtkirche St. Dionys, staunten über die mächtigen Fundamente des Gebäudes und die Sarkophage, deren Geheimnisse nach wie vor nicht gelüftet waren. Wer hatte darin gelegen? Was bedeutete diese oder jene Inschrift? Warum war ein Sarkophag für ein Kind aus dem Stein geschlagen worden?

Heinrich inspizierte den Sarkophag. Die Spuren der Steinmetze, das Material, das ungewöhnliche Alter. Panik stieg auf. Er schloss kurz die Augen und stellte sich die grüne Wiese vor, damit ihn die Angst nicht überrollte. Der Sarg. Das Kind. Der Sohn eines hohen Geistlichen? Er riss sich los, folgte der Gruppe weiter und bewunderte die gut erhaltenen Malereien der ursprünglichen Kapelle.

Nach einer Viertelstunde traten sie wieder an die Oberfläche. Heinrich atmete tief durch. Wäre nicht die Verheißung auf etwas Unbekanntes gewesen, er hätte sich aus dem Staub gemacht und in der nächsten Kneipe erst einmal ein Viertel Roten auf seine Angst gekippt, um sie zu löschen. Etwas Gutes hatte sie allerdings: Mit den Jahren hatte er gelernt, in den schwierigsten Situationen seine Gefühle zu kontrollieren.

Wie Verschwörer huschten sie durch die Straßen, hinab zum Hafenmarkt, den der Mittelaltermarkt ebenfalls mit Beschlag belegt hatte und der Hafenmarkt hieß, weil dort früher Krüge – Hafen eben – verkauft worden waren. Neben einer aus Holz gebauten Taverne, die mitten auf dem Platz thronte und den Geruch von heißem Wein verströmte, dass Heinrich das Wasser im Mund zusammenlief, langweilten sich zwei städtische Arbeiter. Rotweiße Hütchen mahnten zur Vorsicht, ein rot-weißes Kunststoffband sollte Unbefugte davon abhalten, hinter die Absperrung zu dringen und in das schwarze Loch zu fallen, das sich vor Heinrich auftat wie der Rachen eines gefräßigen Monsters. Er spürte Schweiß im Nacken, unter den Achseln und im Schritt. Natürlich wusste er, woher diese Angst kam. Ein Geburtstrauma. »Festgeklammert hast du dich! Ich bin fast gestorben, als sie dich aus mir rausgezogen haben«, hatte seine Mutter ihm wohl hundertmal hingeworfen.

Und ich bin seitdem wohl tausendmal gestorben, wenn ich in irgendeinen dunklen Gang oder in einen engen Raum gehen musste. Oder in den Keller. Das Schlimmste von allem, dachte Heinrich und schüttelte die Erinnerungen ab.

Etwas berührte ihn an der Schulter. Hannelore Weil tippte ihm mit dem Zeigefinger auf die Jacke. »Alles klar?«, fragte sie, und ihr Lächeln wärmte wieder.

»Ja. Natürlich«, erwiderte Heinrich. »Ich dachte nur an die beeindruckende Altstadt von Esslingen. Wirklich erstaunlich. Selten habe ich so viele gut erhaltene Häuser aus dem 13. und 14. Jahrhundert gesehen.«

»Sie sind vom Fach?«

»Mein Hobby, nur mein Hobby.« Heinrich musste sich eingestehen, dass er damit leider die Wahrheit sagte. Zwar war er vom Fach, aber es war nicht mehr sein Beruf.

Hannelore Weil lächelte immer noch, und da sie nicht noch wärmer lächeln konnte, zeigte sie einfach auf das Loch, das ganz langsam zu rotieren anfing.

Heinrich drehte seinen Kopf, spürte die Wiese unter seinen Füßen, die Sonne auf der Haut und begann den Abstieg in die Hölle.

Taschenlampenschein huschte hin und her, die Metallleiter fühlte sich feucht und rostig an. An die vier Meter kletterten sie hinab, die Temperatur stieg, die Luft roch nach Exkrementen und Fäulnis.

»Meine Kollegen von der Stadt warten oben, bis wir wieder da sind. Wenn es länger als eine Stunde dauert, werden sie uns suchen. Es kann also nichts passieren.«

Heinrich fühlte sich ungemein beruhigt und stellte sich vor, wie die Männer wohl auf eine ganze Gruppe Leichen reagieren würden.

»Gibt es denn genug Luft hier? Ist das nicht wie in einem Bergwerk?«, fragte eine rundliche Frau.

»Das ist kein Problem«, antwortete Hannelore Weil und zeigte in den Kanal, der sich vor ihnen unsympathisch im Dunkel verlor.

Heinrich schlug das Herz bis in den Hals, aber er beherrschte sich und trat die Flucht nach vorne an.

»Wie wäre es, wenn wir losgehen?«, schlug er vor. »Ich bin gespannt auf die Keller. Vielleicht gibt es da ja ein paar Gespenster.«

Ein paar Frauen erschraken gespielt, ein Mann heulte wie ein Geist, alle lachten leise.

Hannelore Weil übernahm die Spitze, Heinrich klemmte sich dahinter, und schon setzte sich der Zug in Bewegung. Außer dem Geruch gab es nichts wirklich Unangenehmes. Der Boden unter ihren Füßen bestand aus Beton, in einem Halbbogen war darüber die Decke gemauert, die nass glänzte, aber nur hier und da fiel ein Tropfen herunter. Keine Ratten, keine Käfer, keine Würmer, nur die Menschen, die im Gänsemarsch schweigend unter Esslingen dahinmarschierten.

An einer Kreuzung hielt Hannelore Weil einen kurzen Vortrag, erzählte von den vielen Kellern und Räumen aus dem 14. Jahrhundert, die noch gar nicht alle entdeckt waren; man wusste nur, dass es sie geben musste. Vielleicht sogar noch ein oder zwei Stockwerke tiefer. Zu jener Zeit, so hieß es, seien die Keller alle miteinander verbunden gewesen, was ja durchaus Sinn machte, wenn der Feind vor den Toren stand oder sogar in der Stadt brandschatzte.

Heinrich kannte einige Städte in Deutschland, die unterkellert waren. Die sogenannten Tiefkellergeschosse wurden bei Bedarf unter den ersten Kellergeschossen gegraben. Platz war in den mittelalterlichen Städten Mangelware, also erweiterten vor allem Händler ihre Kontore nach unten.

Sie würden gleich den ersten privaten Keller besichtigen, erklärte Hannelore Weil und bat darum, dass niemand etwas anfasse und sich alle so verhielten, als sei es ihr eigener Keller. Heinrich nahm sich vor, ihren Wunsch nicht zu beachten, da sonst alle Räume hier ganz schnell aussehen würden wie eine Müllkippe.

Ein schmaler Durchlass gestattete den Eintritt in das uralte Kellergewölbe. Bevor die Stadtführerin darauf hinweisen konnte, identifizierte Heinrich schon die hervorragend erhaltenen Zeichen der Steinmetze, die hier vor fast siebenhundert Jahren ein Meisterwerk neben dem anderen geschaffen hatten. Denn ein Kellergewölbe ohne Mörtel und Stahlträger zu errichten, auf dem ein vierstöckiges Steinhaus saß, ohne dass die Fundamente auch nur einen Millimeter nachgaben, das war heute kaum vorstellbar. Die Steinmetze hatten ihre Zeichen hinterlassen, manchmal nur einen einfachen Bogen, oft das Symbol des Daches oder eines Hauses, stellvertretend für die Bauhäuser, in denen sich die Steinmetze organisierten. Hier ein schlichter Pfeil nach rechts oder nach links, ein Kreuz, ein P, ein Dreieck oder ein Kreis mit Linie.

Natürlich waren die Arbeiten der Stadtkirche St. Dionys und der Frauenkirche nicht weniger kunstvoll. Aber Heinrich bewunderte vor allem die mörtellosen Gewerke der Alltagsarchitektur: Keller, deren keilförmige Gewölbesteine so genau gearbeitet waren, dass sie keinerlei Bindemittel brauchten. Nur die Fundamente und tragenden Mauern waren mit Mörtel zusammengefügt, um ein Verrutschen nach den Seiten zu verhindern.

An mehreren Stellen gab es Veränderungen der ursprünglichen Keller zu sehen, Aus- oder Eingänge waren zugemauert, Löcher geschlagen worden, meistens lieblos, mit roher Gewalt.

Gerümpel stand herum, Kisten mit alten Aktenordnern, Einmachgläser, ein verrostetes Fahrrad. Im Hintergrund schnurrte Weils Stimme, Balsam für Heinrichs Seele, der immer wieder Schritte über die Wiese machte, um nicht kopflos zu fliehen.

Es ging weiter, Keller für Keller, einer sah aus wie der andere, bis auf die Füllung. Manche tadellos aufgeräumt, andere lose geschüttet, Müllberge, gesammelt von den Menschen der Wegwerfgesellschaft, die dann doch nichts wegwerfen konnten, sich an den sinnlosesten Dingen festhielten. Heinrich war zurückgefallen, vorne fluchte leise ein Mann, dessen Taschenlampe verloschen war.

»Teures Mistding«, hörte Heinrich und fragte sich, warum man immer noch glaubte, dass teuer gleich gut sei. Außerdem waren die

Keller beleuchtet, manchmal durch helle Neonröhren, manchmal durch halbblinde Funzeln, deren Birnen aus dem letzten Jahrtausend stammen mussten, aber das Licht reichte aus, um nicht zu straucheln.

Sieben Keller weiter hielt Hannelore Weil die Gruppe an. »Der nächste Keller ist erst im letzten Jahr gefunden worden«, erklärte sie stolz. »Ich durfte ihn bereits besichtigen. Wir gehen davon aus, dass er mindestens sechshundert Jahre lang nicht zugänglich war. Er ist also sozusagen in demselben Zustand wie im Mittelalter.« Mittelalter, dachte Heinrich amüsiert. Das klang so harmlos wie: Gestern kamen Freunde zu Besuch. Aber das Mittelalter war eine Epoche, die tausend Jahre gedauert hatte. Zehn Jahrhunderte, in denen sich unglaublich viel verändert hatte. Von den letzten Zuckungen des römischen Weltreiches bis hin zum Vorabend der Reformation. Kein Historiker konnte da den Überblick behalten.

Hannelore Weil schien Gedanken lesen zu können.

»Es handelt sich hier um die Zeit Anfang des 14. Jahrhunderts, also das Spätmittelalter. Wir können das anhand der Steinmetzzeichen sehr genau feststellen. Von einigen Handwerkern wissen wir, wann sie gelebt haben. Bitte folgen Sie mir«, sagte sie.

Von der nächsten Minute hatte Heinrich später nur noch den schrillen Ton im Gedächtnis. Eine Frau kreischte, als würde man ihr die Haut abziehen, was Heinrich gern getan hätte, aber ein Fehler gewesen wäre, da sie dann noch mehr geschrien hätte. Nach sechzig Sekunden erlöste eine Ohmacht die Frau und den Rest der Gruppe.

Heinrich schob sich nach vorne, um den Grund für das erschütternde Geräusch zu erfahren. Der Grund lag auf dem Rücken, war männlich, Mitte zwanzig und auf den ersten Blick mausetot. In seiner Brust steckte ein kräftiger Eisendraht, der am sichtbaren Ende zusammengerollt war wie eine Schnecke: eine Ahle. Außer einem dunklen Rand um den Einstich herum gab es einen untertassengroßen Blutfleck auf dem Boden, an der Seite des Toten. Seine rechte Wange wies drei rote Striemen auf, die Heinrich an ein Teufelsmal erinnerten.

Der Rest der Gruppe drängte von hinten heran. Flüsternd hatte sich die Nachricht von dem Toten bis zum Letzten durchgemogelt.

»Mann, ist der tot«, hörte Heinrich.

»Und wenn nicht?«

»Wir müssen nachsehen.«

»Er atmet nicht.«

»Sein Gesicht ist aschfahl.«

»Seine Augen. Warum schließt ihm nicht jemand seine Augen?«

»Halt!«, schrie Heinrich. »Bleiben Sie zurück. Sie sehen doch, dass hier ein Mord verübt wurde! Der Mann hat sich die Ahle sicher nicht selbst ins Herz gestoßen.«

Ein tiefes »Oh« ging durch die Gruppe. Daran hatte keiner gedacht. Brav wichen alle zurück, zückten ihre Kameras und lichteten den Toten ab, als sei er Statist in einer Reality-Show. Blitze flammten auf und ließen das Gesicht des jungen Mannes, der da in seinem Blut lag, zucken, als sei er noch am Leben.

Heinrich wurde stillschweigend als Führer anerkannt. Mit einer Handbewegung verscheuchte er die Leute aus dem Keller und ordnete an, die ohnmächtige Frau zu versorgen. Außerdem sollten sie zurück zum Ausgang gehen und da auf die Polizei und den Arzt warten und ihnen dann schnellstmöglich den Weg hierher zeigen. Hannelore Weil erholte sich schnell von ihrem Schreck und führte die Gruppe hinaus. Die Leute leisteten trotz aller Neugier keinen Widerstand, waren sie doch froh, die Verantwortung abgeben zu können.

Heinrich holte seinen Camcorder aus der Jacke und nahm jeden Zentimeter auf. Den Toten, den Stuhl, den er ein wenig verschob, um besser hantieren zu können, die Kartons, die herumstanden. Die Fußspuren, die es vielleicht um die Leiche herum gegeben hatte, hatten gegen das Trampeln der Neugierigen keine Chance gehabt. Das Zoom schnurrte, er schwenkte von vorne nach hinten, zur Seite, stoppte, schwenkte zurück. Irgendetwas stimmte nicht.

Zur hinteren Kellerwand hin war ein schmaler Streifen Staub nicht von den Touristen zerstört worden. Heinrich zoomte noch einmal die Sohlen des Toten heran. Ein unverkennbares Muster, das er auch unterhalb der Kellerwand im Staub entdeckt hatte. Die Spur führte offensichtlich zur Mauer und verschwand darunter. Das konnte nicht sein. Ein Abdruck, der halb unter der Kellerwand verschwand. Und noch einer in die andere Richtung, so als sei der Tote nicht nur durch die Steine hindurchgegangen, sondern auch auf dem gleichen Weg wieder zurückgekommen. Heinrich atmete

tief durch, betrachtete den Körper, der da hingestr
Aber der rührte sich nicht.

Du siehst Gespenster, schalt sich Heinrich.

Wiese. Sie erschien, und schon konnte er wiede
mete seine Aufmerksamkeit der Wand und de

Keine Frage, der Mörder konnte noch hier sei.
Mauer, unter der die halben Fußabdrücke steckten. Wahr
lich wartete er nur darauf, dass jemand hineinkam, um ihn aufzu-
schlitzen, zu erwürgen, ihm das Herz herauszureißen. Heinrichs
Hals schnürte sich zu. Das Gewölbe des Kellers begann sich zu
senken, die Temperatur stieg ins Unerträgliche, unsäglicher Durst
überfiel ihn. Grüne Wiese, dachte er und schloss die Augen. Es ist
Sommer. Das Meer rauscht leise und kitzelt mich an den Zehen. In
meiner Hand halte ich ein Glas mit kühler Limonade, selbst gemacht. Ich setze das Glas an, meine Kehle jauchzt vor Vergnügen,
das Soda prickelt, der Limonensaft erfrischt. Das Leben ist schön.

Heinrich öffnete die Augen. Gut. Das Gewölbe machte das, was
ein Gewölbe machen sollte: nichts. Der Tote lag ebenfalls noch genau da, wo er hingehörte, rollte nicht mit den Augen und zuckte mit
keinem Muskel.

Nur die Fußspuren gehorchten nach wie vor nicht der Physik.
Einen Moment dachte Heinrich nach, dann setzte er vorsichtig
einen Fuß neben den anderen, sodass er nach bestem Wissen und
Gewissen keine Spur zerstören konnte. Die Wand war nicht ver-
fugt, Mörtel quoll aus den Ritzen zwischen den Steinen, die mal
mehr, mal weniger groß waren. An einer Stelle fiel Heinrich eine
Besonderheit auf, die nicht ins Muster passte, ein Stein, der völlig
ohne Mörtel in der Mauer zu stecken schien.

Mit der flachen Hand drückte er den mörtelfreien Stein nach innen. Leicht ließ er sich verschieben, und sofort bestätigte ein krat-
zendes Geräusch Heinrichs Verdacht. Eine Geheimkammer. Der
Tote musste sie ebenfalls entdeckt haben.

Das schwache Licht der Glühbirne, die von der Decke des Kellers hing, reichte nicht bis in die Geheimkammer. Heinrich schaltete den Night-Shot seiner Kamera ein und bewegte sich langsam auf
die Öffnung zu. Der Sucher zeigte nur einen schmalen Ausschnitt
seines Gesichtsfeldes. Rechts und links davon blieb alles im Dunkeln. Das Gewölbe schien sich ohne Bruch fortzusetzen. Also war

in einziger Raum gewesen, bevor die Kammer eingebaut worden war. Er ging ein paar Schritte und spürte etwas Weiches unter seinen Füßen. Heinrich senkte die Kamera nach unten. Grobe Hobelspäne, die eindeutig nicht von einer Maschine vom Holz geschabt worden waren. Er bückte sich, nahm einen Span und roch daran. Nichts. Vollkommen neutral. Langsam drehte er den Span und folgte mit dem Sucher der Kamera der Bewegung. Dieser Span stammte von einem Hobel, dessen Messer dringend hätten geschärft werden müssen, so rau und faserig präsentierte sich die Oberfläche. Er steckte den Span ein, der immerhin gute drei Zentimeter breit und fünf bis sechs Zentimeter lang war.

Mit dem Sucher fuhr er die Wand entlang. Auch hier hatten die Steinmetze ihre Zeichen hinterlassen. Mit der Kamera dicht vor der Nase, hielt sich Heinrich ganz rechts. Und sah sich plötzlich selbst. Verzerrt zwar und in einzelne Teile aufgespalten, dennoch konnte er sich genau erkennen. Ein Spiegel. Unglaublich. Wenn dieser Spiegel aus dem 14. Jahrhundert stammte, würde das seine Theorie bestätigen, dass die Glasbläser schon wesentlich früher Flachglas geblasen hatten, als man gemeinhin annahm. Nur die Besten waren dazu in der Lage gewesen. Sie fertigten riesige Glasblasen, die sie dann schleuderten wie einen Pizzateig. Die Schwerkraft zog das Glas fast flach, die Scheiben hatten einen Durchmesser von bis zu einhundertdreißig Zentimetern. Aus der Scheibe wurden dann Rechtecke herausgeschnitten. Aus sechs dieser Rechtecke war der Spiegel vor ihm gefertigt. Er musste ein Vermögen gekostet haben. Fragte sich nur, warum ihn jemand in der Geheimkammer versteckt hatte, anstatt in seiner Stube damit zu protzen.

Jetzt wusste Heinrich auch, weshalb die Späne hier lagen. Sie mussten als Polstermaterial für den Transport des Spiegels gedient haben. Die Straßen im Spätmittelalter waren in der Regel voller Schlaglöcher gewesen, für heutige Begriffe die schiere Katastrophe. Da hätte kein Stoßdämpfer lange gehalten. Oft dienten nur grob behauene Klötze als Straßenbelag, die Wagen hoben und senkten sich, als seien sie Schiffe im Sturm auf hoher See.

Weiter, mahnte er sich. Jeden Moment konnte die Polizei hier sein. Sieben Schritte brauchte er, bis er am hinteren Ende angekommen war. Ein großer Raum. In der Breite maß er fünf Schritte, also hatte allein die Kammer eine Fläche von gut fünfunddreißig Qua-

dratmetern und musste bis unter das nächste Haus reichen, wenn
seine Orientierung ihn nicht verlassen hatte.

Er wandte sich wieder dem Ausgang zu, der gleißend seine Augen blendete, die sich bereits an das Dunkel gewöhnt hatten.
Sein Fuß stieß an einen Gegenstand. Er senkte die Kamera und
stöhnte auf. Der Schock schüttelte ihn, als hätte er einen Pressluft-
hammer in den Händen, aus allen Poren brach ihm der Schweiß
aus. Heinrich war nicht allein in der Kammer. Mühsam brachte er
seinen Puls wieder unter Kontrolle. Wenigstens konnte die Unbekannte ihm nichts mehr tun. Vor ihm lag eine Mumie. Eindeutig eine Frau. Sie trug ein langes Kleid und eine Haube. Die Brüste waren
nicht mehr zu sehen, sie waren mit den Jahrhunderten zusammen-
gefallen. Aber der zierliche Körperbau und die Kleider sprachen für
sich.

Hektisch suchte er den Rest der Kammer ab, die Mumie zu seinen Füßen und der Spiegel blieben die einzigen Überraschungen.

Langsam schälten sich vernünftige Gedanken aus dem Chaos seines Schreckens. Eine Mumie, das hieß: lange tot und hervorragend
konserviert. Klar. Die Sägespäne hatten die Körperflüssigkeiten
aufgesaugt, durch die Ritzen der Geheimtür konnte trockene Luft
nachströmen, eine über die Jahrhunderte gleich bleibende Temperatur – optimal. Beste Lufttrocknung, wie bei einer guten korsischen
Eselssalami. Aber wie lange lag die Frau da?

Heinrich ließ die Kamera weiter über die Tote gleiten. Wahrscheinlich Spätmittelalter, 13. oder 14. Jahrhundert, wenn er nach
der Kleidung ging. Als er die rechte Hand filmte, traf ihn ein zweiter Schock, allerdings ein angenehmer. Ein Siegelring. Er kniete
sich hin, zog ihn vorsichtig vom Ringfinger und hielt ihn vor das
Objektiv. Phantastisch. Ein Fachmann würde anhand des Siegels
bestimmen können, wer die Unglückliche war und wahrscheinlich
auch wie lange sie hier lag. Zumindest ungefähr, auf zehn oder zwanzig Jahre genau. Eine kleine archäologische Sensation.

Aus dem Keller hörte er entfernte Geräusche von schnellen
Schritten. Ohne Zögern steckte er den Ring ein, zog sich zurück,
verwischte seine Spuren, verschloss die Kammer und bezog am
Eingang zum Nebenraum Position. Einen Moment später hasteten
Polizeibeamte durch den Keller und hielten direkt auf ihn zu. Ei-
ner postierte sich vor ihm, der andere inspizierte die Leiche. Be-

friedigt stellte Heinrich fest, dass sich der Beamte nicht im Geringsten um die Spuren kümmerte. Der andere sprach ihn an.

»Polizeiobermeister Hinrichsen. Wie ist Ihr Name? Haben Sie die Leiche gefunden?«

»Heinrich Morgen, nein.« Er betrachtete den Polizisten, der immer noch an der Leiche herumhantierte. »Ich habe nur versucht, den Tatort zu schützen. Aber das ist mir wohl nicht gelungen.«

»Mensch, Reiner«, sagte Hinrichsen, »ist er tot oder nicht?«

»Tot, ganz klar. Fremdverschulden.«

»Wie können Sie sich da so sicher sein?«, fragte Heinrich. »Es könnte doch auch ein vorgetäuschter Mord sein, damit die Versicherung zahlt. Vielleicht hat der Mann Selbstmord begangen. Seine Frau findet ihn, ist entsetzt, weniger über sein Ableben als über das Geld, das ihr durch die Lappen geht. Also sticht sie schnell zu, verwischt die Spuren und verlässt sich darauf, dass die Polizei nicht sie verdächtigt.«

»Tja, ähm.« Der Polizist rieb sich das Kinn. »Klar, kann alles sein. Die Kollegen von der Kripo sind gleich da. Und der Arzt auch. Dann wissen wir mehr.«

Heinrich erstaunte die ruhige Antwort des Polizisten. Der Mann hatte sich nicht angegriffen gefühlt. Die Ablenkung hatte nicht geholfen. Der Ring brannte wie Feuer in Heinrichs Tasche. Er musste an Tolkien denken und den kleinen schwachen Hobbit, der als Ringträger letztlich versagt hatte.

»Wer hat ihn denn gefunden?«, fragte Hinrichsen.

»Das weiß ich nicht genau. Irgendjemand von der Gruppe, mit der ich hier unterwegs war«, antwortete Heinrich.

Bevor Hinrichsen weiterfragen konnte, stürzten ein Sanitäter und ein Notarzt in den Keller, ließen sich neben der Leiche nieder, verwischten auch noch den letzten Anschein verwertbarer Spuren und stellten nach kurzer Zeit offiziell den Exitus des Mannes fest. Heinrich war beeindruckt. Der Notarzt fummelte den Ausweis des Toten heraus, nannte den Namen, Friedhelm Schenk, füllte den Totenschein aus, fummelte den Ausweis wieder zurück, verabschiedete sich und rauschte wieder hinaus.

»Heute ist die Hölle los, und den Rest macht sowieso der Gerichtsmediziner«, rief er über die Schulter.

Jetzt wäre es an der Zeit, dass die Kripo kommt, dachte Heinrich, und er behielt recht. Ein Mann und eine Frau in Zivil traten ein, hielten den Grünen ihre Ausweise in Scheckkartenformat unter die Nase und baten beide, ein Stück zurückzutreten. Zwei Minuten lang passierte gar nichts.

Heinrich hatte den Namen der Frau auf dem Ausweis erkennen können: Senta Taler. Sie stand ganz ruhig da, die Hände in den Taschen ihrer Jeans, und schaute sich um, ließ den Tatort auf sich wirken. Ihr Kollege, der einen silbernen Koffer trug, ebenso.

Taler wandte sich an Hinrichsen. »Ist der Tatort fotografiert worden, bevor Ihr Kollege die Leiche inspiziert hat?«

Hinrichsen schüttelte den Kopf, und Taler quittierte das mit einem Kopfnicken, als hätte sie nichts anderes erwartet. Sie flüsterte ihrem Kollegen etwas ins Ohr und zeigte dabei auf die Spur, die unter der Wand verschwand.

»Da sind Sie richtig«, sagte Heinrich.

Die beiden Polizisten drehten sich langsam um.

»Wie meinen Sie das?«, fragte der Mann. Sein schwäbischer Akzent klang freundlich.

Heinrich hielt ihm die Hand hin. »Heinrich Morgen, Marktbeschicker und Historiker.«

»Ralf Heidenreich. Kriminalhauptkommissar und Kriminalhauptkommissar.« Heidenreich deutete auf Taler. »Meine Kollegin Senta Taler, ebenfalls Kriminalhauptkommissarin. Also?«

»Die Spuren verschwinden unter der Wand. Es muss eine Kammer dahinter geben. Ich glaube, ich weiß, wo der Mechanismus ausgelöst wird. Ich habe aber gewartet, wie Sie sehen.«

»Sehr gut. Warum?«, fragte Taler in klarem Hochdeutsch.

»Ich bin Historiker. Ich weiß, wie sich das anfühlt, wenn Amateure an einem Grabungs- oder Tatort herumpfuschen und Zeugnisse der Vergangenheit unwiederbringlich zerstören. Leider konnte ich nicht verhindern, dass die anderen von der Besuchergruppe hier rumgetrampelt sind wie die Elefanten. Ebenso wie Ihre Kollegen in Uniform.«

Senta Taler nickte. »Das sieht manchmal wirklich so aus, aber meine Kollegen haben vollkommen richtig gehandelt. Der Schutz des Lebens geht vor. Sie müssen erst mal schauen, ob das Opfer nicht doch noch lebt. Viele, die tot aussehen, weil sie zum Beispiel keinen fühlbaren Puls oder eine kaum wahrnehmbare Atmung haben, können noch mal geholt werden. Das ist bei diesem jungen Mann allerdings nicht der Fall. Trotzdem vielen Dank für Ihre Umsicht.«

Heidenreich zückte eine digitale Spiegelreflexkamera und tastete sich Bild für Bild durch den Tatort.

Nach zehn Minuten war er so weit. Er öffnete den Koffer, nahm Fähnchen mit Ständern heraus, steckte einen Pfad ab, markierte Spurenlagen und fotografierte dann alles ein weiteres Mal.

Er winkte Heinrich zu, der verstand und die Wand abtastete, als sei es das erste Mal für ihn. Er drückte den Stein, die Geheimkammer öffnete sich. Einen Moment lang glaubte Heinrich, dass die Mumie verschwunden sei, denn er konnte sie von seinem Platz aus nicht sehen. Er machte einen Schritt nach vorn, aber Senta Taler hielt ihn zurück.

Jetzt hatte er Zeit, den simplen, aber genialen Mechanismus zu bewundern. Auf den Zehntelmillimeter waren die Steine eingepasst. Das Gegengewicht war über Metallschienen mit der Platte verbunden. Wie ein Garagentor zogen die Gewichte die Platte nach oben und gleichzeitig nach hinten. Ein kleines Wunderwerk der Mechanik: Keine Technik der Gegenwart würde nach siebenhundert Jahren noch funktionieren.

Taler wandte sich Heinrich zu und streckte ihm ihre Hand hin. »Vielen Dank, Herr Morgen. Das hier ist jetzt Polizeiarbeit. Bitte geben Sie den Kollegen Ihre Personalien. Wir werden uns bei Ihnen melden.«

Heinrich drückte ihre Hand, sie lächelten sich an, und er war sich sicher, dass sie dasselbe dachte wie er. Am liebsten würde er mit ihr essen gehen, einen guten Wein trinken und eine ganze Nacht einfach nur reden.

Aber was nicht ist, kann noch werden, beschloss er, drehte sich um und musste an keine Wiese denken, um seine Angst zu bändigen.

2

Drei Schweine drängten sich quiekend durch die enge Gasse, eine Kruste aus grünbraunem Schlamm bedeckte ihre feisten Körper. Der Bursche, der sie, einen Stock in der Hand, vor sich hertrieb, war kaum sauberer als seine Tiere. Eva sprang rasch zur Seite, um dem Schweinehirten Platz zu machen. Vom Heiligkreuztor her näherte sich über die Pliensaubrücke ein Ochsenkarren, der mit Weinfässern beladen war. Eine Peitsche knallte, jemand fluchte laut. Eva hastete weiter. Zeit, dass sie nach Hause kam. Es dämmerte bereits, und von fern hörte sie, dass der Nachtwächter seine erste Runde begonnen hatte. Eintönig hallte sein Singsang durch die Gassen von Esslingen. Er rief die zweite Stunde der Nacht aus. Bald würden die Stadttore geschlossen werden. Wo war die Zeit geblieben? Sie hatte doch nur einen kleinen Umweg vorbei am Kloster der Dominikanerinnen gemacht, wo ihre Freundin Marie seit drei Jahren lebte. Das Kloster lag ganz im Süden der Pliensauvorstadt, drängte sich an die Stadtmauer, hinter der der Neckar gurgelnd vorbeiströmte. Sehnsüchtig hatte Eva an den steinernen Mauern hochgeblickt, natürlich hatte sie von Marie nichts gesehen. Dabei hätte sie so gern ein paar Worte mit ihr gewechselt oder wenigstens einen Blick auf sie geworfen, wenn sie mit gesenktem Kopf und gefalteten Händen vom Dormitorium zur Kirche hinüberging. Aber sie hatte vergebens gewartet. Und jetzt würde Mutter sicher furchtbar schelten, weil sie viel zu lange ausgeblieben war. Und das ausgerechnet an dem Tag, an dem sie ihr eine so wichtige Aufgabe anvertraut hatte.

Von vorne näherten sich drei Burschen. Sie trugen fleckige Cotten aus grobem Leinen, darunter zerschlissene Beinlinge und an den Füßen geschnürte Halbstiefel, die schon unzählige Male geflickt worden waren. Der rechte hatte zudem eine Gugel aus braunem Wollstoff an, deren Schulterkragen an mehreren Stellen eingerissen war. Alle drei hatten kräftige Arme, dabei waren sie kaum älter als Eva, vielleicht vierzehn oder fünfzehn. Eva kannte die drei. Sie stammten irgendwo aus dem Norden und arbeiteten als Steinträger auf der Baustelle oberhalb des Mettinger Tores, wo das neue

Gotteshaus errichtet wurde. Dort stand schon seit vielen Jahren eine Kapelle zu Ehren der Gottesmutter, doch jetzt wurde an ihrer Stelle eine richtige große Kirche erbaut.

Die Burschen hatten Eva schon öfter bedrängt und ihr üble Worte nachgerufen. Aber bisher war Mutter immer dabei gewesen, und Eva hatte sich sicher gefühlt. Angstvoll schloss sie die Hand fester um die Münze. So viel Geld. Es war der Lohn für das Buch, das Mutter für den reichen Kaufmann Bartholomäus angefertigt hatte. Der wollte es seiner Braut zur Hochzeit schenken. Es war wunderschön geworden. In wochenlanger Arbeit hatte Mutter die Geschichte von Ritter Erec und der schönen Enite abgeschrieben. Johann von Gent, der Maler aus Flandern, hatte am Ende eine Reihe bezaubernder Miniaturen in den Text eingefügt. Ein prächtiges Geschenk für eine Braut. Und ein wertvolles. Von dem Lohn würden Mutter und sie einige Wochen leben können.

Die drei Burschen standen jetzt dicht vor ihr, von hinten kam der Ochsenkarren näher und näher.

»Heda, Kleine! Was treibst du denn um diese Zeit noch hier draußen? Solltest du nicht längst zu Hause sein?« Der mittlere der drei Arbeiter verschränkte die Arme.

Eva schluckte. Die Münze in ihrer Hand brannte. Hätte sie das Geld doch nur in den Beutel gesteckt, den Mutter ihr eigens dafür an den Gürtel gebunden hatte.

»Hat es dir etwa die Sprache verschlagen, edles Fräulein?« Der Bursche mit den verschränkten Armen trat noch einen Schritt näher.

»Haha, dass ich nicht lache!«, rief jetzt der Linke. Sein strähniges hellblondes Haar fiel über die blaurote Narbe, die von der Stirn über die Schläfe bis zum Ohr verlief. »Edles Fräulein! Es weiß doch jeder, was ihre Mutter, die lustige Witwe, so treibt. Die Schamlose buhlt mit dem Maler aus Flandern. Ich bin mir sicher, dass die Tochter genauso leicht zu haben ist wie die Mutter. Hab ich nicht recht?« Er stieß Eva den Zeigefinger gegen die Brust.

»Ich – nein!« Eva wollte wegrennen, doch die drei versperrten ihr lachend den Weg, kreisten sie ein. Von hinten kam der Ochsenkarren gefährlich nah. Die Weinfässer, die so riesig waren, dass Eva und ihre Freundin Marie bequem darin Platz gehabt hätten, schwankten bedrohlich, das Holz des Karrens ächzte.

»Aus dem Weg! Aus dem Weg!«, brüllte der Fuhrknecht.

Hilfesuchend blickte sich Eva um. Sie befanden sich in der südlichen Pliensauvorstadt, ärmliche Hütten, Schuppen und Verschläge drängten sich dicht aneinander, dahinter lagen Gärten und Weiden für das Vieh. Wer hier wohnte, besaß nicht viel mehr als das, was er auf dem Leib trug.

»Aus dem Weg!«, ertönte es erneut. Eva wurde abwechselnd kalt und heiß. Entweder würden die mächtigen Ochsen sie gleich überrennen und wie ein Insekt zertrampeln oder sie geriet in die Fänge dieser drei Grobiane. Der einzige Ausweg war eine kleine Seitengasse, die nach rechts abzweigte. Kurz entschlossen drückte sie sich an den Burschen vorbei, rannte in die Gasse hinein und wusste im gleichen Augenblick, dass sie einen Fehler begangen hatte. Die Gasse war kurz, und an ihrem Ende erhob sich drohend und unüberwindlich die Stadtmauer.

Jäh blieb sie stehen. Die drei Steinträger waren ihr gefolgt, doch nur so weit, dass ihr der Rückweg versperrt war. Breitbeinig standen sie da und grinsten.

»Dann wollen wir doch mal sehen, was die Tochter der Schreiberin zu bieten hat«, sagte der mit der Narbe. Er trat mit gemächlichen Schritten näher, während die beiden anderen abwartend stehen blieben.

»Mach zu, zeig's ihr!«, feuerten sie ihn an.

Eva stolperte ein paar Schritte rückwärts, die Mauer rückte gnadenlos näher. Ebenso wie das Narbengesicht. Er streckte seine schmutzige Hand aus und zog sie an der Cotte zu sich heran. Eva blieb wie versteinert stehen, unfähig, sich zu rühren, während seine rauen Finger über ihr Gesicht fuhren, ihren Hals.

»Na los doch!«, rief einer der anderen. »Worauf wartest du? Die Kleine brennt darauf, von dir genommen zu werden, merkst du das nicht?«

»Ja, ich glaube, du hast recht«, antwortete das Narbengesicht bedächtig. Seine Finger fuhren über den Halsausschnitt von Evas Cotte, dem weißen Unterkleid, das sie unter dem weiter geschnittenen dunkelblauen Obergewand trug. Mit einem Ruck riss er den Stoff entzwei. Die Burschen lachten grölend.

Eva erwachte aus ihrer Erstarrung. Hastig warf sie die Hände vor die Brust. Sie wollte um Hilfe schreien, doch sie wusste, dass es

25

nutzlos war. Niemand würde sie hören, und wenn doch, würde sich vermutlich niemand wegen eines fremden Mädchens mit den drei brutalen Kerlen anlegen. Die Leute hier hatten genug eigene Sorgen.

Panisch blickte sie umher. Ein paar Schritte entfernt begrenzte eine niedrige Mauer einen kleinen Gemüsegarten, darüber begann das tief hängende Dach eines Schuppens. An den Schuppen grenzten weitere Hütten, dahinter lag irgendwo die nächste Gasse. Vielleicht gelang es ihr, über die Dächer zu fliehen. Doch sie musste schnell sein, die Kerle überrumpeln, damit sie einen Vorsprung hatte.

Eva atmete tief ein. Dann rammte sie dem Narbengesicht ihr Knie in den Unterleib. Der Bursche krümmte sich, sein Gesicht zeigte eine Mischung aus Schmerz und Verblüffung. Ohne zu zögern, steckte Eva sich die Münze in den Mund und rannte auf die kleine Mauer zu. Hastig streckte sie die Arme aus, krallte ihre Finger in die obere Kante, zog sich hoch, suchte Halt für ihre Füße. Hinter sich hörte sie einen der Burschen rufen:

»Holla, guckt mal, das Mäuschen will uns entwischen!«

Angstvoll blickte Eva hinter sich. Der Kerl, der gerufen hatte, der mit dem zerrissenen Schulterkragen, wollte losrennen, aber der Vernarbte, der sich inzwischen von ihrem Tritt erholt hatte, packte ihn am Ärmel und hielt ihn zurück.

»Nana, nicht so hastig«, sagte er grinsend. »Sei kein Spielverderber, lass der Kleinen einen Vorsprung. So macht die Jagd viel mehr Spaß.« Er verschränkte die Arme und kniff die Augen zusammen.

Eva zögerte nicht länger, schnell tastete sie nach dem nächsten Mauervorsprung. Als sie sich hochzog, löste sich ein Stein und polterte hinunter. Ihr linker Fuß rutschte weg, mit letzter Kraft klammerte sie sich an die Steine, bis sie neuen Halt fand. Die Burschen grölten und klatschten in die Hände. Einer pfiff.

Eva versuchte, nicht auf sie zu achten. Verbissen kletterte sie weiter, Schweiß lief ihr den Rücken hinunter, ihre Hände brannten. Wenige Atemzüge später krabbelte sie auf die Mauer. Jetzt das Dach. Die drei Burschen beschlossen, dass der Vorsprung nun groß genug sei, und stürmten hinter ihr her.

»Na warte, du kleines Luder! Dreckige Metze! Dich haben wir schnell wieder eingefangen!«

Eva erreichte mit Mühe das Dach. Ihre Finger bluteten, ihre Arme zitterten, als wäre tiefster Winter. So schnell sie konnte, tastete sie sich über die hölzernen Schindeln vorwärts, mit einer Hand hielt sie, so gut es ging, die zerrissene Cotte fest. Das nächste Dach war aus Stroh. Auf allen vieren krabbelte sie weiter. Die Halme zerstachen ihr die Haut, ihre Arme und Beine brannten wie Feuer. Die Münze im Mund schmeckte widerlich, sie hatte Angst, sie zu verschlucken und daran zu ersticken.

Die drei Verfolger waren ihr immer noch dicht auf den Fersen, doch sie hörte bereits Geräusche aus der nächsten Gasse. Irgendwer hämmerte mit gleichmäßigen kräftigen Schlägen auf Metall, und eine Frau beschwerte sich lautstark darüber, dass jemand seine Küchenabfälle direkt vor ihren Füßen ausgekippt hatte.

Wieder ein Holzdach. Die Schindeln sahen grau und morsch aus. Doch Eva hatte nicht viel Zeit, nach einem sicheren Weg zu suchen. Schon hatten die Steinträger ebenfalls den Rand des Schindeldachs erreicht. Hastig lief sie weiter. Noch ein paar Schritte, dann hatte sie es geschafft.

Da knackte es unter ihr, die Schindeln gaben nach. Eva machte einen weiteren Schritt. Ihr Fuß rutschte weg. Sie schrie auf vor Schmerz, als ihr Bein an einem eisernen Nagel entlangschabte. Noch einmal krachte es, Holz splitterte, Eva stürzte durch das Loch in die Tiefe. Sie spürte einen harten Aufprall, dann nichts mehr.

3

Senta Taler blickte Heinrich Morgen hinterher. Ein Historiker also, dachte sie. Und Beschicker auf dem Mittelaltermarkt. Seltsam und interessant zugleich. Am liebsten wäre sie mit ihm essen gegangen, um anschließend einfach die Nacht durchzuplaudern. Heidenreich riss sie aus ihren Gedanken.»Schau dir das mal an!«, rief er aus der Geheimkammer.»Na los, komm schon. Das glaubst du nicht!«

Senta betrat den Raum, und ein Schauer lief ihr über den Rücken. Heidenreich hatte eine Taschenlampe auf den Boden gerichtet, das mumifizierte Gesicht einer Frau starrte ihr entgegen.

»Die muss uralt sein. Sollte ein Verbrechen vorliegen, leben die Täter sicherlich nicht mehr. Das ist nichts für uns, eher etwas für einen Historiker«, sagte Senta schließlich, und Heidenreich grinste.

»Na, das passt ja hervorragend.«

Senta verzog den Mund.»Jetzt kümmern wir uns erst mal um das Opfer da draußen, und dann holen wir Herrn Morgen als Fachmann dazu.«

Heidenreich zögerte und richtete seine Lampe auf den Spiegel. »Hast du so was schon mal gesehen?«

Senta verneinte und zog ihn aus der Kammer hin zu dem Toten im Kellerraum.

»Ziemlich eindeutige Sache.« Heidenreich zeigte auf die Ahle. »Stich ins Herz. Ein schneller Tod, aber sehr schmerzhaft.«

Senta nickte.»Ich teile deine Einschätzung. Es wird wohl keine Leichenschändung sein und kein vorgetäuschter Mord.« Sie deutete auf das Blut.»Das Herz muss noch geschlagen haben, als der Dorn es durchbohrte. Und er war in der Geheimkammer. Die Schuhabdrücke sprechen eine deutliche Sprache. So wie es aussieht, hat jemand versucht, seine Spuren zu verwischen. Aber nicht sehr gründlich. Die wichtigsten hat er vergessen. Als wollte er einen Hinweis auf die Kammer geben.«

Sie zog Latexhandschuhe an und beugte sich zu dem Toten hinab.»Das Gesicht habe ich schon mal gesehen. Nur älter.«

Sie fummelte die Brieftasche aus der Innentasche und begutachtete das Etikett des Jacketts. »Armani«, sagte sie trocken, stand auf und zog den Ausweis heraus. »Er heißt Friedhelm Schenk. Jetzt weiß ich auch, wo ich das Gesicht gesehen habe. Sein Vater ist ein alteingesessener Esslinger. Einer der größten Arbeitgeber. Die Schenks leben hier seit Generationen.« Der Uniformierte gab ihr den Totenschein. Senta setzte zum Sprechen an, sparte sich dann aber die Bemerkung, dass der Mann ihr das Dokument sofort hätte geben müssen.

Heidenreich strich sich über das stoppelige Kinn. »Du bist gut informiert für eine Neigschmeckte.«

Senta lachte kurz. »Ich lebe hier, seit ich fünf bin!«

»Sag ich doch. Du bist und bleibst eine Neigschmeckte. Wer nicht mindestens zweihundert Jahre Esslingen nachweisen kann, ist fremd hier. Und wird es immer bleiben. Ich mag dich trotzdem.«

»Was für ein Stück Glück.« Senta verzog das Gesicht. Aber ihr ging es nicht anders. Sie mochte Ralf ebenfalls. Manchmal dachte sie, dass er einfach zu gut war für diese Welt. In den vier Jahren, in denen sie zusammen arbeiteten, hatte er sich immer vorbildlich verhalten. Seine Scherze waren stets gut gemeint und überschritten nie die Grenze zum Geschmacklosen. Vielleicht lag es daran, dass er schwul war. Mit anderen Kollegen kam sie nicht so gut aus, einige hatten sie angebaggert und waren sauer gewesen, als sie ihnen einen deftigen Korb verpasst hatte.

Heidenreich grinste und wollte etwas erwidern, aber Rinne, der Gerichtsmediziner, stürmte hinein und unterbrach ihn unwirsch.

»Wofür werdet ihr eigentlich bezahlt? Um Schwätzchen zu halten? Ich hab nicht den ganzen Tag Zeit. Macht mal Platz.«

Rinne schob die beiden zur Seite und ließ sich nieder. »Tot. Mit an Sicherheit grenzender Wahrscheinlichkeit Fremdverschulden.« Er räusperte sich und begutachtete Arme und Hände. »Mein Gott, er ist noch warm. Keine Abwehrspuren. Die Striemen im Gesicht stammen mit ziemlicher Sicherheit von den Fingernägeln einer Frau. Auch ganz frisch. Habt ihr alles fotografiert?«

Heidenreich nickte. Rinne zog die Ahle aus Schenk heraus und begutachtete sie.

»Mit ziemlicher Sicherheit genau zwischen die Rippen, mindestens zehn Zentimeter ins Herz hinein. Mit ziemlicher Sicherheit hat der Dorn den Sinusknoten zerstört, kaum Blut, das Herz hört sofort auf zu schlagen, nach ungefähr fünfzehn Sekunden wird Schenk ohnmächtig, nach fünf Minuten ist er tot. Das ist sicher. Der hat keine Chance gehabt. Na, dann helft mir mal, ihn umzudrehen.«

Sie drehten Schenk auf den Bauch. Nichts Besonderes. Sie kippten ihn wieder zurück.

»Fragt sich, warum der Täter ihn bewegt hat«, sagte Rinne und füllte sein Formular aus.

»Ja, und das auch noch mit absoluter Sicherheit«, gab Taler zurück, aber Rinne reagierte nicht. Sie mochte ihn nicht. Nicht weil er ein arroganter Klugscheißer war, davon gab es einige beim gerichtsmedizinischen Institut, sondern weil er seine Frau mit einer seiner Studentinnen betrog. Sie kämpfte ständig mit ihrem Gewissen, ob sie sein Geheimnis verraten sollte oder nicht. Wenigstens verstand Rinne sein Fach. Schenk musste bewegt worden sein, richtig. Seine Beine waren gerade gerichtet worden, sie hätten eigentlich angewinkelt sein müssen. Schenk musste zusammenklappt sein, das Gewicht des Körpers hätte die Beine angewinkelt, und sie wären in dieser Position geblieben. Wenn der Täter den Toten angefasst hatte, bestanden gute Chancen, DNA-Material oder Faserspuren zu finden, sofern er nicht gerade Latexhandschuhe getragen hatte.

»Wann habe ich ihn auf dem Tisch?«

»Sie können ihn gleich mitnehmen. Wir sind mit ihm erst mal fertig«, sagte Heidenreich.

Rinne brummte nur und drückte Heidenreich das Formular in die Hand. »Übrigens wäre ich froh, wenn ihr den Täter diesmal erwischen würdet.« Er entblößte seine gelben Zähne, und Senta wünschte sich, dass er möglichst bald selbst Gegenstand einer Obduktion sein würde. Sie hatten aus dem letzten Jahr tatsächlich noch einen Mordfall offen, und es sah nicht so aus, als würden sie ihn lösen können. Ein hässlicher Fleck auf Sentas weißer Ermittlerweste.

Die Bestatter packten Friedhelm Schenk ein und brachten ihn ins gerichtsmedizinische Institut nach Tübingen. Senta benachrichtigte zwei Kollegen, die bei der Obduktion dabei sein sollten.

30

Handy, Schlüsselbund und Brieftasche verschwanden in einem Plastikbeutel, sorgsam beschriftet, wo und wann die Dinge gefunden worden waren und wem sie gehörten.

»So, dann wollen wir uns mal die Mumie ansehen«, nuschelte Rinne und kniete sich neben der toten Frau in den Staub. »Seltsam. Mit Sicherheit seltsam. Aber da kenn ich mich nicht aus. Die ist ja uralt.« Rinne verfiel in Schweigen, Senta seufzte und beschloss, mit der Vernehmung der Zeugen zu beginnen. Sie machte Ralf ein Zeichen, dass sie verschwinden würde, der nickte und hielt bei Rinne Wache.

Die Gruppe wartete am Aufgang zum Markt, so konnte Hannelore Weil ihre Schäfchen am besten zusammenhalten. Sie kam auf Senta zu, reichte ihr die Hand.

»Das ist ja furchtbar. Ist er wirklich tot?«, fragte sie. Ihre Stimme zitterte.

Senta nickte nur. »Wer hat ihn zuerst gesehen?«

Eine rundliche Frau in den Fünfzigern hob den Arm.

»Ist Ihnen irgendetwas Ungewöhnliches aufgefallen?«

Die Frau reagierte nicht, sondern verlor langsam ihre Gesichtsfarbe. Senta wusste, dass sie die falsche Frage gestellt hatte.

»Festhalten!«, rief sie. Starke Männerarme griffen zu und verhinderten, dass die ohnmächtige Zeugin auf dem Boden aufschlug.

»Außer dem Toten gab es nichts Ungewöhnliches«, sagte einer der Männer. »Reicht das nicht?«

Senta sah ein, dass sie so nicht weiterkam. »Meine sehr verehrten Damen und Herren, ich bitte Sie, mir Ihre Aufzeichnungsgeräte zu überlassen, damit wir das Bildmaterial sichern und auswerten können. Außerdem müssen wir Ihre Personalien aufnehmen. Sie werden als Zeugen zu Protokoll geben, was Sie gesehen haben, auch wenn es Ihnen nicht wichtig erscheint. Wie im Fernsehen: Jedes Detail kann uns helfen, den Täter zu ermitteln.«

»Oder die Täterin«, rief ein kleiner untersetzter Mann, der Senta an einen Pavian erinnerte.

»Oder die Täterin«, bestätigte sie und bat zwei Polizisten, die gerade heruntergeklettert kamen, die Geräte einzusammeln, Quittungen zu schreiben und die Personalien aufzunehmen. Niemand leistete Widerstand.

Senta sah Heinrich Morgen ganz hinten stehen und winkte ihn zu sich. Sie fragte sich, was ihr an ihm am besten gefiel. Seine Größe? Er musste fast einen Meter neunzig messen. Seine grünen Augen? Die breiten Schultern? Oder das spitzbübische Grinsen? Wahrscheinlich war es sein Blick: *Ich finde dich auch interessant. Wir sollten uns kennenlernen. Ohne Zeitdruck.* Kein lüsternes Flackern. Kein Abwinken, weil sie Polizistin war.

»Würden Sie bitte mitkommen? Wir haben da etwas, das Sie interessieren könnte, und ich habe keine Ahnung davon.«

Rinne brütete immer noch über dem toten Körper und verzichtete darauf, sich vorzustellen.

»Sie sind doch Historiker?« Senta lächelte, Rinne brummte vor sich hin.

»In der Tat.« Morgen beugte sich hinunter, ließ sich Zeit. Senta musterte ihn. Da war nichts Auffälliges an ihm.

»Sie liegt hier wahrscheinlich seit sechs- oder siebenhundert Jahren«, begann er. »Es gibt einige Indizien. Sehen Sie hier.« Morgen zeigte auf das Kleid. »Eng anliegend, tiefer Ausschnitt, darunter eine Art Hemd. Und die Schuhe. Schnabelschuhe. Der Schnabel ist sehr lang, das deutet auf eine wohlhabende Person hin. Schnabelschuhe kamen im 14. Jahrhundert in Mode, verschwanden dann aber nach etwa hundert Jahren wieder. Die Schnäbel wurden irgendwann so lang, dass man sie am Bein festbinden musste, um überhaupt voranzukommen. Um die Zeit genau zu bestimmen, müsste man die Mumie eingehend untersuchen. Einen Hinweis könnten die Hobelspäne geben. Wenn man das Alter des Baumes bestimmt, zwei oder drei Jahre Lagerzeit hinzurechnet, dann haben wir ein recht genaues Zeitfenster.«

Rinne brummte weiter, schaute dann auf seine Uhr und verließ fluchtartig den Raum.

»Bei mir stapeln sich die Leichen«, rief er über die Schulter. »Tun Sie mir einen Gefallen und hängen Sie die Mumie dem Landesamt für Denkmalpflege an die Backe. Oder sonst wem. Bei mir kommt sie auf jeden Fall nicht rein. Das ist sicher.«

Heidenreich und Senta Taler tauschten vielsagende Blicke. Bevor Morgen fragen konnte, klärte Senta ihn auf.

»Professor Dr. Dr. Ulrich Rinne ist der ärztliche Leiter des gerichtsmedizinischen Instituts in Tübingen. An ihm vorbei geht so gut wie gar nichts.«

»Was passiert jetzt mit der Mumie?«

Senta rieb sich das Kinn. »Zuerst einmal muss die Spusi ran. Die Spurensicherung.«

Morgen nickte und gab damit zu erkennen, dass er solche Begriffe kannte.

Senta fuhr fort, ohne darauf einzugehen. »Der Tote war hier in der Kammer, vielleicht gibt es Spuren. Rinne hat natürlich recht. Die Mumie gehört ins Museum. Wir werden sehen. Die Behörden sollen sich darum kümmern. Vielleicht gibt es ja Angehörige, die Anspruch erheben und die Mumie begraben wollen.«

»Auf jeden Fall sind wir hier so weit fertig«, stellte Heidenreich fest und grinste.

»Was?«, fragte Senta mit drohendem Unterton.

»Na ja«, erwiderte Heidenreich. »Ich glaube nicht, dass die Angehörigen noch unter uns weilen.«

Senta verdrehte die Augen. »Die Nachfahren halt. Man wird doch herausfinden können, wer die Frau war, oder?« Sie wandte sich Morgen zu. »Ist das möglich nach so langer Zeit?«

»Grundsätzlich ja. Mit den entsprechenden Mitteln und Methoden könnte ich das herausfinden. Mit ein wenig Glück.«

»Siehst du!« Senta sah ihren Kollegen nicht an.

»Vielen Dank, Herr Morgen. Sie haben uns sehr geholfen«, sagte Heidenreich und hörte nicht auf zu grinsen.

Das war die erneute Aufforderung an Morgen zu gehen, aber Senta griff ein. »Einen Moment noch.« Sie legte eine Hand ganz leicht auf seinen Arm.

Heidenreich verzog keine Miene und verstand. »Ich gehe schon mal zu den Kollegen, schauen, ob da alles korrekt läuft.« Er machte sich auf den Weg, und Senta schickte ihm ein unsichtbares Küsschen hinterher.

»Tja, also.« Sie kam sich blöd vor. Warum fragst du ihn nicht einfach, ob er mit dir essen gehen will. Er wird schon nicht beißen. »Haben Sie Lust, mit mir essen zu gehen? Am Sonntag hätte ich Zeit. Das mit der Mumie finde ich sehr interessant, und ich würde gerne mehr darüber erfahren.«

Erleichtert stellte sie fest, dass Morgen sich freute, dass seine grünen Augen einen speziellen Glanz annahmen.

»Ich muss bis halb neun arbeiten. Treffen wir uns um neun im ›Pretoria‹?«

»Südafrikanisch? Gerne. Prima. Ich freue mich. Falls ich Fragen habe, wo kann ich Sie erreichen?«

»Ich wohne für die Dauer des Marktes bei den Meyers, oben in Berkheim.«

Senta überlegte einen Moment. »Alfred-Krafft-Straße?«

»Ja. Sie kennen sich gut aus.«

Senta fühlte sich geschmeichelt. »Ich gebe mir Mühe. Schließlich ist das mein Revier.« Sie lächelte verschmitzt. »Ich kenne Frau Meyer von einer Ermittlung. Sie war Zeugin.«

Senta reichte ihm ihre Visitenkarte und die Hand, er drückte sie zart, aber nicht lasch.

»Bis Sonntag.«

Morgen drehte sich um und verließ die Kammer. Senta fühlte sich einen Moment allein und verloren.

4

Johann von Gent trat einen Schritt zurück und kniff kritisch die Augen zusammen. Es dämmerte bereits, und seine beiden Gehilfen hatten vor wenigen Augenblicken die Arbeit für heute beendet. Laut schwatzend waren sie aus der Kirche gestürmt, voller Vorfreude auf ein herbes dunkles Bier im »Alten Landmann«, einem Brauhaus in der Webergasse, in dem es immer hoch herging. In der engen Schankstube mit den abgewetzten Tischen und wackeligen Bänken trafen sich vor allem die Handwerker, die für einen Sommer nach Esslingen kamen, um auf einer der vielen Baustellen ihr Brot zu verdienen oder als Tagelöhner ihr Glück bei den Weinbauern zu versuchen.

Johann mied den »Alten Landmann«, wenn es irgend ging. Das Bier war zwar günstig, aber auch so wässrig, dass man sich fragen musste, woher es überhaupt die braune Farbe hatte. Und die Gesellschaft war nur auf zwei Dinge aus: den kärglichen Lohn zu versaufen und der drallen Wirtsfrau an den Hintern oder, zu vorgerückter Stunde, auch an andere Stellen ihres üppigen Körpers zu fassen, was diese mit einem vergnügten Quieken und ihr Gatte mit einem zufriedenen Grinsen zur Kenntnis nahm.

Ein Lächeln schlich sich auf Johanns Gesicht. Was für ein Unterschied zwischen der derben Wirtin und diesem Gesicht hier vor ihm an der Kirchenwand! Dieses kluge, milde Lächeln. Diese zarten Hände. Diese zauberhafte, anmutige Gestalt. Er hatte der Gottesmutter, die das zentrale Motiv des Wandgemäldes in der Kirche werden sollte, ein blaues Kleid gemalt, das die Eleganz ihrer Gestalt betonte und in sanften Wellen bis zu ihren bloßen Füßen reichte. Besonders stolz aber war er auf ihr Gesicht. Wahrhaft göttlich überstrahlte es mit seiner reinen Blässe alle bunten Farben um sich herum, und es war beinahe so schön wie das Original. Aber nur beinahe.

Johanns Blick verlor sich in den roten Lippen. Wie gern hätte er sie geküsst, nein, nicht diese kalten aus Stein, sondern die lebendigen, warmen, die der Frau gehörten, die er heimlich verehrte. Scham überfiel ihn ob seiner unzüchtigen Gedanken, rasch verneigte er sich vor dem Bildnis und schlug das Kreuz. Während er die Pinsel auswusch, dachte er daran, wie Reinhild sich geziert hatte, als er sie gebeten hatte, ihm für die Gottesmutter Modell zu sitzen.

»Seid Ihr von allen guten Geistern verlassen, Meister Johann?«, hatte sie empört gerufen. »Mein Gesicht als Ebenbild der heiligen Jungfrau? Niemals!«

»Bitte lasst es mich versuchen. Gleich als ich Euch das erste Mal sah, dachte ich, ja, so stelle ich mir das Antlitz der Gottesmutter vor. Nur einen Versuch! Wenn Euch das Ergebnis nicht gefällt, übermale ich es wieder. Ihr habt mein Wort.«

Reinhild hatte verlegen den Kopf gesenkt. »Was werden die Leute denken? Ist das nicht gotteslästerlich?«

»Alle Maler brauchen Vorbilder aus der Natur. Sie ist Gottes Schöpfung. Ihr seid ein Teil dieser Schöpfung. Warum sollte es Gott nicht gefallen, wenn ich seine Schöpfung ehre?«

»Gebt mir etwas Zeit, darüber nachzudenken.« Überstürzt war sie aufgebrochen, und Johann hatte nicht geglaubt, sie wiederzusehen. Aber sie war gekommen, eine Woche später, die Wangen leicht gerötet. Stumm hatte sie sich auf den Schemel gesetzt, und Johann hatte wie ein Besessener Entwurf um Entwurf gezeichnet, versucht, ihre ebenmäßigen Gesichtszüge einzufangen, ihr sanftes und dennoch starkes Wesen, die innere Kraft und Ruhe, die von ihr ausgingen.

Immer wieder hatte er versucht, mehr über die Frau zu erfahren, die vor ein paar Wochen plötzlich in der Kirche aufgetaucht war und ihn gebeten hatte, ein Buch, das sie gerade anfertigte, mit Miniaturen zu schmücken, doch sie sprach nicht gern über sich selbst. Allerdings wusste er das, was die Leute in der Stadt über sie erzählten. Reinhild Wend war Witwe, lebte allein mit ihrer Tochter in einem kleinen Haus in der Nähe der Kirche der Barfüßer. Dabei stammte sie aus einer vornehmen Familie. Aufgewachsen war sie in einem der mächtigen steinernen Wohntürme am Kornmarkt, in denen die Edelleute wohnten. Ihr Vater, Arnulf von Ulm, vergötterte seine einzige Tochter, bis sie eines Tages ohne seine Einwilligung den jungen Thomas Wend heiratete, der zwar vornehmer Herkunft, aber völlig mittellos war. Arnulf von Ulm enterbte Reinhild, sprach nie wieder ein Wort mit ihr. Sie und ihr Gatte mussten hart für ihren Lebensunterhalt arbeiten, Thomas unterrichtete an der Knabenschule, Reinhild verdingte sich als Schreiberin. Schon bald wurde eine Tochter geboren, Eva. Ihr folgte ein Sohn, der jedoch kurz nach der Geburt starb. Thomas wurde ebenfalls krank, ein Fieber erfasste ihn, das alle ärztliche Kunst nicht zu heilen vermochte. Nach wenigen Tagen folgte er seinem kleinen Sohn ins Grab. Zurück blieben Reinhild und ihre Tochter Eva, die sich von nun an allein durchschlagen mussten.

Die Kirchentür wurde polternd aufgestoßen. Johann fuhr erschrocken zusammen. Mit knallenden Schritten näherte sich jemand. Wer auch immer es war, er trug hölzerne Trippen unter seinen Schuhen, um sie vor dem Schmutz in den Gassen der Stadt zu schützen, sonst würden seine Schritte in der Kirche nicht so einen Lärm verursachen. Endlich war die Person nahe genug, dass Johann sie erkennen konnte. Es handelte sich um einen hochgewachsenen, elegant gekleideten Mann im besten Alter, Balduin Vornholt, ein reicher Wirt, der an der Handelsstraße, die durch Esslingen führte, eine große Herberge sein Eigen nannte.

Vornholt strich sich das lange dunkelbraune Haar zurück und hakte die Daumen in den Gürtel, der um seine schmalen Hüften gebunden war. An seinem rechten Ringfinger blinkte ein Siegelring mit einem rötlichen Stein.

»Na, Meister Johann, noch bei der Arbeit? Man sieht ja die Hand vor Augen nicht, wie unterscheidet Ihr da Grün von Blau?«

»Ich habe gerade beschlossen, den Pinsel für heute niederzulegen. Wäre es nicht schon so dunkel, würde ich Euch gern mein Werk zeigen.«

Vornholt winkte ab. »Deshalb bin ich nicht hier. Ich habe Euch ein Geschäft vorzuschlagen. Eins, bei dem Ihr viel Geld verdienen könnt.«

»Ein Geschäft?« Johann runzelte misstrauisch die Stirn. Er mochte Vornholt nicht. Es hieß, dass er schon so manchen mit seinen sogenannten Geschäften über den Tisch gezogen hatte. Und was seinen Lebenswandel anging, schien er seinem Sohn in nichts nachzustehen, der seine Zeit vorwiegend bei den Huren in den Frauenhäusern verbrachte, wenn er sich nicht gerade mit seinen Saufkumpanen prügelte.

Vornholt grinste und entblößte dabei eine Reihe blitzender Zähne. »Ihr misstraut mir?«

»Selbstverständlich, Meister Balduin«, entgegnete Johann. »Wer tut das nicht? Ihr seid ein allzu gerissener Geschäftsmann.« Vornholt lachte laut auf, dass es von den Kirchenwänden widerhallte. »Ihr seid ein Mann nach meinem Geschmack. Nicht so ein kriechender Duckmäuser. Wir kommen bestimmt ins Geschäft, Maler!«

»Worum geht es?«, wollte Johann wissen.

»Das möchte ich lieber unter vier Augen mit Euch besprechen.« Johann blickte sich überrascht um. »Es ist niemand hier.«

Vornholt sah zu dem Marienbildnis, das jetzt nur noch schemenhaft zu erkennen war, dann in Richtung Altar, wo eine einzelne Kerze flackerndes Licht spendete. Unbehagen huschte über sein Gesicht.

»Bisweilen haben die Wände Ohren«, flüsterte er und zwinkerte Johann nervös zu.

Der zuckte mit den Schultern. »Wie Ihr meint.«

So schnell, wie sie gekommen war, verschwand die Unsicherheit aus Vornholts Zügen. Er klatschte in die Hände.

»Kommt mit zu mir nach Hause, Meister Johann. Wir speisen zusammen. Mit einem vollen Magen und bei einem Becher würzigen Weines lassen sich Geschäfte allemal besser besprechen als in diesem finsteren, kalten Gemäuer.«

Johann ordnete rasch seine Malutensilien, während Vornholt mit hastigen Schritten vor den Wandmalereien auf- und abschritt, ohne sie eines Blickes zu würdigen, dann verließen sie die Kirche. Knarrend fiel die schwere Holztür hinter ihnen zu.

Johann folgte Vornholt über den Kirchhof, vorbei an den Grabstätten, der Kapelle mit dem Beinhaus und durch die Kirchgasse bis zum Fischbrunnen, der auf dem Kosbühel stand. Oberhalb des kleinen Platzes wurde täglich der Fischmarkt abgehalten, ein Wasserlauf gluckerte die Gasse herab, der vormittags Fischköpfe und Gräten in den Neckar trug. Zur linken Hand lag ein Badehaus, aus dem fröhliches Gelächter nach draußen plätscherte. Von rechts strömten Menschen aus der Pliensauvorstadt über die Innere Brücke durchs Brückentor. Ein Karren, vollgeladen mit Salzfässern, drängte sich ächzend an einer Gruppe Pilger vorbei, die müde nach einer Herberge Ausschau hielten.

Eine Schar aufgeregt durcheinanderrufender Menschen eilte von der Brücke her auf sie zu und verschwand in der Alten Milchgasse. Mehrere Frauen in ärmlicher Kleidung beteten mit lauter Stimme, eine Alte, die nur mühsam mit den anderen Schritt hielt, jammerte leise vor sich hin. Zwei Männer trugen eine Art Fensterladen, auf dem der reglose Körper eines Mädchens lag, das vielleicht zwölf oder dreizehn Jahre alt sein mochte. Ihrer Kleidung nach gehörte sie nicht zu den armen Leuten, die sie durch die Stadt trugen, sondern stammte aus einer besseren Familie, vielleicht war sie die Tochter eines Kaufmanns. Ihr rechtes Bein war mit einem groben Tuch aus Leinen umwickelt, das vom Blut tiefrot gefärbt war. Johann konnte das Gesicht des Mädchens nicht sehen, nur ihr langes blondes Haar, das wie ein goldener Wasserfall über den Rand des Ladens fiel. Eine Schar schmutziger barfüßiger Kinder begleitete den seltsamen Zug.

»Armes Ding«, murmelte Johann.

Vornholt zuckte mit den Schultern. »Was kümmert's uns. Dieses Gesindel stirbt eh wie die Fliegen.« Er eilte weiter.

Johann folgte ihm widerwillig. Sie hasteten mit dem Strom der Menschen durch die Schmiedgasse, die tagsüber vom Lärm Dutzender Hämmer erfüllt war, und dann am Ofenhaus vorbei in die Bindergasse. Rechts tauchte die Herberge »Zum Eichbrunnen« auf, vor deren Tür der Brunnen stand, der ihr den Namen geschenkt hatte. Hier eichten die Fassbinder ihre Fässer. Gerade ließ ein reisender Kaufmann seine Pferde ausspannen und in den Stall bringen. Vornholt warf dem Mann einen finsteren Blick zu und steuerte dann auf das schräg gegenüber liegende Haus zu, das die Ecke zur Strohgasse bildete, ebenfalls eine Herberge, die »Zum schwarzen Bären« hieß und nicht ganz so groß war wie der »Eichbrunnen«.

»Dieser Betrüger Schankherr nimmt mir die ganze Kundschaft weg«, brummte Vornholt ärgerlich, während er die Tür aufstieß.

Johann zog es vor, nichts darauf zu sagen, und folgte ihm ins Innere. Der schwere Geruch von Schweiß, Bier und angebrannter Suppe schlug ihm entgegen. Auf den Bänken drängten sich Reisende und löffelten die karge Mahlzeit, die Vornholts Mägde ihnen vorgesetzt hatten. Das Bier, das offenbar reichlich ausgeschenkt wurde, sorgte wohl dafür, dass sie das schlechte Essen ohne viel Murren hinnahmen. Die meisten Gäste waren Händler auf der Durchreise und Wanderarbeiter. Etwas abseits saß ein Mann mit auffälliger Kopfbedeckung und dunkelhäutigem Gesicht. Schweigend tunkte er sein Brot in die Suppe.

Vornholt warf ihm einen Blick zu. »Dass man diese Gottlosen beherbergen muss«, schimpfte er. »Aber sie zahlen zu gut, als dass man ihnen das Nachtlager verwehren wollte.«

Er marschierte in die Küche, zog den Mantel aus und warf ihn einer Magd zu. Dann löste er die Trippen von seinen Füßen, schleuderte sie in die Ecke des Raums und bellte ein paar Befehle.

»Kommt!«, sagte er zu Johann. »Wir gehen hinauf in die Stube.«

Wenig später saßen sie am Tisch. Johann vergaß für eine Weile seine Abscheu vor seinem Gastgeber und genoss den heißen, mit Zucker, Zimt und Ingwer gewürzten Wein und das reichhaltige Mahl aus Fenchelsuppe, gedünstetem Fisch mit Rosmarin, Salbei und Koriander und Hühnerpastete mit Birnen und Honig. Schließlich lehnte er sich zurück.

»Das Mahl war köstlich, Meister Balduin. Habt Dank für Eure Gastfreundschaft.«

»Dann können wir ja nun zum geschäftlichen Teil übergehen.« Vornholt wischte die fettigen Finger an einem Tuch ab, das er sich eigens dafür hatte bringen lassen. Dann schenkte er Wein nach. Eine Magd räumte die leeren Schüsseln vom Tisch und verschwand.

Bedächtig knüpfte Vornholt einen kleinen Lederbeutel vom Gürtel, wog ihn abschätzend in der Hand und warf ihn auf den Tisch.

»Der ist für Euch. Er ist gut gefüllt mit Münzen. Sehr gut gefüllt. Ich zahle besser als die Speyerer Pfaffen.« Er lachte und klopfte sich auf die Schenkel. »Wie viel bekommt Ihr für Euer Gemälde in der Kirche? Nein, Ihr braucht es mir nicht zu sagen.« Er winkte ab, als Johann zu sprechen anhob. »Es interessiert mich nicht. Ich weiß nur, dass Ihr noch lange auf Euren Lohn warten müsst. Bis zum nächsten Frühjahr, schätze ich. Bis Ihr fertig seid mit Eurer Arbeit. Und dann müsst Ihr noch ausharren, bis jemand aus Speyer kommt, um ihn Euch auszuzahlen. Schließlich gehört St. Dionys zum Speyerer Domkapitel. Wird ein sehr langer Winter für Euch, Meister Johann von Gent.« Vornholt machte eine Pause.

»Was soll ich für das Geld tun?« Johann musterte Vornholt argwöhnisch.

»Nur ein kleines Dokument für mich anfertigen.«

»Ein Dokument?«

»Einen Kaufvertrag.«

Johann blickte sein Gegenüber überrascht an. »Warum nehmt Ihr nicht einen der städtischen Schreiber? Die sind im Anfertigen von Dokumenten geübter als ich.«

Vornholt schnaufte unwirsch. »Ich will, dass es einer macht, der nicht aus Esslingen stammt. Ein Fremder, der bald wieder verschwindet.«

Johann zog misstrauisch die Augenbrauen zusammen. »Ach, und warum das?«

»Es ist ein besonderer Auftrag. Es geht um einen Kaufvertrag, der vor über fünfzig Jahren, genauer gesagt Anno Domini 1268, abgeschlossen wurde.«

»Ich fürchte, ich verstehe nicht, Meister Vornholt«, sagte Johann kühl. Empörung kochte in ihm hoch. Er verstand sehr wohl.

»Ha!« Vornholt sprang auf. »Ihr sollt einen Kaufvertrag wiederherstellen, der leider verloren ging.«

Johann öffnete den Mund, doch Vornholt bedeutete ihm mit einer Handbewegung zu schweigen.

»Lasst mich erklären«, rief er. »Mein Urgroßvater hat in jenem Jahr ein Geschäft mit einem gewissen Oswald Schankherr abgeschlossen, einem Vorfahr des jetzigen Schankherrn, der die Herberge ›Zum Eichbrunnen‹ sein Eigen nennt. Sein Eigen nennt! Dass ich nicht lache. Mein Urgroßvater hat einen fetten Batzen Geld für das Haus gezahlt, alles war besiegelt. Und dann ist der alte Oswald Schankherr plötzlich verstorben, einfach umgefallen wie eine Eiche, in die der Blitz hineingefahren ist. Seine Erben haben den Verkauf abgestritten. Und merkwürdigerweise war der Vertrag spurlos verschwunden. Diese Betrüger!« Vornholt schlug wütend mit der Faust auf den Tisch. »Aber ich werde für Gerechtigkeit sorgen. Und Ihr werdet mir dabei helfen!«

Seine Augen durchbohrten Johann, der den Blick mit einem unbehaglichen Kribbeln im Magen erwiderte. Er glaubte Vornholt kein Wort. Der Mann wollte einen Betrug einfädeln. Wenn er die Herberge »Zum Eichbrunnen« an sich brachte, schlug er zwei Fliegen mit einer Klappe. Er verdoppelte seinen Besitz und entledigte sich einer lästigen Konkurrenz.

41

»Ich glaube nicht, Meister Balduin«, begann Johann vorsichtig, »dass ich der Richtige für dieses Geschäft bin. Was Ihr verlangt, ist eine Fälschung. Man braucht einen versierten Schreiber. Und dann bleibt noch das Problem mit dem Siegel.« Vielleicht kam Vornholt von selbst darauf, dass ein Maler nicht der Richtige für dieses Unterfangen war, wenn er sich nur reichlich dumm anstellte.

»Macht Euch um das Siegel keine Sorgen«, erwiderte Vornholt. »Das erledige ich. Ihr sollt nur das Dokument aufsetzen. Das werdet Ihr ja wohl bewerkstelligen können. Oder seid Ihr des Schreibens unkundig?«

Johann hatte genug gehört, abrupt stand er auf. »Ich fürchte, Ihr müsst Euch dennoch einen anderen für Euer Geschäft suchen. Selbst wenn die Geschichte von Eurem Urgroßvater wahr ist, möchte ich daran nicht teilhaben. Eine Urkunde zu fälschen ist ein schweres Vergehen.«

Johann wollte sich abwenden, doch Vornholt stürmte auf ihn zu und packte ihn am Surcot.

»Jämmerlicher Pfaffenmaler! Ich hätte mir denken können, dass Ihr kein richtiger Mann seid!«

Johann schüttelte Vornholt ab. »Es ist mir gleich, was Ihr von mir denkt.« Er wandte sich zur Tür.

Schnell sprang Vornholt vor ihn und versperrte ihm den Weg. »Auf ein Wort noch, Meister Johann.« Drohend näherte er sein Gesicht. Seine Augen waren zwei finstere Schlitze. »Sollte je ein Wort unserer kleinen Unterredung an die Ohren Dritter gelangen, werdet Ihr es bitter bereuen. Sehr bitter. Ich weiß, wo Ihr verletzbar seid. Habt Ihr verstanden?«

Johann zuckte mit den Schultern. »Es war nicht misszuverstehen, Meister Balduin.« Er schob den Wirt zur Seite und schritt aus dem Raum. Während er die Treppe hinuntereilte, hörte er lautes Poltern aus der Stube. Offenbar ließ Vornholt seine Wut über das geplatzte Geschäft an einem hölzernen Schemel aus.

5

Heinrich hielt die Augen noch einen Moment geschlossen. Gestern Abend war er eine Weile herumgezogen, hatte hier und da ein Viertele Wein getrunken, wie es hier hieß. In der Summe waren wohl fast anderthalb Liter zusammengekommen. Aber er hatte nicht den Anflug eines Katers. Gefährlich, dachte Heinrich. Guter Wein ist gefährlich.

Nachdem er die Esslinger Unterwelt verlassen hatte, war das große Elend über ihn hereingebrochen. Die Leiche, die Mumie, die Kommissarin – eine Mischung aus den unterschiedlichsten Gefühlen hatte ihn durchgeschüttelt. Der Wein hatte seiner Seele wieder Frieden gebracht. Zumindest vorübergehend. An die Träume der letzten Nacht konnte er sich nicht mehr erinnern. Nur der Schatten einer Bedrohung war geblieben. Stumm und groß. War das wirklich alles passiert? Er nahm sich vor, in der nächsten Zeit mit dem Alkohol aufzupassen. Nichts gegen ein oder zwei Viertele, aber sechs oder sieben, das war eindeutig zu viel. Um elf musste der Stand geöffnet und picobello in Ordnung sein. Das war nicht nur vertraglich festgelegt, Heinrich hätte sich geschämt, wenn er das nicht geschafft hätte.

Er richtete sich auf, drehte sich langsam zur Bettkante und ließ seine Beine baumeln, massierte sich mit beiden Händen die Schläfen. Es war erst halb zehn, also konnte er sich Zeit lassen, in Ruhe duschen, sich rasieren und ausgiebig frühstücken.

Beim Essen nahm er sich ein kleines Büchlein vor: »Die Keller zwischen Waisenhof und Hafenmarkt«. Als er den Job hier angenommen hatte, war er sofort losgezogen und hatte über Esslingen recherchiert, was er finden konnte. Für Heinrich war es undenkbar, sich in einer Stadt länger aufzuhalten, ohne sich zumindest ein wenig auszukennen, sowohl in der Geschichte als auch in der Gegenwart. Herausgeber des Kellerkatasters war die Stadt Esslingen, im Speziellen das Tiefbauamt, wo man ihm das Büchlein gerne überlassen hatte. Die Freundlichkeit der Menschen in der Verwaltung hatte ihn überrascht. Mit offenen Armen war er empfangen worden, der Leiter des Tiefbauamtes hatte sich fast eine volle Stunde Zeit genommen, ihm einiges über die Unterwelt Esslingens zu erklären. Der Lauf des Geiselbaches, die Keller, die baugeschichtliche Entwicklung, die Aufschüttungen im Bereich des Rathauses, da, wo jetzt der Spielzeugstand auf Heinrich wartete. Einen schönen Fotoband hatte er entdeckt, die Fotos hatte eine Katrin Sandmann geschossen. Ganz besondere Fotos. Er konnte nicht genau sagen, was ihn daran faszinierte. Er nahm sich vor, die Fotografin nach dem Markt zu kontaktieren und sie nach ihrem Geheimnis zu fragen.

Die Zeit war verflogen, schnell schlüpfte Heinrich in seine Skiunterwäsche samt Kniestrümpfen, zog darüber zwei Schichten Thermopullover, legte seine Beinlinge an, das Rüschenhemd, über den Kopf zog er die Gugel, zum Schluss kamen der weite Wollumhang und der Gürtel mit den Beuteln für Geld, Papiere und Handy. Er sah aus, als hätte er zwei Kilo zugenommen. Der letzte Akt bestand darin, die Schnabelschuhe anzuziehen und die Tasche mit den zwei Thermoskannen Kaffee nicht zu vergessen.

Heinrich nahm seinen Wanderstab. Mit dieser Verkleidung sah er aus wie Gandalf als junger Mann. Ohne Bart natürlich. Bärte waren etwas für Barbaren, wie das Wort schon sagte.

Im Bus sorgte er nicht für Aufsehen, die ganze Stadt war ja voll mit Gewandeten. Um zwanzig Minuten vor elf begann Heinrich seinen Stand aufzuschnüren, die Waffenkammer des Herzogs, Ritterspielzeug aus Holz, ausschließlich in Deutschland hergestellt. Blau-weiße Planen überspannten die Schirmkonstruktion, die dem Ganzen mittelalterliches Flair verlieh. Schwerter, Äxte, Helme, Rüstungen, alles war noch so, wie er es am Abend zurückgelassen hatte.

Zuerst das Licht. Die Stromverteilung und die Lampen waren geschickt versteckt, indirekte Beleuchtung. Den Rest übernahmen Kerzen, die Heinrich auch am Tage brennen ließ. Gemütlich sollte es aussehen, anheimelnd, damit die Leute gerne hier stehen blieben.

»Na, edler Recke, seid Ihr hungrig?«

Heinrich wandte sich um. Frauke vom Stand links neben ihm hielt ihm eine Holzschale mit ihren selbst gemachten Mandelsplittern unter die Nase. Obwohl er ausgiebig gefrühstückt hatte, konnte er nicht widerstehen und nahm sich gleich zwei. Fraukes Gesicht strahlte. Er stellte sich vor, dass sie ohne Mühe Werbung machen konnte für »Rotbäckchen« oder biologische Äpfel.

»So ist es recht«, gurrte Frauke und zog weiter.

Heinrich rief ihr hinterher, dass sie dafür verantwortlich sei, wenn er bald in keine Hose mehr passe. Frauke zuckte nur mit den Schultern und ging hinüber zum Stand von Thomasio Pochnolt, dem die Kleidermanufaktur gehörte, um mit dessen neuer Verkäuferin zu plaudern.

Heinrich fegte die Straße vor seinem und Fraukes Stand, das war sein Dankeschön für die Süßigkeiten, die Frauke ihm den ganzen Tag über in den Mund stopfte: Schokoladenbananen, Marzipankartoffeln und Quarkbällchen, frisch frittiert, ein Gaumenschmaus sondergleichen.

Nach zehn Minuten war Heinrich mit den Vorbereitungen fertig und wunderte sich, dass Anne noch nicht geöffnet hatte. Sie war normalerweise die Erste hier in der Standgasse, die direkt ans Rathaus grenzte. Dass Luigi noch nicht da war, das wunderte ihn nicht.

Gerade wollte Heinrich Anne anrufen, da kam sie um die Ecke, grüßte die Jungs vom Wurstgrill mit einem stummen Nicken und verschwand in ihrem Stand.

Heinrich überquerte die Gasse, schlug die Plane beiseite und sah gerade noch, wie Anne eine Whiskeyflasche in eine Kiste plumpsen ließ. Sie streckte das Kreuz, schnäuzte sich einmal kräftig und kam dann auf Heinrich zu.

»Ah, der junge Mann mit dem alten Namen. Warum haben deine Eltern dich nur so genannt?«

Heinrich fiel keine Erwiderung auf diese Frage ein, die er schon hundertmal gehört hatte. Stattdessen fragte er, ob alles in Ordnung sei mit ihr.

»Ja, klar«, erwiderte sie und bedeutete ihm, er solle nicht herumstehen, sondern ihr helfen. Gemeinsam schafften sie es in fünf Minuten, ihren Stand startklar zu machen. Sie sprach kein Wort, und Heinrich war kein Mensch, der andere zum Reden nötigte.

Luigi stolzierte heran, die Uhr stand auf drei Minuten vor elf. Seine Pünktlichkeit war ebenso überraschend wie Annes Verspätung. Ein seltsamer Tag, dachte Heinrich.

Die Uhr schlug elf, beim letzten Schlag erklang das Horn des Suppenkaspers. Alle Beschicker hielten inne, unterbrachen, mit was auch immer sie gerade beschäftigt waren, und lauschten. Heinrich staunte über das Lungenvolumen, der tiefe Ton schien nicht enden zu wollen, am Hals des Suppenkaspers traten die Adern und Sehnen hervor, der Ton stoppte, er holte tief Luft und schmetterte in die Winterluft:»Guten Morgen, Esslingen!«, wobei er die Vokale so lang zog, dass man Angst bekam, sie würden zerreißen. Vor allem den Namen der Stadt zog er auseinander wie ein Gummiband. Schließlich ging ihm die Luft aus, und die Beschicker antworteten, allerdings kläglich im Vergleich zu ihrem Vorsänger:»Guten Morgen, Suppenkasper!« Es klang wie an einem Weiher, an dem zwanzig Frösche durcheinanderquakten. Alle lachten, der Suppenkasper verneigte sich und ging wieder an seine Arbeit, lud große Behälter aus, in denen Linsen, Maultaschen und viele andere Köstlichkeiten darauf warteten, verspeist zu werden.

Das Publikum tröpfelte, sickerte vom Resopalmarkt, wie der normale Weihnachtsmarkt unter den Gewandeten hieß, auf den Mittelaltermarkt.

Heinrich schlenderte zu Luigi hinüber, einem Italiener, der handgearbeitete Holzschatullen aus seiner Heimat verkaufte. Mehr als einmal hatten die Kolleginnen und Kollegen seinen Stand geöffnet, weil er auf irgendeinem Fest versackt war. Das passierte sehr schnell, denn wenn Luigi anfing zu singen, wollte ihn keiner mehr weglassen, und er wurde mit Hochprozentigem förmlich zugeschüttet. Viele Jahre hatte er als Opernsänger gearbeitet, aber als seine Frau bei einem Verkehrsunfall gestorben war, als er gerade auf der Bühne »La Donna è mobile – O wie trügerisch sind Frauenherzen« sang, da war es für ihn vorbei gewesen. Erst ab einem Pegel von mindestens 1,3 Promille begann er zu singen und alle Herzen zu rühren, nicht nur die der Frauen, die aber im Besonderen, und selten konnte er widerstehen. Nur heiraten würde er nie wieder. Das alles hatte er Heinrich in den ersten zehn Minuten ihrer Bekanntschaft anvertraut.

Heinrich hielt ihm die Kaffeetasse entgegen. Luigi nahm einen tiefen Schluck, stöhnte genüsslich und überschüttete Heinrich mit Dank. Mit Fraukes Hilfe richteten sie seinen Stand her, damit er ihn mit seinen ungeschickten Händen nicht abriss. Anne hatte sich hinter ihrem Stand verbarrikadiert und signalisierte damit, dass sie ihre Ruhe haben wollte. Kein Problem. Gerade war Thomasio angekommen. Heinrich grüßte ihn, er grüßte zurück, sie wechselten ein paar Höflichkeiten. Dann kam Heinrich zur Sache.

»Wie ist das eigentlich mit meinem Vertrag? Darin wird mir zugesichert, dass niemand sonst die Waren anbietet, die ich anbiete. Ist das so richtig?«

Thomasio nickte. »Ohne Wenn und Aber.«

Heinrich war das unangenehm. »Ich habe ein Aber gefunden.«

Thomasios Lächeln gefror. »Wer?« Er wartete nicht auf Antwort. »Kowalczik! Unten am Hafenmarkt. Richtig?«

Heinrich druckste herum. »Ja. Aber ...«

Thomasio schüttelte den Kopf. »Kein Aber. Er weiß ganz genau, was Sache ist. Kommst du mit?«

Heinrich bat Frauke, einen Moment auf seinen Stand aufzupassen, und folgte Thomasio mit einem mulmigen Gefühl im Bauch hinunter zum Hafenmarkt. Dort standen eine Bühne, ein Kinderkarussell, das von Hand betrieben wurde, das Badehaus, die Taverne. Der Eingang zur Unterwelt war wieder verschlossen, die Pylonen verschwunden, als wäre nichts geschehen.

Thomasio blieb neben einem Stand stehen, der tatsächlich aussah, als wäre er im Mittelalter gebaut worden: krumme Äste, grob genähte Planen. So hätte der Stand eines armen Mannes aussehen können, überlegte Heinrich. Ein runder roter Kopf tauchte hinter dem Tresen auf, das Lächeln erstarb in dem Moment, als er Heinrich sah.

»Was willst du denn hier? Rumheulen wegen ein paar Holzschwertern? Vergiss es. Die bleiben da, wo sie sind. Und jetzt troll dich.« Der Mann konnte Thomasio nicht sehen, und Heinrich wurde klar, dass das genau dessen Absicht gewesen war.

Heinrich lächelte freundlich. »Aber ich habe einen Vertrag, in dem mir das zugesichert ist.«

Heinrich vermutete, dass der rote Kopf zu Kowalczik gehörte. Der legte noch ein paar Kohlen auf.

»Du hast gar nichts zu melden. Du bist das erste Mal hier, was? Zieh ab. Vergiss es einfach. Wir haben freie Marktwirtschaft. Schon vergessen?«

Heinrich schwoll der Kamm. Dieser Kowalczik passte nicht in sein Bild der freundlichen, solidarischen Beschicker des Mittelaltermarktes. »An deiner Stelle würde ich mal im Vertrag nachschauen.«

»Du Klugscheißer. In meinem Vertrag steht drin, dass ich das verkaufen darf. Außerdem bin ich schon acht Jahre dabei. Und jetzt verpiss dich.«

Kowalczik hob drohend eines seiner Holzschwerter. Heinrich zuckte nicht mit der Wimper und überlegte sich, ob er den Spinner samt Stand umwerfen sollte. Bevor er sich entscheiden konnte, trat Thomasio an den Stand und lächelte Kowalczik an.

»Das hier ist Heinrich Morgen. Er macht den Stand für Sascha. Er gehört zu uns.«

Kowalczik legte das Schwert nieder. »Was ist mit meinem Vertrag?«

»Du hast recht. Wir haben einen kleinen Fehler gemacht. Das weißt du genau. Wir haben es besprochen. Du solltest wissen, dass bei uns das Wort unter Zeugen mehr gilt als ein Stück Papier. Und du solltest wissen, dass nicht du entscheidest, wer nächstes Jahr hier steht. Wir kommen auch ohne dich aus.«

Kowalczik warf Heinrich einen vernichtenden Blick zu und packte die Schwerter, die Gewandungen, alles, was er nicht verkaufen durfte, obwohl es im Vertrag stand, wieder ein.

Heinrich fiel ein Stein vom Herzen. Zum einen wäre Kowalczik ernsthafte Konkurrenz gewesen, zum anderen hatte er keine Lust, mit irgendwem hier in Fehde zu liegen.

Kowalczik reichte ihm plötzlich die Hand, Heinrich griff zu; Kowalczik lachte schallend, hielt Heinrichs Hand fest, langte hinter den Tresen und zog eine Flasche hervor, in der eine Flüssigkeit seltsam grün schimmerte. Jetzt will er mich vergiften, dachte Heinrich, und wie zur Bestätigung zog Kowalczik mit den Zähnen den Korken heraus, spuckte ihn auf den Boden und hielt Heinrich die Flasche hin. Thomasio nickte, also nahm Heinrich vorsichtig einen Schluck und war begeistert. Entfernt schmeckte das Zeug nach Fichtenshampoo, aber nicht wirklich. Er konnte es nicht in Worte fassen.

»Wir haben zu Hause so viele Tannenbäume, die kann man ja nicht alle verheizen, essen kann man sie auch nicht, deswegen machen wir aus den frischen Trieben Schnaps. Gut, nicht?«

Heinrich nickte, dankte und ging zurück an seinen Stand. Dieser Thomasio gefiel ihm. Ein besonnener Mann mit natürlicher Autorität. Ansonsten allerdings drohte ihn der Aufenthalt in Esslingen zum fetten Säufer degenerieren zu lassen.

Der Tag verging wie im Flug, Anne war schweigsam geblieben, sie hatte weder mit Frauke noch Luigi noch Thomasio noch sonst wem mehr Worte gewechselt als »Hallo« und »Guten Tag«, hatte aber mindestens hundertmal ihr Handy gezückt und wohl vergeblich versucht, jemanden zu erreichen. Mit Frauke, Thomasio, Luigi und Arne, dem Heraldiker, hatte Heinrich den Fall des Toten ausgiebig diskutiert und natürlich Geschichten gesponnen, wie die Mumie in den Keller gekommen war. Von Vergewaltigung mit anschließendem Mord bis hin zu krankhafter Eifersucht eines Ehemannes, der seine Frau weggesperrt hatte, reichte die Palette der Thesen. Im Radio war nur die Rede von einem ermordeten Mann gewesen, und Heinrich hatte, für ihn selbstverständlich, den Namen für sich behalten, den er von dem Notarzt erfahren hatte.

Der Kundenandrang hatte sich in Grenzen gehalten, ein paar hundert Euro waren in der Kasse, für den ersten Tag im Rahmen der Erwartungen. Sascha Prüng hatte ihm versprochen, dass er alle Härten des Lebens kennenlernen würde, und tatsächlich hatte Heinrich am Nachmittag eine Kostprobe davon bekommen. Ein etwa fünfjähriger Junge war an seinen Stand gestürmt, hatte sich das längste Schwert gegriffen, das sogenannte »Excalibur«. Seine Eltern kamen hinterher, außer Atem, der Vater schüttelte den Kopf, was der Junge richtig interpretierte. Der ließ das Schwert fallen und begann, seinen Vater mit seinen Turnschuhen am Schienbein zu traktieren und dabei zu kreischen, er wolle das Schwert und das sei sein Schwert und sein Vater sei ein Schwein. Heinrich traute weder seinen Augen noch seinen Ohren. Der Vater hielt sich den Jungen halbwegs vom Leib, die Mutter kam mit einem Kinderwagen an und bat ihren Jungen, er möge doch aufhören. Der Junge reagierte genauso, wie es ein Wirbelsturm getan hätte: überhaupt nicht. Immer wieder feuerte er seinen Fuß gegen das Bein seines Vaters, der schweigend die Folter über sich ergehen ließ. Anscheinend hatte der Knirps eine heftige Trotzphase und die Eltern kein Mittel dagegen.

»Das ist mein Schwert!«, schrie der Wirbelsturm wieder und wieder, bis Heinrich der Geduldsfaden riss. Er griff das Schwert mit der einen Hand und den Knirps mit der anderen, sodass der Kleine fast den Kontakt zum Pflaster verlor.

»Das ist mein Schwert«, donnerte Heinrich, »und ich schlage dir gleich den Kopf damit ab, wenn du nicht still bist!« Heinrich hatte sein grimmigstes Gesicht aufgesetzt und musste sich beherrschen, um nicht loszubrüllen vor Lachen. Der Knirps fand das gar nicht witzig, verstummte, verzog das Gesicht und fing an zu heulen. Heinrich ließ ihn los, er rannte zu seinem Papa, warf sich ihm in die Arme. Vergessen das Schwert, vergessen die Machtprobe. Die drei machten, dass sie weiterkamen, der Vater warf Heinrich noch einen dankbaren Blick zu.

Und dann war da der Bub gewesen, der sein letztes Taschengeld zusammengekratzt hatte, um sich ein Schwert kaufen zu können. Es sollte eins aus Buchenholz sein, mit einem Schwerthänger aus Leder und einer Sisalschnur, um es umhängen zu können. Summa Summarum hätte das dreizehn Euro und fünfzig gekostet, aber das Sparschwein hatte nur neun Euro hergegeben. Der arme Kerl ließ die Schultern hängen, seufzte und sagte, dass er dann wohl nächstes Jahr wiederkommen müsse, wenn er genug Geld hätte. Eine Träne glitzerte in seinem rechten Auge. Heinrich konnte nicht anders. Er drückte dem Kleinen die Sachen in die Hand und nahm die neun Euro, nicht ohne dem Glücklichen das Versprechen abzunehmen, erstens mit niemandem darüber zu sprechen und zweitens mit seiner Waffe niemals jemanden anzugreifen, sondern nur die Schwachen zu verteidigen und auch keine Drachen zu erlegen, denn von denen gäbe es nur noch ganz wenige Exemplare. Ernsthaft hörte sich der junge Ritter alles an und schwor dann, sein Versprechen niemals zu brechen. Sorgfältig legte er sich Gürtel und Schwert um, dankte Heinrich mit einem Händedruck und ging gemessenen Schrittes in Richtung Hafenmarkt.

Um Punkt zwanzig Uhr dreißig verschnürte Heinrich seinen Stand für die Nacht. Neuneinhalb Stunden Kälte lagen hinter ihm, er freute sich auf ein warmes Essen und ein gutes Glas Wein in einer warmen Gaststube. Er zog seine Gugel tiefer in die Stirn und vergewisserte sich, dass sein Gürtel mit den Beuteln sicher verschlossen war.

»Kommst du mit?«, rief er Anne zu.

»Wer kommt sonst noch?«

Heinrich überlegte einen Moment und zählte die Namen an den Fingern ab.

»Susi, Wolfi, Frauke, Thomasio, Fitzek, Sibela und Hartmut. Ob Closinchen kommt, ist noch nicht klar. Die hat sich mit ihrem Göttergatten in den Haaren.«

Heinrich musste grinsen. Closinchen hatte mit ihrem Mann einen Toilettenwagen aufgestellt. Aber nicht irgendeinen. Einen Luxus-Toilettenwagen mit Pflanzeninterieur, nachempfundenem Donnerbalken und ausgezeichneter Heizung. Eintritt einen halben Goldumrandeten, also fünfzig Cent, kostenlos für alle Marktbeschicker.

»Soll ich noch was helfen?«, fragte Heinrich.

Anne schüttelte nur den Kopf. »Danke, geh ruhig. Ich komme nach.«

Heinrich waren ihre roten Augen aufgefallen. Ziemlich verheult. Was war nur los? Den ganzen Tag hatte sie hinter ihren Schuhen, Lederbeuteln, Gürteln und Taschen gesessen und verbissen Löcher ins Leder gestanzt. Mit einer Lochzange. Irgendetwas kratzte in Heinrichs Gedächtnis, aber er konnte es nicht greifen und zog los. Er trat zwischen den zwei hölzernen Türmen hindurch, die den Mittelaltermarkt vom normalen Weihnachtsmarkt trennten. Sofort fühlte er sich unbehaglich. Seine mittelalterlichen Kleider stachen ab von den Nikolausmützen, die Stände standen alle in Reih und Glied, einer gebaut wie der andere, wie von einer Sau geferkelt. Gestern hatte es Ärger gegeben. Einer der Betreiber hatte die Zufahrt zum Mittelaltermarkt blockiert und wollte nicht weichen.

Erst das gut gemeinte Angebot, dass wir ihm helfen würden, seinen Lkw zu entladen, dachte Heinrich, hatte den Mann zur Vernunft gebracht. Wir, überlegte er. So ist es. Ich kenne die Leute gerade mal vier Tage, und schon fühle ich mich zugehörig. *Wir* auf dem Mittelaltermarkt, und *die* auf dem neuen. Das klang gut.

Er ging an St. Dionys vorbei, die er gestern von unten begutachtet hatte während seines Spaziergangs durch die Unterwelt Esslingens. Wie in vielen Kirchen waren auch in St. Dionys im Mittelalter die Wände mit aufwendigen Malereien verziert worden. Viele großartige Künstler, von denen man heute nicht einmal mehr die Namen kannte, waren durch das Land gezogen und hatten sich für ein oder zwei Jahre verdingt, um die kahlen Wände mit frommen Bildern zu verzieren. Und genau wie in anderen Kirchen waren auch in St. Dionys die zum Teil unbezahlbaren Kunstwerke zerstört, überstrichen, samt dem Putz abgeschlagen worden. Teils wegen Renovierungsarbeiten, vor allem aber während der Reformation, als zu üppiger Kirchenschmuck in Verruf geriet.

Heinrich folgte der Abt-Fulrad-Straße, überquerte die kleine Brücke über den Rossneckarkanal und hielt auf das Schelztor zu, das vor vielen hundert Jahren erbaut worden war und den Eingang zur größten Einkaufsstraße Esslingens, der Bahnhofstraße, markierte.

Heinrich betrat das »Al Forno«, und die Hitze trieb ihm sofort den Schweiß auf die Stirn. Er stieg die Stufen zum Gastraum hoch, platzierte seine Tasche auf einem Hocker am Tresen und begann, sich auszupellen. Er setzte sich zu den anderen, die gerade eifrig den Mordfall diskutierten und ihn mit Fragen bestürmten, als hätten sie den ganzen Tag über kein Wort gewechselt.

Heinrich genoss die Aufmerksamkeit. Durch Zufall war er so etwas wie ein VIP geworden, mit einem Schlag kannten ihn alle und wollten seine Geschichte hören. Er ließ sich nicht lumpen und erzählte jedes Detail. Nur dass er den Ring gestohlen hatte, das behielt er für sich. Ebenso seine Verabredung mit Senta Taler.

Die Nachzügler kamen, man stellte noch einen Tisch dazu, Essen und Trinken wurde bestellt, das Thema gewechselt, die Eröffnung des Marktes besprochen. Alles hatte perfekt geklappt, Presse war vor Ort gewesen, der Platz vor der Bühne vor der Nordfassade des alten Rathauses mit seinem Uhrwerk aus dem 16. Jahrhundert mit mindestens vierhundert Menschen gefüllt. Heinrich zollte seinen Respekt.

Endlich kam auch Anne. Heinrich hatte sich schon Sorgen gemacht und beschlossen herauszufinden, was mit ihr los war, und sich nicht mit einem »Alles in Ordnung!« zufriedenzugeben. Kaum hatte sie sich neben ihn gesetzt, wollte sie alles wissen über seine Abenteuer. Sie musste auf dem Weg hierher wohl ihr Schweigegelübde gebrochen haben. Wie der Mann denn ausgesehen habe? Wie alt er gewesen sei und was er getragen habe? Heinrich gab nach bestem Wissen und Gewissen Auskunft, und Anne wurde immer blasser. Heinrich beschlich ein Verdacht.

»Kennst du den Mann?« Er flüsterte den Namen.

Anne schrie kurz auf. Die Gespräche verstummten. Annes Augen röteten sich noch mehr. Sie begann zu schluchzen, dann brachen die Tränen ungehemmt aus ihr heraus. Heinrich nahm sie in die Arme, sie schlang ihre um seinen Hals. Betroffene Blicke huschten umher.

»Dein Freund?«, flüsterte Heinrich und ahnte die furchtbare Wahrheit.

Als Antwort schüttelte sich Anne vor Weinen. Heinrich gab es einen weiteren Stich ins Herz. Arme Anne.

Eine bekannte Stimme unterbrach Annes Schluchzen. Heinrich konnte seinen Kopf gerade so weit drehen, dass er Senta Taler erkennen konnte. Sie stand hinter ihm, daneben ihr Kollege Heidenreich und vier Polizisten in Uniform. Verdammt, sie haben das mit dem Ring rausbekommen, dachte Heinrich und fühlte deutlich seine Magengrube. Anne hatte aufgehört zu weinen, aber sie zitterte am ganzen Körper.

»Guten Abend. Senta Taler ist mein Name.« Sie hielt ihren Ausweis hoch. »Kriminalhauptkommissarin, und das ist mein Kollege Heidenreich. Ist eine Anne Schnickel hier?«

Anne löste sich langsam aus Heinrichs Armen. »Ich bin Anne Schnickel.« Sie zog die Nase hoch.

Die Uniformierten traten näher, die Hände an ihren Holstern.

Senta ignorierte Heinrich völlig und ließ Anne nicht aus den Augen. Sie zückte ein rotes Blatt Papier. »Anne Schnickel, ich verhafte Sie wegen des dringenden Verdachtes, eine Straftat gegen das Leben zum Nachteil des Friedhelm Schenk verübt zu haben. Sie haben das Recht zu schweigen und einen Anwalt hinzuzuziehen. Bitte kommen Sie mit.«

Statt sich zu erheben, vergrub Anne ihr Gesicht in den Händen und weinte lauter als vorher, ja sie schrie fast. Heinrich fühlte sich elend. Plötzlich fiel ihm wieder ein, wo er das Mordinstrument schon mal gesehen hatte. Damit hatte Anne vorgestern Löcher ins Leder gemacht. Und jetzt sollte sie ein Loch in das Herz ihres Liebsten gemacht haben? Die Lochzange, schoss es ihm durch den Kopf. Heute hat sie Löcher mit der Lochzange gemacht. Nein. Heinrich schüttelte den Kopf. Das konnte nicht sein. Nicht Anne. Ihre Trauer war echt, das hatte er gespürt, als sie in seinen Armen lag.

Fitzek, der Eigentümer des Lederstandes, erhob sich und protestierte. »Anne ist keine Mörderin, das ist absolut ausgeschlossen. Sie können sie nicht einfach mitnehmen. Das ist Freiheitsberaubung.«

Thomasio zog ihn auf den Stuhl zurück. »Das ist schon richtig. Es ist natürlich Freiheitsberaubung, aber vom Staat angeordnet und damit legal.«

Frauke fragte, ob der Haftbefehl überhaupt von einem Richter unterschrieben sei.

»Eine berechtigte Frage. Ja, er ist von Richterin Antje Belsum unterschrieben und somit rechtens und gültig«, erläuterte Senta ruhig.

Frauke fiel auf ihren Stuhl zurück.

Thomasio fragte, ob er das Schriftstück sehen dürfe. Senta reichte es ihm, er studierte es und nickte.

»Absolut korrekt. Steht alles drin, was drinstehen muss.« Er wandte sich an Anne. »Anne!«, rief er. »Anne, hör mir zu!«

Anne brauchte einige Zeit, bis sie sich beruhigt hatte. Geduldig warteten Senta und ihre Kollegen. Heinrich registrierte ihre gespannte Aufmerksamkeit. Beim geringsten Fluchtversuch hätten sie zugeschlagen und Anne festgehalten, da gab es keinen Zweifel. Für die Polizisten war Anne Schnickel eine Mörderin, die nichts zu verlieren hatte und unter Umständen sogar gefährlich sein konnte.

Thomasio hatte seinen Platz verlassen, kniete vor Anne, hatte ihre Hände genommen. »Du musst mitgehen. Man wird dich ins Untersuchungsgefängnis bringen. Leiste keinen Widerstand. Wir alle hier wissen, dass du niemanden umgebracht hast. Verstanden? Wir vertrauen dir und werden alles in die Wege leiten, damit du ganz schnell wieder da raus bist. Du bekommst sofort den besten Anwalt, den wir kriegen können. Ums Geld mach dir keine Sorgen.«

Heinrich verzog keine Miene. Würde Senta jemanden verhaften, der unschuldig war? Woher sollte er das wissen? Er wusste nur, dass er sich in Senta Taler verknallt hatte. Nichts sonst wusste er von ihr, er wusste nicht, woher sie kam, was ihr Lebensziel war oder ob sie eine gewissenhafte Polizistin war. Was sah er von ihr? Ihre schönen Augen. Ihren schlanken Körper, ihre schmalen Hände mit langen Fingern und kurz geschnittenen Nägeln. Ihre Stim-

54

me hörte er, die samtig weich direkt in seinen Magen fuhr. Würde sie sich mit ihm jetzt überhaupt noch treffen wollen? Musste sie nicht annehmen, Anne und er seien ein Paar?

Anne stand auf, zitterte am ganzen Leib, Thomasio übergab sie zwei Beamten, die sie trotz aller Anspannung vorsichtig in die Mitte nahmen und abführten. An der Treppe schaute sie sich noch einmal um. Ihre Trauer, ihr Entsetzen, ihre Angst lösten in Heinrich den Impuls aus, sie beschützen zu wollen. Er stand auf, machte einen Schritt, ließ sich wieder auf dem Stuhl nieder, zerknüllte einen Stapel Bierdeckel.

Senta blieb noch. »Wir werden Ihre Personalien aufnehmen. Wir müssen Sie alle vernehmen. Das geschieht auch im Interesse von Anne Schnickel. Wir sind die Letzten, die jemanden ohne hinreichenden Verdacht verhaften. Uns geht es darum, den Mörder oder die Mörderin von Friedhelm Schenk zu finden. Wenn Frau Schnickel unschuldig ist, werden wir es herausfinden.«

Sie nickte zuerst Thomasio deutlich, dann Heinrich unmerklich zu und verließ mit ihren Kollegen das »Al Forno«. Zurück blieben zwei Beamte, die mit einem kleinen Laptop die Daten aller Marktbeschicker aufnahmen.

Auf der Straße hatte sich schon eine Menschentraube gebildet, die sich sofort auflöste, als die Streifenwagen abrückten.

Richard Wonnelt meldete sich zu Wort. Er war groß gewachsen, seine stahlblauen Augen standen im Kontrast zu seinen dunklen, fast schwarzen Haaren. Er stammte aus Esslingen, hatte keine Geschwister, die Eltern waren schon lange tot, er liebte Opern, Zitroneneis und Actionkino. Schon am ersten Tag hatten er und Heinrich ausgiebig geplaudert, und Heinrich konnte sich vorstellen, sich mit dem Mann anzufreunden. Auf dem Markt verkaufte er handgeschöpftes Papier, Schreibfedern und alles, was man für Kalligraphie sonst noch brauchte. Seinen Stand hatte er wie ein Profi dekoriert. Für ihn war der Weihnachtsmarkt eine willkommene Abwechslung vom Alltag in seinem Schreibwarengeschäft.

»Ich kenne hier in Esslingen einen hervorragenden Strafverteidiger«, sagte Richard. »Sigfrid Fröhling. Er ist nicht billig, aber wenn irgendetwas nicht stimmt an den Vorwürfen gegen Anne, wird er sie entkräften.«

»Fröhling ist in Ordnung. Ruf ihn an«, sagte Thomasio.

Richard tippte eine Nummer in sein Handy und wartete. »Hallo, Sigfrid, störe ich?« – »Gut. Ich habe einen Notfall. Hast du schon davon gehört, dass Friedhelm Schenk ermordet wurde.« – »Nein? Du wusstest noch gar nicht, dass der Tote Friedhelm Schenk heißt?« – »Ja, klar. Da haben tatsächlich mal alle dichtgehalten. Pass auf. Gerade ist Anne Schnickel vor meiner Nase verhaftet worden. Verhaftet. Nicht festgenommen. Haftbefehl, volles Programm. Sie soll ihn umgebracht haben.« – »Sie ist eine Kollegin von mir, und wir halten sie für unschuldig.« – »Du hast freie Hand. Wir bezahlen, ich bürge für die anderen. Mach halt einen fairen Preis.« – »Du hältst mich auf dem Laufenden, klar. Bis später.« Er unterbrach die Verbindung. »Er macht uns einen Dumpingpreis. Hundertachtzig die Stunde.«

Einige schluckten, aber Thomasio nickte.

»Wir werden sammeln, und ich gebe schon mal einen Tausender dazu«, sagte Richard. »Wir müssen Anne so schnell wie möglich da rausholen. U-Haft ist der Hammer.«

»Kennst du dich damit aus?«, fragte Thomasio. »Das wäre was Neues in deiner Vita.«

»Ich habe mal zwei Tage in U-Haft gesessen. Falsch verdächtigt. Eine Verwechslung. Ohne DNA-Test wäre es mir schlecht ergangen.«

Der Reihe nach sagte jeder den Betrag, den er geben würde. Heinrich gab hundert Euro, auch wenn das ein tiefes Loch in seinen schmalen Geldbeutel riss. Er fühlte sich wohl unter Menschen, die sich so bedingungslos untereinander halfen, die nicht die Augen niederschlugen und Anne fallen ließen wie eine heiße Kartoffel – auch wenn die Möglichkeit bestand, dass sie ihren Geliebten tatsächlich umgebracht hatte. Aber den Gedanken verdrängte Heinrich.

6

Greta musterte die Schar ärmlich gekleideter Menschen vor der Haustür voller Abscheu. Sie stanken widerwärtig und beherbergten sicherlich Unmengen von Wanzen und Läusen in ihrer Kleidung und ihren Haaren. Wie abstoßend! Und die Herrin hatte zwei von ihnen in die Küche gelassen! Nicht auszudenken, was für einen Dreck die hinterlassen würden. Außerdem bedienten sie sich bestimmt heimlich an den hölzernen Löffeln und Schüsseln und ließen sie unter ihren abgerissenen Gewändern verschwinden. Ganz zu schweigen von der Suppe, die über dem Feuer köchelte. Wer wusste, ob davon nachher noch etwas übrig war. Diese Burschen sollte man keinen Moment aus den Augen lassen. Greta schüttelte sich.

Sicherlich, die Männer hatten Eva gebracht, die offenbar gestürzt war und sich verletzt hatte. Aber musste man dieses Lumpenpack deshalb gleich ins Haus lassen? Vermutlich hatte Eva nur ein aufgeschrammtes Bein, und dieses Volk hatte sie in diesem Aufzug hergebracht, um aus ihrer armen Mutter ein paar Münzen herauszupressen. Und wie sie ihre Herrin kannte, würde das Spektakel mit Sicherheit von Erfolg gekrönt sein. Reinhild war viel zu gutmütig, dabei hatte sie selbst kaum genug zum Leben.

»Greta!«

Erschrocken fuhr Greta herum. Ihre Herrin winkte sie zu sich. »Lauf, mach schnell, hol den Wundarzt, Meister Herrmann. Er soll sofort kommen. Beeil dich.«

Greta nickte stumm. Sie warf einen letzten misstrauischen Blick auf die schmutzstarrenden Kinder, die neugierig ins Haus spähten, dann drängte sie sich an ihnen vorbei und lief los.

Reinhild wandte sich an die beiden Männer, die in der Küche standen und immer noch den Laden hielten, auf dem Eva lag und leise wimmerte.

»Tragt sie die Treppe hinauf. Aber vorsichtig!«

Reinhild ging voraus. Die Männer folgten ihr, hievten den Laden stöhnend die enge Stiege hoch. Im oberen Stockwerk befand sich die kleine Schlafkammer, die Reinhild mit ihrer Tochter teilte.

57

»Legt sie auf das Bett.« Reinhild half den Männern, Eva vorsichtig von dem Laden auf die Strohmatratze umzubetten.

»Habt Dank!« Reinhild griff nach ihrem Beutel und reichte dem älteren der Männer eine Münze.

»Das ist nicht nötig, wirklich. Das kann ich nicht annehmen«, stotterte er.

»Doch, bitte nehmt es. Als Zeichen meiner Dankbarkeit. Ich weiß, dass Ihr es brauchen könnt. Und sagt mir: Was ist passiert?« Der Mann blickte verlegen zu Boden. »Sie ist vom Dach gestürzt, das ist alles, was ich weiß.«

Reinhild blickte den anderen Mann fragend an, doch der schüttelte den Kopf.

»Ich bin erst dazugekommen, als sie schon bei der Wessnerin auf der Bank lag. Ihr Bein sah übel aus. Die alte Ribstein hat ihr ein Tuch drumgebunden, damit es nicht so blutet.«

»Sie ist vom Dach gestürzt? Weshalb vom Dach? Was wollte sie dort?« Reinhild sah die Männer forschend an.

»Da waren drei junge Burschen«, sagte der Alte zögernd. »Die waren auch auf dem Dach. Als das Mädchen gestürzt ist, haben sie sich Hals über Kopf aus dem Staub gemacht. Mehr weiß ich nicht.«

»Was für drei Burschen?«, hakte Reinhild nach. »Kennt Ihr sie? Habt Ihr sie vorher schon einmal gesehen?«

Der Alte schüttelte den Kopf. »Die stammten nicht aus der Pliensauvorstadt, sonst hätte ich sie gekannt. Vielleicht waren sie gar nicht aus Esslingen. Hier treibt sich so viel fremdes Volk rum. Was weiß ich.«

»Nun gut, dann gehabt Euch wohl. Und nochmals danke. Das werde ich Euch nicht vergessen.«

Die beiden Männer stapften die Stiege hinunter und traten vor das Haus, wo der Rest der Schar auf sie wartete und sie mit Fragen bestürmte.

Reinhild blieb zurück. Sie kniete sich vor das Bett, griff nach der Hand ihrer Tochter und betete leise. Was, wenn Gott ihr auch noch den letzten lieben Menschen nahm, der ihr geblieben war? Bilder tauchten auf. Von ihrem kleinen Sohn, der nur wenige Tage gelebt hatte. Und von ihrem Gatten, Thomas, von seinen fiebrig glänzenden Augen, seinem irren, nichts mehr sehenden Blick. Am Schluss hatte er Reinhild nicht einmal mehr erkannt. Die Erinnerung versetzte ihr einen Stich ins Herz.

Die Haustür wurde aufgestoßen, Schritte und Stimmen waren zu hören. Kurz darauf traten Greta und der Arzt in die Schlafkammer.

Reinhild sprang auf.»Gut, dass Ihr da seid, Meister Herrmann.«

»Beruhigt Euch, Schreiberin, es wird schon nicht so schlimm sein.« Der Arzt trat ans Bett und beugte sich über Eva. Behutsam wickelte er das Tuch ab. Darunter hervor kam eine tiefe Fleischwunde, die noch immer heftig blutete.

Meister Herrmann drehte sich zu Greta um.»Rasch, bringt mir zwei Eier!«

Greta hastete aus dem Zimmer. Der Arzt kramte inzwischen eine kleine Schale und eine Art Pinsel aus seiner ledernen Tasche hervor. Als Greta zurückkam, bat er sie, die Eier aufzuschlagen und über der Schale zu trennen, sodass nur das Eiklar hineingelange. Die Magd tat, wie ihr geheißen, das Eigelb gab sie in einen Becher, der beim Bett stand, die Schale mit dem Eiklar reichte sie dem Arzt. Der verrührte die zähe Flüssigkeit. Er stellte die Schale ab, griff nach dem schmutzigen Tuch und rieb das Blut rund um die Wunde fort. Eva schrie laut auf vor Schmerz.

Reinhild fuhr ihr über das Haar.»Schon gut, Kind«, flüsterte sie leise.»Es ist gleich vorbei.«

Sie wandte sich an den Arzt.»Habt Ihr nicht ein Mittel gegen die Schmerzen?«

Meister Herrmann brummte unwirsch.

»Ihr Leid ist nichts gegen das unseres Herrn Jesus Christus, vergesst das nicht!«, ermahnte er sie.»Wenn es unserem Herrgott beliebt, Euer Tochter Schmerzen zu schicken, so wird er wissen, warum. Diese Mittel, die die Quacksalber auf den Märkten anbieten, um den Schmerz zu betäuben, sind allesamt Teufelswerk. Lasst bloß die Finger davon, wenn Ihr nicht der Hexerei bezichtigt werden wollt!«

Mit heftigen Bewegungen tupfte er noch einmal um Evas Wunde herum. Sie wimmerte, Tränen liefen über ihre Wangen. Reinhild biss sich auf die Lippen und drückte fest ihre Hand. Kritisch begutachtete Meister Herrmann das Ergebnis seiner Arbeit, bevor er zufrieden nickte und nach der Schale mit dem Eiklar langte. Rasch tauchte er den Pinsel ein und bestrich die Wunde. Ängstlich beobachtete Reinhild jede seiner Bewegungen. Eva wimmerte immer leiser, schließlich verstummte sie ganz.

»Es wird alles gut, beruhige dich«, flüsterte Reinhild ihr ins Ohr. »Gleich ist Meister Herrmann fertig. Dann geht es dir schon viel besser.« Sie strich ihrer Tochter sanft über die Stirn, dann drückte sie ihre Hand.

Meister Herrmann richtete sich auf und reckte sich. »Das wäre vollbracht. Die Wunde ist versorgt. Lasst sie schön in Ruhe, damit sie gut eitern kann. Eine Schale brauche ich jetzt, dann lasse ich das Mädchen noch zur Ader. Mehr kann ich nicht tun. Ihr werdet sehen, in ein paar Tagen ist sie wieder wohlauf.«

Reinhild schickte Greta nach einer Schale. Der Arzt fischte ein Messer mit einer scharfen, kurzen Klinge aus seiner Tasche und ritzte Eva in die Armbeuge. Rot quoll der Lebenssaft in das Holzgefäß, das Greta aus der Küche geholt hatte. Obwohl Reinhild wusste, dass der Aderlass die Heilung ihrer Tochter vorantrieb, dafür sorgte, dass das angestaute verdorbene Blut abfließen konnte, kam es ihr dennoch so vor, als verlasse mit jedem Tropfen ein Funke Leben Evas Körper.

Nachdem Meister Herrmann gegangen war, ließ Reinhild sich müde auf einen Schemel sinken. Die Cotte klebte ihr am schweißnassen Körper, hinter ihrer Stirn pochte ein dumpfer Schmerz.

Greta trat zu ihr. »Seid nicht besorgt, Herrin. Es geht ihr bestimmt bald besser. Meister Herrmann hat doch gesagt, dass sie bald wieder wohlauf sein wird. Ihr müsst jetzt auf Euch achten, sonst werdet Ihr auch noch krank. Soll ich Euch die Suppe auftragen?«

Reinhild schüttelte den Kopf. »Ich kann jetzt nichts essen, Greta.«

»Ganz wie Ihr wünscht, Herrin. Einen Becher warmen Wein vielleicht? Davon könntet Ihr auch Eurer Tochter ein paar Tropfen einflößen, das täte ihr bestimmt gut.«

Reinhild blickte auf. »Ja. Das ist gut gedacht, Greta. Bring mir einen Wein. Und nimm dir selbst von der Suppe.«

Greta huschte aus dem Zimmer. Reinhild blieb allein zurück. Schweigend musterte sie das Gesicht ihrer Tochter, auf dem das

Licht der Talglampe tanzte. Eva war eingeschlafen. Friedlich sah sie aus.

Reinhild seufzte. Greta hatte recht. Bestimmt machte sie sich unnötige Sorgen. In ein paar Tagen würde Eva wieder putzmunter sein und alle Angst vergessen. Sie nahm sich vor, ihre Tochter nicht mehr allein durch die halbe Stadt zu schicken. Das war doch zu gefährlich.

Plötzlich fiel ihr wieder ein, was der alte Mann gesagt hatte. In der Pliensauvorstadt war Eva vom Dach gestürzt. Die lag in einer ganz anderen Richtung als das Haus des Kaufmanns Bartholomäus, wohin Eva das Buch hatte bringen sollen. Was hatte sie dort gewollt? War sie überhaupt bei dem Kaufmann gewesen? Und was war mit dem Geld?

Erschrocken sprang Reinhild auf, vorsichtig tastete sie nach dem Lederbeutel und knotete ihn Eva vom Gürtel. Hastig öffnete sie ihn. Er war leer.

7

Ein neuer Tag war angebrochen, kein Tag wie jeder andere. Bis spät nach Mitternacht hatten sie im »Al Forno« gesessen und darauf gewartet, was der Rechtsanwalt zu berichten hatte. Es war nichts Gutes gewesen. Nach Sichtung der ersten Ermittlungsergebnisse gab es schwerwiegende Indizien gegen Anne, die mehr als einen Anfangsverdacht rechtfertigten. Der Staatsanwalt sprach von dringendem Tatverdacht. Details würden im Laufe des Tages folgen, ein Haftprüfungstermin war für übermorgen angesetzt.

Alle Stände waren geöffnet, die Kunden merkten nichts von der schlechten Stimmung. Routiniert ging das Geschäft weiter, was hätte es Anne genutzt, wenn die Leute dem Markt ferngeblieben wären, weil sie fürchteten, von der schlechten Laune angesteckt zu werden?

Heinrich musste einen Spagat zwischen Geschäft und Neugierigen vollbringen. Ständig kam irgendjemand und wollte seine Geschichte aus den Katakomben hören und anschließend seine persönliche Meinung über den Fall verbreiten. Dazwischen musste er die echten Kunden bedienen, die nach Holzschwertern, Helmen und Schilden verlangten. Heinrich verlor langsam seine Gelassenheit. Natürlich waren auch schon Journalisten da gewesen, aber die hatte er an die Polizei verwiesen und ihnen angedroht, sie bis in alle Ewigkeit zu verklagen, wenn sie es wagen würden, irgendetwas von ihm zu drucken, sei es ein Foto oder ein Text.

Gegen vierzehn Uhr kamen Richard und Thomasio und riefen alle zusammen. Es sah schlecht aus: Annes Fingerabdrücke waren auf der Mordwaffe. Sie war zur Tatzeit von drei unabhängigen Zeugen gesehen worden. Einer sah sie in das Haus gehen, einer sah sie wieder herauskommen, einer hatte sie kurz nach dem Mord wütend und fluchend auf einer Wiese in der Maille, dem Stadtpark von Esslingen, gesehen. Der Grünstreifen zog sich zwischen Rossneckarkanal und Wehrneckarkanal hin, begrenzt von der Vogelsangstraße und der Inneren Brücke, die Anfang des 13. Jahrhunderts gebaut worden war. Der Name Maille stammte von dem Vorläufer des Krocket: Paille-Maille. Dabei musste man mit einem

Hammer Holzbälle durch Tore treiben. Für solche Spiele hatte Heinrich noch nie Verständnis aufbringen können. Das galt genauso für Tennis, Fußball und Boxen. Wobei für ihn Boxen die hirnloseste aller Sportarten darstellte. Bogenschießen, das wollte er irgendwann mal ausprobieren.

Unter Annes Fingernägeln hatte der Erkennungsdienst Hautpartikel gefunden, die ausgereicht hatten, Schenks DNA zu identifizieren. Die Auswertung der anderen DNA-Spuren aus dem Keller würde noch lange dauern. Es waren Hunderte, die zum Teil so vermischt waren, dass sie kaum voneinander zu trennen waren. Aber der dickste Sargnagel war das Motiv: Schenk hatte ihr am Tatabend den Laufpass gegeben. Es gab Streit, sie zog ihm die Krallen durchs Gesicht und stieß ihm dann die Ahle ins Herz. So sahen es die Ermittler. So sah es Senta Taler, die Heinrich für fünfzehn Uhr ins Präsidium zur Vernehmung bestellt hatte.

Schon bei dem Gedanken an sie klopfte sein Herz. Er schalt sich einen Toren, der wie ein verknallter Teenager ständig an die Frau seiner Sehnsucht denken musste, obwohl klar war, dass sie keine Zukunft haben konnten. Vielleicht war es das, was ihn so faszinierte: Er konnte nicht bekommen, was er wollte, also wollte er es umso mehr. Die Leute zerstreuten sich wieder, Kunden warteten, und im Moment konnte man nichts für Anne tun.

Sascha Prüng kam, um Heinrich zu vertreten, und machte ihm Komplimente für seine gute Arbeit und den überdurchschnittlichen Umsatz, den er heute gemacht hatte, trotz der ständigen Unterbrechungen. Heinrich freute sich darüber, vor allem weil er gar nicht das Gefühl hatte, etwas Besonderes geleistet zu haben. Für ihn gab es ein einfaches Rezept: Wenn er sich im oder am Stand aufhielt, war er gut gelaunt, zum Plaudern aufgelegt und immer aufmerksam. Damit leistete Heinrich das, was er erwartete, wenn er in einem Geschäft einkaufte. Guten Service, der einem das Gefühl gab, willkommen zu sein.

Um kurz vor drei machte er sich auf den Weg ins Präsidium zur Vernehmung. Es waren nur zwei Minuten zu Fuß, das Präsidium lag an der Agnespromenade, quasi um die Ecke.

Er musste einen Moment beim Pförtner warten. Immer wieder las er die Fahndungsplakate, auf denen die Bevölkerung aufgefordert wurde, mitzuhelfen, Täter zu fassen. Zurzeit wurde nach einem

Vergewaltiger gesucht, der im ganzen Stuttgarter Raum sein Unwesen trieb. Die Beschreibung passte auf Heinrich und tausend andere Männer. Ein Phantombild gab es nicht. Der Täter war stets maskiert gewesen.

»Ich störe ja ungern …«

Heinrich fuhr zusammen und griff sich ans Herz. »Ach du jemine, jetzt hätte ich fast einen Herzinfarkt bekommen. Haben Sie mich aber erschreckt!«

Senta grinste schief. »So schreckhaft schienen Sie mir in dem Keller aber nicht. Sie haben schließlich eine ganze Weile Totenwache gehalten. Das bringt nicht jeder fertig.«

»Womit wir beim Thema wären.«

Senta nickte und wies den Weg. Eine Treppe hinauf, die Wände aus roten Backsteinen, der Bodenbelag grau, die Büros klein, sauber, neu, adrett, wie in einer Versicherung. Von Sentas Zimmer aus konnte man den Innenhof überblicken. Heidenreich, Sentas Kollege, war auch da; sie setzten sich in graue, erstaunlich bequeme Bürosessel, Heinrich nahm einen Kaffee und zwei Plätzchen. Er spürte seinen Puls, und das lag nicht nur an der bevorstehenden Vernehmung. Er musste sich beherrschen, Senta nicht anzugaffen wie das siebte Weltwunder.

Heidenreich begann. »Herr Morgen, wir haben Sie hierher zur Vernehmung als Zeuge im Fall Friedhelm Schenk gebeten. Sie haben die Pflicht, als Zeuge wahrheitsgemäß zu antworten, und würden sich strafbar machen, wenn Sie etwas Falsches aussagen. Wie jeder Zeuge haben Sie das Recht zu schweigen, wenn Sie sich mit Ihrer Aussage selbst belasten würden. Sie sind Heinrich Morgen, geboren am 28.5.1975, wohnhaft Düsseldorf, Volmerswerther Straße 204. Sie sind von Beruf Historiker und Archäologe und arbeiten im Augenblick als Verkäufer auf dem Mittelaltermarkt. Ist das richtig?«

Heinrich nickte und biss in eines der Plätzchen, das krachend zwischen seinen Zähnen zerbrach.

Heidenreich rieb sich mit Daumen und Zeigefinger der rechten Hand die Nasenwurzel. Mit dem Zeigefinger der linken zeigte er auf einen kleinen schwarzen Kasten.

Heinrich schluckte, aber der Keks war wohl aus demselben Jahrhundert wie die Mumie, die Krümel kratzten im Hals, er musste husten, und ein Schwall Krümel sprühte quer über den Schreibtisch. Heidenreich versuchte auszuweichen, aber er hatte keine Chance.

Senta lachte, und es klang in Heinrichs Ohren wie Sirenengesang. Er sprang auf und fing an, die Krümel von Heidenreichs dunklem Jackett zu fegen, aber der wehrte sich gegen Heinrichs Fürsorge.

»Lassen Sie das doch«, sagte er und schüttelte den Kopf. »Sprechen Sie einfach ein klares Ja in das Gerät, und wir sind ein Stück weiter.«

Heinrich ließ sich auf seinen Stuhl zurückfallen und kam sich vor wie der letzte Depp. »Ja, die Angaben stimmen«, sagte er wie eine Maschine.

»Na wunderbar.« Heidenreich war damit beschäftigt, sein Jackett doch noch zu retten. Mit spitzen Fingern pickte er Stückchen für Stückchen von dem glatten Stoff ab und schmierte sie in ein Taschentuch. Senta übernahm.

»Bitte erzählen Sie uns noch mal, wie Sie den Toten gefunden haben.«

»Ich habe ihn ja nicht gefunden. Ich war weiter hinten in der Gruppe, als die Frau anfing zu schreien. Dann bin ich nach vorne. Das war eigentlich alles. Aber das wissen Sie ja schon.«

»Ihnen ist nichts aufgefallen, vorher? Vielleicht jemand, der sich seltsam verhalten hat? Jemand, der es eilig hatte?«

Heinrich schüttelte nur den Kopf. Senta rieb sich das Kinn.

»Anne Schnickel hat direkt gegenüber Ihrem Stand gearbeitet. Ist Ihnen an ihr etwas aufgefallen?«

»Ja. Bis zum Todestag ihres Freundes war sie bester Laune, hat gestrahlt vor Lebensfreude. Am Morgen nach Schenks Tod hatte sie verheulte Augen und hat ständig versucht, jemanden mit dem Handy zu erreichen, was ihr aber offensichtlich nicht gelungen ist. Ich nehme an, es war Schenk, den sie erreichen wollte. Sie haben die Verbindungen sicherlich schon gecheckt?«

»Sie hat es fast hundertmal versucht.«

»Warum sind Sie nicht drangegangen, Frau Taler?«

»Er hatte zwei Handys. Das zweite lag in München, stummgeschaltet. Anne Schnickel hatte nur diese eine Nummer.«

Heinrich runzelte die Stirn. »Also kommt er aus München?«

Heidenreich nickte Senta zu. »Er hat in München studiert und wohnte dort. – Sie sagten, Anne Schnickel habe verheulte Augen gehabt. Was glauben Sie, warum?«

»Sie hat sich Sorgen gemacht. Ich glaube nicht, dass sie versucht hat, einen Toten anzurufen.«

Heidenreich hatte den letzten Krümel abgesammelt, das Jackett ließ sich nicht mehr anmerken, dass es Opfer eines Keks-Attentats geworden war. »Was macht Sie da so sicher?«, fragte er beiläufig.

»Ihre Trauer, ihr Entsetzen. Das war echt. Sie ist keine Schauspielerin. Die anderen haben sogar Anekdoten darüber erzählt, dass sie nicht lügen kann. Noch nie konnte. Als Erwachsene wird sie immer noch genauso rot beim Lügen wie als Kind. Sie muss furchtbar darunter leiden.«

»Sie halten sie für unschuldig?«

Heinrich zögerte nicht. »Hundertprozentig.«

»Haben Sie sie arbeiten sehen? Gestern und die Tage davor?«

»Sie meinen die Ahle. Das ist mir erst im Nachhinein aufgefallen. Gestern hat sie den ganzen Tag mit der Lochzange gearbeitet. Das Mordwerkzeug gehört ihr, nicht wahr?« Heinrich fasste zusammen, was der Anwalt ihnen mitgeteilt hatte: »Und es sind ihre Fingerabdrücke drauf. Und sie ist gesehen worden. Und die Striemen auf seinen Wangen – sie hatte seine Haut unter den Nägeln.«

Senta und Heidenreich tauschten einen Blick.

»Ich nehme an, ihr Anwalt hat Sie informiert«, sagte Senta ernst. »Und jetzt sagen Sie selbst: Gibt es da noch Interpretationsspielraum?«

»Es gibt immer Interpretationsspielraum. In Annes Fall halte ich es wie in einem guten Thriller: Je mehr gegen den Helden spricht, desto unschuldiger ist er.«

Heidenreich hüstelte. »Wir haben es aber mit der Realität zu tun. Da ist kein Platz für Illusionen und Phantasien. Anne Schnickel ist mit an Sicherheit grenzender Wahrscheinlichkeit die Mörderin von Friedhelm Schenk. Das werden wir mit wissenschaftlicher Gründlichkeit beweisen. Und wir werden nichts außer Acht lassen, was Frau Schnickel entlasten könnte. Ihre Einschätzung ist wichtig für uns und auch später vor Gericht.«

Heinrich lüpfte die Augenbrauen, und Senta griff ein.

»So weit sind wir noch nicht, Ralf. Bis dahin ist es noch ein gutes Stück Arbeit. Gibt es sonst noch etwas, das Sie anmerken möchten?«

Heinrich lehnte sich nach vorne. »Haben Sie sich überlegt, dass vielleicht die Mumie etwas mit dem Mord zu tun haben könnte?«

»Na ja, schon. Aber die Mumie wird Probleme gehabt haben, die Ahle in Schenks Herz zu stoßen, meinen Sie nicht?«, sagte Sentas Kollege und schmunzelte.

Wider Willen musste Heinrich grinsen. Die Vorstellung war durchaus erheiternd.

Heidenreich hob die Hände. »Verzeihung, das war nicht so gemeint. Natürlich haben wir das angedacht und behalten es auch im Auge. Aber wir haben in Schenks Wohnungen nicht den geringsten Hinweis gefunden, der eine Verbindung zwischen ihm und der Mumie herstellt. Er war in der Kammer, kein Zweifel. Wahrscheinlich war es auch für ihn ein Zufallsfund.«

Heinrich wiegte den Kopf. »So viele Fragen. Was wollte er in dem Keller? Es ist schließlich nicht seiner. Wie ist Anne Schnickel dahin gekommen?«

Senta seufzte. »Sie hatte ein Motiv. Eifersucht. Er hat ihr an dem Tatabend wahrscheinlich mitgeteilt, dass sie verlassen wird. Sie dreht durch. Ende. Sie flieht und verdrängt die Tat, ruft ihn ständig an, obwohl sie weiß, dass er nicht ans Telefon gehen kann. Aber das werden wir alles festklopfen, und das Gericht wird entscheiden, nicht wir. Ich kann Ihnen nur versichern, dass wir nach bestem Wissen und Gewissen unsere Arbeit tun und ausreichend Personal und Mittel zur Verfügung haben. Es ist gut, wenn Sie Frau Schnickel unterstützen. Sie braucht jetzt Hilfe. Und wenn Ihnen etwas einfällt oder Sie etwas finden, rufen Sie an. Ich bin immer für Sie zu erreichen. Meine Nummer haben Sie ja.«

Heinrich erhob sich gleichzeitig mit Heidenreich und Senta. »Danke für die offenen Worte«, sagte er und meinte es ernst. Er hatte sich eine Ermittlung ganz anders vorgestellt. Gestresste Bullen, die ständig gehetzt mit Ordnern rumliefen, Geschrei auf den Fluren, weil wieder mal ein Puff ausgeräumt worden war und die Huren Gott und die Welt verfluchten.

»Ist das immer so gemütlich hier?«, fragte Heinrich Senta, weil er lieber noch geblieben wäre.

»In der Regel schon. Beim Dauerdienst und bei den Streifen

sieht das allerdings anders aus. Da herrscht Betriebsamkeit und öfters auch ziemliche Hektik.« Senta griff Heinrich am Arm und führte ihn hinaus.

Heidenreich saß schon wieder über seinen Akten, Heinrich sah gerade noch, wie er eine Nummer wählte und sich meldete. Vor der Tür ließ Senta Heinrichs Arm wieder los. Es war ein gemischtes Gefühl gewesen. Auf der einen Seite ihre warme Hand, auf der anderen Seite diese typische Geste, wenn jemand abgeführt wird. Senta redete weiter.

»Mordermittlungen sind ein Puzzlespiel. Und wenn wir nicht innerhalb von etwa sechsunddreißig Stunden den Täter oder die Täterin haben, wird es in der Regel langwierig.«

»Dann wird das also ein langwieriger Fall.«

Senta grinste verschmitzt. »Sie hätten Anwalt werden sollen.«

Heinrich winkte ab. »Das wäre nichts für mich. Recht und Gerechtigkeit mögen sich nicht wirklich. Außerdem ist der Markt überschwemmt.«

Sie waren am Ausgang angekommen. »Sie müssen entschuldigen, dass ich nicht mehr Zeit habe, aber wir müssen schauen, dass die Spuren nicht kalt werden. Wenn sich etwas Entscheidendes ergibt, werde ich Sie informieren.«

»Das dürfen Sie?«

»Ich werde keine Geheimnisse aus der laufenden Ermittlung preisgeben, keine Angst. Bis morgen Abend, Herr Morgen.«

Sie drückten sich die Hände, schauten sich in die Augen. Einen Augenblick, bevor ihr Blick alles verraten hätte, wandten sie sich gleichzeitig ab und gingen ihrer Wege. Heinrichs Herz schlug heftig, in seinem Bauch kribbelte es. Er genoss die kalte Luft, die seinen Kopf kühlte. Fast wäre ihm der Schweiß ausgebrochen da drin, als er ihre Hand spürte und ihren Blick und seine Phantasie mit ihm durchgegangen war. »Komm wieder auf den Boden der Tatsachen«, sagte er zu sich selbst. Mit sich im Unreinen, ob er glücklich sein sollte oder verzweifelt, ging er zurück in seine Waffenkammer.

Er fühlte sich wie in Watte gepackt, gut dass die Leute heute beschlossen hatten, ihm den Stand leer zu kaufen. Trotz Senta musste er ständig an Anne denken und an die Mumie, deren Ring er gestohlen hatte. Endlich schlug die Uhr halb neun.

Heinrich verschnürte den Stand, sagte Bescheid, dass er heute

Abend nicht ins »Al Forno« kommen würde. Er wollte sich mit der Mumie beschäftigen. Ob sie noch in der Geheimkammer lag, wo er sie gefunden hatte? Die Kammer hatte das optimale Klima für die Konservierung über die Jahrhunderte erhalten. Unter den nun veränderten Bedingungen bestand die Gefahr, dass sich ihr Zustand in kurzer Zeit erheblich verschlechterte.

Er nahm den Bus, und keine zwanzig Minuten später spulte er seinen Camcorder an die Stelle, als er über die Mumie gestolpert war.

Heinrich mochte es sich nicht eingestehen, aber Schenks Tod ging ihm nahe. Nicht nur weil Anne darin verstrickt war, sondern weil er sinnlose Gewalt verabscheute, weil er sich manchmal für die Menschen schämte, die so brutal sein konnten, so rücksichtslos. Einen anderen töten, das war für ihn nur in Notwehr denkbar. Alles andere war krank und verabscheuungswürdig. Friedhelm Schenk konnte er nicht mehr helfen. Aber Anne konnte er beistehen. Gab es eine Möglichkeit, ihre Unschuld zu beweisen? Vielleicht hatte die Mumie ja doch mit Schenks Tod zu tun? Aber wie? Er konnte sich beim besten Willen nichts vorstellen. Noch nicht. Er musste zuallererst herausfinden, wer diese Frau gewesen war, als sie noch durch die Straßen des mittelalterlichen Esslingen gewandert war. Wenn er das wusste, gab es vielleicht einen Anknüpfungspunkt, zeigte sich eine Verbindung, die ein anderes Motiv als Eifersucht möglich machte und berechtigte Zweifel an Annes Schuld aufwarf.

Zuerst musste er die genaue Zeit bestimmen, in der die Frau gelebt hatte. Seiner Einschätzung nach musste es Anfang des 14. Jahrhunderts gewesen sein. Aber er musste auf Nummer sicher gehen. Er machte von dem Kleid, der Haube und den Schuhen Standbilder und schickte sie an Slobodan Taziewicz, einen ehemaligen Kollegen und ebenfalls, wie er selbst, Spezialist für das Spät- und Hochmittelalter, vor allem für Bekleidung. Mit ihm hatte sich Heinrich nicht überworfen, sie pflegten regelmäßigen Kontakt; er hatte Slobodan vor ein paar Monaten in der Schweiz besucht, und sie hatten drei angenehme Tage verbracht. Den Span schickte er an das physikalische Labor Hendrik Fischer in Hamburg.

Jetzt der Ring. Ein typischer Siegelring mit einer Teilansicht des Familienwappens. Heinrich stöhnte. Es gab Tausende von Bürgerwappen, die sich oft kaum voneinander unterschieden. Hoffentlich waren die Wappen aus dem Esslingen des 14. Jahrhunderts erhalten. Er zog die Bücher zu Rate, die er sich besorgt hatte und wurde enttäuscht. Bürgerwappen aus dem 14. Jahrhundert waren so gut wie keine dokumentiert. Dann brauchte er halt einen Siegelkundler, einen Sphragistiker.

Er drehte den Ring hin und her. Massives Gold. Das Wappen eingraviert in einen ovalen Karneol. Heinrich bewunderte die Reinheit des Steines. Er hatte schon viele Siegelringe aus Karneol begutachtet. Bereits die alten Ägypter verwendeten das Mineral, Luthers Siegelring bestand ebenfalls daraus. Der Stein war auf eine Silberplatte gebettet, reflektierte silbrig rötlich das Licht. Eine gute Idee. Das Wappen zeigte einen halben Adler auf der rechten Seite, offensichtlich dem Wappen von Esslingen angelehnt. Links einen Eber, eine Ähre und ein Haus. Filigran gearbeitet und meisterlich abstrahiert. Die Symbole waren einfach, aber sofort erkennbar. Verschlungene Linien verbanden beide Seiten zu einem Ganzen.

Ein wertvolles Stück hatte er da in Händen, und er hatte es gestohlen. Niemand würde etwas davon erfahren. Und selbst wenn? Als Historiker war er ja sowieso erledigt. Ihn interessierte im Augenblick nur eins: Wer war die Frau? Wie war sie in die Geheimkammer gekommen? Ein Verbrechen? Selbstmord? Ein ganz besonderes Grab? Das musste er herausfinden. Seine Neugier war geweckt, sein Jagdinstinkt.

Er überschlug seine finanziellen Mittel. Nachdem er aus dem Dienst der Uni geflogen war, hatte er seine Ersparnisse relativ schnell aufgebraucht. Übrig war nur noch die eiserne Reserve. Der Kassensturz machte ihm klar, dass er sich nicht um den Verkauf der Spielsachen drücken konnte. Er wurde gut bezahlt, bekam eine Fixsumme von zweitausend Euro für die vier Wochen, zuzüglich einer Gewinnbeteiligung von zwanzig Prozent. Und das alles an der Steuer vorbei. Das würde bis Mai reichen, und dann gingen die Mittelalterfeste los, für die er sich schon verdingt hatte. Sascha Prüng hatte ihm in Aussicht gestellt, auf eigenes Risiko Märkte machen zu können. Dann würde er natürlich viel mehr verdienen, müsste sich aber selbst um Ware kümmern und Prüng fünfzehn Prozent Provision zahlen. Und versteuern musste er das Ganze auch. Das konnte er ja immer noch entscheiden. Jetzt hatte er ein dringenderes Problem.

Heinrich schlug sich die Hand an die Stirn. Direkt neben seinem Stand befand sich ja eine Bude mit einem Wappen- und Siegelkundler darin. Arne! Den konnte er fragen. Das nahm er sich für den nächsten Morgen vor. Er fotografierte den Ring, versteckte ihn in einer Dose mit Keksen und nahm sich den Film noch einmal vor. Der Tote. Die Geheimkammer. Die Mumie. Der Tote. Die Geheimkammer. Die Mumie. Immer wieder konzentrierte er sich auf die Bilder und vergaß dabei die Zeit. Gegen zwei Uhr in der Nacht begannen die Bilder vor seinen Augen zu verschwimmen. Inzwischen kannte er jedes Detail, wusste, wie viele Spinnweben am Eingang zum Keller gehangen hatten und aus wie vielen Steinen die Rückwand der Geheimkammer gemauert war. Alle Steinmetzzeichen hatte er abgemalt, es waren insgesamt zwölf Handwerker, die sich im Keller verewigt hatten.

»Die checke ich noch, und dann gehe ich ins Bett«, sagte er zu seinem Laptop und streckte sich, dass seine Gelenke knackten.

Fünf konnte er anhand klarer Merkmale sofort verschiedenen Bauhütten zuordnen. Zwei Zeichen ordnete er nicht als Steinmetz-, sondern als Versatzzeichen ein. Die dienten nur zur Festlegung von Steinen an einer bestimmten Position des Gebäudes. Drei waren wohl Steinbruchzeichen, Qualitätszeichen, die üblicherweise wieder weggemeißelt wurden und sehr einfach gehalten waren. Hier im Keller hatte sich niemand die Mühe gemacht, sie zu entfernen. Zwei konnte er nicht einordnen: ein Kreuz, auf der linken Seite mit einer Schräglinie versehen, und ein gleichschenkliges Dreieck mit zwei Kreisen rechts und links der gleichen Schenkel.

Einmal noch wollte er sich den Film ansehen, dann ins Bett gehen und von Senta träumen. Er spulte zurück, und alles fing von vorne an. Der Tote. Die Geheimkammer. Heinrich hielt das Bild an, spulte einige Sekunden zurück. In Zeitlupe driftete die hintere Wand an ihm vorbei. Da. Er stoppte die Aufzeichnung und vergrößerte den Ausschnitt. Überrascht stieß er Luft aus, kratzte sich am Kopf und ging ans Fenster.

Die Nacht war klar, aus den Kanaldeckeln dampfte es. Eine Bewegung auf der Straße irritierte Heinrich. War da jemand an seinem

Auto gewesen? Unsinn. Er brauchte jetzt Schlaf, sonst würde er den morgigen Tag nicht überstehen.

Wie gerädert fühlte er sich, als er aufwachte. Das Kissen war durchgeschwitzt. Heinrich war in seinen Träumen von Untoten verfolgt worden, in einem Meer von Edelsteinen ertrunken und hatte sich zuletzt auf dem Richtblock wiedergefunden. Bevor der Henker das Schwert niederfahren ließ, hatte ihn der Wecker aus dem Schlaf gerissen. Neun Uhr. Heinrich stellte sich zwanzig Minuten unter die heiße Dusche, dann zwei Minuten eiskalt. Den Kaffee brühte er extrastark auf, verzichtete auf Essen, warf sich in seine Verkleidung und machte sich auf den Weg zur Bushaltestelle.

Luft stach ihm kalt in die Lungen, es würde ein harter Tag werden. Gestern war schon üppig gewesen, aber heute, am Sonntag, rechnete er mit einem anständigen Umsatz. Gegen Nachmittag würden sich Tausende über den Markt schieben, und ab sechs würde nichts mehr gehen. Bis Stuttgart würden sich die Autos stauen, und selbst die Sonderzüge würden die Menschenmassen nicht mehr fassen können. Unglaublich. Der Boom war ungebrochen, Mittelalter war in und ein gigantisches Geschäft.

Heinrich musste sich allerdings eingestehen, dass hier in Esslingen eine ganz besondere Atmosphäre herrschte. Die Mischung aus kommerziellen Ständen, echten Handwerkern, Musikern und Show war gelungen. Menschen, die hierherkamen, hatten das angenehme Gefühl, nicht zum Kaufen gepresst zu werden, sondern eingeladen zu sein zum Schauen, zum Erleben. Sie wurden Teil einer vergangenen Zeit, einer einfachen Zeit, durchschaubar und beherrschbar. Den meisten war klar, dass das eine romantische Verklärung war. So verhielt es sich nun mal mit Märchen, und nichts anderes war der Mittelaltermarkt: ein schönes Märchen, in das man für ein paar Stunden eintauchen und in dem man seine Probleme vergessen konnte. Die Verkäuferinnen und Verkäufer waren allesamt Originale, schlagfertig und bewandert in der Psychologie des Marktbesuchers. Heinrich hatte sich auch schon die eine oder andere Geschichte zurechtgelegt. Der Bus kam, er stieg ein und zeigte seine Monatskarte. Er lehnte den Kopf an die kalte Scheibe und grübelte weiter. Noch vor zwei Jahren hatte er an der Heinrich-Heine-Universität Düsseldorf Vorlesungen gehalten, hatte in elitären Kreisen verkehrt, und jetzt verkaufte er Spielzeug. Mein Gott, was für eine Scheiße. Das Verkaufen war gar nicht schlimm, im Gegenteil. Schlimm war die Zeit dazwischen. Rumstehen, frieren, zum hundertsten Mal irgendwas zurückstellen, wenn Kinder es begutachtet, nach dem Preis gefragt und dann hatten fallen lassen, weil der Rest ihres Taschengeldes höchstens noch einen Euro fünfzig betrug. Und dafür bekam man nicht einmal einen Holzdolch.

Der Bus brauchte eine Viertelstunde bis zur Haltestelle in der Augustinerstraße, die einige Meter oberhalb des Marktplatzes verlief. Heinrich bewegte sich gemessenen Schrittes, blieb hier und da bei Kollegen an ihren Ständen stehen. Da war der Korbflechter, der selbst bei grimmigstem Frost selig grinsend die Binsen mit ungeheurem Kraftaufwand zu Körben flocht. Da war Bettina, die von ihrem letzten Geld ein bisschen Bastelmaterial gekauft hatte und kleine Spielfiguren für Kinder anbot. Reihum luden sie die Standbesitzer zum Mittagessen ein. Da war Harald, der vor zwei Jahren seine Frau verloren hatte. Seine Töpferwaren verrieten nichts von dem verzweifelten Schmerz, der in seinen Eingeweiden tagtäglich wütete.

Unter den wuchtigen Betonträgern, auf denen die Augustinerstraße verlief, reihten sich die Attraktionen des Zwergenlandes aneinander. So hieß der mittelalterliche »Kinder-Event-Park«. Bogenschießen, Hufeisenwerfen, Kegeln und eine handbetriebene Hollywoodschaukel in Piratenschiffformat lockten die Kinder in Scharen an. Heinrich schlenderte am Seifenstand vorbei und schnüffelte. Seine Lieblingsseife war ganz klar die mit Zitronenmelisse. Seine Nase vollführte einen kleinen Salto rückwärts, als ihm die Orient-Spezereien in die Nase stachen, mit kräftigem Geruch nach Weihrauch, Myrrhe und anderen Gewürzen, deren Namen er vorher noch nie gehört hatte. Zinnfiguren, -becher und -amulette, Felle und Pelze, Süßigkeiten, Hanfprodukte und alles, was der Gaumen begehrte, wurde feilgeboten. Neunzig Stände erweckten das Markt- und Handwerkstreiben des mittelalterlichen Esslingen, das mit seinem malerischen Stadtkern und einer umtriebigen Tourismus-GmbH seinen Beitrag dazu leistete. Die EST, so hieß die städtische GmbH, kümmerte sich in persona des Geschäftsführers Anton Haller und der Organisationsleiterin Andrea Beinau um viel

Organisationskram und erhielt dafür ein Weihnachtsevent, das in Deutschland seinesgleichen suchte und den Stuttgarter Weihnachtsmarkt schon lange ausgestochen hatte.

Die Gespräche drehten sich überwiegend um Anne. Manche legten ihre Hand für sie ins Feuer, andere, die sie nicht kannten, sagten voraus, sie werde für immer ins Gefängnis gehen.

Heinrich bog um die Rathausecke und sah schon von Weitem einen kleinen Menschenauflauf vor seinem Stand. Seinen Chef erkannte er, Thomasio war da und Wolfi, von dem er nur wusste, dass er der Chef des größten Catering-Unternehmens auf dem Markt war und immer Jeans und Jeansjacke trug. »Zeitensprung« hieß die Firma, die mehr als zweihundert Menschen beschäftigte und bundesweit agierte.

Sascha Prüng winkte, die Gruppe kam auf Heinrich zu.

»Seid gegrüßt, edler Recke«, sagte sein Chef und grinste. »Wie ist das Befinden?«

Heinrich lachte. »Ist der Papst katholisch? Habe ich tiefgefrorene Zehen und Rheuma in allen Gliedern? Bestens. Es geht mir bestens! Was ist Euer Begehr? Wollt Ihr wieder mal meinen Lohn kürzen, damit auch noch das letzte meiner zehn Kinder verhungert?«

»Dafür solltet Ihr mir dankbar sein, anstatt mich zu verunglimpfen«, erwiderte Sascha Prüng.

Alle lachten kurz, wurden aber schnell wieder ernst. Thomasio trat vor.

»Wir haben gestern Abend noch mal mit dem Anwalt gesprochen. Er hat Anne empfohlen, ein Geständnis abzulegen.«

Heinrich wollte gerade erwidern, das könne kein guter Rechtsanwalt sein, als Richard auch schon die Schultern hob und sagte, als Anwalt habe man anhand der Beweislage gar nichts anderes vorschlagen können.

Heinrich schüttelte den Kopf. »Dann hat die Polizei nicht korrekt ermittelt.« Er musste an Senta denken.

»Da gibt es nur eine Möglichkeit«, sagte Thomasio.

Sascha Prüng übernahm das Wort. »Wir sind uns einig. Anne ist keine Mörderin. Wir müssen die Sache selbst in die Hand nehmen. Wir werden die Ermittlungsgruppe Anne gründen. Das hat klare Priorität. Ich habe beschlossen, dich für die Zeit der Ermittlungen freizustellen, bei vollem Lohnausgleich. Dir geht kein Cent verloren. Ich denke, du bist eine wertvolle Hilfe. Du warst vor Ort, bist Historiker, kennst dich also aus mit Spurensuche. Was sagst du?«

Heinrich zögerte nicht. Normale Kleider, nicht frieren, dasselbe Geld verdienen und eine Unschuldige aus den Fängen des Sheriffs befreien? »Ich bin dabei«, sagte er mit fester Stimme. Die anderen murmelten Zustimmung, schlugen ihm auf die Schulter. Sie schienen so erleichtert, als wenn sie gerade Sherlock Holmes verpflichtet hätten. Sascha Prüng übernahm erst mal den Stand, bis die Aushilfe am Nachmittag kommen würde.

Das nenne ich Glück im Unglück, dachte Heinrich, trabte mit den anderen zum Künstlerkeller, freute sich auf ein kleines feines Abenteuer und wunderte sich wieder einmal über diesen Menschenschlag, der ihn an Bergleute erinnerte: zusammenhalten und möglich machen, was unmöglich ist. Heinrich rieb sich das Kinn. Und wo ist der Haken?, überlegte er und hoffte, dass nicht er es sein würde, der irgendwann daran baumelte.

8

Es schüttete wie aus Kübeln. So als hätte der Herrgott im Himmel sämtliche Badezuber auf einmal geleert. Und das schon seit dem frühen Morgen. Das Wasser fraß sich durch Lehmwände und Mäntel, sickerte durch das faulige Stroh der Dächer und tropfte in die Wohnstuben. Die Straßen von Esslingen glichen einem Schweinestall, der seit Wochen nicht gereinigt worden war. Und genauso rochen sie auch.

Nur wer unbedingt vor die Tür musste, watete hastig durch den stinkenden Schlamm. Der Bachlauf, der sich zwischen dem Katharinenhospital und dem Marktplatz hindurch und dann hinunter zum Fischmarkt schlängelte, hatte sich in einen kleinen, braun schäumenden Fluss verwandelt, der alles mit sich riss, was ihm in den Weg kam. Apfelschalen und ein zerfetztes Weidenkörbchen tanzten auf den Schaumkronen am Salzbrunnen vorbei, der mitten auf dem Marktplatz stand.

Auf dem Friedhof rings um die große St.-Dionys-Kirche hatte der Regen besonders viel Schaden angerichtet. Hier war der Gestank nach Verwesung und Tod beinahe unerträglich. Hie und da ragten morsche Bretter aus dem Boden, Überreste von Särgen, und am Südzipfel des Gottesackers, direkt beim Beinhaus, blitzten ein Schädel und ein Armknochen aus der aufgewühlten Erde hervor.

In der großen Kirche war von alledem nichts zu spüren. Johann von Gent warf den beiden Burschen, die gerade unter pausenlosem Getuschel und Gewisper Malachitpulver mit Eidotter zu einem saftigen Grün vermengten, einen missbilligenden Blick zu, bevor er den Pinsel in die Farbe tauchte. Diese jungen Kerle hatten alles im Kopf, nur nicht ihre Arbeit. Er seufzte. Wer wollte es ihnen verdenken? Sie waren fünfzehn oder sechzehn, da dachte man lieber an schöne junge Mädchen oder die Zerstreuungen eines Jahrmarktes als an die Kunst. Und er selbst war kaum besser. Warum wohl hielt er sich so lang an dem Madonnenbildnis auf? Doch nur, weil er bei jedem Pinselstrich an die Frau dachte, deren Ebenbild er an der Kirchenwand verewigt hatte.

Behutsam zog Johann das dunkle Blau einer Falte im Gewand

der Jungfrau nach. Noch war das Bildnis nicht perfekt, nicht so, wie er es vor seinem inneren Auge sah. Hinter ihm wurde es lauter. »Hans! Jakob! Wollt ihr wohl Acht geben beim Anmischen der Farbe!«, rief er, ohne sich umzudrehen.

Das Kichern der Burschen verstummte. »Ja, Herr«, erwiderte Jakob kleinlaut.

Eine Weile arbeiteten die drei schweigend, nichts war zu hören außer dem Klappern der Tiegel mit den Farbzutaten und dem gleichmäßigen Pladdern des Regens auf das Kirchendach. Bis plötzlich die Tür geöffnet wurde. Johann blickte nicht von seiner Arbeit auf. Um diese Tageszeit kamen ständig Menschen in das Gotteshaus, um zu einem kurzen Gebet innezuhalten. Oder um einen ruhigen, trockenen Ort zu haben, an dem sie miteinander reden konnten. Auch während der Messe gingen nicht nur die Malerarbeiten, sondern auch die Gespräche weiter, über die Erntehelfer, die man für die im Herbst anstehende Weinlese brauchte, die Zwischenfälle beim Bau der neuen Kirche oder den Ärger mit Graf Eberhard von Württemberg, an den die Stadt jährlich das halbe Umgeld entrichten musste, zweihundertfünfzig Pfund Heller, die man lieber selbst behalten hätte, als sie dem Grafen in den Rachen zu werfen. Manchmal ging es auch nur darum, wen der alte Holzwart Schmieder, der gerade seine vierte Gemahlin zu Grabe getragen hatte, diesmal ehelichen würde, warum der Sattler Derner am Vorabend seinen ganzen Lohn am Würfeltisch verzockt hatte oder ob die Magd von Balduin Vornholt wohl von ihm oder seinem Sohn einen Bastard erwartete.

In kleinen Grüppchen standen die Gläubigen beisammen, und Johann hörte, ohne es zu wollen, so manches Gespräch, das mit Sicherheit nicht für seine Ohren bestimmt war. Für die meisten Menschen war er fast unsichtbar, ein Teil der Kirche, als wäre er mit den Wänden verschmolzen, die er bemalte, und sie vergaßen häufig, dass er ebenso wie alle anderen Ohren hatte, zu hören, und einen Verstand, sich seinen Teil zu denken. Johann jedoch scherte sich meist nicht um das Gerede der Leute. Er interessierte sich weder für die Machtkämpfe der Edelleute noch für die sittlichen Verfehlungen seiner Mitmenschen.

So drehte er sich auch erst um, als die Person hinter ihn trat und ihn ansprach.

»Meister Johann, habt Ihr einen Augenblick Zeit für mich?«
Vor Schreck hätte er beinahe seinen Pinsel fallen gelassen. »Reinhild!«

Er warf einen kurzen Blick in Richtung Hans und Jakob, die betont eifrig mit den Zutaten für Purpurrot herumhantierten, dann lächelte er die Schreiberin an.

»Selbstverständlich habe ich Zeit für Euch.« Er wusch den Pinsel aus und legte ihn auf dem kleinen Tisch ab. »Wie geht es Euch? Ihr seht ein wenig blass aus, seid Ihr nicht gesund?«

Reinhild schüttelte den Kopf. »Mir geht es gut. Aber meine Tochter Eva hatte einen Unfall. Ihr Bein ist arg verletzt. Sie hat furchtbare Schmerzen, und heute Nacht hat sie angefangen zu fiebern.«

»Habt Ihr einen Arzt geholt?«

»Ja. Meister Herrmann hat sie versorgt. Ich bete zu Gott, dass sie bald wieder wohlauf ist.« Reinhild blickte zum Altar und bekreuzigte sich. »Aber deshalb bin ich nicht hier. Ich muss Euch in einer anderen Angelegenheit sprechen.« Sie blickte verlegen zur Seite. Rote Flecken zeichneten sich auf ihren blassen Wangen ab.

Johann blickte sie besorgt an. Dann sah er wieder zu den Burschen hinüber.

»Unterbrecht eure Arbeit, ihr zwei«, rief er. »Geht rüber zum ›Alten Landmann‹ und trinkt ein Bier zur Stärkung.« Er griff in seinen Beutel und warf ihnen eine Münze zu. Jakob fing sie geschickt auf, und Augenblicke später waren die beiden verschwunden.

»Jetzt können wir in Ruhe reden.« Er lächelte Reinhild an.

»Ich wollte Euch nicht so viele Umstände bereiten, Meister Johann.« Reinhild blickte verlegen zu Boden.

»Erzählt mir einfach, in welcher Angelegenheit Ihr mich sprechen wollt.«

Reinhild nickte. »Ihr erinnert Euch an das Buch, den Auftrag von Meister Bartholomäus? Ihr habt die farbigen Illustrationen eingefügt.«

»Ja, natürlich. Die Arbeit daran hat mir große Freude bereitet. Ist es fertig? Habt Ihr es dem Kaufmann überbracht? Will er etwa nicht zahlen?«

»Ich habe es ihm gestern durch Eva überbringen lassen. Ich glaube, er war sehr zufrieden. Auf dem Rückweg hatte Eva diesen Unfall. In der Pliensau war das. Der Himmel weiß, was sie da wollte. Man brachte sie mir nach Hause, und ich ließ sofort nach Meister Herrmann rufen. Erst später fiel mir das Geld ein. Es war nicht in Evas Beutel.«

Reinhild senkte den Kopf. Trotzdem sah Johann, dass ihre Augen feucht schimmerten.

»Ich habe Eva gefragt, doch aus ihr ist keine vernünftige Antwort herauszubekommen«, sagte sie. »In ihrem Fieber redet sie irres Zeug, irgendwas von einem widerwärtigen Geschmack im Mund, von Stroh und von Dächern. Ich kann mir keinen Reim darauf machen.«

»Haben die Leute, die Eva nach Hause brachten, nichts erzählt?«

»Nur dass sie vom Dach gestürzt ist.«

»Vom Dach gestürzt?«

»Da waren wohl noch irgendwelche fremden Burschen auf dem Dach. Offenbar haben sie Eva verfolgt. Ich begreife das alles nicht.«

Johann runzelte die Stirn. »Vielleicht waren die Burschen hinter dem Geld her. Oder Eva hinter ihnen, weil sie ihr das Geld gestohlen haben.«

Reinhild strich sich eine Haarsträne aus der Stirn, die unter der regennassen Haube hervorgerutscht war. »Daran habe ich auch schon gedacht«, antwortete sie leise. »Wie unüberlegt von mir, das Mädchen allein loszuschicken. Das war viel zu gefährlich. Möglicherweise haben ihr die Kerle schon vor Meister Bartholomäus' Haus aufgelauert und sind ihr gefolgt, bis sich eine Gelegenheit bot, sie zu berauben. Wie furchtbar. Eva muss zu Tode erschrocken sein.«

»Ihr müsst den Vorfall melden«, sagte Johann ernst.

Reinhild schüttelte den Kopf. »Nicht bevor ich von Eva erfahren habe, was wirklich geschehen ist. Ich möchte niemanden beschuldigen, solange ich nichts weiß. Ich kann ja nicht einmal mit Sicherheit sagen, ob Eva das Geld nicht doch verloren hat.«

Johann nickte und starrte auf das kleine Tischchen mit den Pinseln und Farben. »Ist es wegen des Geldes, dass Ihr meine Hilfe braucht?«

Reinhild senkte ihren Kopf noch tiefer. »Ich kann Euch Euren Anteil am Lohn für das Buch im Augenblick nicht zahlen.«

»Das macht nichts«, antwortete Johann warm. »Ich komme zurecht. Macht Euch darüber keine Gedanken.«

»Und da ist noch etwas.«

»Ja?«

»Ein paar Zutaten für Tinte brauche ich. Pergament habe ich noch. Ich muss Urkunden schreiben für den Zunftmeister der Fassbinder.«

Johann berührte Reinhild behutsam an der Schulter. »Sagt einfach, was Ihr benötigt.«

Sie blickte auf. »Danke. Ich bezahle es Euch, sobald man mir das Geld für die Urkunden gegeben hat.«

Johann winkte ab. »Das hat Zeit. Dort drüben am Tisch findet Ihr alles. Gummiarabikum, Gallapfel, Azurit, Lapislazuli, Indigo und Alaun. Bedient Euch.«

Reinhild nahm seine Hände. »Wie kann ich Euch danken?«

Er warf einen Blick auf das Madonnenbildnis und lächelte. »Das habt Ihr schon.« Er zögerte kurz, sein Blick wurde ernst. »Ach, noch etwas. Wenn es Eva nicht bald besser geht, vielleicht solltet Ihr dann etwas anderes versuchen.«

»Ewas anderes?«

»Ich kenne da einen Mann. Einen sehr klugen Mann, der viel von der Heilkunde versteht, ein wahrhaft großer Mediziner. Er ist ein Sarazene und weilt zurzeit als Gast beim Freiherrn von Hohenheim. Ich bin mir sicher, dass Eure Tochter bei ihm in guten Händen wäre.«

Reinhild starrte ihn entsetzt an. »Ein Ungläubiger! Seid Ihr von allen guten Geistern verlassen? Wie könnte ich zulassen, dass ein solcher Mann meine Tochter berührt! Wer weiß, ob er nicht mit dem Teufel paktiert. Niemals!«

Sie ließ Johanns Hände los und trat einen Schritt zurück. »Wie könnt Ihr es wagen, mir einen solchen Vorschlag zu unterbreiten, und das auch noch in einem Gotteshaus!«

Sie wandte sich ab. Johann sah, wie ihre Schultern bebten. Nur mühsam widerstand er dem Wunsch, sie einfach in die Arme zu nehmen und festzuhalten. Auch gegen ihren Willen. So wie man ein wildes Tier festhält, das man aus einer Falle befreit.

»Ganz wie Ihr meint«, murmelte er kaum hörbar.

In dem Augenblick wurde erneut die Tür zur Kirche aufgestoßen. Ein paar Männer traten ein, hinter ihnen huschten Jakob und Hans zurück an ihren Arbeitsplatz. Augenblicklich war das Gotteshaus von Stimmen erfüllt, die sich wie eine Mauer zwischen ihn und Reinhild stellten. Johann rief die Burschen zu sich und erklärte ihnen, dass die Schreiberin ein paar Farbzutaten mitnehmen würde, da sie in ihrem Haus eine Arbeit für ihn zu erledigen habe. Die beiden warfen sich einen Blick zu, sagten jedoch nichts.

Als Johann wieder nach Reinhild sah, war sie verschwunden. Er wusste nicht einmal, ob sie die Zutaten mitgenommen hatte, die sie brauchte.

9

Die Gruppe drängte sich durch die Menschenmasse, die inzwischen den Markt verstopfte. An den Ständen flogen die Hände; Waren, Essen und Trinken ging über die Tresen, Heinrich bedauerte einen Augenblick, jetzt nicht am Stand zu stehen und ununterbrochen Helme, Schwerter, Äxte zu verkaufen. Gute Ware gegen gutes Geld. Win-win, wie es in Neudeutsch hieß. Beide Seiten bekamen, was sie wollten, und keiner zog den anderen über den Tresen. Das gefiel Heinrich an seinem Verkäuferjob. Und das abendliche Geldzählen. Die Scheine sortieren, glatt streichen, richtig stapeln. Er hätte es nicht für möglich gehalten, dass er zu Geld ein solches Verhältnis entwickeln würde. Er hätte auch nicht für möglich gehalten, dass er einer siebenhundert Jahre alten Mumie einen Ring stehlen würde.

Fitzek ging vor, er klapperte mit dem Schlüsselbund, schloss die Holztür auf und wies einladend nach unten. Ein Musiker, der am Keller gewartet hatte, sprach Fitzek an, wann er denn heute seinen Auftritt habe. Fitzek zog eine handgeschriebene Liste unter seinem Umhang hervor und studierte sie kurz. »Achtzehn Uhr, Bühne am Hafenmarkt.« Der Mann bedankte sich mit der Bemerkung, dass Computer und E-Mail doch eine sinnvolle Erfindung seien, und machte sich auf den Weg, einen Glühwein zu trinken.

»Du organisierst hier die Veranstaltungen?«, fragte Heinrich.

Fitzek nickte. »Das mache ich am liebsten. Und meistens klappt es auch.« Er wedelte mit dem Blatt Papier. Die Umstehenden lachten, Thomasio schlug Fitzek auf die Schulter und sagte: »Ohne ein wenig Chaos wäre der Markt nicht das, was er ist. Auf geht's.«

Fitzek konnte darüber nicht lachen. »Apropos Chaos. Passt bitte auf da unten, da liegen wertvolle Instrumente! Und ihr wisst, dass wir nicht ewig hierbleiben können!«

Die Treppe in den Künstlerkeller war nichts für Menschen mit Höhenangst. Steil wie eine mörderische Skipiste führte sie hinab in einen Gewölbekeller aus dem 14. Jahrhundert, in dem das Jahr über die Requisiten des Mittelaltermarktes aufbewahrt wurden und der jetzt als Garberobe für Musiker, Schauspieler und

Gaukler diente. Kein Problem für Heinrich. Steil war die Treppe, aber breit, das Gewölbe hatte eine lichte Höhe von mindestens vier Metern. Früher lagerten hier Weinfässer, die genauso hoch waren und pro Fass mehrere tausend Liter fassen konnten. Esslingens Reichtum und Aufstieg zur freien Reichsstadt war dem Wein geschuldet und den Bürgern, die über Jahrhunderte hinweg furchtlos ihren eigenen Weg gegangen waren, bis sie sich schließlich einmal verkalkuliert und auf der falschen Seite gestanden hatten.

Heinrich war sich sicher, auf der richtigen Seite zu stehen. Die Dinge selbst in die Hand nehmen, *das* war erste Bürgerpflicht. Es ging nicht um Selbstjustiz. Keiner würde Hand anlegen an einen möglichen Täter. Es ging darum, ein Rätsel zu lösen und die Behörden vor einem Justizirrtum zu bewahren. Und Senta vor einem furchtbaren Fehler, den sie sich nie verzeihen würde.

Thomasio Pochnolt eröffnete die erste Sitzung der Ermittlungsgruppe Anne.

»Für alle, die es noch nicht wissen: Ich hatte ein Leben vor dem Mittelalter, und in dem war ich Polizist. Um genau zu sein, Kriminalhauptkommissar. Mordkommission. Ich weiß, wie der Hase läuft.«

Heinrich staunte nicht schlecht. Im Moment schien er die Polizei ja anzuziehen wie ein Magnet. Leise holte er Luft.

»Wir haben einen schweren Stand«, sagte Thomasio und faltete die Hände. »Die Staatsanwaltschaft betrachtet den Fall als so gut wie abgeschlossen. Das ist kein Wunder. Ihr alle kennt die Indizien, die gegen Anne sprechen. Leider macht die Polizei nicht das, was wir machen: Wir ermitteln mit der Voraussetzung, dass Anne es nicht gewesen sein *kann*! Die Polizei steht unter Erfolgs- und Kostendruck. Sie arbeiten sicherlich nach bestem Wissen und Gewissen.« Er verzog das Gesicht, und alle lachten. »Aber das reicht in diesem Fall nicht. Ich muss euch allerdings warnen: Wenn wir an den Punkt kommen, wo wir erkennen, dass Anne es doch war, dann müssen wir aufhören, sonst verrennen wir uns. Bis dahin gilt die Unschuldsvermutung, die die Polizei schon längst aufgegeben hat.«

Heinrich dachte wieder an Senta. Wenn er ehrlich war, dachte er ständig an Senta. Er konnte sich nicht vorstellen, dass sie leichtfertig das Leben eines Menschen zerstörte.

Thomasio stand auf und trat an eine Pinnwand. »Ich habe schon mal die Basics vorbereitet.« In der Mitte klebte ein Bild von Friedhelm Schenk, als er noch lebte. In der oberen linken Ecke ein Foto von Anne Schnickel. Eine schwarze Linie verband die beiden, darüber stand in Rot: »Motiv: Eifersucht«. Weitere Linien zielten auf Schenk, aber an deren Ende hing noch kein Foto.

Thomasio zeigte auf Schenk. »Wir machen das, was jeder Ermittler machen muss. Wir werden Friedhelm Schenk kennenlernen. Und wir werden Anne Schnickel kennenlernen. Immerhin leben wir in einem Rechtsstaat, und das heißt, dass wir in Gegenwart von Fröhling mit ihr reden können. Sie sitzt in Schwäbisch Gmünd ein, dem für Esslingen zuständigen Untersuchungsgefängnis für Frauen. Wir werden Schenks und Annes Umfeld ausleuchten und darüber zum Täter kommen. Wir haben ja ein oder zwei Esslinger dabei, das erleichtert die Arbeit ungemein. Daher wissen wir schon einiges über das Opfer.«

Richard Wonnelt übernahm. »So viel wissen wir gar nicht. Es ist immer wieder erstaunlich, wie wenig man über eine Person weiß, von der man glaubt, man kenne sie. Immerhin kann ich Folgendes beisteuern: Friedhelm Schenk ist Spross einer alteingesessenen Esslinger Familie. Er ist vierundzwanzig Jahre alt geworden, lebte in München und studierte dort an der Technischen Universität. Er galt als gut gelaunter, intelligenter junger Mann, der Glück bei den Frauen hatte. Das könnte ein Ansatzpunkt sein. Vielleicht hat er jemandem Hörner aufgesetzt, und derjenige hat sich gerächt. Das Verhältnis zu seinem Vater war wohl nicht ganz ungetrübt, aber in der Öffentlichkeit sind sie ein Herz und eine Seele gewesen. Seine Mutter tritt kaum in Erscheinung. Hier und da veranstaltet sie einen Wohltätigkeitsevent und engagiert sich für die Integration von Ausländern. Alles recht lobenswert. Ach so, das ist vielleicht auch noch wissenswert: Die Schenks sind mit der ›Future Tech Innovation Corporation‹ der größte Arbeitgeber hier in der Gegend. Schenk ist beliebt. Er zahlt gut, ist immer offen für Anregungen, die Arbeitsplätze gelten als sicher.«

»Ich werde versuchen, mit Schenk senior zu reden«, sagte Thomasio. »Ich habe ihn einmal beruflich kennengelernt. Wir ermittelten wegen Mordes, der Täter war einer seiner Mitarbeiter. Er war sehr dankbar, dass ich die Sache diskret abgewickelt habe, trotzdem hat die Presse ihn nicht geschont. Im Ergebnis hatte er natürlich nichts mit dem Mord zu tun, aber eine Delle ins Image ist schnell eingedrückt und kaum wieder auszubeulen. Deswegen ist Schenk natürlich sehr vorsichtig, was öffentliche Äußerungen angeht. Dazu kommt noch, dass der Verleger und Inhaber des auflagenstärksten Blatts hier, der ›Esslinger Seiten‹, Gottfried Seyerle, mit Schenk auf Kriegsfuß steht.« Richard übernahm wieder. »Hat jeder den Satz verstanden? War ziemlich verwurstelt, nicht? Also noch mal zum Mitschreiben: Gottfried Seyerle ist Inhaber der ›Esslinger Seiten‹, das ist die stärkste Tageszeitung in Esslingen. Der hat Stress mit Schenk. Eine alte Geschichte«, sagte er dann, »keiner weiß mehr so genau, wer wem was angetan hat und warum. Auf jeden Fall hatte der Chefredakteur der ›Esslinger Seiten‹, Hans-Fred Berger, alle Hände voll zu tun und musste seinen ganzen Einfluss verwenden, damit Seyerle bei dieser Mordgeschichte nicht die große Keule auspackt und so weiter und so fort. Die Bild-Zeitung gab sich vergleichsweise milde, was sich dadurch erklärt, dass Schenk gute Beziehungen nach Hamburg zur Springer-Dynastie hat oder zumindest hatte. Der Mord an seinem Sohn ist für Schenk eine absolute Katastrophe. Er verliert seinen Kronprinzen und muss sich einer Presse stellen, die versessen ist auf sein Blut. Ich bin gespannt, wie gut Schenks Verbindungen nach Hamburg sind. Bisher sind die Schlagzeilen ja insgesamt von großem Mitgefühl geprägt. Habe ich noch was vergessen?« Richard rieb sich das Kinn.

Heinrich überlegte einen Moment, dann stand er auf. »Hallo miteinander. Ich heiße Heinrich Morgen und war mal Historiker und Archäologe.« Keine Reaktion. Alle wussten, wer Heinrich war. Er machte eine Kunstpause. »Letztlich ist es ganz einfach: Wir werden den dritten Mann finden. Und wir haben eine Spur.« Heinrich genoss die ungläubigen Blicke. »Die Ahle. Wenn Anne es nicht war, muss jemand die Ahle gestohlen haben. Also müssen wir nicht nur Schenk durchleuchten, sondern minutiös den Verbleib des Mordwerkzeugs aufklären. Wenn meine Theorie stimmt, muss der Mörder im Umfeld von Anne zu finden sein. Das hast du ja schon angedeutet, Thomasio. Im Moment haben wir also zwei Stoßrichtungen: Wer war Friedhelm Schenk? Und wer hat die Ahle gestohlen?« Alle begannen durcheinanderzureden. Heinrich nahm wieder Platz.

Thomasio sorgte für Ruhe. »Sehr gut, Heinrich. Messerscharf gefolgert. Also werden wir auf die Sekunde genau recherchieren, wer wann Zugang zur Ahle gehabt hat. Ein Problem haben wir natürlich. Auch ein Fremder kann die Ahle gestohlen haben.« Frauke hob die Hand, Thomasio nickte ihr zu.

»Ich kenne Anne seit vielen Jahren, und sie hat ihr Werkzeug nie einfach herumliegen lassen. Sie hatte es immer in einem Beutel am Gürtel.« Sie musste sich beherrschen, um nicht in Tränen auszubrechen. »Anne kann niemanden umbringen.«

»Deswegen sind wir ja hier. Wir werden herausfinden, wer das Werkzeug in den Keller geschafft hat.« Thomasio rieb sich die Schläfen. »Hat Anne viel über Friedhelm geredet?«, fragte er in die Runde.

Frauke schniefte. »Sie war so glücklich. Hat geschwärmt wie ein Teenager. Und dass sie das Abitur nachmachen würde, und Friedhelm würde das finanzieren, und sie würde dann studieren, zwei, drei Kinder in die Welt setzen, und Friedhelm würde ein paar Jahre nach den Kindern sehen, solange es eben notwendig wäre. Der Ritter in der schimmernden Rüstung. Ich habe Friedhelm einmal mit Anne zusammen gesehen, und bei Gott, ich hätte jeden Eid geschworen, dass er es ernst meint.« Sie lachte stockend. »Ich war sogar ein bisschen neidisch auf sie.«

»Und die Ahle?«

Frauke schüttelte nur den Kopf.

»Dann lasst uns jetzt Aufgaben verteilen«, sagte Thomasio. »Wir müssen alle Standnachbarn von Anne befragen. Wir müssen ein Gespräch mit Schenks Eltern zustande bringen. Darum kümmere ich mich. Und wir sollten ausschwärmen und Klatsch und Tratsch einfangen. Vielleicht ist was dabei, wo wir einhaken können. Wir verteilen uns in Kneipen, Cafés und Restaurants. Schenk ist Gesprächsthema Nummer eins. Irgendwo werden wir ein Fädchen zu fassen kriegen. Hier ist eine Liste, bitte tragt euch ein. Übrigens: Die Auslagen bekommt ihr gegen Quittung wieder. Der Spendentopf ist gut gefüllt, und es wird täglich mehr. Anton hat im Namen der EST übrigens auch einen guten Batzen gegeben, will sich aber ansonsten raushalten. Und jetzt an die Arbeit.«

Heinrich trug sich ein, wollte los, aber Thomasio hielt ihn zurück.

»Wir sollten zusammen gehen. Du scheinst tatsächlich über einen ausgeprägten Schnüffelsinn zu verfügen.«

»Danke für das Kompliment. Ich habe mich für das ›Einhorn‹ eingetragen. Da soll es den besten Rostbraten geben und alkoholfreies Weizen.«

»Alkoholfrei? Ja, kann man das denn überhaupt trinken?« Thomasio schüttelte sich.

Sie stiegen die steile Treppe aus dem Künstlerkeller zum Rathausplatz hoch. Kalte Luft schlug ihnen entgegen und strahlender Sonnenschein. Auf dem Mittelaltermarkt drängten sich die Menschen. Die Suppenküche war belagert, die Bratstände reichten Wurst für Wurst über den Tresen, und der Glühwein floss in Strömen. Das »Einhorn« lag nur ein paar hundert Meter entfernt in der Heugasse.

»Glaubst du wirklich an ihre Unschuld?«, fragte Thomasio unvermittelt.

»Warum glaubst du denn, dass ich nicht daran glaube?«

»Na ja, du bist gut, wirklich, aber ich habe Hunderte Lügner vor mir gehabt, und den meisten habe ich es an der Nasenspitze angesehen.«

»Diesmal täuschst du dich. Ich bin davon überzeugt, dass Anne unschuldig ist. Aber wir müssen es beweisen. Die Polizei muss etwas übersehen haben. Genau das müssen wir finden. Auch wenn es uns vollkommen unwahrscheinlich erscheint.«

»Das ist das Problem. Die Wahrscheinlichkeit, Annes Unschuld zu beweisen, strebt gegen null.«

»Also glaubst *du* ihr nicht?«

»Die Indizien sind erdrückend. Allein die Fingerabdrücke. Da ist nichts verwischt, die Abdrücke stimmen genau mit der Stichbewegung überein. Beim Arbeiten hält sie die Ahle anders. Das wurde geprüft. Weiter: Sie war am Tatort. Die Gewebespuren von Friedhelm unter ihren Fingernägeln. Das Motiv: Eifersucht. Die Gelegenheit. Ein absoluter Volltreffer.«

»Warum kniest du dich dann so rein?«

»Das sind wir ihr schuldig. Sie ist eine von uns.«

»Und das reicht? Eine von uns, und sie darf ruhig eine Mörderin sein?«

Thomasio kräuselte die Lippen. »Nein. So meine ich das natürlich nicht. Wenn sie es war, dann ...«

»Bis dahin sollten wir dasselbe machen, was die ideale Justiz macht: an ihre Unschuld glauben. Es gibt nichts als Indizien. Der Beweis, dass Anne eine Mörderin ist, steht noch aus.«

»Ein Geständnis?«

»Solange sie nicht gesteht, ist sie unschuldig.« Heinrich zog sich den Schal enger um den Hals. »Im Mittelalter führte das zur Einführung der Folter. Wenn nicht entweder zwei glaubwürdige Zeugen aussagten oder ein Geständnis vorlag, durfte kein Täter verurteilt werden. Also half man beim Geständnis ein bisschen nach und schoss dabei natürlich immer wieder über das Ziel hinaus und missbrauchte die Folter.«

»Ist Folter nicht per se Missbrauch staatlicher Gewalt? Damals wie heute?«

Heinrich lachte. »Ja. Natürlich.«

»Ich denke, wir sollten unsere Objektivität nicht verlieren.«

Heinrich nickte. »Kein Problem. Was wir nicht haben, können wir nicht verlieren.«

Thomasio schüttelte den Kopf. »Du musst wohl immer das letzte Wort haben?«

»Mindestens.«

Thomasio ließ es gut sein. Heinrich fragte sich, was in diesem Mann wohl vor sich ging. Initiierte eine private Ermittlergruppe, schien Anne dennoch den Mord zuzutrauen. Heinrich war froh, sich über seine Gefühle im Klaren zu sein. Genau wie bei Senta. Er war in sie verliebt. Und er würde seine Hand dafür ins Feuer legen, dass sie nach bestem Wissen und Gewissen handelte. Nur reichte das manchmal nicht. Aus Thomasio wurde er nicht schlau. Vielleicht lag es wirklich daran, dass er zu lange bei der Polizei gewesen war und zu viele erlebt hatte, die Meineide in Serie geschworen hatten, ohne dabei rot zu werden. Das Misstrauen als »Déformation professionelle«, als Krankheit, die im Beruf begründet lag. War das bei Senta auch so? Er nahm sich vor, es herauszufinden.

Heinrich hatte sich nicht getäuscht. Der Rostbraten im »Einhorn« war perfekt, das Bier genau richtig gekühlt, der Service vorbildlich. Thomasio wurde mit der Zeit immer unruhiger, und Heinrich war klar, dass es am Nikotinentzug lag. Irgendwann verzog er sich kurz nach oben, um eine Zigarette zu rauchen. Heinrich bestellte sich noch einen Kaffee.

Thomasio hatte recht behalten. Schenk war Gesprächsthema an allen Tischen. Beim häufigen Gang auf die Toilette hatten beide gelauscht, aber bis jetzt noch nichts Interessantes gehört.

Am Nebentisch unterhielten sich vier Frauen über Schenk. Heinrichs Ohren wurden größer und größer. Vorsichtig schrieb er mit.

»Die Cousine vom Eberhard seinem Schwager, die hat mir was erzählt, das glaubt ihr nicht.«

Heinrich und die anderen drei Frauen warteten ungeduldig auf die Fortsetzung.

»Also, der Schenk junior, der soll ja ein richtiger Schluri gewesen sein.« Heinrich hörte das vereinte Gickeln mit anschließender erneuter Kunstpause. Die Frau nahm einen tiefen Schluck aus ihrem Bierglas, Heinrich atmete flach.

»Na ja, der soll's doch mit jeder getrieben haben.«

»*Das* kann nicht sein«, sagte eine andere, und die vier lachten so laut, dass es Heinrich fast das Trommelfell zerfetzte.

»Auf jeden Fall hat der eine ganze Sammlung gebrochener Herzen. Und die Frau vom …«

Scherbenklirren übertönte die letzten Worte, und Heinrich wurde schier wahnsinnig. Ein ganzes Tablett mit Gläsern war zu Bruch gegangen. Heinrich wandte sich wieder unauffällig seiner Informantin zu.

»Ich muss los«, sagte die Frau, stand auf und trank im Stehen ihr Glas leer.

Verdammt. Thomasio stand immer noch rauchend draußen. Heinrich musste unbedingt der Frau hinterher.

»Sag mal, Helen, mit der Frau vom Oberbürgermeister, bist du dir da sicher?«, wollte eine andere wissen.

Heinrich entspannte sich. Schenk hatte dem Oberbürgermeister Hörner aufgesetzt? Das mussten sie nachprüfen, aber wie? Die Frau verschwand, Thomasio kam zurück, mit einer Nikotinfahne, die Heinrich an unschöne Zeiten erinnerte, als er selbst noch geraucht hatte.

»Du bist sicher, dass sie Oberbürgermeister gesagt hat?«, flüsterte er.

Heinrich nickte und warf zwei Löffel Zucker in seinen Espresso. Thomasios Lider zuckten ein paarmal, er zerknüllte einen Bierdeckel, und sein Blick flog nervös hin und her. Bevor Heinrich fragen konnte, was denn los sei, stand Thomasio auf.

»Wir gehen. Ich will wissen, ob die anderen Ähnliches gehört haben.«

Heinrich stürzte den heißen Espresso hinunter, Thomasio zahlte an der Theke, und ein paar Minuten später saßen sie im Künstlerkeller, Thomasio wieder ganz der Alte, vollkommen ruhig. Heinrich schrieb seine plötzliche Nervosität im »Einhorn« der kleinen Sensation zu, die sie gerade erfahren hatten. Wenn etwas Wahres dran war. Die Leute redeten viel, nach Genuss alkoholischer Getränke noch mehr, und wenn sie am Stammtisch so richtig in Fahrt kamen, dann wurde aus einer treu sorgenden Mutter schnell ein männerfressender Vamp. Und trotzdem konnte sich Heinrich nicht des Gefühls erwehren, dass eine aufregende Jagd begann, dass er eigentlich schon mittendrin mit der Meute mitlief, dass er nichts dagegen hätte, wenn Friedhelm Schenk tatsächlich für den einen oder anderen Skandal gut wäre.

Die meisten hatten etwas aufgeschnappt. Friedhelm Schenk war bekannt wie ein bunter Hund, und entsprechend gingen Gerüchte und Klatsch um. Von Drogengeschäften war die Rede, von Spielsucht und von Frauen. Das komplette Programm.

Ernüchtert musste sich Heinrich eingestehen, dass Friedhelm Schenk alles und nichts gewesen war. Wenn auch nur die Hälfte des Klatsches stimmte, hätte er doppelt so alt sein müssen, Vater von mindestens dreißig unehelichen Kindern und Anführer von zehn kriminellen Vereinigungen.

Heinrich meldete sich zu Wort. »Richard, du hast es gehört. Was davon stimmt?«

Richard schüttelte nur den Kopf. »Zu meiner Schande muss ich gestehen, dass ich mich nicht an dem Esslinger Klatsch beteilige. Was ich nicht glauben kann, ist, dass Schenk irgendwas mit der Mafia zu tun hatte. Ich wage zu behaupten, dass Esslingen keine Mafia hat. Die brauchen wir nicht, weil wir unsere Geschäftsleute haben. Da ist für Mafia kein Platz.«

Die meisten nickten wissend, einige lachten, Richard blieb ernst.

»Ihr wisst ja, dass wir uns den Markt hart erarbeitet und erkämpft haben. Dieser Wurmfortsatz von Resopalmarkt wäre ohne uns tot.«

Alle klatschten Beifall.

»Wisst ihr noch, das erste Mal?«, sagte Fitzek, und sein Blick verklärte sich. »Ein paar Stände, ein Lagerfeuer und kein Stress.«

»Und? Soll es wieder so werden?« Susi machte eine Kopf-ab-Handbewegung.

»Nein, nein. Auf keinen Fall. Wo denkst du hin. Aber manchmal denke ich, die Sache wird zu groß.«

Thomasio hob die Hände. »Nicht jetzt. Das besprechen wir, wenn der Markt zu Ende ist, bei der Manöverkritik. Jetzt müssen wir rausbekommen, was an den Gerüchten dran ist.«

Heinrich rieb sich nachdenklich seinen Dreitagebart. Gerüchte hatten meistens einen wahren Kern. Dieser Kern sagte entweder etwas über das Opfer des Gerüchts aus oder über denjenigen, der es in Umlauf gebracht hatte.

Bis zum Treffen mit Senta hatte er noch ein paar Stunden Zeit; die wollte er nutzen, um mehr über die Mumie herauszufinden. Wohltemperiert lag sie derzeit in einem Kühlfach der Städtischen Kliniken Esslingen. Die Medien spotteten schon über das arme Waisenkind, das keinem gehörte, das aber alle wollten.

Heinrich fuhr nach Hause, zog sich um, checkte seine E-Mails, aber es gab nichts Neues. Er nahm die Fotos von dem Ring, leistete sich ein Taxi auf Spesenrechnung in die Stadt und präsentierte sie Arne, dem Heraldiker. Der kratzte sich nur am Kinn und verfiel in Schweigen. Nach ein paar Minuten schüttelte er den Kopf. »Das dauert ein bisschen. Da müsste ich jemanden zu Rate ziehen. In drei Tagen weiß ich was.«

Heinrich bedankte sich, schaute an seinem Stand vorbei, wo Sascha Prüng und die Aushilfe fleißig Schwerter verkauften. Sein Handy meldete sich.

»Heinrich, wir fahren zu Schenk. Er hat sofort eingewilligt, mit mir zu reden. Und er hat nichts dagegen, dass du mitkommst. In fünf Minuten oben an der Augustinerstraße. Ich hole dich ab.«

Heinrich wusste nichts zu sagen. Er unterbrach die Verbindung. Warum konnte ein Exbulle den mächtigsten Unternehmer von Esslingen dazu bringen, ihm eine Audienz zu gewähren, noch dazu mit einem vollkommen Fremden?

Kaum hatte Heinrich die Augustinerstraße erreicht, als Thomasio mit seinem Volvo Kombi auch schon hielt und ihn aufgabelte.

Thomasio wartete nicht auf Heinrichs Fragen. »Schenk ist unter Druck, deswegen empfängt er uns. Ich gebe zu, ich habe mich etwas aus dem Fenster gelehnt, als ich ihm gesagt habe, ich hätte Hinweise auf den wirklichen Täter und ob er Interesse habe, den Mörder seines Sohnes dingfest zu machen. Er hat uns eingeladen mit der Ankündigung, uns zu zerquetschen, wenn wir nichts haben.«

»Okay. Lässt du mich bitte da vorne wieder raus?« Heinrich hatte nicht die geringste Lust, in das Fadenkreuz eines Großindustriellen zu geraten. Schenk würde ihn nicht nur zerquetschen, er würde seine Verfehlungen ans Tageslicht zerren und Heinrich in aller Öffentlichkeit bloßstellen und pulverisieren. Nein danke.

Thomasio fuhr weiter. »Die Hosen voll? Wir werden eine ganz simple Strategie fahren. Schenk weiß etwas, das er der Polizei nicht sagen kann. Da könnte ich drauf wetten. Vielleicht will er, dass wir die Drecksarbeit für ihn machen. Warum, das werden wir bald wissen. Wir müssen nur geschickt bluffen. Überlass das Reden mir, okay? Außerdem geht es doch um Anne. Müssen wir nicht alles wagen? Bist du nicht mehr von ihrer Unschuld überzeugt?«

Heinrich hätte ihm am liebsten sein Grinsen glatt gebügelt, aber Thomasio hatte natürlich recht. Auf Anne warteten fünfzehn Jahre Gefängnis, auf ihn ein paar Unannehmlichkeiten. Wenn auch sehr unangenehme Unannehmlichkeiten.

Esslingens Wohnbezirk für Reiche lag an einem Hang über der Stadt. Die Villa der Schenks ragte über die »Lenzhalde« hoch hinaus. Allein der unverbaubare Blick auf Esslingen mit den unverwechselbaren ungleichen Kirchtürmen von St. Dionys, die mit einer Holzbrücke verbunden waren, musste ein Vermögen gekostet haben. Alles andere war genau so, wie Heinrich es sich vorgestellt hatte. Einer der seltenen Bauten aus der Gründerzeit, umgeben von einem Zaun mit Kameras. Hunde, wahrscheinlich auch Sicherheitspersonal.

Thomasio brauchte nicht zu läuten. Das Tor schwang auf, die Hunde waren verschwunden, keine Frage, sie wurden erwartet. Der Kies auf dem Weg zum Haus muss regelmäßig gereinigt werden, ging es Heinrich durch den Kopf. Die einzelnen Steine glänzten wie frisch aus der Verpackung. Vor dem Portal stand bereits ein Mitarbeiter. Kein Butler, schade. Nein, der Mann sah aus wie ein

Pressesprecher. Er führte sie in den ersten Stock; die Treppe war genauso breit wie die Küche, in der sich Heinrich morgens seinen Kaffee braute. Eine Doppeltür stand offen, Schenks Büro zweifellos. Teure Bilder hingen an den Wänden, ein angenehmer Geruch in der Luft, ein Schreibtisch, antik, sehr antik, dominierte den Raum, dahinter ein Mann mit Glatze, schlank, in einem Anzug, dessen Wert wahrscheinlich dem halben Monatslohn eines Lehrers entsprach. Heinrich allerdings konnte Armani oder Boss oder Prada nicht von »Angelo Litrico«, der C&A-Hausmarke, unterscheiden.

Hugo Schenk sah ihnen von einem wulstigen Ledersessel aus entgegen, den Kopf auf die Daumen seiner gefalteten Hände gestützt. Er machte den Eindruck, als sei er gerade dabei, sich die Foltermethoden auszudenken, die er anordnen würde, falls hier zwei Clowns angetanzt waren, um ihm die Zeit zu stehlen. Ohne seine Haltung zu verändern, forderte er die beiden mit einer kleinen Bewegung seiner Augen auf, sich in den ebenfalls klubtauglichen Ledersesseln vor seinem Bollwerk von Schreibtisch niederzulassen. Tiefschwarze Ringe ließen das Weiß in seinen Augen leuchten.

»Reden Sie!«, forderte er Thomasio auf. Heinrich lief es eiskalt über den Rücken.

»Mich würde interessieren, warum Sie der Polizei wichtige Informationen vorenthalten.« Thomasio lächelte, Hugo Schenk kniff seine Augen zu Schlitzen zusammen.

»Glauben Sie ernsthaft, mir mit solchen Bauerntricks die Würmer aus der Nase ziehen zu können? Sie sollen mir Informationen geben, damit ich den Mörder meines Sohnes finden kann. Falls es Anne Schnickel wirklich nicht war.«

»Dann muss ich deutlicher werden. Ihr Sohn hatte ein Verhältnis mit der Frau des Oberbürgermeisters. Und Sie wissen das. Vollkommen klar, dass Sie das der Polizei nicht sagen wollen.«

Heinrich hatte kein Problem, nichts zu sagen. Sein Mund war so trocken, dass er keinen Ton herausgebracht hätte. Immerhin schaffte er es, so auszusehen, als ob sie den Fall schon gelöst hätten.

Schenk sprang auf und schlug mit der Faust auf den Tisch. »Dieser Idiot! Ich habe ihm tausendmal gesagt, er soll die Finger von ihr lassen. Aber das hat ihn nicht interessiert.« Schenks Stimme donnerte durch den Raum. Heinrichs Puls beschleunigte sich. Thomasio lächelte freundlich.

»Warum? Warum hat er so etwas gemacht?« Thomasios Stimme klang weich und warm wie eine laue Sommernacht.

Hugo Schenk hatte sich wieder in der Gewalt. Er setzte sich, drückte eine Taste an seiner Telefonzentrale, die Heinrich eher in der Vermittlung einer Großstadt vermutet hätte. »Kaffee für die Herren und Kuchen und Gebäck.« Er sah zu Heinrich hinüber. Der schaffte ein kurzes, bedeutungsschwangeres Nicken, als hätte Schenk gerade beschlossen, die USA anzugreifen.

Der große Boss ließ die Taste los, richtete sich wieder auf. »Er redete immer davon, dass ich bei Frauen nur mit Geld punkten könne, er aber sei ein Don Juan, dem alle Frauen zu Füßen liegen würden. Auch die Frau des Oberbürgermeisters. Friedhelm ist mein einziger Sohn ...« Er brach ab.

Wurde ihm jetzt erst klar, dass er gar keinen Sohn mehr hatte? Eine Ewigkeit, so schien es Heinrich, schwieg Schenk. Über sein Gesicht zog die Schlacht seiner widerstreitenden Gefühle hinweg. Sieger blieb der harte Geschäftsmann.

Kaffee, Kuchen und Gebäck wurden gebracht. Schenk persönlich füllte die Tassen, legte jedem ein Stück dunklen Schokoladenkuchen vor, davon ausgehend, dass jeder dunklen Schokoladenkuchen mochte. Zumindest was Heinrich anging, behielt er recht. Der Kuchen schmeckte vorzüglich. Nicht süß, sondern schokoladig, leicht herb, ein absoluter Genuss.

»Gut, nicht?« Hugo Schenk kaute, quetschte den Satz an den Krümeln vorbei, sodass die Frage klang wie zermatscht. Thomasio nickte, Heinrich ebenfalls. Sie ließen sich Zeit, bis jeder sein Stück gegessen hatte. Heinrich konnte die Gefühllosigkeit dieses Mannes nicht nachvollziehen. Sein einziger Sohn war tot, und er weigerte sich, zu trauern, weigerte sich, wie ein Mensch zu reagieren, zumindest nach außen. Der Kuchen brachte Heinrich auf eine Idee. Er musste mit Friedhelms Mutter sprechen. Mütter konnten ihre Trauer nicht verstecken. War der Kuchen Friedhelms Lieblingskuchen gewesen? Hatte seine Mutter ihn gebacken und ihn mit ihren Tränen gesalzen? Heinrich brach sein Versprechen.

»Der Kuchen ist von außergewöhnlicher Qualität, Herr Schenk. Ich bin sozusagen ein Schokoladenkuchenspezialist und habe be-

94

reits alle namhaften Cafés und Konditoreien in Esslingen einer Prüfung unterzogen. Nichts reicht an diesen hier heran. Wer hat ihn gezaubert?« Heinrich kaute und fügte hinzu: »Friedhelms Lieblingskuchen?«

Schenks Gesicht verdunkelte sich, und einen Moment befürchtete Heinrich, einen furchtbaren Fehler gemacht zu haben. Thomasio hatte sich fast verschluckt, als er zu sprechen begonnen hatte. Schenk ließ die Kuchengabel auf seinen Porzellanteller klirren und fixierte Heinrich, der ihm ruhig in seine stahlgrauen Augen schaute. Die Trauer, die er zu sehen geglaubt hatte, als sie hereingekommen waren, war vollkommen verschwunden.

»Sie haben einen ausgesucht feinen Geschmack, Herr Morgen. Diesen Kuchen können Sie nur hier bekommen. Und Sie haben richtig geraten. Es ist Friedhelms Lieblingskuchen. Seine Mutter hat ihn gebacken. Heute Morgen.«

»Sie und Ihr Sohn hatten also Meinungsverschiedenheiten?«

Thomasio trat Heinrich auf den Fuß, es schmerzte, aber jetzt war Heinrich in Fahrt, außerdem gab es sowieso kein Zurück mehr. Die Frage hing im Raum und musste entweder entfernt oder beantwortet werden.

Schenk seufzte und schnitt sich noch ein Stück Kuchen ab. »Ich möchte für alle, die ich liebe, das Beste. Nicht immer ist es dann auch das Beste, aber ich habe mir immer eingebildet zu wissen, was für meinen Sohn das Beste ist. Ich wollte ihm Achtung vor den Menschen beibringen, er hat sich darüber lustig gemacht und gesagt, ich sei ein scheinheiliger Heuchler, wo ich die Menschen doch ausnützen, ihnen ihre Arbeit und ihre Zeit stehlen würde. Wie kommt er auf solche verzerrten kommunistischen Ansichten? Ohne Unternehmer kann keine Wirtschaft existieren, und ich zahle übertariflich, bei mir bekommen Frauen genauso viel wie Männer, die Gewerkschaftsfunktionäre langweilen sich, weil es mit mir so gut wie nichts zu erkämpfen gibt. Das ist unternehmerische Verantwortung. Meine Firma floriert, wächst, gedeiht. Würden sich mehr daran halten, dann wäre Deutschland die Nummer eins und würde es bleiben. Dann gäbe es keine Siemens-Skandale und keine Baukorruption. Ich investiere zweistellige Millionenbeträge in betriebliche und außerbetriebliche Weiterbildung. Aber Friedhelm ging das nicht weit genug. ›Du musst deinen Angestellten die Firma überschreiben, dann glaube ich dir!‹ Aber das geht nun mal nicht. Dann wäre alles, was wir, ich und meine Vorfahren, in zweihundert Jahren aufgebaut und durch Kriege und Rezessionen gerettet haben, umsonst gewesen.«

Ein Heiliger, der nicht gesehen hat, was sein Sohn gebraucht hätte, dachte Heinrich. Liebe. Einen Vater, der für ihn greifbar ist, nicht eine Ikone, eine Statue, ein unerreichbares Vorbild. Dieses Drama zog sich durch die Geschichte, dieses Drama spielte sich täglich hunderttausendfach ab unter deutschen Dächern. Und dazu musste ein Vater nicht einmal Multimillionär sein. Friedhelm Schenk hatte vermutlich alles versucht, um sich gegen seinen Vater abzugrenzen und ihm gleichzeitig zu beweisen, was *er* konnte. Frauen verführen. Alle Frauen.

»Die Frau des Oberbürgermeisters«, fragte Heinrich, »weiß sie, dass Sie das wissen?«

»Gott bewahre, nein. Das wird auch unter uns bleiben, ist das klar? Ich bin nicht scharf darauf, dass Boris Progalla fällt, weil mein Sohn seine Frau flachgelegt hat.«

Heinrich horchte auf. Eine derbe Wortwahl. Flachgelegt. Interessant. »Sie brauchen Progalla?«

Heinrich sah kurz zu Thomasio hin, der verzerrt grinste, ihm aber zunickte.

»Wo denken Sie hin. Ich habe schon viele Oberbürgermeister kommen und gehen sehen. Nein. Wir kennen uns schon lange, er ist ein ehrenhafter, aufrechter Mann, der sich nicht gescheut hat, mir die Stirn zu bieten. Er hat ein Projekt verhindert, das ich unbedingt durchziehen wollte.« Schenk schüttelte amüsiert den Kopf. »Er ist ein Dickkopf und hätte eher sein Amt hingeworfen als nachzugeben. Ich habe alles versucht, aber die Fraktionsgrenzen hatten sich aufgelöst und einige politische Gegner von Progalla stimmten für ihn. Ich weiß, dass es Unternehmer gibt, die in solchen Fällen mit unsauberen Methoden arbeiten, auch hier in Esslingen. Ich gehöre nicht dazu. Meinetwegen wird Progalla nicht fallen. Bitte berücksichtigen Sie das.«

»Gab es noch andere Frauen, die ihr Sohn ›flachgelegt‹ hat?«

Schenk fuchtelte mit den Armen. Fast hätte er dabei seine Tasse vom Schreibtisch gefegt. »Ich weiß es nicht, aber es ist wahrscheinlich. Er sah gut aus, hatte Geld, war intelligent und wortgewandt. Ein Frauenschwarm.«

»Apropos Geld. Er hat studiert. Sie haben ihm das finanziert? Seine Wohnung in München und alles?« Thomasio fragte.

»Zum Großteil ja. Allerdings habe ich ihn in den letzten zwei Jahren etwas kürzer gehalten.«

»Wie kurz?« Heinrich hatte sich nach vorne gelehnt und starrte Schenk an.

»Sehr kurz.«

»Er hatte seine Wohnung in München noch. Eine Maisonette mitten im Zentrum. Die kostet kalt zwölfhundert Euro.« Thomasios Stimme klang dringend. »Herr Schenk! Wenn Sie uns nicht alles erzählen, können wir nicht helfen.«

»Friedhelm war leider nicht nur ein Schürzenjäger, sondern auch ziemlich naiv. Ich habe Zugang zu einem seiner Konten bei einer Luxemburger Bank. Sitzen Sie gut?«

Heinrich und Thomasio nickten verblüfft.

»Christine Progalla hat ihm jeden Monat Geld überwiesen. Vierhundert Euro.«

»Heilige Scheiße.« Heinrich schlug die Hand vor den Mund, dass es klatschte und er sich fühlte, als habe er sich geohrfeigt.

»Sie haben ganz recht, Herr Morgen. Das ist eine so große Scheiße, dass ich nicht weiß, was ich tun soll.«

»Was halten Sie von Anne Schnickel?«

»Er hat mir angekündigt, dass er sie verlassen will. Weil ich sie mochte. Weil ich gesagt habe, sie sei ein nettes, anständiges Mädchen, das er heiraten sollte. Er hat mich ausgelacht. Ich habe sie ein paarmal gesehen, und wenn mich meine Menschenkenntnis nicht täuscht, ist sie keine Mörderin. Eifersucht und Enttäuschung sind große Gefühle, die schon manchen ins Unglück gestürzt haben. Natürlich kann sie es gewesen sein, ich weiß es einfach nicht.« Er ließ den Kopf hängen, Heinrich konnte die Sommersprossen auf seiner Glatze zählen. Schenk hob seinen Kopf. »Aber ich weiß, dass ich nicht will, dass eine Unschuldige im Gefängnis sitzt. Und ich will dem Mörder meines Sohnes in die Augen sehen.«

»*Ich* weiß, was Sie tun können, um diesem Ziel ein Stück näher zu kommen. Sie sagten, Sie hätten Zugang zu einem von Friedhelms Konten. Wir brauchen alle Bewegungen auf all seinen Konten, alle Namen. Die letzten drei Jahre.« Heinrich ließ Hugo Schenks Augen nicht los. Ja, so ist es, sagten Heinrichs Augen.

97

Schenks Augen antworteten. Er hatte verstanden, schlug seinen Blick nieder, nickte.

»Man denkt immer, es kann nicht schlimmer werden, und dann ...« Schenk drehte den Kopf zur Seite und starrte aus dem Fenster, das bis unter die Decke reichte. Wie Pontius Pilatus rieb er sich die Hände. Heinrich empfand Mitleid. Der Mann vor ihm hatte alles erreicht in seinem Leben und darüber das Wichtigste verloren. Seinen einzigen Sohn. Und das lange bevor Friedhelm Schenk ermordet worden war.

Ohne Thomasio und Heinrich noch einmal anzusehen, dankte er ihnen, versprach, die notwendigen Informationen schnellstens zu besorgen, und wies noch einmal darauf hin, dass weder dieses Gespräch je stattgefunden hatte noch dass er ihnen in irgendeiner anderen Weise helfen würde. Heinrichs Mitleid schrumpfte zu einem Kloß im Magen zusammen. Hugo Schenk blieb, was er war. Ein mächtiger Mensch, für den sich die Welt nur um ihn selbst drehte und der diese Welt nach seinen Prinzipien gestalten wollte. Für seinen Sohn hatte es darin nie einen Platz gegeben.

Heinrich schloss leise die Tür hinter sich, niemand erwartete sie auf dem Flur. Er schnupperte. Geruch von Schokoladenkuchen. Das war der angenehme Geruch gewesen, den er wahrgenommen hatte. Er wandte sich nach rechts, der Geruch wurde intensiver. Thomasio folgte ihm. Ein paar Meter weiter blieb Heinrich vor einer hohen Tür stehen. Er nahm all seinen Mut zusammen und klopfte. Ein schwaches, fragendes »Herein?« drang durch das Holz. Heinrich drückte die Klinke, sie traten ein, Dunkelheit umhüllte sie und der Duft nach Schokoladenkuchen.

»Frau Schenk?« Heinrich blieb stehen, massierte seine Augen, damit sie sich an die Dunkelheit gewöhnen konnten. Ein wenig Licht sickerte durch die schweren Vorhänge. Es klickte, eine Lampe blendete, Heinrich konnte nur die Silhouette einer Person sehen, die von Kopf bis Fuß in Schwarz gehüllt war. »Frau Schenk? Ich wollte mich für den Kuchen bedanken. Nie habe ich einen besseren gegessen. Und ich liebe Schokoladenkuchen.«

Sie schwenkte die Lampe zur Seite, ihr Gesicht versteckte sich hinter einem schwarzen Schleier. Heinrich trat einen Schritt vor.

»Frau Schenk, es tut mir so unendlich leid ...«

»Sie können ja nichts dafür. Nennen Sie mich Monika.«
Heinrich musste sich anstrengen, um sie zu verstehen. Es war
noch weniger als ein Flüstern, es klang wie der letzte Atem, den ein
Sterbender ausstößt.
»Darf ich …«
»Sie dürfen. Ich weiß, wer Sie sind und warum Sie hier sind.
Sonst hätte Sie unser Sicherheitsdienst schon längst nach draußen
begleitet. Ihre Nase ist bewundernswert.«
Heinrich trat noch zwei Schritte an sie heran. Gerade aufgerich-
tet saß sie in ihrem tiefroten Plüschsessel, neben sich ein Beistell-
tisch, auf dem zwei ganze und ein halber Schokoladenkuchen stan-
den. Heinrich spürte die Panikattacke. Nicht jetzt. Bitte nicht jetzt.
Er schloss die Augen, lief über die grüne Wiese hin zu einem klaren
Bergsee. Er zog sich nackt aus, die Sonne brannte vom Himmel,
das Wasser des Sees stand kurz davor, zu gefrieren. Er sprang hin-
ein, der Kälteschock brachte ihn zurück in die Villa Schenk.
»Friedhelm war ein guter Junge, nicht wahr?«, fragte Thomasio.
Monika Schenk nahm sich ein Stück Kuchen, hob kurz den
Schleier an und steckte es sich ganz in den Mund. Ihr Schoß war
angefüllt mit Kuchenkrümeln, ihr Mund verschmiert mit dunkler
Glasur. Sie ließ den Schleier wieder fallen, kaute gründlich. Der
kurze Blick auf ihr Gesicht hatte Heinrich an die Mumie erinnert.
Eingefallene Wangen, fast lederne Haut, leere Augen. Mein Gott,
dachte er, in welches Gruselkabinett bist du da geraten? Er wunderte sich, dass er dieser Frau gegenüber kein Mitleid empfinden
konnte. Sie hatte ihren einzigen Sohn verloren. Sie kaute immer
noch. Das war es. Auch sie erlaubte es sich nicht, zu trauern. Sie
versteckte ihre Gefühle hinter Kuchen. Sie war letztlich nicht besser oder schlechter als ihr Mann. Beide hatten ihren Sohn im Stich
gelassen, jeder auf seine Art. Monika Schenk hatte ausgekaut.
»Er war doch mein Baby. Er hat doch niemandem etwas getan.
Er war ein so lieber Junge. Immer wollte er, dass seine Freunde es
genauso gut haben wie er. Aber wir konnten doch nicht alle durch-
füttern. Ich meine, das geht doch nicht. Immer hat er sein ganzes
Geld seinen Freunden geschenkt. Da mussten wir ihm dann das
Taschengeld wegnehmen. Das war doch das Beste für ihn. Man
kann doch nicht einfach sein ganzes Geld verschenken. Immer hat
er davon geredet, dass die Welt gerecht sein muss. Dass man ein

Ritter sein muss, hilfreich, edel, und den Armen und Kranken helfen. Später hat er das nicht mehr so oft gesagt, und er hat auch niemandem mehr Geld schenken wollen. Aber er war ein guter Junge.«

»Ja«, sagte Heinrich. »Er war ein guter Junge. Wie hat er denn seine Freizeit verbracht?«

»Gesucht. Er hat immer gesucht. Nach alten Dingen. Er hat doch diesen Keller gefunden. Ständig war er auf der Suche. Und in der Schule hat er es so schwer gehabt. Weil er zu gut war. Zu intelligent. Hochbegabt. Das haben wir aber erst viel später gemerkt. Ein Wildfang war er. Kein Lehrer konnte ihn bändigen. Auf dem Internat wurde er ruhiger, aber er wollte in den Ferien nicht nach Hause kommen. Hugo hat dafür gesorgt, dass er nicht der Schule verwiesen wurde, hat dem Internat großzügige Spenden zukommen lassen, wegen den Mädchen, immer wieder wegen den Mädchen. Die sind ihm in Scharen hinterhergelaufen. Aber er war klug. Nie ist eine schwanger geworden. Er ist doch mein Baby.«

Und wenn, dann hätte Papa Schenk sich darum gekümmert, davon war Heinrich überzeugt. Er hatte genug. Er musste hier raus, und zwar schnell. Friedhelm Schenk war krank gewesen, ein Mensch voller Widersprüche, unberechenbar und egoistisch.

Monika Schenk hob den Schleier und steckte sich noch ein Stück Kuchen in den Mund. Ihre Augen starrten ins Leere. Heinrich drehte sich um und verließ dieses Grab, verließ diese lebende Tote und freute sich wie schon lange nicht mehr auf die Welt, auf das Leben und auf Senta.

Sie traten hinaus auf den Kiesweg, atmeten klare Luft.

»Du denkst dasselbe wie ich?«, fragte Thomasio.

»Friedhelm war ein guter Junge. Oh ja. Und was für einer. Ich verwette meinen Kopf, dass seine Kontoauszüge eine deutliche Sprache sprechen werden.«

»Ich hätte zwar gerne deinen Kopf über meiner Couch im Wohnzimmer, aber diese Wette würde ich verlieren.«

Der Wagen stand vor dem Tor, das sich wieder von allein schloss. Ein Stück Wirklichkeit, Verlässlichkeit. Nachdem er den Untergrund der Stadt erkundet hatte, hatte Heinrich jetzt einen Blick in die Abgründe der Seelen der Menschen geworfen. Ehrenwerte, anständige Menschen. Hilflos zerdrückten sie ihr Leben mit den eigenen Händen. Heinrich spürte die Blicke der Schenks auf seinem Gesicht. Mach es besser, schoss es ihm durch den Kopf. Mach es einfach besser. Das würde nicht leicht werden. Er schaute auf die Uhr. Er hatte noch Zeit, bis er sich mit Senta treffen würde. Langsam fuhr Thomasio hinunter in die Stadt, vorbei an Häusern, hinter denen alles und nichts geschah.

»Pass auf, dass du nicht melancholisch wirst. Das ist nicht gut.« Heinrich verließ seine Gedanken. »Hast du deshalb aufgehört? Weil du es nicht mehr ausgehalten hast?«

»Ja. Einen Tag, nachdem ich bei einem Verhör einen Mann geohrfeigt hatte, der keine Stunde zuvor eine junge Frau vergewaltigt hatte. Es gab kein Disziplinarverfahren, nichts. Im Gegenteil. Die Kollegen wussten ja, wie mir zumute war. Ich wollte kein Heiliger mehr sein. Ich wollte wieder leben, meine Gefühle zeigen können und nicht den halben Tag damit verbringen, meine Gewaltphantasien in den Griff zu bekommen. Es gibt Kolleginnen und Kollegen, die vielleicht damit umgehen können. Ich kann es nicht, und ich will es nicht. Damit geht es mir gut, und wenn ich jetzt meine Fähigkeiten dafür einsetzen kann, Anne zu helfen, dann hat sich alles vorher gelohnt. War übrigens ein starkes Stück gerade. Du hast ein außerordentliches Talent, Leute einzuwickeln.«

»Ich zittere immer noch. Was hältst du von den Schenks?«

»Es ist immer wieder verblüffend, wie viele Seiten ein Mensch hat. Als ich Schenk damals kennengelernt habe, war ich von ihm beeindruckt. Dass er ein solcher Gefühlskrüppel ist, hätte ich nicht erwartet. Wenigstens haben wir jetzt das lose Ende gefunden.«

»Fragt sich, wer das andere Ende in der Hand hält.«

»Du musst einfach immer das letzte Wort haben.«

»Wie kommst du denn da drauf?«

Thomasio schwieg.

10

»Mutter! Mutter! Sie kommen! Gleich sind sie da! Nein! Tut mir nichts! Hilfe!« Eva schlug um sich. »Bitte! Lasst mich los!«

Behutsam nahm Reinhild die Hände ihrer Tochter und hielt sie fest. »Beruhige dich, Kind. Es ist alles in Ordnung. Du bist zu Hause. Niemand kann dir etwas tun.«

Eva warf sich abrupt zur Seite, murmelte Unverständliches, dann verstummte sie, sank zurück in einen unruhigen Schlaf. Reinhild stand auf und ging zu der Waschschüssel, die auf der Truhe stand. Sie tauchte das Tuch in das kühle Wasser und wrang es aus. Zurück am Bett strich sie Eva damit über die glühende Stirn. Sie blickte auf die Wunde. Unter der sich wölbenden glänzenden Schicht aus Eiklar hatte sich eine große Menge gelbliche Flüssigkeit gesammelt, die einen fauligen Geruch verströmte.

»Mutter! Es ist so dunkel hier. Alles ist dunkel!«

Die kalte Hand der Angst umschloss Reinhilds Herz. Wieder strich sie Eva mit dem kühlenden Tuch über die Stirn. »Fürchte dich nicht, mein Liebes. Es ist heller Nachmittag. Die Sonne scheint. Nach dem furchtbaren Regen gestern eine wahre Wohltat. Schau hinüber zum Fenster, dann siehst du sie!«

Doch Eva schien sie nicht zu hören. »Dunkel, ganz dunkel. Ich habe Angst«, flüsterte sie mit fiebrigen Augen.

Reinhild sprang auf und lief zur Tür. »Greta!«

Hastig kam die Magd die Treppe heraufgestürmt.

»Kümmere dich um Eva!« Reinhild reichte Greta das Tuch. »Halt ihre Stirn kühl und rede mit ihr. Beruhige sie, sie hat Angst. Ich hole Meister Herrmann.«

»Sehr wohl, Herrin.« Greta nahm das Tuch entgegen und begab sich zum Bett.

Reinhild überprüfte den Sitz ihres Surcot, rückte ihre Haube zurecht und verließ das Haus. Geschwind lief sie die Gasse hinunter. Die Sonne hatte den Schlamm so weit getrocknet, dass man einigermaßen trockenen Fußes vorankam. Reinhild ließ die Kirche der Barfüßer links liegen, hastete durch die Alte Milchgasse zu dem Eckhaus, das Meister Herrmann bewohnte. Fest hämmerte sie gegen die hölzerne Tür. Es dauerte eine Weile, bis eine dicke Magd in einer fleckigen Cotte aufmachte.

»Ja?«

»Ich muss zu Meister Herrmann. Es ist dringend!«, rief Reinhild, nach Atem ringend.

»Der ist nicht im Haus. Ist bei einem Kranken.«

»Wo finde ich ihn?«

Die Magd zuckte mit den Schultern und kratzte sich hinter dem Ohr. »Was weiß ich. Ich kümmere mich nicht darum, wohin der Herr geht. Ich weiß nur, dass er sagte, es könnte länger dauern.«

Reinhild blickte sich verzweifelt um. Sie wusste nicht, was sie tun sollte. Die Magd bitten, sie hereinzulassen, damit sie im Haus auf den Chirurgikus warten konnte? Nein, die Untätigkeit würde sie in den Wahnsinn treiben.

»Ist noch was?« Die Magd musterte sie ungeduldig.

Reinhild schüttelte den Kopf. Sie wandte sich ab und lief zögernd weiter Richtung Schmiedgasse. Johanns Worte fielen ihr ein. Der Sarazene. Nein! Hastig bekreuzigte sie sich. So weit durfte es nicht kommen. Allein der Gedanke war Gotteslästerung. Doch wer sonst konnte ihr helfen? Der studierte Medikus kümmerte sich nur um die vornehmsten Familien der Stadt. Im Haus ihres Vaters hatte er regelmäßig verkehrt, vor langer Zeit, es kam ihr vor wie in einem anderen Leben. Doch selbst wenn der Mann zu ihr käme und sie das Geld für seine Behandlung aufbrächte, eine solche Wunde würde er ohnehin nicht versorgen, dafür war er nicht zuständig, das war Aufgabe des Wundarztes.

Wen gab es sonst noch? Den Bader? Reinhild verwarf den Gedanken sofort wieder, als sie daran dachte, was der Mann in seinem Badehaus neben Massagen, Schröpfen und Kräuterbädern sonst noch für Dienste anbot. Sie hatte die drallen, kaum bekleideten Bademägde oft genug gesehen.

Reinhild lenkte ihre Schritte zum Markt. Vielleicht traf sie dort jemanden, den sie um Rat fragen konnte. Manchmal stand zwischen den Bäuerinnen eine alte Frau, die angeblich irgendwo vor dem Oberen Tor wohnte, und verkaufte Heilkräuter. Die Frau des Sattlermeisters hatte ihr erzählt, dass sie regelmäßig bei der Alten einkaufe. Einmal habe ihr Gatte einen starken Husten gehabt, da habe sie ihm einen Sud aus Kräutern eingeflößt, den die Marktfrau

103

ihr zusammengestellt habe, und schon zwei Tage später sei er wieder wohlauf gewesen.

Reinhild erreichte den Platz um den Salzbrunnen. Es roch nach frisch gegerbtem Leder, Kohl und warmem Brot. Ein Mann bot lautstark Tongeschirr feil, von irgendwoher ertönte das sirrende Geräusch einer Klinge auf dem Schleifstein. Einige Händler waren bereits dabei, ihre Stände abzubauen. Der Abend war nicht mehr fern. Reinhild drängte sich zwischen den Menschen hindurch und blickte suchend umher. Doch von der alten Kräuterfrau war nichts zu sehen. Beim Eingang zur Webergasse hatte sich eine kleine Menschenmenge versammelt. Als Reinhild näher kam, sah sie, dass dort ein fahrender Theriakhändler seine Ware verkaufte. Unschlüssig blieb sie stehen. Theriak. Vielleicht konnte das Allheilmittel Eva retten. Zögernd trat Reinhild näher. Sie wusste nicht einmal, ob sie genügend Geld bei sich hatte, um den wertvollen Trank zu erwerben.

Ein Mann erhob die Stimme. »Habt Ihr das selbst gemischt? Woher weiß ich denn, dass Ihr nicht irgendein nutzloses Zeug verkauft?«

Ein Raunen ging durch die Menge. Reinhild erinnerte sich, dass ihre Eltern sich einmal deswegen gestritten hatten. Ihre Mutter hatte für viel Geld bei einem Theriakkrämer die Arznei gekauft, und Vater hatte sie aus dem Fenster gegossen. »Bist du von allen guten Geistern verlassen, Weib? Diese fahrenden Krämer sind allesamt Betrüger. Der einzige Theriak, der mir ins Haus kommt, ist der echte, der in Venedig hergestellt wird. Den gibt es nur beim Apotheker.«

In echten Theriak gehörten etliche kostbare Zutaten. Sogar das getrocknete Fleisch von Vipern. Da manche dieser Pulver und Kräuter schwer zu beschaffen waren, wurden viele Fälschungen feilgeboten, Reinhild wusste das. Vorsichtig fasste sie an ihren Geldbeutel. Nur noch wenige Münzen befanden sich darin. Bisher hatte sie nicht herausgefunden, was aus dem Lohn für das Buch geworden war. Dabei brauchte sie das Geld dringend. Meister Johann war nicht der Einzige, bei dem sie Schulden hatte. Der Bäcker bekam noch ein halbes Dutzend Silberpfennige von ihr, außerdem gingen die Vorräte an Haferschrot allmählich zu Ende. Auch Talgkerzen müsste sie dringend besorgen. Sie seufzte, machte kehrt und ging nachdenklich den Bachlauf entlang Richtung Kosbühel.

Ratlos blieb sie bei der Inneren Brücke stehen. Einerseits drängte es sie, nach Hause zu eilen und nach Eva zu sehen, andererseits wollte sie noch nicht aufgeben. Irgendwo musste doch Hilfe zu holen sein! Der Abend senkte sich langsam auf die Stadt, das warme Licht des Frühsommers verblasste kaum merklich, die Schatten wurden länger. Ein Gedanke wuchs in ihr, den sie kaum zu denken wagte.

Zögernd schritt sie durchs Brückentor. Auf der anderen Seite des Neckars lag die Pliensau, hier irgendwo war Eva verunglückt. Rechter Hand, ganz nah am Ufer, befand sich der Roßmarkt, weiter südlich, in der Metzgergasse, übten die Fleischhauer ihr blutiges Handwerk aus. Und noch jemand wohnte hier, ganz dicht an der westlichen Stadtmauer, dessen Handwerk noch blutiger war als das der Fleischhauer und dessen Nähe man als anständige Frau tunlichst mied. Doch dieser Mann verfügte über großes medizinisches Wissen. Heimlich suchte ihn so manch Verzweifelter auf, und nicht wenigen konnte er helfen.

Reinhild zog die Haube tiefer ins Gesicht. Es war besser, wenn niemand sie erkannte. Mit klopfendem Herzen schritt sie über den Roßmarkt, wo es nach Stroh und Pferdemist roch, überquerte den kleinen Bach, der von hier in die Metzgergasse strömte, wo er als Abfluss für Blut und Schlachtabfälle diente, bis sie schließlich vor dem Haus des Carnifex stand, des Henkers.

Unsicher trat sie näher, blickte nervös nach allen Seiten. Auf dem Roßmarkt war sie vielen Leuten begegnet, doch hier, ganz am Rand der Stadt, war es menschenleer und still. Sie nahm ihren Mut zusammen und klopfte.

Niemand öffnete.

Schon wollte sie es als Zeichen des Himmels deuten und rasch kehrtmachen, als sich die Tür doch einen Spalt weit auftat. Ein Mann musterte sie von oben bis unten. Er war nicht viel älter als sie selbst, doch seine Gesichtszüge schienen müde und eingefallen.

»Ihr wünscht?«

»Ich … es ist wegen meiner Tochter. Sie … sie ist krank, und Meister Herrmann ist nicht aufzutreiben. Er hat die Wunde auch schon versorgt, doch sie fiebert so stark, und ich weiß nicht, wen ich sonst um Hilfe bitten kann.« Reinhild verschränkte angstvoll die Finger.

Der Mann zog die Tür ein Stück weiter auf. »Redet Ihr von dem Mädchen, das vom Dach gestürzt ist?«

»Ja. Ihr wisst davon?«

»Solche Dinge sprechen sich herum. Was genau wollt Ihr von mir? Ihr seid doch die Schreiberin, oder? Eine kluge, gebildete Frau. Sicherlich wollt Ihr kein Amulett aus den Knochen eines Gehängten kaufen. An solchen Unfug glaubt Ihr nicht, oder?«

Reinhild schüttelte heftig den Kopf. »Nein. Aber man sagt, dass Ihr etwas von Wundheilung versteht, dass Ihr die Sünder, die Ihr peinlich befragt habt, nachher versorgt, ihre Wunden heilt, damit sie aufrecht der Vollstreckung des Urteils entgegensehen können.«

Der Henker verzog das Gesicht. »Wohl gesprochen, Frau. Doch was hat das mit Euch zu tun?«

»Vielleicht könntet Ihr nach meiner Tochter sehen?«

»Ha!« Der Mann lachte auf. »Das kann nicht Euer Ernst sein! Ihr könnt mich nicht in Euer Haus lassen! Das wisst Ihr genau!«

Reinhild nickte stumm. Der Henker hatte recht. Er konnte Eva nicht helfen, ohne ihr Haus zu betreten. Doch das durfte er auf keinen Fall.

»Ja, das hatte ich nicht überlegt«, erwiderte sie. »Ich dachte nur …«

Sie wandte sich ab, um schnell davonzueilen, doch der Henker rief sie zurück.

»Wartet, Schreiberin. Einen Rat hätte ich wohl für Euch. Der kostet Euch nicht einmal etwas.«

Sie drehte sich um. »Ja?«

»Meister Herrmann heilt immer noch nach den Lehren Galens, so wie es viele Wundärzte hierzulande tun. Doch inzwischen gibt es neue Erkenntnisse, Wissen aus dem Morgenland, das an den Universitäten in Italien gelehrt wird. Ein solcher Arzt, der das neue Wissen studiert hat, weilt im Augenblick auf Hohenheim als Gast des Freiherrn. Falls Euer Geldbeutel es hergibt, solltet Ihr diesen Mann rufen lassen. Wenn einer Eure Tochter retten kann, dann er.«

»Aber er ist doch ein Ungläubiger!« Entsetzt sah Reinhild den Henker an. Dieser Mann sprach genauso ketzerisch wie Johann von Gent.

Der Henker zuckte mit den Schultern. »Er glaubt an einen einzigen Gott, ganz genau wie wir, nur nennt er ihn in seiner Sprache Allah.«

Noch bevor Reinhild etwas erwidern konnte, warf der Carnifex die Tür zu. Benommen blieb sie einen Augenblick vor dem Haus stehen. Gedanken rauschten durch ihren Kopf, doch sie konnte keinen einzigen festhalten. Was sollte sie tun? Dem Rat eines unreinen Mannes folgen und einen Ungläubigen in ihr Haus lassen? War es nicht gotteslästerlich, Eva um jeden Preis retten zu wollen? War ihr Leid nicht vielmehr Gottes Wille, wie Meister Herrmann gesagt hatte?

Tränen schossen ihr in die Augen, verzweifelt fiel sie auf die Knie, faltete die Hände und begann zu beten: »Gott, Vater unser, der du bist in dem gewaltigen Himmelreich, geheiligt werde dein Name, zu uns komme dein Reich, dein Wille werde dem gleich ...«

Inständig hoffte sie auf eine Eingebung Gottes, die ihr den rechten Weg weisen würde.

Sie stand erst auf, als sie in der Ferne das Rufen des Nachtwächters hörte und ihr mit einem Mal bewusst wurde, dass viele Stunden vergangen waren, seit sie Eva mit Greta allein gelassen hatte.

11

Thomasio setzte Heinrich in Berkheim ab. Sie verabredeten, sich gegenseitig auf dem Laufenden zu halten, Thomasio würde die anderen über die Entwicklung informieren. Wäre nicht die Verabredung mit Senta gewesen, Heinrich hätte sich den Rest des Abends in die Badewanne gelegt und Musik gehört. Er duschte sich, sah nach seinen E-Mails, aber außer ein paar Spam-Mails gab es nichts. Lustlos blätterte er in der Esslinger Stadtgeschichte, das Jahr 1701 fiel ihm auf. Der große Brand, der den größten Teil der Stadt dem Erdboden gleichgemacht hatte und dem Hunderte von Dokumenten aus dem Hochmittelalter zum Opfer gefallen waren. Hundertundein Jahr später verlor Esslingen seine Selbstständigkeit. Die Stadtgeschichte hielt ungezählte und vor allem unerzählte Schicksale bereit, von denen eines ihm immer noch Unbehagen bereitete wie ein Splitter in der Fingerkuppe. Er nahm sich vor, nicht zu spät nach Hause zu gehen, um sich noch einmal mit ihr befassen zu können. Er musste dringend damit beginnen, Aufzeichnungen zu machen, sonst würde er bald den Überblick verlieren. Jetzt aber hieß es erst mal tief durchatmen und sich dem Treffen mit Senta stellen.

Der Bus brachte ihn vor der Zeit in die Stadt, er ließ sich eine halbe Stunde früher am Tisch nieder und bestellte eine große Flasche Wasser. Er hing seinen Gedanken nach, die Minuten verflogen, die Tür hatte er nicht aus den Augen gelassen. Endlich. Pünktlich auf die Minute. Heinrich stockte der Atem. Senta kam herein, im Gehen öffnete sie ihren Mantel, zum Vorschein kam ein schwarzes, eng tailliertes Kleid, das bis knapp über die Knie reichte. Der Ausschnitt verriet nichts und verhieß alles, eine pinkfarbene Stola hüllte ihren langen Hals ein. Ihre Erscheinung erinnerte in nichts an die Kriminalkommissarin, die Heinrich im Todeskeller kennengelernt und die ihn im Präsidium vernommen hatte.»Todeskeller«. Die Medien hatten sich auf diesen Begriff eingeschossen. Heinrich fühlte seinen Puls und änderte das Wort in Liebeskeller.

Senta kam an den Tisch, er sprang vom Stuhl auf, ein aufmerksamer Kellner fing das Möbel auf, fast hätte Heinrich das Tischtuch heruntergerissen, als er Senta die rote Rose hinhielt. Sie nahm sie und errötete.

»Schön, dass ...« Heinrich zögerte. »Darf ich Senta sagen?«

Sie nickte.

»Schön, dass du gekommen bist, Senta.«

»Ich freue mich auch.«

Er rückte ihr den Stuhl zurecht, mit einer einzigen geschmeidigen Bewegung nahm sie Platz.

Der Kellner reichte die Karten, sie vertieften sich in das Speisenangebot. Heinrich musterte die Preise, musste an sein Bankkonto denken, und ein Gefühl wie ein Fausthieb in den Magen verdarb ihm fast den Appetit. Da saß er mit der bezauberndsten Frau, die er je kennengelernt hatte, und zählte in Gedanken sein Geld, anstatt Liebesreime zu dichten.

Er wählte ein einfaches Gericht. Hirse mit Gemüse. Er legte die Karte weg und beobachtete Senta. Ihre Wangen waren immer noch leicht gerötet. Aber das konnte ja auch der Temperaturwechsel sein. Draußen herrschte strenger Frost, minus neun Grad, und es sollte noch kälter werden. Sie ließ die Karte sinken.

»Ich nehme an, du bist ein moderner Mann?«

»Woran erkennt man denn einen modernen Mann?«, fragte er überrascht.

»Ich möchte dich zum Essen einladen. Ist das in Ordnung?«

»Wenn das zu einem modernen Mann gehört, dann bin ich der modernste Mann überhaupt. Vielen Dank.«

Verstohlen griff er nochmals zur Karte. Zuerst vegetarische Teigtaschen mit Gemüsefüllung, heiß serviert mit würziger Chilisoße, und als Hauptgang auch eine Vorspeise, einen Biltong-Teller: hauchdünne Scheiben geschnittenen Trockenfleisches vom Rind und kleine Stückchen Boerewors mit Melonenspältchen, dazu Toast und Butter. Eine südafrikanische Spezialität. Das kam seinen Bedürfnissen schon näher.

Senta nahm eine Kalahari-Trüffel-Suppe und als Hauptgang Kapstadter Fischpfännchen mit Filet vom King Klip, Röllchen von Seezungenfilets, Schnitten vom Seehecht und Riesengarnelen. Alles zart gedämpft und überzogen mit Krabben-Dillrahm, dazu Basmati-Duftreis. Senta wählte den Wein aus: ein Spätburgunder von der Neckarhalde, ein echtes Esslinger Gewächs.

»Ist das eigentlich kein Problem, dass du mit einem Zeugen in einem Mordfall essen gehst?«

Senta wiegte den Kopf. »Es könnte ein Problem werden, wenn ich mich dadurch von den Fakten ablenken ließe oder wenn ich über vertrauliche Dinge reden würde. Ansonsten ist es kein Problem. Es sei denn, du bist der Mörder.«

Nicht der Mörder, dachte Heinrich, aber der Dieb. Der Impuls, Senta alles zu gestehen, überwältigte ihn fast. Aber dafür war es zu früh. Er wollte die Stimmung nicht verderben. Und er wollte sie erst noch näher kennenlernen. Wenn sie so fühlte wie er, würde er bald ein Geständnis ablegen.

»Ist das denn ein Problem für *dich*?«

Heinrich schüttelte energisch den Kopf. »Nicht im Geringsten.«

Senta hob ihr Glas, blickte Heinrich tief in die Augen und hauchte: »Auf ein schönes Leben.«

Er nahm all seinen Mut zusammen. »Auf uns«, flüsterte er.

Eine Ewigkeit schien Senta zu schweigen, dann wiederholte sie seine Worte und fügte noch vier hinzu: »Wir haben viel Zeit.«

»Alle Zeit der Welt«, erwiderte Heinrich und jubelte innerlich. Ja, er hatte wirklich alle Zeit der Welt und nicht die geringste Lust auf einen One-Night-Stand. Er wusste, dieser Moment würde nie wieder kommen. Das Herzklopfen, dass es einem schier die Brust zerriss. Das Kribbeln in allen Gliedern, die Watte im Kopf. Er schwor sich, diesmal nicht dieselben Fehler wie immer zu machen. Senta war eine selbstständige Frau, der er nichts vom Leben erzählen musste. Sie hatte ihr Leben, er hatte seins, und alles, was zusammen möglich war, wollte er in vollen Zügen genießen.

»Darf ich dir Fragen stellen? Einfach so und alles Mögliche?«

Senta stützte ihren Kopf in ihre Hände.

»Frag, was du willst, ich werde beantworten, was ich kann.«

»Die Gretchenfrage. Warum verkauft ein Historiker Holzschwerter auf einem Mittelaltermarkt?«

Touché. Ob sie ihn durch den Computer gejagt hatte?

»Ich habe einen Fehler gemacht.« Er nippte an seinem Glas. »Fehler ist vielleicht nicht das richtige Wort. Am besten, du entscheidest das selbst. Meine Eitelkeit hat mich dazu gebracht, den Bericht über einen archäologischen Fund zu fälschen, um mit einer

These recht zu behalten. Das wurde von einem meiner Mitarbeiter entdeckt, und da ich zwar ein Betrüger war, aber kein Mörder bin, lebt mein Mitarbeiter noch, aber ich bin als Historiker erledigt.«

»Du meinst es ernst mit mir, nicht wahr?« Senta lächelte, und Heinrich glaubte, niemals etwas Schöneres gesehen zu haben. Ja, er meinte es ernst mit ihr. Und trotzdem musste der Ring vorerst sein Geheimnis bleiben.

»Ich habe großen Mist gemacht und dafür bezahlt.«

»Und es gibt keinen Weg zurück?«

»In zwanzig Jahren vielleicht. Im Moment könnte es sich keine Universität leisten, einen Betrüger einzustellen. Die Zunft kennt keine Gnade. Das ist auch richtig. Wo kämen wir hin, wenn wir die Wahrheit nach unserem Geschmack verbiegen könnten? Es gibt viel, was wir Historiker nicht wissen. Das liegt in der Natur der Sache. Also sind wir auf Fakten angewiesen, die dann jeder interpretieren kann, wie er will. Aber die Fakten müssen stimmen. Wenn das Skelett von Ost nach West gelegen hat, dann war es so. Ende. Ich habe es um neunzig Grad gedreht, nicht im Grab, aber, wie gesagt, im Bericht. Dir wird es nicht anders ergehen. Wenn du Beweise verfälschen würdest, wärst du erledigt.«

»Allerdings. Das ist auch schon vorgekommen. Nicht bei mir, aber bei einem ehemaligen Kollegen von mir.«

»Kennst du Thomasio Pochnolt?«

»Ja. Er saß ja bei euch, als wir Anne Schnickel mitgenommen haben. Schon vor einiger Zeit hat er das Handtuch geworfen. Ist ein guter Mann gewesen, soweit ich weiß. Zu gut. Er hat sich nicht distanzieren können.«

»Sein Geld verdient er jetzt mit Mittelalterkostümen. Er gefällt mir gut.« Heinrich dachte an Thomasios seltsames Verhalten im »Einhorn« und ihren Ausflug zu den Schenks. Er hatte mit diesem Mann schon eine Vergangenheit. Bahnte sich da eine Freundschaft an? Thomasio war mindestens zwanzig Jahre älter als er, etwa im selben Alter wie Hugo Schenk, aber Thomasio wirkte jugendlich, Schenk versteinert.

»Wie geht *dein* Geschäft?«

Heinrich zögerte einen Moment, entschloss sich aber, Senta wirklich nur den Ring zu verheimlichen.

»Ich bin im Moment freigestellt. Nicht weil ich ein Schwert gefälscht habe. Ich bin Mitglied in der ›Ermittlungsgruppe Anne Schnickel‹. Wir glauben an ihre Unschuld.«

Senta hatte nicht mit der Wimper gezuckt. »Ich nicht. Und ihr solltet besser nicht Räuber und Gendarm spielen.«

»Wir halten nur Augen und Ohren offen, fragen ein bisschen rum. Das ist alles. Ich glaube dir, dass du deine Arbeit professionell machst. Aber ich habe Anne im Arm gehalten, habe sie gespürt, als ihr klar wurde, dass Friedhelm tot ist. Wie gesagt: Das war echt.«

»Das ist ein bekanntes Phänomen. Gerade bei Beziehungstaten erleben wir es oft, dass die Täter die Tat so stark verdrängen, dass sie bei der Todesnachricht reagieren, als hätten sie es gerade erst erfahren.«

Heinrich musste an Hugo Schenk denken, der den Tod seines Sohnes schon längst verdrängt hatte. Ja, das konnte durchaus sein. Anne hätte also nicht gespielt und wäre trotzdem die Täterin. Heinrich blieb dabei, seinem Instinkt zu folgen.

»Also hat die Polizei nichts dagegen, wenn wir ein bisschen schnüffeln?«

»Solange ihr keine Gesetze brecht? Nur zu. Ich würde mich freuen, wenn ich einen Fehler gemacht hätte. Anne Schnickel ist ansonsten eine liebenswerte Person.«

»Darf ich mit ihr reden?«

»Du kannst jederzeit beim zuständigen Richter einen Besuchsschein beantragen.« Senta schmunzelte. »Oder du veränderst dich beruflich und wirst Anwaltsgehilfe.«

»Entschuldige. Ich will auf keinen Fall, dass du dich irgendwie unter Druck gesetzt fühlst. Wirklich. Vielleicht können wir ja auch Kaution stellen.«

»Vergiss es. Kapitalverbrechen, es drohen mindestens fünf Jahre Gefängnis, selbst wenn der Richter auf Totschlag erkennt. Fluchtgefahr.«

»Also hilft nur der Beweis, dass sie unschuldig ist.«

Senta nickte stumm, Heinrich lächelte.

»Das ist ein echter Hochseilakt, nicht wahr? Du musst ja auch in meinem Leben ein wenig wühlen. Das ist in Ordnung. Ich bin ein unbeschriebenes Blatt, zumindest was die Polizei angeht. Ich vertraue dir blind.«

Sie nahm seine rechte Hand. »Das ist zu schön, um wahr zu sein.«

Ihre Hand pulsierte vor Leben. Heinrich fuhr die Erregung in alle Glieder. Er stellte sich vor, wie er sie eine Stunde lang einfach nur massieren würde. Wie er ihre Muskeln einen nach dem anderen erkunden würde. Wie er jeden Zentimeter ihrer Haut schmecken würde. Aber nicht heute Nacht. Sein Körper würde sich noch etwas gedulden müssen. Eins nach dem anderen. Es gab keinen Grund, irgendetwas zu überstürzen.

Die Suppe und die Teigtaschen kamen, ihre Hände trennten sich unwillig voneinander. Während des Essens redeten sie kaum miteinander, nur ein paar Bemerkungen über den guten Wein und die hervorragende Küche wechselten sie. Heinrich wunderte sich über den gesegneten Appetit seiner Angebeteten. Beim Nachtisch musste er passen, sie schaffte ohne Probleme einen Obstsalat, der auch für zwei gereicht hätte.

»Ich habe gelernt, wie ein wildes Tier zu essen. Wenn es was gibt und ich Zeit habe, esse ich, so viel ich kann. An anderen Tagen esse ich fast gar nichts. Mein Magen ist sehr dehnungsfähig. Außerdem mache ich jeden Tag mindestens zwei Stunden Sport. Unter anderem Karate, Jiu-Jitsu und Kenpo-Karate. Mein Trainer ist ein Weltmeister. Also sieh dich vor.«

»Da kann ich nur einen schwarzen Gurt in Mikado anbieten.«

Senta verzog das Gesicht.

»Nein, ernsthaft, ich bin ungeschlagener Meister im Mikado und allen verwandten Sportarten, für die eine absolut ruhige Hand über Stunden vonnöten ist.«

»Welche da wären?«

»Ich bin kein schlechter Schütze.«

»Oha. Faustfeuerwaffe?«

Heinrich krümmte die Hand. »Am liebsten Revolver. .357er Magnum und 38er Special. Mit Waffenschein und allem Drum und Dran. Und du?«

»Ich hasse Schießen. Ich drücke mich, wenn es irgendwie geht, aber die Pflichtstunden muss ich absolvieren. Ich habe noch nie die Waffe ziehen müssen und bin auch nicht scharf darauf.«

»Das geht mir genauso. Ich würde nie die Waffe gegen ein Lebewesen richten. Es sei denn in Notwehr. Da ich aber niemals bewaffnet das Haus verlasse, kommt das überhaupt nicht in Frage. Auf dem Schießstand macht mir das Ballern echt Spaß. Ich bin halt ein Bub, was das angeht.«

»Das ist absolut in Ordnung, Heinrich. Mir hat am meisten Jiu-Jitsu geholfen. Wenn du einen Randalierer hast, wirst du schnell mit dem fertig, ohne ihn schwer verletzen zu müssen. Blaue Flecken und Prellungen sind da natürlich inbegriffen, aber ich könnte es nicht verkraften, jemanden zu erschießen, weil er einen über den Durst getrunken hat und dann ausrastet. Oder einen Autodieb. Niemals. Wenn ich ihn nicht ohne Waffe kriege, dann halt nicht, dann habe ich meinen Job schlecht gemacht.«

»Gibt das keine Schwierigkeiten?«

»Mit manchen Kollegen schon. Die sehen das anders. Die spielen Sheriff. Wenn es um Notwehr geht, habe ich kein Problem, meine Waffe einzusetzen. Ansonsten ist es in der Regel das SEK, das sich mit bewaffneten Gewalttätern auseinandersetzen muss. Die haben das nötige mentale und physische Training. Ach ja, der Autodieb. Ich nutze lieber die Zeit, mir das Kennzeichen oder den Autotyp zu merken und eine Ringfahndung auszulösen.«

»Jetzt sind wir doch wieder bei deinem Job.«

Senta lachte und trank einen Schluck Wein. »Das ist ein großer Teil meines Lebens. Und ein wichtiger. Ich liebe meinen Beruf, auch wenn er manchmal hart ist. Gott sei Dank habe ich keine Probleme, mich abzugrenzen. Das heißt nicht, dass ich eiskalt bin. Ich fühle mit, kann traurig und wütend sein. Aber ich leide nicht mit. Thomasio hat immer mit den Opfern gelitten. Ein Wunder, dass er das siebzehn Jahre ausgehalten hat. Er war ausgebrannt, ging in Frieden und vor allem bevor er anfing, Fehler zu machen. Und bevor er ausgemustert wurde.«

»War er verheiratet?«

»Zweimal geschieden. Klassischer Fall.«

Heinrich betrachtete Senta nachdenklich. Sollte das wirklich sein Glückstreffer sein? Konnte es wirklich einen Menschen geben, der so ausgeglichen und zufrieden war mit seinem Leben, wie Senta es anscheinend war? Warum hatte sie dann keinen Freund?

»Warst du schon mal verheiratet?«, fragte er.

»Nein. Ich wollte, aber zwei Wochen vor der Hochzeit ist Sebastian von einem Auto erfasst und getötet worden.«

»Das tut mir leid.«

»Es ist vier Jahre her. Ich habe ausgiebig getrauert. Er ist kein Hindernis. Im Gegenteil. Sebastian hat mir gezeigt, wie schön Liebe sein kann. Vielleicht kannst du mir das auch zeigen?«

Heinrich nahm ihre Hände. »Ich werde es versuchen, darauf kannst du wetten.«

Sie entschuldigte sich, löste ihre Hände aus seinen und ging auf die Toilette. Jetzt nahm Heinrich erst wahr, dass sie inzwischen bis auf das Personal allein waren. Es war schon fast ein Uhr. Zeit, ins Bett zu gehen, der nächste Tag würde anstrengend werden.

Senta kam zurück. Arm in Arm verließen sie das Restaurant, schlenderten am alten Rathaus vorbei; Senta zeigte Heinrich das Wasserrad, das früher mal Mehl gemahlen hatte und heute Strom erzeugte, erzählte ihm alles über die Innere Brücke, dann kehrten sie durch die Maille zurück zum Rathausplatz. Sie verabschiedeten sich mit einem zarten Kuss auf die Lippen.

»Wir werden uns bald wiedersehen«, flüsterte Senta in Heinrichs Ohr. »Es war ein wunderschöner Abend. Danke. Ich rufe dich an.«

Bevor Heinrich etwas erwidern konnte, war Senta schon in einer Seitengasse verschwunden. Er blieb noch eine Viertelstunde in der klaren Winternacht stehen und trällerte die Melodie von »What a wonderful world« vor sich hin, dann machte er sich auf den Fußweg nach Hause, weil um ein Uhr dreißig in der Nacht in Esslingen kein Bus mehr fuhr und er einfach Lust hatte auf frische Luft und ein bisschen Bewegung.

An schlafen war jetzt nicht zu denken. Senta ging ihm nicht aus dem Kopf, und gleichzeitig drängte sich die Mumie wieder in den Vordergrund. Er fuhr seinen Laptop hoch und ließ den Film laufen, den er im Keller gedreht hatte. An der Stelle, die ihm bereits aufgefallen war, stoppte er das Band und zoomte den Ausschnitt heran. Neben dem Spiegel, der für sich genommen schon eine archäologische Sensation war, benahmen sich einige Steine sehr seltsam. Aus den meisten Fugen in der Kammer war im Laufe der Jahrhunderte der Mörtel herausgebröckelt. Nur bei diesen nicht. In dem schlechten Licht hatte er das zuerst nicht erkannt, doch jetzt fuhr es ihm heiß in die Glieder. Eine Kammer in der Kammer! Wie bei Indiana Jones und Heinrich Schliemann! Das musste ein

Geheimfach sein, da gab es keinen Zweifel. Wie gut, dass sich die Behörden noch mit dem Hausbesitzer stritten. Der wollte für jedes Relikt Bares sehen, die Behörden wollten alles umsonst. So, wie es aussah, würden sich erst einmal Anwälte und Richter streiten, bevor irgendein Fachmann die Kammer betreten oder die Mumie untersuchen würde. Die lag nach wie vor in ihrem Kühlfach. In Fachkreisen schlug man die Hände über dem Kopf zusammen, dass man ein solch wichtiges Relikt nicht untersuchen konnte. Heinrich konnte das nachvollziehen. Es war furchtbar, wenn einem ein Forschungsobjekt entzogen wurde. Aber nicht nur Behörden und geldgierige Bürger waren daran schuld. Auch die Eitelkeit der eigenen Leute konnte wertvolle Relikte vernichten. Heinrich hatte zwei Professoren mit Spezialgebiet Altertum erlebt, die gnadenlos durch die Mittelalterschichten durchgraben ließen, ohne rechts und links zu schauen, nur um möglichst schnell an eine einzige Goldmünze heranzukommen, auf der vielleicht ein römischer Kaiser abgebildet war. Die Mumie befand sich in seiner Reichweite. Das war natürlich unverschämtes Glück, und Heinrich hatte gelernt, die Dinge zu nehmen, wie sie kamen.

Sein schlechtes Gewissen hielt ihm sofort den Ring und Senta vor Augen. Er verscheuchte das Bild nur ungern, aber er musste in diese verdammte Kammer und herausfinden, was in dem Fach lag. Nur nicht mitten in der Nacht. Sobald die Sonne über die Dächer kroch, würde er losziehen. Gegen fünf Uhr schlief er ein. Kein Traum drang bis in sein Bewusstsein vor.

12

Agnes zupfte ihre Cotte zurecht, sodass ihre üppige Oberweite besser zur Geltung kam. »Noch einen Wein, Meister Balduin?« Sie beugte sich vor und lächelte ihn an.

Balduin Vornholt rülpste, lehnte sich zurück und nickte. »Immer her damit, meine Schöne. Und setz dich zu mir.« Zur Bekräftigung seiner Aufforderung klatschte er mit der Handfläche auf seinen Schenkel. Agnes füllte den Weinbecher, dann hüpfte sie auf Vornholts Schoß. Sie gluckste vergnügt, als er unter ihr Gewand griff. »Aber Meister Vornholt, wo habt Ihr denn Eure Finger?«

Vornholt kniff sie noch einmal kräftig, bevor er nach dem Weinbecher griff und einen tüchtigen Zug nahm. Er hatte sich eine ruhige Ecke in der Schankstube ausgesucht, als er kurz nach Mondaufgang das Frauenhaus betreten hatte. Bei den Huren war er beliebt, denn er war trotz seiner vierunddreißig Lenze ein schlanker, beinahe zierlich gebauter Mann mit feingliedrigen Händen, zahlte für ihre Dienste, ohne zu murren, und behandelte sie anständig, jedenfalls fast immer.

Meist winkte er eine der Frauen herbei und begab sich sofort mit ihr in eine der kleinen Kammern, heute aber war ihm erst einmal nach einem tüchtigen Schluck Wein zumute gewesen. Und nach ein wenig Zerstreuung. Noch immer saß ihm der Ärger über den Maler aus Flandern wie eine fette, schwer verdauliche Mahlzeit im Magen. Dieser eingebildete Pinselschwinger! Ein solches Angebot abzulehnen. Dabei nagte er sicherlich am Hungertuch. Diese Künstler lebten doch immer über ihre Verhältnisse, und die Kirche zahlte schlecht, das wusste jeder. Bestimmt würde Johann von Gent früher oder später zu ihm angekrochen kommen und um den Auftrag winseln. Aber darauf konnte er nicht warten. Er brauchte diese Urkunde, und zwar möglichst bald. Bevor dieser Halsabschneider Lennhart Schankherr ihm alle Gäste abspenstig gemacht hatte. Der würde sich wundern!

Vornholt ballte die Hand zur Faust. Seit zwei Tagen grübelte er, an wen sonst er mit einem derart heiklen Auftrag herantreten konnte. Ohne Ergebnis. Wütend nahm er noch einen Schluck Wein und knallte den Becher auf den Tisch. Agnes, die immer noch auf seinem Schoß hockte, zuckte erschrocken zusammen.

»Aber Meister Balduin!«, rief sie. »Was ist in Euch gefahren? Beinahe wäre ich zu Boden gestürzt.«

»Ja und? Was schert es mich?«, entgegnete Vornholt gereizt und schubste Agnes von seinem Schoß, sodass sie mit der Hüfte gegen die Tischkante stieß. »Du bist mir sowieso zu fett. Hol mir deine Freundin, die Dorothea, die ist viel ansehnlicher als du!«

Agnes blieb wortlos vor ihm stehen, rieb sich die schmerzende Stelle und starrte ihn an.

»Was ist?«, herrschte Vornholt sie an. »Hast du nicht verstanden? Ich will dich nicht mehr sehen. Du verdirbst mir die Laune. Verzieh dich und schick die Dorothea her.«

»Ich … ich«, stammelte Agnes, »ich kann nicht.«

»Ach was?« Vornholt knallte die Faust auf den Tisch, dass der Weinbecher hüpfte. »Du kannst nicht? Und wie du kannst! Ich bezahle dich schließlich dafür, dass du tust, was ich verlange, und zwar nicht schlecht. Dich und all die anderen Metzen, dafür seid ihr doch hier!«

Conrad, der Wirt, war auf Vornholt aufmerksam geworden und blickte stirnrunzelnd in seine Richtung. Agnes senkte hastig den Kopf.

»Die Dorothea ist krank«, flüsterte sie. »Sie liegt im Bett, ich kann sie nicht herholen. Aber vielleicht gefällt Euch ja eine andere. Die Brida ist sehr beliebt bei den Männern.«

»Krank? Was soll das heißen? Will sie sich drücken, sich einen faulen Tag machen?«

Agnes schüttelte den Kopf. »Nein, es geht ihr wirklich schlecht. Fragt den Herrn.« Sie nickte hinüber zum Wirt, der gerade ein neues Bierfass anschlug, aber mit einem Auge aufmerksam die Auseinandersetzung zwischen Agnes und seinem Kunden verfolgte.

»Ach ja?« Vornholt hatte sich erhoben, strich sich das lange Haar aus der Stirn und grinste verschlagen. Der blutrote Stein in seinem Siegelring blitzte gefährlich. »Kommt mir eigentlich ganz gelegen, dass sie schon im Bett liegt. Genau da wollte ich sie haben.« Er rückte seinen Gürtel zurecht.

»Kann ich helfen?« Conrad war hinter Vornholt aufgetaucht.

»Ich will zu Dorothea.« Vornholt zückte seinen Geldbeutel.

Der Wirt hob abwehrend die Hand. »Das geht nicht.«

»Pah!« Vornholt nahm den Weinbecher und schleuderte ihn unter die Bank, wo er zersplitterte. »Jetzt kommt Ihr mir auch so! Habt Ihr Euch gegen mich verschworen?«

»Die Dorothea ist krank. Zu der geht keiner, sonst stirbt sie mir unter den Fingern weg. Das kann ich mir nicht leisten.«

Plötzlich wurde Vornholt hellhörig. »Was hat sie denn?«

»Das geht Euch nichts an. Gebt Frieden jetzt, sonst muss ich Euch bitten zu gehen. Und den Becher bezahlt Ihr mir.«

Vornholt lachte auf. »Wenn's nur das ist.« Er fischte eine Münze aus dem Beutel und warf sie auf den Tisch. Dann setzte er sich wieder. »Bring neuen Wein, Wirt, aber vom besten. Und du, Agnes, setzt dich wieder zu mir.« Er klopfte mit der Handfläche erneut auf seinen Oberschenkel.

Wenig später standen ein Weinkrug und ein frischer Becher auf dem Tisch. Agnes hatte es sich zögernd wieder auf Vornholts Schoß bequem gemacht, er begrapschte ihre Brüste und säuselte ihr Schmeicheleien ins Ohr. Plötzlich hielt er inne und packte sie an ihrem kastanienbraunen Haar, das lose über ihre Schultern fiel.

»Und jetzt erzählst du mir von Dorothea.«

Agnes wurde blass, sie blickte hilfesuchend in Richtung Theke, doch der Wirt war beschäftigt.

»Hier, um deine Zunge zu lösen.« Vornholt hielt ihr ein Geldstück vor die Nase, sie wollte danach greifen, doch er ließ es schnell in seiner Hand verschwinden. »Erst Dorothea!«

Agnes seufzte. »Es war ein Gast. Er hat sie geschlagen, so schlimm, dass Meister Herrmann kommen und nach ihr sehen musste. Es steht schlecht um sie, hat er gesagt.«

»Wer war der Gast?«

Agnes blickte zu Boden. »Das hat Dorothea nicht gesagt.«

»Aber du weißt es.«

Agnes fuhr mit dem Finger über das grobe, von Bier und fettigen Speisen getränkte Holz des Tisches. »Ich bin mir nicht sicher.«

»Raus damit.«

Agnes schwieg.

Vornholt legte die Münze auf den Tisch.

»Es war«, flüsterte Agnes kaum hörbar, »es war der Eckhart, Euer Sohn.«

13

Um acht Uhr ging sein Wecker zum ersten Mal. Eine halbe Stunde später quälte sich Heinrich aus dem Bett. Er fühlte sich, als wäre eine Horde Wildschweine über ihn galoppiert. Selbst die Wechseldusche half nicht viel. Erst der Gedanke an Senta und die Vorstellung, das Geheimfach in der Geheimkammer zu öffnen, ließen ihn zu sich kommen. Zwischen Kaffeetasse, Brot und Müsli breitete er den Stadtplan aus. Er brauchte nicht lange zu suchen. Das Haus bildete die Ecke Strohstraße/Küferstraße. Wahrscheinlich klebte noch das Siegel der Polizei am Eingang zum Keller. Wenn er das brach, würde es wirklich ungemütlich werden.

Er zog den Kellerkataster zu Rate. Wie hatte die Stadtführerin gesagt? »Im Mittelalter waren die Keller vermutlich alle miteinander verbunden.«

Fieberhaft blätterte er die Seiten um. Da. Die Strohstraße. Die Küferstraße. Nur drei Keller waren erfasst, einer davon direkt gegenüber »seinem« Keller. Eine Verbindung war gestrichelt eingezeichnet. Das hieß, dass sie nicht sicher war. Direkt daneben ein zweiter. Die beiden hatten eine sichere Verbindung. Er war schon mehrmals dort vorbeigelaufen und konnte sein Glück nicht fassen. Das Nachbarhaus wurde gerade saniert. Niemand wohnte dort.

Heinrich sprang in seine Wintersachen, prüfte die Handlampe, nahm die Tasche mit dem Werkzeug und machte sich auf den Weg, erwischte gerade noch den Bus ins Zentrum.

Es war neun Uhr, Heinrich spazierte an der Baustelle vorbei. Niemand arbeitete. Vielleicht war dem Bauherrn das Geld ausgegangen. Dass es so leicht sein würde, hätte er nicht gedacht. Ohne Hindernisse gelangte er hinter das Haus. Die Bautür war mit Folie abgehängt, er verschwand dahinter, zog ein kleines Brecheisen aus der Tasche, hebelte einmal, und schon sprang die Tür auf, ohne Lärm, das Schloss hatte sich schnell ergeben.

Im Haus war es hell, er fand den Kellereingang sofort, stieg hinab. Freundlicherweise war der Keller aufgeräumt und der Durchgang zum angrenzenden Keller mit einer Tür versehen, die nicht abgeschlossen war. Vorsichtig schloss er sie hinter sich und schaltete die Lampe an. Sein Herz schlug schneller, er war sich bewusst, dass er einige Paragraphen des Strafgesetzbuches mit Füßen trat, dass Senta ihn wahrscheinlich persönlich festnehmen würde, wenn sie ihn hier erwischte. Der Rundbogen des Durchgangs sah aus wie neu, er war wohl restauriert worden. Der Gang machte eine leichte Kurve, direkt voraus eine weitere Tür. Das musste der Eingang zum Keller des Nebenhauses sein.

Er löschte die Lampe, drückte sein Ohr an die Tür und lauschte. Nichts. Er drückte die Klinke, sein Herz wollte aussetzen, die Tür gab nach. Millimeter für Millimeter schob er sie in den Keller hinein. Kein Licht drang in den Gang. Niemand im Keller. Er holte tief Luft, drückte die Tür ganz auf, schlüpfte in den Raum und schloss sie wieder. Immer noch kein Geräusch. Heinrich nahm all seinen Mut zusammen und ließ die Lampe aufflammen. Ein ganz normaler einsamer, dunkler Keller lag vor ihm. Nach wenigen Sekunden fand er den nächsten Durchgang. Wie Gimli kam er sich vor, klein, allein und auf alles gefasst. Auch hier kein Problem. Wieder ein Gewölbegang, diesmal eine Neunzig-Grad-Wende und dann geradeaus. Die letzte Hürde lag vor ihm.

Wieder lauschte er, wieder kein Geräusch, kein Licht fiel durch das Schlüsselloch. Es ist immer die letzte Schraube, die sich nicht lösen lässt, spukte ihm durch den Kopf. Tatsächlich. Die Tür ließ sich nicht öffnen. Er inspizierte das Schloss. Kein Sicherheitsschloss, sondern ein einfaches, das selbst einem plumpen Dietrich nicht standhalten konnte. Keine zwanzig Sekunden später klickte es. Inzwischen raste sein Herz. Vor lauter Angst, entdeckt zu werden, hatte er vergessen, dass er sich ja in engen Räumen fürchten musste. Also holte er es jetzt nach, musste sich setzen und fast fünf Minuten über die grüne Wiese spazieren, bis die Panikattacke vorüber war.

Sein Herzschlag beruhigte sich, Heinrich stand auf und sah, dass die Polizei anscheinend fertig war mit dem Tatort. Keine Absperrung mehr, die Leiche war verschwunden, aber der Blutfleck war noch zu erkennen. Die Tür zum angrenzenden Keller war geschlossen, die Kammer ebenfalls. Er betätigte den Mechanismus und fand alles genauso vor wie beim ersten Mal, nur dass die Mumie fehlte. Er trat an die Wand heran, tastete die Steine ab. Es war eine einzige Platte, meisterhaft als mehrere Steine getarnt. Er brauchte fast seine

ganze Kraft, um den Widerstand der eingefügten Steine zu über-
winden, Stück für Stück schob sich die Platte zur Seite. Heinrich
lief der Schweiß über das Gesicht. Die Kammer in der Kammer.
Eine Dokumentenrolle lag darin.

Heinrichs Herz klopfte vor Aufregung und vor Glück. Aus seiner Tasche zog er eine Pappröhre und eine Plastiktüte. Vorsichtig
verstaute er das Dokument, schloss das Fach und machte, dass er
verschwand.

Erst als er unerkannt wieder in der eiskalten Luft auf der Straße
stand, den strahlenden Himmel über sich, merkte er, dass er durchgeschwitzt war wie nach einem Zehnkilometerlauf. Sein Magen
knurrte. Er tätschelte seine Tasche, ging hoch zum Rathausplatz
und genehmigte sich beim »Emil« ein XXL-Frühstück der Sonder-
klasse.

Während des ersten Milchkaffees summierte er seine Verfehlungen: Einbruch, Diebstahl, Hausfriedensbruch, eine ganz schöne
Latte. Senta gäbe ihm den Laufpass, wenn sie das erführe. Seine
Stimmung verschlechterte sich. Die Euphorie über den grandiosen
Fund versickerte in seinem schlechten Gewissen. Aber was hätte er
machen sollen? Warten, bis die Gerichte in ein oder zwei Jahren
entschieden hätten? Außerdem war er der rechtmäßige Entdecker
der Geheimkammer und des Geheimfaches.

Er widmete sich wieder seinem Frühstück und bestrich eine
Scheibe Vollkornbrot mit Butter und Honig. Gedankenverloren
biss er hinein. Das Brot schmeckte köstlich, der Honig verscheuchte ein wenig die dunklen Gedanken. Heinrich schaute sich
um. An einigen Tischen saßen unverkennbar Beschicker des Mittelaltermarktes. Wie auf einem Kostümball ging es zu, manche mit
ausgefeilter Ausrüstung, die bis ins Detail dem historischen Original nachempfunden war. Authentisch sollte es sein. Heinrich lächelte. Authentisch gab es nicht. Nichts, was ein Gehirn des dritten Jahrtausends schuf, konnte authentisch Mittelalter sein. Das
war ein Widerspruch in sich. Man konnte mehr oder weniger gut
kopieren. Mehr oder weniger Handarbeit leisten. Aber das Le-
bensgefühl eines Menschen aus dem Mittelalter konnte niemand
nachvollziehen. Diese schwachsinnigen Versuche im Fernsehen à la
»Leben wie Großmutter oder Ururugroßmutter« waren von vorn-
herein nichts als Medienevents, um die Einschaltquoten zu erhöhen.

Mit seriöser Forschung hatte das nichts zu tun. So wie hier war die Geschichte nur Kulisse, nichts weiter. Dagegen hatte Heinrich nichts; Heinrich hatte etwas gegen Menschen, die glaubten, sie könnten leben wie im Mittelalter. Das war für ihn nichts anderes als der Fluchtversuch aus der Realität. Den hätte er jetzt allerdings auch gerne unternommen, denn sein schlechtes Gewissen hörte nicht auf, ihn zu plagen.

»Guten Morgen!«

Heinrich schreckte hoch. Richard Wonnelt stand vor ihm und streckte ihm lächelnd die Hand hin. Heinrich griff schnell zu und bot ihm an, sich zu setzen.

»Frei heute?«

»Ja. Das tut gut nach der ganzen Aufregung.«

Richard bestellte Tee und Müsli.

»Gibt es was Neues im Fall Anne?«

»Keine Ahnung. Von meiner Seite nichts seit gestern Abend. Hugo Schenk hat sich auf jeden Fall noch nicht gemeldet.«

»Glaubst du an Annes Unschuld?«

Heinrich räusperte sich. »Selbstverständlich.«

Richard nickte. »Was denkst du eigentlich über die Mumie? Das muss dich als Historiker doch beschäftigen.«

Richards Worte lösten eine Erinnerung aus. Monika Schenk hatte erzählt, dass Friedhelm alte Sachen gesucht hatte, den Keller hatte er ja auch entdeckt. Das hieß, dass er Aufzeichnungen haben musste. Protokolle, Quellenverzeichnisse und -nachweise. Danach hätte er fragen müssen, aber die vierzig Minuten in der Villa Schenk hatten ihm den klaren Verstand betäubt. Vielleicht hatte Friedhelm ja gewusst, nach wem oder was er suchen musste. Vielleicht hatte Friedhelm einen Plan gehabt. Fragen, aber keine Antworten.

»Sie ist alt. Sehr alt. Ein unglaubliches Glück, dass sie so gut erhalten ist. Die Baumeister des Spätmittelalters waren Meister ihres Faches. Der Keller hat siebenhundert Jahre lang Temperatur und Luftfeuchtigkeit annähernd gleich gehalten.« Warum interessierte sich Richard für die Mumie? Niemand sonst hatte ihn danach gefragt. »Bist du Hobby-Archäologe?«

Richard schüttelte den Kopf und trank von seinem Tee. »Nein. Es wundert mich nur, dass die Mumie die meisten Leute wohl kaltlässt. Ist es nicht ein sensationeller Fund? Mindestens so spannend wie Ötzi?«

Heinrich seufzte. »Nicht ganz. Um genau zu sein, weit davon entfernt. Die Mittelalterforschung kann sich glücklich schätzen, dass es relativ viele Relikte gibt, je nach Epoche mehr oder weniger. Zugegeben, eine Frau in voller Bekleidung als Mumie ist eine Ausnahme. Aber auf den ersten Blick wird sie uns nichts wirklich Neues erzählen können. Je weiter der Fund zeitlich von uns entfernt ist, desto wertvoller wird er. Das ist ein bisschen wie in der Wirtschaft: Angebot und Nachfrage entscheiden über das Medieninteresse.«

»Da braucht man Ausdauer, nicht wahr?«

»Allerdings. Wir ersticken oft in Funden, Dokumenten und Listen, und wenn das entscheidende Puzzlestück fehlt, gehen die Spekulationen los, Freundschaften zerbrechen über dem Streit, wer denn jetzt recht hat. Und weil wir nun mal denken und fühlen, wie Menschen unserer Zeit das tun, führt das häufig zu Fehlinterpretationen. So wie bei unserer Mumie. Ich werde nie erfahren, wie diese Frau wirklich gedacht und gefühlt hat. Wahrscheinlich werde ich auch nie erfahren, warum sie dort gelegen hat, in einem Keller, seit Jahrhunderten. Das ist schwer für mich. Deswegen habe ich schon im Studium angefangen, die fünftausend Meter zu laufen. Das schult das Durchhaltevermögen. Ist eine gemeine Distanz. Du musst ziemlich schnell laufen, kommst gar nicht richtig in Meditation, so wie beim Marathon.«

»Da sind wir ja fast Kollegen. Meine Lieblingsdistanz sind die fünfzehnhundert Meter. Auch fies. Die muss man fast sprinten. Ich habe einige Wochen nicht trainiert. Da lässt die Kondition sofort nach.«

»Geht mir ähnlich. Mein letzter Lauf über die volle Distanz liegt sechs Wochen zurück.«

Richard steckte sich einen Löffel Müsli in den Mund und kaute, während er sprach. »Weiß man denn, wer sie war?«

Heinrich wunderte sich über den erneuten Themenwechsel. »Die Mumie? Nein. Sie hatte keinen Ausweis bei sich.«

»Ach, gab es so was schon im Mittelalter?«

Heinrich musste lachen. »In gewissem Sinne schon. Es gab Siegelringe, Schutzbriefe, Besitzurkunden und Eintragungen ins Geburts- und Sterberegister. Aber diese Daten sind mit Vorsicht zu genießen, und oft sind die Bücher verloren gegangen.« Heinrich hoffte inständig, dass das Dokument, das er gefunden hatte, Aufschluss gab über die Identität der Toten. »Selbst die Geburtsdaten großer Könige sind oft nicht genau bekannt.«

»Das heißt, wir werden unter Umständen noch nicht einmal erfahren, wer sie war?«

»Das ist gut möglich.« Wenn nichts im Dokument steht und das Wappen unbekannt ist, habe ich in der Tat ein Problem, dachte Heinrich. Dann bin mit meinem sowieso schon schwachen Latein am Ende.

Richard hatte seine Müslischüssel geleert und seinen Tee getrunken. Er sprang auf, klopfte Heinrich auf die Schulter und lud ihn zum Frühstück ein. Heinrich bedankte sich artig und stellte fest, dass es ihm gut gefiel, eingeladen zu werden. Das schonte den Geldbeutel und freute den Magen.

Richard segelte hinaus, gab ein Zeichen, dass Heinrich auf seine Kosten schlemmen durfte. Der ließ sich das nicht zweimal sagen, orderte noch einen Fruchtjogurt, einen Milchkaffee, einen frisch gepressten Orangensaft und machte sich eine halbe Stunde später mit vollem Bauch auf den Weg nach Hause, um das Geheimnis des Dokuments zu lüften.

Er genoss die Wintersonne, zückte sein Handy und rief Hugo Schenk an. Aber der wusste nichts über irgendwelche Aufzeichnungen von Friedhelm. Enttäuscht unterbrach Heinrich die Verbindung, und sofort gab sein Handy Laut. Auf dem Display erschien »Nummer unterdrückt«, aber er stellte trotzdem die Verbindung her.

»Guten Morgen. Gut geschlafen?«

Senta. Heinrichs Magen machte einen Satz.

»Guten Morgen. Wie schön, dass du anrufst.«

Senta kicherte wie ein Mädchen. »Ich musste gerade daran denken, dass ich ja zwei gute Morgen habe.«

»Äh, ja. In der Tat.« Heinrich stotterte.

»Das hast du wahrscheinlich schon hunderttausendmal gehört, entschuldige.« Senta klang geknickt.

»Das macht nichts. Aus deinem Mund hört sich das wunderschön an.«

»Trotzdem. Das kann ich nur gutmachen, indem ich dich zum Abendessen einlade. Morgen Abend, acht Uhr, im Restaurant ›Dicker Turm‹. Weißt du, wo das ist?«

»Er ist nicht zu übersehen. Ich werde da sein und freue mich wie verrückt.«

»Bis morgen Abend.«

»Bis morgen Abend.«

Mein Gott, sie meint es ernst. Diese wunderbare Frau lässt sich mit mir, dem verkrachten Historiker, ein, der Holzschwerter verkaufen muss, damit er seine Miete bezahlen kann. Und ich fange die Beziehung mit Lug und Trug an. Ich werde ihr alles gestehen. Morgen Abend.

Heinrichs Stimmung besserte sich erheblich, er marschierte nach Hause, öffnete die Rolle, wickelte das Dokument aus und konnte nicht fassen, was er da sah.

14

Inzwischen war es stockdunkel, die Gassen waren düster und menschenleer. Wer doch noch unterwegs war, drückte sich eng an die
Hauswände, um möglichst ungesehen sein Ziel zu erreichen.
Reinhild schlich über den Kirchhof bis ans Nordende der Kirche. Neben dem Turm kauerte sich die kleine Bauhütte an die steinerne Wand des Gotteshauses, in dem der Maler aus Flandern und
seine zwei Gehilfen wohnten. Das unruhige Licht einer Talglampe
fiel durch das schmale Fenster auf die dicht aneinandergedrängten
Grabsteine. Reinhild wunderte sich, dass der Laden noch nicht geschlossen war und die Bewohner der Hütte die kalte Luft der
Frühsommernacht ungehindert ins Innere dringen ließen, doch sie
freute sich über diese Nachlässigkeit, denn ohne Licht wäre der
Weg zwischen den Gräbern noch viel schwerer zu finden gewesen.
Rechts von ihr lag das große Katharinenhospital, aus dem ge-
dämpfte Laute über den Kirchhof drangen.

Eigentlich hatte sie Johann von Gent erst am nächsten Morgen
aufsuchen wollen, doch inzwischen ging es Eva so schlecht, dass
Reinhild Angst hatte, noch eine Nacht länger zu warten. Sie hatte
der heiligen Gottesmutter zu Ehren eine Kerze aus Bienenwachs
angezündet, die letzte, die sie besaß und die sie für einen besonderen Anlass aufgehoben hatte, und an Evas Bett gebetet. Die Worte
des Henkers waren ihr dabei nicht mehr aus dem Sinn gegangen.
»Er glaubt an einen einzigen Gott, genau wie wir.«

So oft sie versucht hatte, den sündigen Gedanken aus ihrem
Kopf zu verscheuchen, so oft war er wiedergekehrt. Plötzlich hatte Eva gestöhnt und laut gerufen: »Nein, geht fort! Lasst mich los!
Hilfe! Sie greifen nach mir! Hilfe!« Dann war sie verstummt, das
Gesicht starr und reglos. Reinhild hatte einen eiskalten Schreck bekommen. Konnte es sein, dass der Tod schon seine gierigen Hände
nach ihrem einzigen Kind ausstreckte? Konnte sie denn gar nichts
dagegen tun? In diesem Augenblick hatte sie wieder die Worte des
Henkers gehört, und ihr Beschluss hatte festgestanden. Sie würde
diesen Heiden bitten, ihrer Tochter zu helfen. Alles war besser, als
tatenlos zuzusehen, wie es ihr von Stunde zu Stunde schlechter

ging, wie sie furchtbare Qualen erlitt. Mochte der Herr ihr zürnen, sie würde erhobenen Hauptes vor ihn treten.

Sie hatte Greta noch einmal zu Meister Herrmann geschickt, ein letzter Versuch, ohne die Hilfe des Ungläubigen auszukommen, doch der hatte ausrichten lassen, dass er alle Hände voll zu tun habe und frühestens am Abend des kommenden Tages nach dem Mädchen schauen könne. Auf der Baustelle der neuen Kirche seien acht Arbeiter schwer verunglückt, als ein Gerüst einstürzte und eine Reihe Steinquader mit in die Tiefe riss. Es werde seine Hilfe gebraucht, um die Verletzten zu versorgen.

Reinhild warf einen kurzen Blick durch das Fenster. Die Hütte bestand nur aus einem einzigen Raum. An der hinteren Wand waren zwei Nachtlager, vermutlich eins für Johann und eins für die beiden Gehilfen. An der linken Wand befand sich eine kleine Feuerstelle, über der ein Topf hing, ein hölzerner Löffel baumelte an einem Haken, auf einem Brett reihte sich das Geschirr auf: zwei Holzteller, eine kleine Schale und ein Becher aus Ton. Gegenüber der Feuerstelle stand eine Truhe. Die Mitte des Raums nahm ein schwerer Holztisch ein, um den drei Schemel gestellt waren. Reinhild sah Johann und seine beiden Gehilfen an diesem Tisch sitzen und Würfel spielen. Ein Krug Bier stand zwischen ihnen sowie drei Becher. Plötzlich war es ihr unangenehm, die Männer zu stören. Doch dann dachte sie an Eva, und alle Scheu war vergessen. Sie klopfte.

»Herein!«, rief jemand. Vorsichtig stieß sie die Tür auf. Drei sprachlose Gesichter wandten sich ihr zu. Johann hatte sich als Erster wieder gefasst.

»Reinhild, kommt herein. Was führt Euch zu mir zu dieser späten Stunde?«

»Ich müsste Euch kurz sprechen, wenn es nicht zu ungelegen kommt.«

Johann erhob sich vom Schemel. »Spielt eine Runde ohne mich«, forderte er Hans und Jakob auf. »Ich bin gleich zurück.«

Er trat vor die Tür der Hütte und führte Reinhild ein paar Schritte weiter, bis sie vor der Seitentür der Kirche standen.

»Ich sehe es gar nicht gern, wenn Ihr nachts allein durch die Straßen lauft. Um diese Zeit treibt sich allerhand Gesindel herum. Und wenn der Nachtwächter Euch aufliest, könnt Ihr die Nacht im Turm verbringen.« Er sah Reinhild besorgt an.

»Ich weiß«, antwortete sie. »Doch mein Anliegen duldet keinen Aufschub. Eva ist dem Tod nah. Und Meister Herrmann kann sich nicht um sie kümmern. Er hat wegen des Unfalls auf der Baustelle zu viel zu tun. Außerdem fürchte ich, dass seine Kunst bei Eva versagt hat.«

»Heißt das, Ihr wollt den Sarazenen rufen?«

Reinhild nickte. »Ja. Helft Ihr mir?«

Johann ließ seinen Blick nachdenklich über die Gräber wandern. An einem Brett, das der Regen vom Vortag aus der Erde gespült hatte, verweilte er.

»Ich muss mir ein Pferd borgen und nach Hohenheim reiten. Zu Fuß dauert es zu lang. Außerdem kann ich den Mann so gleich mitbringen. Falls er bereit ist, zu kommen.«

»Ihr zweifelt daran?« Reinhilds Herz krampfte sich zusammen.

»Ich habe ihn nur einmal getroffen, ich kenne ihn kaum. Jedenfalls ist er ein hochgebildeter, weit gereister Mann, der schon Könige und Fürsten behandelt hat. Soweit ich weiß, verlangt er zwei Pfund Silber für seine Dienste.«

»Zwei Pfund Silber?« Reinhild spürte, wie sie der Mut verließ.

»Meint Ihr, dass Ihr so viel Geld aufbringen könnt?« Er musterte sie zweifelnd.

»Macht Euch darum keine Sorgen«, sagte Reinhild rasch. »Ich werde das Geld irgendwie auftreiben.«

Johann runzelte die Stirn.

»Mein Vater«, erklärte Reinhild. »Er hat mich verstoßen, als ich vor vierzehn Jahren ohne seine Einwilligung heiratete. Seither habe ich nicht mit ihm gesprochen. Inzwischen ist er ein alter Mann, ich vertraue darauf, dass sein Herz nicht ganz aus Stein ist und dass er sein Enkelkind nicht sterben lassen wird.«

»Gut. Dann werde ich morgen in aller Frühe aufbrechen. Wenn alles gut geht, dürft Ihr mich und Abd-al-Qadir im Laufe des Nachmittags erwarten.«

»Abd-al-Qadir? Ist das sein Name?«

»Abd-al-Qadir bin Hamad Saracenus. Es bedeutet ›Diener des Mächtigen‹, damit ist Allah gemeint, sein Gott.«

»Ein Diener Gottes also.« Reinhild lächelte schwach. »Dann kann ja nichts Falsches daran sein.«

15

Nichts. Das blanke Pergament. Die Tinte war komplett verblichen, das Siegelwachs im Laufe der Jahrhunderte einfach weggeflossen, es war nichts mehr zu erkennen. Heinrich biss sich in den Handrücken. Warum konnte nicht einmal etwas glattgehen? Stöhnend warf er sich auf sein Bett und starrte an die weiß gestrichene Decke. Fünf Minuten lag er so da, dann raffte er sich auf und beschloss, seinen letzten Euro in die Sache zu investieren. Die Vereinbarung mit seiner Hausbank zur Schuldentilgung hatte er bis jetzt einhalten können, und er hatte nicht vor, das zu ändern. Sein Anwalt hatte ihn viel Geld gekostet, aber er war jeden Cent wert gewesen. Natürlich kannte er einen Spezialisten, der das Dokument lesbar machen konnte. Offenheimer aus Hamburg. Aber das kostete mindestens tausend Euro, seine letzten Reserven. Er sprang aus dem Bett, verpackte das Dokument, als wäre es pures Nitroglyzerin, legte einen Blankoscheck bei, der hoffentlich gedeckt sein würde, wenn Offenheimer ihn einlöste. Morgen früh würde er das Paket auf die Reise schicken, seinen Chef um einen kleinen Vorschuss bitten und das Geld auf sein Konto einzahlen. Apropos. Er öffnete sein Bankingprogramm, rief die Umsätze ab und staunte nicht schlecht. Zweieinhalbtausend Euro im Plus, und die Miete für Dezember war schon abgebucht. Sascha Prüng konnte wohl Gedanken lesen. Zweitausend Euro stammten von ihm. Jetzt noch die E-Mails. Er löschte sieben Spam-Mails. Eine blieb übrig, die er ehrfürchtig anstarrte. Absender: Hugo Schenk.

»Sehr geehrter Herr Morgen. Anbei die gewünschten Unterlagen zur Durchsicht. Wie besprochen gehe ich davon aus, dass Sie alle Informationen streng vertraulich behandeln. Sie erhalten gleich eine SMS mit einem Code, den Sie zur Entschlüsselung des Anhangs benötigen. Sollten Sie Erfolg haben, können Sie sich meiner Dankbarkeit gewiss sein. Mit freundlichen Grüßen, Hugo Schenk.«

Heinrich zückte sein Handy. Tatsächlich. Die SMS war schon da. Er öffnete sie, die Nachricht mit dem angekündigten Code erschien auf dem Display. Heinrich verzichtete darauf, sich Schenks Undankbarkeit oder sogar seinen Unmut vorzustellen, öffnete den Anhang und wurde aufgefordert, das sechzehnstellige Passwort einzugeben. Einen Moment passierte nichts, dann zeigte der Bildbetrachter den ersten Kontoauszug. »Banque de Luxembourg, Friedhelm Schenk«. Insgesamt waren es 1.438 Buchungen aus drei Jahren und von zwei Konten. Heinrich gab Thomasio Bescheid und ließ die Listen aus dem Drucker laufen.

Eine Viertelstunde später ging die Türklingel. Thomasio, Richard, Wolfi, Frauke, Susi und Fitzek. Sie lärmten die Treppe hoch, enterten Heinrichs Küche und fragten, ob er einen Kaffee machen könne. Er konnte und fragte seinerseits, was denn der Grund für ihre ausgelassene Stimmung sei.

»Wir haben doch eine heiße Spur, oder nicht?«, fragte Frauke, und ihre Augen leuchteten.

Heinrich stellte Tassen auf den Tisch, Milch, Zucker, und schenkte ein. »Vielleicht. Vielleicht auch nicht. Erst mal müssen wir uns die Fakten ansehen. Selbst wenn etwas dabei ist, muss das noch lange keine heiße Spur sein.«

Frauke zuckte nur mit den Schultern. Thomasio räkelte sich und rieb sich die Augen. »Ich hab von meinen Exkollegen in München ein paar interessante Informationen bekommen. Friedhelm Schenk brauchte jede Menge Geld, um die Anstrengungen des Lernens einigermaßen zu verkraften. Gespielt hat er nicht, aber seine Feiern waren berüchtigt, seine Urlaube ausgedehnt und exklusiv. Das wissen die Ermittler hier in Esslingen übrigens auch. Skifahren in Kanada, Surfen auf Hawaii, Segeln in der Karibik. Er liebte das Leben, für das sein Papa das Geld auf dem Konto liegen hatte. Aber Junior hatte ein Problem: Papa hatte die dumme Eigenschaft, ihn zu einem aufrechten Menschen erziehen zu wollen. Das wissen wir seit den Gesprächen mit Hugo und Monika Schenk. Senior weigerte sich seit zwei Jahren, Sohnemanns Sperenzchen zu finanzieren.«

»Die Eine-Million-Euro-Frage lautet also: Woher hat das Bürschchen seitdem die Kohle?« Heinrich setzte neuen Kaffee auf. »Von Hugo Schenk haben wir erfahren, dass Christine Progalla Geld auf

Juniors Konto überwiesen hat. Das allein würde natürlich nicht reichen.«

»Friedhelm hat Geschäfte gemacht«, stellte Richard fest.

»Doch Drogen?« Susi knabberte an ihrem rechten Zeigefinger. Thomasio schüttelte den Kopf. »Junior war überzeugter Nichtraucher. Außer gelegentlich einem Glas Schampus nahm er nichts. Erstaunlich, aber clever. Wie soll ich mich vergnügen, wenn ich mir die Gesundheit ruiniere und den Schädel zudröhne? Und?« Thomasio zeigte auf die Ausdrucke. »Fündig geworden?«

Heinrich schürzte die Lippen. »Wenn man weiß, was man sucht, wird man schnell fündig. Beim groben Drüberschauen habe ich sechs Namen gesehen. Friedhelm Schenk war so etwas wie ein Amateur-Callboy. Er hat das Angenehme mit dem Nützlichen verbunden.«

»Also doch eine heiße Spur!«, rief Frauke.

Heinrich verzichtete auf einen Kommentar. Frauke würde jeden Strohhalm für die Tatwaffe halten. Die anderen mussten das erst mal verdauen. Armani, Porsche, Sex. Selbstbewusstsein durch Geld und Fun. Dem übermächtigen Vater ein Schnippchen schlagen. Sieger bleiben im Spiel um die Macht.

»Verdient man denn so viel damit?«, fragte Richard und schenkte die nächste Runde Kaffee aus.

Frauke packte Mandelsplitter und Quarkbällchen auf den Tisch. »Also hat Junior tatsächlich eine Affäre mit der Frau unseres Oberbürgermeisters gehabt. So weit haben die Gerüchte gestimmt. Er kassierte Monatsraten von ihr. Den Rest kannst du dir denken.« Sie steckte sich ein Bällchen in den Mund und kaute genüsslich.

»So ein Früchtchen! Erpressung!« Richard biss auf einen Mandelsplitter.

»Nicht unbedingt und nicht in jedem Fall. Ein Callboy wird normalerweise bezahlt für seine Dienste. Die Profis sind äußerst diskret und werden einen Teufel tun, ihre Reputation aufs Spiel zu setzten. Ob bei Friedhelm Schenk daraus Erpressung geworden ist oder nicht, müssen wir herausfinden. Auf jeden Fall ist das ein handfester Skandal, und wir haben Verdächtige ohne Ende.« Thomasios Augen glänzten. »Wir werden anhand der Kontoauszüge sehr schnell herausfinden, wen er hier in Esslingen beglückt hat.«

Heinrich nickte bedächtig. Friedhelm Schenk hatte selbst im Tod dieses gewisse Etwas gehabt. Ein Engelsgesicht, eine Verheißung auf nicht endendes Glück, auf Wonnen und Glückseligkeit. Was für ein Machtspiel! Komplex, zerbrechlich und noch ein Motiv für Anne.

»Hat sie davon gewusst?« Heinrich blickte in die Runde.

»Anne?« Thomasio kaute.

»Wer sonst? Wenn sie es gewusst hat, ist das ein weiterer Sargnagel. Das muss ihre Eifersucht bis ins Unerträgliche gesteigert haben.«

»Auf welcher Seite stehst du eigentlich?« Fitzek fuchtelte mit dem Zeigefinger.

»Auf der Seite der Wahrheit. Wir können ihr nicht helfen, wenn wir die Augen vor dem Offensichtlichen verschließen. Die meisten Menschen unterschätzen die Polizei so lange, bis sie plötzlich vor dem Richter sitzen.« Er wandte sich an Thomasio. »Unsere Gegner sind Profis. Das weißt du doch! Wir kämpfen hier keinen Befreiungskampf.«

»Du denkst, wir stehen auf verlorenem Posten? Steckst du mit der Kommissarin unter einer Decke?«, fragte Fitzek spitz und vergaß, weiterzukauen.

Heinrich musste unwillkürlich grinsen. Das würde er gerne, zweifellos, aber bis dahin würde noch viel Dreck den Neckar hinabfließen. Er kratzte sich am Kopf.

»Sie ist eine schöne Frau, keine Frage. Wir waren essen. Sie hat nicht mit mir über den Fall geredet. Senta Taler ist eine Kollegin von dir, Thomasio. Eine korrekte. Ihr kennt euch. Liege ich falsch?«

»Nein. Senta ist korrekt. Aber sie ist ein Mensch. Fehlbar. Wichtig ist, dass niemand erfährt, dass Anne mit Abstand das beste Motiv hatte für den Mord an Friedhelm. Das wäre scharfe Munition gegen Anne.«

Fitzek sagte nichts mehr, betrachtete nur den Boden.

»Gut«, sagte Heinrich. »Wir nehmen uns als Erstes die Namen auf der Liste mit den Überweisungen vor.« Er breitete die Blätter auf dem Tisch aus. Thomasio nahm sich einen Stapel, ebenso Richard und Fitzek. Frauke assistierte Fitzek, Susi half Thomasio, und Heinrich gesellte sich zu Richard. Die Assistenten schrieben die Namen, das Datum und den Betrag auf, die Spürhunde recherchierten. Jedes Team hatte zwanzig Seiten. Ohne ein Wort arbeiteten sie fast neunzig Minuten lang. Hier und da ertönte ein »Oh« oder ein »Wow«. Zum Schluss gaben sie die Werte in eine Computertabelle ein. Heinrich brach das Schweigen.

»Unfassbar. Friedhelm Schenk hat ein regelrechtes Netz über Esslingen geworfen.« Sie hatten jeden Namen überprüft. Ausnahmslos alle standen im Esslinger Telefonbuch. Erleichtert waren sie gewesen, dass Anton Hallers Frau nicht auf der Liste gestanden hatte. Wenn der Leiter der EST, der ihnen jedes Jahr so engagiert bei der Organisation des Weihnachtsmarktes zur Seite stand, in den Skandal verwickelt gewesen wäre, hätte sie das in arge Verlegenheit gebracht.

Susi zerbiss einen Mandelsplitter. »Aber warum nur Esslingen? Oder hat er in München oder sonst wo alles in bar abgewickelt?«

Richard gab die Antwort: »Er kannte sich in Esslingen aus. Er wusste, wie die Esslinger ticken, wie wichtig der gute Ruf ist und wie schnell man aus gewissen Kreisen ausgeschlossen wird, wenn man einen Fleck auf der weißen Weste hat.«

»Das passt«, erwiderte Thomasio. »Schau dir mal den Endbetrag an. Sechstausenddreihundertfünfzig Euro pro Monat. Sein Vater hat ihn ja nicht darben lassen. Hugo Schenk hat ihm jeden Monat achtzehnhundert Euro überwiesen und Friedhelms Mutter noch mal sechshundert. Macht Summa summarum achttausendsiebenhundertfünfzig Euro. Davon lässt es sich gut leben.«

»Immerhin hatte er eine soziale Ader. Da sind ein paar Frauen dabei, die ich nicht kenne, die aber in Gegenden wohnen, wo man nicht viel Geld erwarten kann.« Richard zeigte auf den Namen Gabriele Rotbaum. »Siebzig Euro monatlich. Wenn er gut war, ein echtes Schnäppchen.« Die Männer schmunzelten.

Frauke stemmte die Arme in die Hüften. »Elende Machos! Könnt ihr euch auch nur im Geringsten vorstellen, was das für die Frauen heißt? Angst haben? Ausgeliefert sein? Dieser Schenk junior war ein fieses Schwein. Und das Spiel, das er mit Anne getrieben hat, war ja wohl das allerletzte. Wenn er nicht schon tot wäre, ich könnte ihn glatt abstechen, das könnt ihr mir glauben.« Die Männer hörten auf zu schmunzeln.

Heinrich stöhnte. »Das ist ja alles richtig. Aber zu so einer Sache gehören immer zwei. Wenn Christine Progalla sich im Vollbesitz ihrer geistigen Kräfte auf Friedhelm Schenk eingelassen hat, ist sie selbst schuld. Was Anne betrifft, hast du allerdings recht. Das ist widerwärtig und hinterlistig. Schon deshalb müssen wir den Mörder finden. Damit Anne nicht doppelt und dreifach bezahlen muss. Ich denke, es ist klar, dass irgendwer von der Liste entweder selbst zugeschlagen oder jemanden beauftragt hat.«

»Und jetzt? Wir sind genauso weit wie am Anfang.« Richard ließ den Kopf hängen. »Nichts als Spekulationen.«

Schweigen kehrte in der Küche ein. Heinrich kochte zum vierten Mal Kaffee. Mit allen Mitteln, schoss es ihm durch den Kopf. Mit allen Mitteln mussten sie Annes Unschuld beweisen. Er ließ vor Schreck die Kanne fallen, die in tausend Scherben zersprang und ihren Inhalt dabei über die ganze Küche verteilte. Die meisten fuhren von ihren Stühlen hoch, der eine oder andere Kaffeefleck breitete sich aus.

Heinrich ignorierte die Überschwemmung, patschte mit seinen Hausschuhen in den Scherben herum und schwang seine Rechte wie ein Filmanwalt beim Schlussplädoyer, das die Geschworenen von der Unschuld seines Mandanten überzeugen soll.

»Es ist so einfach! Der Mörder glaubt, er sei sein Problem los. Wir werden ihn eines Besseren belehren. Wir nehmen mit allen Kontakt auf und erpressen die weiter, die erpresst wurden; die, die nicht erpresst wurden, melken wir ab sofort. Dann muss sich der Täter zeigen.«

»Nein!« Thomasio sprang vom Stuhl auf. »Das ist zu gefährlich. Irgendwann muss einer von uns sich mit einem eiskalten Killer treffen. Unmöglich!«

Heinrich zog die Augenbrauen hoch und schaute sich um. »Wer von euch ist so von Annes Unschuld überzeugt, dass er das Risiko eingeht?«

Die Ermittler blickten zu Boden. Heinrich wandte sich ab, um Handfeger und Kehrblech zu holen. Er fegte die Scherben zusammen und wischte die braune Flüssigkeit auf.

»Niemand? Ich mache es. Das ist doch kein Problem. Ihr seid in der Nähe, Thomasio war lange genug Bulle, er leitet unsere Einsätze. Wir werden die Sache wasserdicht machen und allen erzählen, dass wir einen Umschlag mit Beweisen bei einem Notar hinterlegt haben. Ich glaube nicht, dass der Täter ohne den Umschlag zuschlagen wird. Im schlechtesten Fall ist er so clever, einfach zu bezahlen und die Sache auszusitzen. Er braucht nur zu warten, bis Anne verurteilt ist.«

Richard grinste schief. »Mein lieber Mann, an dir ist echt ein Sherlock Holmes verloren gegangen. Wahrscheinlich wird es gar nicht zu einem Kontakt kommen. Unser Mörder ist hochintelligent, wenn er es geschafft hat, alle Indizien so gegen Anne zu platzieren, dass sie so gut wie verurteilt ist.«

»Nein!« Thomasio mischte sich ein. »Ihr habt keine Ahnung, worauf ihr euch da einlasst. Wir haben keine Chance, den Lockvogel zu schützen. Da sind schon Profis dran gescheitert. Wenn einer zur Schlachtbank geht, dann ich.«

Heinrich lachte. »Nur gut, dass du Polizist warst. Als Verbrecher hättest du keine Karriere gemacht. Dich kennt doch jeder in Esslingen. Vergiss es. Deine Tarnung hält keine zehn Minuten. *Das* wäre gefährlich.«

Frauke meldete sich zu Wort. »Ich werde es machen. Anne ist meine Freundin, und ich werde nie glauben, dass sie irgendetwas mit dem Tod von Friedhelm Schenk zu tun hat. Wir werden das Schwein kriegen, das Schenk ermordet hat und es Anne in die Schuhe schieben will.« Ihre grünen Augen loderten. »Und wenn es das Letzte ist, was ich tue.«

Bevor Thomasio protestieren konnte, gratulierte Heinrich Frauke zu ihrem Mut. »Wir werden es gemeinsam machen und die Arbeit aufteilen. Mich kennt hier niemand, und es könnte sein, dass wir die eine oder andere, sagen wir mal, mit männlichen Argumenten überzeugen müssen. Schließlich war Friedhelm ein Call*boy*.«

»Und wir anderen Männer sehen nicht gut genug aus, oder was?« Wolfi schaute grimmig in die Runde.

»Genauso ist es«, sagte Frauke.

Wolfi grinste und fasste sich an seine krumme Boxernase. »So ein Pech auch!«

»Tja, unser Historiker ist schon ein knackiges Kerlchen. Mein Trost ist, dass einige von den Frauen auf der Liste die fünfzig schon weit hinter sich gelassen haben.«

Heinrich musste lachen. »Ich habe nicht vor, Schenks Geschäfte in allen Abteilungen weiterzuführen. Es geht nur ums Geld.«

Sie besprachen die Reihenfolge.»Man soll immer von oben graben«, sagte Wolfi.

Heinrich griff zum Telefon, wählte die Nummer der Progallas und hatte die Frau des Oberbürgermeisters sofort am Apparat. »Progalla?« Eine angenehme Stimme. Heinrich zögerte einen Moment, dann ließ er die Bombe platzen.

»Ich grüße Sie. Frank Frei ist mein Name. Es geht um Friedhelm Schenk. Ich bin sein Erbe und ebenso wie er angewiesen auf Ihre liebenswürdigen Zuwendungen. Wir müssen reden.«

Christine Progalla reagierte sofort.»Ja. Allerdings. Wir müssen reden.« Sie zögerte einen Moment.»In einer halben Stunde, am Ende der Sulzgrieser Straße. Da sind wir ungestört. Ich werde allein kommen.«

»Ich brauche nicht zu betonen, dass ich mich abgesichert habe?« Sie legte auf.

»Sulzgrieser Straße«, sagte Heinrich und dachte: eine starke, durchsetzungsfähige Frau. Kein Heimchen am Herd. Wie passte das mit der Erpressung durch einen Amateur-Callboy zusammen?

Thomasio wiegte den Kopf.»Gut zu überblicken. Freies Feld.«

Heinrich winkte ab.»Christine Progalla ist keine Gefahr. Da bin ich mir sicher. Sie wird ausloten wollen, was ich weiß und was ich habe. Sie kann schnell denken und weiß, dass sie ein Problem hat, das sie jetzt nicht mit Mord lösen kann.«

»Dein Wort in Gottes Gehörgang«, sagte Richard.»Wir werden auf jeden Fall Stellung beziehen. Das kann sie ja ruhig mitbekommen. Es ist sogar gut, wenn sie es mitbekommt. Dann wird sie erst gar nicht versuchen, dich zu beseitigen.«

»Das klingt gut.« Thomasio nickte anerkennend.»Euch hätte ich in meinem Team gebrauchen können. Ihr glaubt nicht, wie viele Polizisten es gibt, die nicht für fünf Cent kreativ sind. Die halten sich an ihre Vorschriften, an die Checklisten, und fertig.«

Heinrich nahm sich vor, Senta danach zu fragen, und sagte, er wolle sich auch mit der Gattin des stellvertretenden Präsidenten der IHK Esslingen treffen. Hier hieß die IHK allerdings Präsidium der Bezirksversammlung Esslingen-Nürtingen. Inzwischen war Heinrich offenbar zum heimlichen Leiter der Ermittlungsgruppe Anne geworden, niemand hatte einen Einwand vorzubringen. Er wählte die Nummer, stellte sich vor und sagte seinen Spruch auf.

Die Reaktion kam prompt. Anne-Katrin Wegener fing zu an weinen und beschwor ihn, niemandem etwas zu sagen, sie würde alles tun, um zu verhindern, dass ihr Mann irgendetwas davon erfahre. Alles. Heinrich beruhigte sie, das sei auch nicht in seinem Interesse. Sie vereinbarten einen Treffpunkt, und Heinrich fühlte sich schäbig. Am liebsten hätte er sich geduscht. Aber sie hatten zu tun, konsultierten noch mal die Liste. Was für ein Sündenpfuhl, dieses Esslingen! Die Gattin des Intendanten des Stadttheaters. Die Gattin des Inhabers der Mercedes-Benz-Vertretung. Die Gattinnen dreier Schuldirektoren. Die Liste las sich, bis auf wenige Ausnahmen, wie das Who's Who von Esslingen. Heinrich musste über sich selbst schmunzeln. Sündenpfuhl! Was für ein Spießergedanke. In Esslingen gab es über den Daumen gepeilt fünfundzwanzigtausend Frauen, potenzielle Opfer für Friedhelm Schenk. Davon standen gerade mal zwei Dutzend auf der Liste. So schnell bildete man sich ein Urteil. Außerdem ging ihn die Sexualität anderer überhaupt nichts an. Du denkst zu viel, erkannte er und beschloss, wieder auf seinen Instinkt zu hören. Er würde allein mit Christine Progalla sprechen.

»Hört mal her.« Alle drehten sich zu Heinrich um. »Was Richard gesagt hat, ist dann gut, wenn Christine Progalla die Mörderin ist oder den Mord in Auftrag gegeben hat. Wenn nicht, vergraulen wir sie. Ich will mehr erfahren über Schenk und mögliche andere Motive, die für seinen Tod in Frage kommen. Deswegen gehe ich allein. Und wenn mir jemand folgt, steige ich mit ihr ins Auto und hänge ihn ab.«

»Aber du bist dir über das Risiko im Klaren?« Thomasio zog die Augenbrauen zusammen. In seiner Hand knisterte das Papier der Liste.

»Absolut.« Heinrich hielt seinem Blick stand. »Fühlt euch wie zu Hause. Ich mache mich auf den Weg. Wenn ich zurück bin, entscheiden wir, wie wir weiter vorgehen. In Ordnung?«

Da niemand widersprach, verließ Heinrich seine Wohnung. Als er ins Auto steigen wollte, hielt ihn Thomasio zurück, er war ihm hinterhergeeilt.

»Einen Moment noch. Da drin konnte ich dir das nicht sagen.«

Heinrich zog die Brauen nach oben. »Du hast Geheimnisse vor deinen Kameraden?«

Thomasio nahm Heinrich am Arm und führte ihn zur Seite, wo niemand sie sehen konnte.

»Glaubst du, die können von den Lippen ablesen?«

»Glauben? Ich bin mir sicher.« Thomasio grinste.

Heinrich wollte nachfragen, aber Thomasio hieß ihn schweigen.

»Vertraust du mir?«

»Nein. Warum sollte ich? Ich kenne dich kaum. Du warst mal Bulle, hast den Dienst quittiert, und alle reden nett über dich. Du scheinst der freundliche Exbulle von nebenan zu sein. Da ist doch was faul. Das meine ich ernst.«

Thomasio ließ sich nichts anmerken. Seine Stimme klang wie immer. »Gut. Dann bist du der Richtige. Auf meiner Liste stand ein paarmal der Name eines Kollegen von uns. Nicht der Name seiner Frau. Jutta heißt sie. Ich bin mir ziemlich sicher, dass sie Kundin war, nicht er, und möchte das nicht an die große Glocke hängen. Vielleicht ist ja nichts dran. Vielleicht haben die beiden nur ein paar Geschäfte miteinander gemacht. Bitte rede mit ihr und beruhige sie, dass nichts passieren wird, falls sie …«

Heinrich traute seinen Ohren nicht. »Und wenn *der* Schenk auf dem Gewissen hat?«

»Hat er nicht. Ich war an dem Abend mit ihm zusammen.«

»Um wen geht es?«

»Liebermann. Er ist der zweite große Caterer nach Wolfi.«

»Die beiden mögen sich nicht besonders, habe ich gehört.«

»So ist es. Ich möchte nicht, dass Wolfi Liebermann unter Druck setzt.« Thomasio seufzte. »Bevor du fragst. Ich traue das beiden zu. Das Geschäft ist hart, aber hier in Esslingen halten sie Burgfrieden. Ein paarmal sind sie schon aneinandergeraten. In Freienfels letztes Jahr haben sie sich im Staub gerauft wie die Buben. Übrig blieben zwei Haarsträhnen, eine blonde, eine schwarze, die sie sich gegenseitig ausgerissen haben. Übrigens eine Trophäe, von der sich keiner von den beiden freiwillig trennen würde.«

»Warum machst du es nicht selbst? Da ist doch nichts dabei?«

Thomasio druckste herum.

»Du musst mir schon reinen Wein einschenken.«

»Na ja. Jutta Liebermann und ich sind nicht gerade die besten Freunde.« Thomasio zog die Worte auseinander, bis sie fast zerrissen wie ein armer Sünder auf der Streckbank.

Heinrich wusste nicht, was er davon halten sollte. Liebermann betrieb einen Wurststand, zwei Tavernen und das Teezelt. Goldgruben, keine Frage. Größere Gewinnspannen hatten nur noch die Gaukler mit ihrem Mäuseroulette, mit Bauernkegeln, Beilwerfen und Bogenschießen. Bisher hatte er Liebermann als ruhigen Mann in den frühen Fünfzigern kennengelernt, der in Zivil nur Marken wie Armani oder Boss trug und damit nicht hinter dem Berg hielt. Wenn er aber seine Tavernen inspizierte, die Geldbündel einsammelte und auf die Bank brachte, dann sah er aus wie ein Bettler aus dem 14. Jahrhundert. Wolfi hingegen trug immer dieselben Sachen. Blaue Jeans, blaues Hemd, Jeansjacke, und wenn es richtig kalt war einen Parka, der aus uralten Volksarmeebeständen stammen musste. Liebermann, der Wessi, Wolfi, der Ossi, vereintes Deutschland, wenn es darum ging, dem anderen das Geschäft vor der Nase wegzuschnappen. Heinrich entschied sich, Thomasio zu glauben, einfach weil er neugierig war.

Der Exbulle steckte ihm einen Zettel mit Liebermanns Nummer zu und reichte ihm sein Handy, das er auf dem Tisch hatte liegen lassen. Heinrich bedankte sich, wandte sich um, ging zum Auto und glaubte, einen Schatten am Fenster gesehen zu haben, der sich schnell bewegte.

16

Reinhild schlief kaum in dieser Nacht. Sie hatte sich auf einem Strohsack neben dem Bett, in dem Eva lag, ein Lager bereitet und horchte ängstlich auf jeden Laut. Das Mädchen murmelte unverständliche Sätze im Schlaf, manchmal schrie sie leise auf, dann sprang Reinhild hoch, sprach beruhigende Worte, von denen sie nicht wusste, ob Eva sie hörte. Immer wieder tauchte sie das Tuch ins Wasser und kühlte ihrer Tochter damit die Stirn.

Kaum dämmerte der Morgen, kleidete Reinhild sich an und ging hinunter in die Küche. Greta war ebenfalls schon auf und bereitete über der Feuerstelle einen Brei aus Weizenmehl, Milch und einem kleinen Stück Butter. Sie hatte die Läden von den Fenstern genommen, und ein Streifen Sonnenlicht, in dem Tausende winziger Staubkörner tanzten, fiel auf den Esstisch. Reinhild setzte sich.

»Ich muss gleich fort. Bitte geh hoch und halte solange Wache an Evas Bett.«

Greta musterte sie misstrauisch. »Ist es wegen des fremden Arztes?«

Reinhild straffte die Schultern. Sie wusste, dass Greta nichts davon hielt, den Sarazenen ins Haus zu lassen. Für sie war er der Teufel persönlich, der gekommen war, ihre Herrin in Versuchung zu führen. Womöglich hatte sie sogar recht. »Ich möchte nicht darüber sprechen. Tu einfach, was ich dir sage.«

Greta zuckte mit den Schultern, nahm den Brei vom Feuer, stellte den Topf auf den Tisch und schlurfte aus dem Raum. An der Türschwelle warf sie Reinhild einen besorgten Blick zu, dann wandte sie sich ab.

Reinhild versuchte, ein paar Löffel Brei zu essen, doch ihr Magen war wie zugeschnürt. Vierzehn Jahre hatte sie nicht mit ihrem Vater gesprochen. Das letzte Mal, als sie ihn gesehen hatte, war sein Gesicht versteinert gewesen. »Ich habe keine Tochter mehr«, hatte er gesagt und sich abgewandt.

Arnulf von Ulm hatte einen hervorragenden Gatten für seine Tochter ausgesucht, Guntram von Weihenstein, einen Mann, an dessen Seite sie ein Leben in Wohlstand und Ansehen verbracht hätte. Reinhild hatte den Verlobten zwar nie kennengelernt, doch so, wie ihr Vater von ihm gesprochen hatte, hatte sie darauf vertraut, dass er eine gute Wahl getroffen hatte. Von Weihenstein war wenige Wochen, nachdem er mit Arnulf von Ulm übereingekommen war, zu einer Pilgerreise ins Heilige Land aufgebrochen. Man hatte ihn im Frühjahr des kommenden Jahres zurückerwartet, dann sollte Hochzeit gehalten werden. Doch der Bräutigam ließ sich Zeit, lange Monate hörte man gar nichts von ihm, bis im Herbst schließlich eine Nachricht eintraf, dass die Abreise sich noch um einige Wochen verzögern würde. Guntram wollte mit einem Tross Tuchhändler zurückreisen, die an Martini losziehen wollten.

Inzwischen hatte Reinhild den jungen Thomas Wend kennengelernt, der zwar aus einer angesehenen Familie stammte, aber keinerlei Vermögen besaß. Je mehr Zeit Reinhild mit ihm verbrachte, desto stärker wurde ihr Wunsch, mit diesem Mann den Rest ihres Lebens zu verbringen, und als Guntram von Weihenstein im folgenden Frühjahr immer noch nicht zurückgekehrt war, hielt Thomas Wend bei Arnulf von Ulm um Reinhilds Hand an. Doch trotz Reinhilds inständiger Bitten jagte ihr Vater Thomas ohne viele Worte aus dem Haus und verbot ihm, jemals wieder mit seiner Tochter zu sprechen. Ein solcher Schwiegersohn kam für ihn nicht in Frage.

In den kommenden Wochen, die Reinhild überwiegend allein in ihrem Zimmer verbrachte, reifte der Gedanke in ihr, auch ohne die Einwilligung ihres Vaters die Ehe mit Thomas Wend einzugehen. Hätte ihre Mutter damals noch gelebt, wäre alles einfacher gewesen, davon war Reinhild überzeugt. Sie hatte ein großes Herz gehabt und die Macht, den störrischen Arnulf von Ulm umzustimmen.

An einem kalten Regentag im Juni heirateten Reinhild und Thomas schließlich, ohne Arnulf von Ulm etwas zu sagen, und zogen in ein kleines Haus in der Nähe des Barfüßerklosters, das Haus, das Reinhild immer noch bewohnte. Wenige Tage nach der Vermählung sprach Reinhild bei ihrem Vater vor und bat ihn, ihr ihren Ungehorsam zu verzeihen und Thomas Wend als Schwiegersohn anzunehmen. Doch er vertrieb sie aus dem Haus, ohne sie anzuhören. Wie es das Esslinger Stadtrecht in solchen Fällen vorsah, wurde sie enterbt. Auch eine Mitgift erhielt sie nicht. Für Arnulf von Ulm existierte seine Tochter von dem Tag an nicht mehr. Guntram von Weihenstein kehrte von seiner Pilgerreise nie wieder zurück. Manche behaupteten, er habe eine heidnische Prinzessin geheiratet, aus anderen Quellen hieß es, er sei in Neapel an einem Fieber gestorben. Doch auch dies ließ Arnulf von Ulm die heimliche Eheschließung seiner Tochter nicht in einem versöhnlicheren Licht sehen.

Reinhild stand unvermittelt vom Tisch auf und trat ans Fenster. Die Sonne vertrieb für einen Augenblick die düsteren Gedanken an die Vergangenheit. Aber nur für einen Augenblick. Sie beschloss, den schweren Gang anzutreten, bevor sie der Mut verließ.

Als sie aus dem Haus trat, läutete es in der Barfüßerkirche gerade zur Terz. Eine recht frühe Stunde, um einen Besuch abzustatten, doch ihr Vater war immer schon beim Morgengrauen auf den Beinen gewesen, sie nahm an, dass sich daran nichts geändert hatte. Sie lief, bis sie auf die Strohgasse stieß, in die sie nach rechts einbog und der sie dann bis zur Webergasse folgte. Frauen mit Körben, die auf dem Weg zum Markt waren, hasteten an ihr vorbei, zwei Männer in abgetragener Kleidung kamen ihr entgegen. Sie zogen einen Handkarren, dessen Ladung aus Holzfässern bestand, aus denen ein übler Gestank hervorströmte. Vermutlich handelte es sich bei den beiden um Gehilfen des Carnifex, um sogenannte Winkelfeger, die in der letzten Nacht Latrinen geleert hatten.

Reinhild lief rasch weiter. Schließlich stand sie vor dem Haus ihres Vaters. Kalt und abweisend reckte sich der Turm aus gewaltigen Steinquadern vor ihr in die Höhe. Ihre Hand zitterte leicht, als sie an die hölzerne Tür klopfte.

Eine Weile geschah gar nichts. Reinhild wollte gerade ein zweites Mal klopfen, als die Tür einen Spalt breit aufgezogen wurde. Eine alte Frau lugte heraus.

»Ihr wünscht?«

Reinhild hüpfte das Herz vor Freude. »Ällin!«

»Reinhild! Kind! Bist du es?« Die Alte blinzelte kurzsichtig, ihre Augen füllten sich mit Tränen.

Reinhild umarmte ihre alte Magd. »Wie schön, dich zu sehen, Ällin. Wie geht es dir?« Sie hielt die Frau auf Armeslänge von sich weg und musterte sie.

»Es geht mir gut, Kind. Nur die Knochen, die wollen nicht mehr so richtig. Lange wird es nicht mehr mit mir gehen. Was für eine Freude der Herrgott mir bereitet, dass er dich noch einmal vorbeischickt, bevor er mich zu sich ruft!« Sie trat einen Schritt zurück, um Reinhild hereinzulassen. »Komm zu mir in die Küche, trink einen heißen, süßen Wein mit mir. Doch sei leise, damit dein Vater dich nicht hört.«

Reinhild wurde ernst. »Seinetwegen bin ich hier, Ällin. Bitte führ mich zu ihm.«

Die alte Frau wurde bleich. »Das ist nicht dein Ernst! Sein Herz ist so voller Groll wie an dem Tag, als er dich vor die Tür setzte. Er wird dich nicht empfangen.«

Reinhild seufzte. Sie sah die kalten Augen ihres Vaters vor sich, hörte die harte Stimme, mit der er die Worte sprach, die sie für immer aus seinem Leben verbannten: »Ich habe keine Tochter mehr.«

»Das habe ich geahnt«, antwortete sie der Magd. »Und dennoch muss ich es versuchen. Bitte, Ällin, geh hinauf und melde meinen Besuch.«

Die alte Magd sah Reinhild an. Ihr Blick war traurig.

»Gut, Kind«, sagte sie. »Ich werde es versuchen.«

Sie wandte sich ab und ging auf die steile Treppe zu, die in die oberen Geschosse des Wohnturms führte. Reinhild schaute ihr hinterher, dann glitt ihr Blick über die vertrauten Gegenstände, die ausgetretenen Stufen, die große Truhe an der rechten Wand, in der Vater seine Schuhe aufbewahrte, den niedrigen Durchgang zur Küche, auf deren Tisch sie ein halb gerupftes Huhn ausmachte. Die Wand zu ihrer Rechten schmückte ein prächtiger farbenfroher Wandteppich, den Reinhild nicht kannte. Er zeigte Jesus mit seinen Jüngern beim letzten Abendmahl. Obwohl das Bild wunderschön anzusehen war, spürte Reinhild Beklemmung in sich aufsteigen.

Plötzlich hörte sie eine laute Stimme aus dem oberen Stockwerk. Sie konnte die Worte nicht verstehen, aber sie ahnte, was sie zu bedeuten hatten. Schritte näherten sich, und Ällin tauchte auf der Treppe auf. Sie sah Reinhild an und schüttelte den Kopf.

»Du sollst gehen«, sagte sie leise.

»Das werde ich nicht«, erwiderte Reinhild fest. »Nicht bevor er mich angehört hat.«

Hilflos sah die Alte sie an. »Ich kann dich nicht zu ihm führen.«

»Ich weiß. Das macht nichts. Ich gehe hinauf und sage, dass ich einfach nicht auf dich gehört habe. Du wirst keinen Ärger bekommen.«

Reinhild lief die Stufen hinauf.

»Er ist in der Stube!«, rief Ällin ihr hinterher.

Die Tür war nur angelehnt, Reinhild spähte hinein und sah ihren Vater am Schreibpult stehen, wo er offenbar damit beschäftigt war, einen Brief zu verfassen. Sie hatte ihn seit damals nur zweimal kurz auf der Straße gesehen, denn er verließ das Haus kaum noch, vergrub sich in seinem Turm wie in einem selbst gewählten Gefängnis. Er sah genauso aus, wie sie ihn in Erinnerung hatte. Steif und mager, das Gesicht schmal, die Finger dünn und lang. Nur seine Haare, die vor vierzehn Jahren noch voll und braun gewesen waren, hingen nun dürr und grau über seine Ohren. Eine steile Falte furchte seine Stirn. Reinhild wusste nicht, ob ihn das Schreiben so anstrengte oder ob der unerwartete Besuch seine Gedanken beschäftigte. Sie klopfte an die Tür und trat ein.

»Ich habe dir doch gesagt, dass ich nicht mehr gestört werden will, Ällin!«

Reinhild trat näher an das Pult. »Ich bin es, Vater. Ällin konnte mich nicht davon abhalten, heraufzukommen. Ich muss dich sprechen.«

Arnulf von Ulm blickte auf. Seine Finger krallten sich an das Pult. Auf seiner Stirn trat eine Ader hervor.

»Du wagst es, in mein Haus einzudringen?«, sagte er mit einer Ruhe, von der Reinhild wusste, dass sie gefährlicher war als offener Zorn.

»Vater, ich muss mit dir sprechen.«

»Nenn mich nicht Vater«, fuhr er sie an. »Ich habe keine Tochter.«

Reinhild zuckte zusammen. »Das ist wahr«, erwiderte sie bitter. »Du hast gar keine Kinder. Von den sechsen, die deine Gemahlin Magdalena dir geboren hat, hat nur ein einziges überlebt. Und das hast du aus deinem Leben verbannt.«

»Nimm nicht den Namen deiner Mutter in den Mund! Lass sie aus dem Spiel!«, schrie er. Die Ader auf seiner Stirn pulsierte bedrohlich.

»Ganz wie du wünschst, Vater.« Reinhild biss sich auf die Lippen, kämpfte gegen die Tränen. Nur der Gedanke an Eva hielt sie aufrecht.

Arnulf von Ulm legte behutsam die Feder weg und ging ein paar Schritte auf sie zu. »Du hast dich über meinen Willen hinweggesetzt und mich zum Gespött der Leute gemacht. Der ehrenwerte Arnulf von Ulm, einer der vornehmsten Männer von Esslingen, ist nicht Herr über seine Tochter, verliert sie an einen dahergelaufenen Mitgiftjäger. Diese Erniedrigung werde ich dir nie verzeihen!«

»Thomas war ebenfalls aus einer vornehmen Familie, wie du nur zu gut weißt«, rief Reinhild mit Tränen in den Augen. »Und er war nie auf die Mitgift aus. Bitte sprich nicht so über einen Toten.«

Arnulf wischte Reinhilds Einwand mit einer Handbewegung weg. »Was willst du hier?«

»Ich habe eine Tochter. Sie heißt Eva. Sie ist zwölf und ein sehr kluges Mädchen, das mir fleißig bei meiner Arbeit als Schreiberin zur Hand geht. Vor drei Tagen ist sie verunglückt. Es geht ihr sehr schlecht. Sie fiebert. Ich fürchte um ihr Leben.«

Arnulf verschränkte die Arme. »Du hast noch immer nicht gesagt, was du willst.«

Reinhild schluckte. »Ich brauche Geld, um den Arzt zu bezahlen.«

Arnulf von Ulm lachte laut auf. Das Geräusch fuhr Reinhild durch alle Glieder.

»Das ist es also. Nach all den Jahren ist es Geld, das dich hierher treibt. Ich hätte es mir denken können. Das hättest du dir früher überlegen müssen. Ich hatte ein Leben für dich ausgesucht, das mit allen nur denkbaren Annehmlichkeiten verbunden war. Du hast es ausgeschlagen. Jetzt lebe mit deiner Entscheidung!«

»Aber Vater! Eva ist dein Enkelkind! Dein einziges Enkelkind!« Reinhild fiel auf die Knie. »Du kannst sie doch nicht einfach sterben lassen!«

Arnulf hatte sich wieder an das Pult gestellt und tauchte die Feder in die Tinte.

»Wenn du nicht augenblicklich mein Haus verlässt, lasse ich die Büttel kommen«, sagte er, ohne sie anzusehen. »Verschwinde!«

Er hatte leise und ruhig gesprochen, doch Reinhild spürte, dass er die Drohung ernst meinte. Ein dumpfer, lähmender Schmerz brannte in ihrer Brust, als sie sich erhob und aus dem Zimmer lief.

Am Treppenabsatz wartete Ällin. »Hier, mein Kind«, sagte sie und drückte ihr ein paar Münzen in die Hand. »Das ist alles, was ich habe. Nimm es, vielleicht hilft es ein bisschen.« »Nein, das kann ich nicht annehmen.« Reinhild wollte der Magd das Geld zurückgeben, doch die wehrte ab. »Bitte tu mir den Gefallen und nimm es«, sagte sie. »Du bereitest mir damit eine große Freude.«

Reinhild umarmte die alte Frau, dann trat sie zurück auf die Straße. Kraftlos lehnte sie sich an die Hauswand. Die Steine waren warm vom Sonnenlicht, eine Wohltat nach der Kälte im Inneren des Turms. Sicherlich war Johann schon unterwegs nach Hohenheim. Heute Abend würde er, wenn alles gut ging, mit dem sarazenischen Arzt vor ihrer Tür stehen. Und bis dahin musste sie Geld beschafft haben. Zwei Pfund Silber! Das waren vierzig Schillinge! Und das allein für die Dienste des Mediziners. Für die Pferde waren sicherlich auch noch ein oder zwei Schillinge fällig, vermutlich auch noch ein paar für den Torwächter, der den Mann spät in der Nacht wieder hinauslassen sollte.

Viel Geld. Zu viel.

17

Die Sulzgrieser Straße lag außerhalb von Esslingen. Heinrich hatte Thomasios Auto genommen, ohne das Navi hätte er den Platz wohl nie gefunden. Esslingen war keine große Stadt, und schon nach zwei Kilometern fuhr Heinrich mitten durchs Land. Immer wieder knabberte er an seinen Fingern und ging in Gedanken hundertmal durch, was er der Frau sagen würde. Sein Gewissen zwickte ihn wieder, denn eigentlich hätte er ihr am liebsten gesagt, sie solle sich keine Sorgen mehr machen, der Erpresser sei tot, und es ginge nur darum, den Mörder zu finden. Ihm war es vollkommen egal, wie Menschen ihre Sexualität gestalteten, solange sie niemandem dabei Schaden zufügten. Friedhelm Schenk aber war ein skrupelloser Betrüger gewesen, der die Schwächen der Frauen ausgenutzt hatte.

Das Navi meldete sich, noch vierhundert Meter. Tag und Nacht kämpften miteinander, aber die Sonne war schon seit einer halben Stunde untergegangen, und der Sieger stand fest. Die ersten Sterne funkelten, tief im Westen zeigte sich noch ein kalter Streifen Licht, der schnell an Kraft verlor. Heinrich stellte das Auto ab und ging ein paar Meter in den Feldweg hinein, der von der Straße abbog.

Wenn ihn hier jemand erschießen wollte, dann war der Ort gut gewählt. Freie Sicht, keine Menschenseele außer ihm unterwegs. Sein Atem gefror in der kalten Luft, er hatte Handschuhe angezogen und sich einen dicken Schal um den Hals gewickelt. Das Knirschen von Reifen auf dem Feldweg ließ ihn herumfahren. Zwei grelle Scheinwerfer strahlten ihn an, er kam sich vor wie in einer Filmszene, wenn die Polizisten dem Festgenommenen die Lampe ins Gesicht halten. Der Motor erstarb, aber die Lichter blieben an. Heinrichs Puls beschleunigte sich.

Die Fahrertür öffnete sich. Eine Person stieg aus, Heinrich beschattete seine Augen, um etwas erkennen zu können. Ein Umhang verhüllte die Konturen, die Kapuze war tief ins Gesicht gezogen.

»Sind Sie Frank Frei?« Das war der Name, mit dem sich Heinrich gemeldet hatte. Frank und Frei. In dem Moment, als ihm das eingefallen war, hatte er es witzig gefunden, jetzt bekam er Angst, der Lohn für seinen Leichtsinn. Die Stimme gehörte auf jeden Fall einer Frau.

»Ja. Der bin ich. Sind Sie Christine Progalla?«

»Ja.«

»Schalten Sie bitte die Scheinwerfer aus, oder unser Gespräch ist von sehr kurzer Dauer.«

Sie griff ins Auto, das Licht verlosch, Heinrich musste seine Augen an die plötzliche Dunkelheit gewöhnen.

»Warum glauben Sie eigentlich, dass ich Sie nicht jetzt und hier erschieße?« Christine Progalla kam näher, die Hände in den Taschen des Umhangs.

Heinrich lachte leise. »Weil Sie es erstens schon längst getan hätten und weil Sie zweitens nicht wissen, was ich weiß und besitze. Und ob nicht mein Komplize dort draußen auf der Lauer liegt und Sie im Fadenkreuz seines Nachtzielfernrohrs hat.«

»Sind Sie ein Freund von Friedhelm?« Ihre Stimme kratzte leicht, als sie Friedhelm Schenks Namen aussprach.

»Sein Tod geht Ihnen sehr nahe?«

»Was interessiert Sie das?«

»Ich bin neugierig. Und ich sitze am längeren Hebel.«

Sie schob das Kinn nach vorne. »Das geht Sie nichts an.«

»Sie haben ihn für seine Liebesdienste bezahlt, nicht wahr? Hat er Sie dann erpresst? Auf seinem Konto sind regelmäßige Zahlungen von Ihnen eingegangen. Nicht unerhebliche Summen.«

»Er hat mich nicht erpresst. Wir hatten ein Geschäft miteinander. Nichts weiter.«

»Nichts weiter? Friedhelm war ein … wie soll ich sagen, ein liebenswerter Mensch. Oder besser gesagt, ein echter Casanova. Was ist mit Ihrer Ehe? Wozu brauchen Sie einen Lover?«

Ihr Kopf schoss hoch. »Sie haben vielleicht Macht über mich, aber ansonsten wissen Sie gar nichts. Meine Ehe ist wunderbar. Ich bedaure Sie für Ihre spießige und muffige Ansicht von Partnerschaft. Was wollen Sie eigentlich? Sind Sie Polizist?«

»Nein. Ein Polizist würde Sie vorladen und nicht James Bond spielen. Friedhelm hat mir sein Erbe hinterlassen, weil wir Freunde waren.«

»Er hat nie ein Wort über Sie verloren. Ist auch egal. Was wollen Sie? Geld? Oder suchen Sie den Mörder von Friedhelm, weil Sie ja angeblich sein Freund sind? Da brauchen Sie nicht weiterzusuchen. Der sitzt doch schon. Diese Anne Schnickel vom Mittelaltermarkt.«

»Wussten Sie, dass er mehrere Frauen gleichzeitig hatte?«

»Es reicht jetzt. Entweder Sie sagen, was Sie wollen, oder ich gehe.«

Heinrich lief ein paar Schritte auf und ab, um sich aufzuwärmen.

»Ihr Mann weiß nichts von alledem? Reden Sie, oder er wird es von mir erfahren.«

»Daher weht der Wind! Ich habe ihn gleich nach Friedhelms Tod eingeweiht.«

»Warum sind Sie dann hier?«

»Wegen meines Mannes. Politisch kann er sich im Moment keinen Skandal leisten.«

»Ist Esslingen so prüde?«

»Genug, um ihm ernste Probleme zu bereiten. Allein schon deshalb, weil er durchaus in den Verdacht geraten könnte, mit dem Mord an Friedhelm etwas zu tun zu haben.«

»Hat er kein Alibi für die Tatzeit?«

»Doch. Aber es geht nicht um Fakten. Eine entsprechende Schlagzeile genügt völlig. ›Ist Oberbürgermeister Progalla in den Mord an Friedhelm Schenk verwickelt?‹ Im Artikel steht dann natürlich, dass das nicht so ist, aber die meisten Menschen lesen nur die Schlagzeile und glauben dann an seine Schuld. Wie viel wollen Sie?«

»Nicht mehr als das, was Friedhelm bekam. Das waren bei Ihnen vierhundert Euro im Monat, für meine Bemühungen kommt noch ein Weihnachtsgeld von zweitausendfünfhundert Euro dazu.«

Christine Progalla verzog keine Miene.

»Werden Sie das Geld aus der Portokasse des Rathauses bezahlen?«

»Junger Mann. Sie werden es nicht glauben, aber Boris ist ein grundehrlicher Mann. Dass ich ihn so reingeritten habe, hat er nicht verdient. Wir haben Geld genug. Und seien Sie versichert: Wenn Sie maßlos werden oder unverschämt, dann platzt unser Geschäft. Dann gehen Sie ins Gefängnis. Es gibt für alles Grenzen.«

Heinrich hob beschwichtigend die Hände. »Kein Problem, ich halte mich an meine Vereinbarungen. Vielleicht muss ich die Summen irgendwann an die Inflationsrate anpassen. Am besten koppele ich die Erhöhungen an die Tarifverhandlungen im öffentlichen Dienst. Ab heute bin ich ja sozusagen der Beschützer des Esslinger Oberbürgermeisters.«

Christine Progallas Augen sprühten vor Verachtung. Heinrich mahnte sich zur Vorsicht, er spielte mit dem Feuer, und das konnte ihn schnell auffressen, denn er las noch etwas anders in ihren Augen: »Wenn Boris aus dem Schneider ist, werde ich dich vernichten.« Oder bildete er sich das ein? Heinrich fror. Seine Kleidung konnte ihn nicht wärmen.

»Auf welches Konto soll ich es überweisen?«

»Kein Konto. Bar. In Halbjahresraten. Die erste Rate beträgt 3.650 Euro. Morgen Abend. Selbe Zeit. Selber Ort. Eine Information noch: Jetzt, wo wir unser Geschäftsverhältnis geklärt haben, mache ich Sie darauf aufmerksam, dass ich bei unserem morgigen Treffen meine Bodyguards dabeihaben werde. Unsichtbar, aber präsent.«

Die Frau des Oberbürgermeisters schüttelte nur den Kopf, stieg in ihren Wagen und jagte im Rückwärtsgang den Feldweg bis zur Straße entlang. Mit quietschenden Reifen fuhr sie Richtung Esslingen.

Heinrich atmete tief durch. Er fühlte sich wie im Rausch. Gerade eben hatte er sich strafbar gemacht. Und zwar richtig. Auf Erpressung standen bis zu fünf Jahre Gefängnis. Noch etwas nagte an ihm. Christine Progalla und ihr Mann führten ihre Ehe auf eine Art und Weise, die ihm vollkommen unverständlich war. War er ein biederer Romantiker, der an die *eine* Frau glaubte? Der daran glaubte, dass Sex nicht alles ist? Heinrich versuchte, sich in ihre Lage zu versetzten, und er kam schnell zu einem Ergebnis. Das war nichts für ihn. Nur mit seiner Liebsten würde er das Bett teilen wollen.

Er wartete, bis sich sein Puls beruhigt hatte, ging zum Wagen zurück und machte sich auf zum nächsten Rendezvous. Er bediente das Navi falsch, würgte zweimal den Motor ab, dann endlich konnte er starten.

Das Navi sagte ihm, er solle rechts abbiegen, aber eine Baustelle versperrte den Weg. Er musste links abbiegen, das Gerät meldete »Neuberechnung im Gang« und zeigte die Alternativroute. Heinrich überlegte. Je enger die sozialen Räume wurden, je geringer die politische Macht, desto empfindlicher reagierte das System auf Störungen. Für Christine Progalla und ihren Mann gab es keine Alternativroute. Der Berliner Oberbürgermeister konnte sich als schwul outen. Kein Problem. Aber wenn der Oberbürgermeister einer kleinen Stadt wie Esslingen plötzlich ein »Geschmäckle« bekam, war es vorbei. Das hatte Friedhelm Schenk gewusst, und deshalb hatte er seine Aktivitäten auf Esslingen beschränkt, wo dieses System hervorragend funktionierte. München war zu groß, da konnte er höchstens den einen oder anderen Zufallstreffer landen, ging dafür aber ein hohes Risiko ein, entdeckt zu werden. Auf jeden Fall hatte Friedhelm Schenk guten Geschmack bewiesen. Christine Progalla mochte die fünfzig bereits überschritten haben, das änderte aber nichts daran, dass sie eine schöne Frau war. Groß, durchtrainiert, angenehme Stimme, ein ebenmäßiges Gesicht, das mit der Zeit wohl alt wurde, aber nicht hässlich. Und sie hatte Rückgrat. Das liebte er auch an Senta.

Endersbach kam in Sicht. Dort wollte sich Heinrich mit seinem zweiten Opfer treffen. An der B 29 gab es eine S-Bahn-Station, Anne-Katrin Wegener wollte dort um achtzehn Uhr auf ihn warten. Erkennungszeichen: Sie würde einen knallroten Schal tragen. Heinrich nahm an, dass sie zum Melodram neigte.

Er bog auf die Liedhornstraße ein, parkte und spazierte zum Bahnsteig. Anne-Katrin wartete schon auf ihn, kam auf ihn zu, der Schal leuchtete wie eine Zielscheibe.

Sie streckte ihm ihre schmale Hand hin.

Friedhelm hatte Geschmack gehabt, das musste man ihm lassen. Anne-Katrin war schlicht eine Schönheit. Was hatte der Kerl gehabt, dass ihm die Frauen so zu Füßen lagen? Der Casanova-Effekt? Träume, Wünsche, Sehnsüchte. Ausbrechen aus dem Alltagstrott, der sich eingeschlichen hatte, obwohl man sich doch sicher gewesen war, dass die Ehe immer eine leidenschaftliche Affäre bleiben würde?

Er zog seine Handschuhe aus und nahm die Hand, warm und pulsierend lag sie in seiner, einen Moment zu lange, um von einer reinen Begrüßungsgeste sprechen zu können.

»Sie sind ein würdiger Erbe«, hauchte sie, und Heinrich spürte Ekel aufsteigen. Vor ihm stand eine Frau, die sich einem wildfremden Mann an den Hals werfen wollte, der sie auch noch erpresste, das war nicht gesund. Er trat einen Schritt zurück. Der Ekel wich dem Mitleid mit einer Frau, die ihren Trieben hilflos ausgeliefert war.

»Hat Friedhelm eine Nachricht für mich hinterlassen? Er muss eine Nachricht hinterlassen haben!«

Heinrich überlegte. »Ja, er hat eine Nachricht hinterlassen.«

Anne-Katrins Blick bettelte.

»Sie sollen tun, was ich sage. Und Sie sollen ihn vergessen. Und es sei eine unvergleichlich schöne Zeit mit Ihnen gewesen. Und er hat nur Sie wirklich geliebt.«

Sie strahlte über das ganze Gesicht. »Ich habe es gewusst. Ich habe es gewusst. Mein Mann ist unterwegs. Wir können zu mir gehen.«

Heinrich wollte es nicht glauben. Er hatte diese Frau in der Hand, konnte mit ihr machen, was er wollte. Der Ekel kam zurück, und gleichzeitig tauchte Sentas Lächeln vor seinen Augen auf. Er beruhigte sich, der Ekel verflog.

»Nein.« Er fixierte Anne-Katrin.

»Aber Friedhelm hat mich doch geliebt.« Sie kämpfte mit den Tränen.

»Aber ich liebe Sie nicht.«

Heinrich staunte. Innerhalb einer Sekunde verwandelte sich die liebreizende Liebessklavin in eine hassverzerrte Rachegöttin.

»Sie Betrüger!«, schrie Anne-Katrin und stürzte sich auf ihn. Er drehte sich zur Seite, ihr Angriff ging ins Leere, er bekam ihre Arme zu fassen und hielt sie mit aller Kraft von hinten fest.

»Friedhelm ist tot«, flüsterte er in ihr Ohr. »Ich bin nicht verfügbar. Sie müssen sich einen neuen Lover suchen. Für die Dienste des Hingeschiedenen und meine Diskretion werden Sie eine vergleichsweise lächerliche Summe von vierhundert Euro monatlich zuzüglich Weihnachtsgeld und Urlaubsgeld bezahlen. Das macht summa summarum pro Jahr siebentausendfünfhundert Euro, zahlbar in einer Rate, die für das kommende Jahr am morgigen Tag fällig wird. Andernfalls lasse ich der Presse einige pikante Details über Ihr Liebesleben zukommen. Fotos. Tondokumente. Ein kleines Video.«

Sie erschlaffte in seinen Armen, er schob sie von sich und fühlte sich wie ein Schwein. Genau das war er ja auch. Die Frau brauchte dringend psychologische Hilfe, und er erpresste sie, trieb sie noch weiter in ihren Wahn. Aber sie konnte durchaus die Mörderin von Friedhelm Schenk sein. Wenn sie kein Alibi hatte. Wäre sie kalt genug oder heiß genug, einen Killer zu bezahlen?

Ihre Frage nach einer Nachricht konnte genauso gut darauf gezielt haben zu erfahren, ob Schenk einen Streit mit ihr erwähnt hatte. Oder irgendetwas anderes Belastendes. Auf jeden Fall loderten Hass und Mordlust in Anne-Katrins Augen. Heinrich wünschte sich die Beschützer her. Wie leichtsinnig von ihm, allein diesem Vulkan entgegenzutreten! Aber sie zog keine Waffe, sondern drehte sich um und verschwand.

Heinrich blieb zurück und ließ die Schultern hängen. Eins war ihm gerade klar geworden. Das konnte er nicht lange durchhalten. Sein Verlangen, sich in die nächste Kneipe zu setzen und zu betrinken, stieg ständig. Aber das hätte natürlich nichts geholfen.

Jutta Liebermann. Eine gute Tat. Das würde seine Selbstachtung wieder etwas aufbauen. Er rief sie an, um seinen Geheimauftrag zu erledigen. Sie hatte sofort Zeit, und sie verabredeten sich in einem Café außerhalb der Stadt.

Zwanzig Minuten später saß er ihr gegenüber und fragte sich: Warum? Warum hatte sich Jutta Liebermann mit Friedhelm Schenk eingelassen, und warum war sie dadurch erpressbar geworden? Da er eine Antwort auf seine Fragen haben wollte, stellte er sie Jutta und weihte sie ein in die Eskapaden des Friedhelm Schenk.

Ihr Kopf pendelte ein wenig hin und her, als wolle sie die Gedanken herausschütteln. »Na, da habt ihr ja ganz schön danebengehauen.«

Heinrich verstand kein Wort.

»Auf der einen Seite nehme ich das gerne als Kompliment. Friedhelm war ein attraktiver Mann. Aber mein Verhältnis zu ihm war vollkommen anders, als ihr das aus den Auszügen gefolgert habt. Die Zahlungen waren Fehlbuchungen. Also von vorne: Wir haben nicht immer Glück gehabt mit unseren Geschäften, wollten aber unbedingt in den Caterer-Markt einsteigen. Dafür brauchten wir eine ganze Stange Geld. Die Ausrüstung, Fahrzeuge, Warenanfangsbestand, Werbung, Website, das nimmt ja kein Ende. Keine

Bank wollte uns das Geld geben, wir hatten keine Sicherheiten. Schenk senior hat gesagt: ›Franz, du bist ein Esslinger, mein Vater kennt dich, seit du in die Windeln gemacht hast, ich kenne dich seit Ewigkeiten. Bis heute hast du jeden Cent zurückgezahlt, deine Geschäfte sind immer aufgegangen, weißt du was? Ich leihe dir das Geld. Auch ohne Sicherheiten.‹«

Jutta nahm einen tiefen Schluck aus ihrem Weinglas. »Wir haben gefeiert, unterschrieben und bedienen den Kredit regelmäßig. Eines Tages kommt Friedhelm und sagt, wir sollten die Raten jetzt bei ihm einzahlen. Wir haben das gemacht, ohne zu fragen, ganz schön blöd. Ich dachte, ich kenne Friedhelm, aber das war ein Fehler. Wir haben das natürlich schnell gemerkt.«

»Aber du hast Friedhelm trotzdem näher gekannt? Was für ein Mensch war er?«

»Ich bin mir nicht mehr sicher, nachdem er uns, noch dazu so plump, hintergehen wollte. Friedhelm. Wie sein Name. Gespalten. Auf der einen Seite wollte er ein friedliches Leben in Wohlstand, wollte machen, was ihm Spaß machte. Auf der anderen Seite war er auch der Krieger mit dem eisernen Helm, der für Gerechtigkeit sorgen wollte, über alle Zeitalter hinweg. So hat er es mal gesagt: ›Ich werde für Gerechtigkeit sorgen, über alle Zeitalter hinweg.‹ Ein verrückter Kerl. Ich habe mitbekommen, dass er sich von Anne trennen wollte, er hat überall erzählt, sein Vater würde das Verhältnis nicht billigen. Und damit wieder gelogen.« Sie holte tief Luft. »Ich wollte ihn davon abbringen.«

»Wovon?« Heinrich zerbröselte Stück für Stück einen Bierdeckel.

»Davon, dass er Anne als Spielzeug benutzte. Oder besser als Werkzeug, mit dem er seine Eltern ärgern wollte. Hugo wollte Anne als Schwiegertochter. Ein anständiges Mädchen, das sich nicht zu schade ist, hart zu arbeiten. Friedhelm hat ihn zur Weißglut gebracht, als er ihm gesagt hat, er würde sich von ihr trennen. Das arme Mädchen.«

»Das arme Mädchen ist quasi des Mordes an Friedhelm überführt.«

Jutta zuckte mit den Achseln. »Das kann ich nicht beurteilen. Aber ich könnte es verstehen.« Sie lachte. »Weißt du, wenn ich nicht schon so alt wäre, hätte ich vielleicht auch verrückt werden können nach dem Kerl. Verdammt. Ich habe seine Windeln gewechselt, jetzt ist er tot und war ein ziemlich fieser Kerl.«

»Was war mit seinen Eltern?«

»Friedhelm hatte Pech. Hugo war und ist ein Geschäftsmann und ein Narzisst, der nur sich selbst im Mittelpunkt sieht. Er ist vielleicht ein fortschrittlicher moderner Unternehmer, der für seine Arbeiter einiges tut, aber er hat in Friedhelm immer nur seinen Thronfolger gesehen.« Juttas Stimme zitterte.

Eine Träne. Und noch eine. Jetzt kommt die Trauer, dachte Heinrich. Die Erinnerungen haben die Tür aufgestoßen. Jutta schluchzte zweimal, dann senkte sie den Kopf auf den Tisch, nahm Heinrichs Hände und weinte. Aber nicht laut oder dramatisch. Wie ein leiser Sommerregen tropften feine Tränen auf den Holztisch. Heinrich verzichtete darauf, ein Taschentuch herauszukramen. Das einzig Richtige, was er tun konnte, war hier zu sitzen, die Hände dieser Frau zu halten, und ihr beim Weinen zuzuhören. Jutta Liebermann brachte mehr Trauer und Gefühl auf für Friedhelm Schenk als seine leiblichen Eltern. Ihre Trauer stieß seine Ängste ins Bewusstsein: Er war gerade dabei, sich so in die Scheiße zu reiten wie noch nie zuvor in seinem Leben. Irgendwo da draußen lauerte ein Monster, das über kurz oder lang zuschlagen musste. Zu viel sprach gegen Anne Schnickel, als dass sie wirklich die Täterin sein konnte. Seine falsche Logik überraschte ihn. Als Wissenschaftler hätte er sich einen solchen Schluss nicht erlauben dürfen.

Die Nacht verbrachte Heinrich halb schlafend, halb wach. Seine Gedanken kreisten um Anne Schnickel und Senta Taler. Zwei Frauen, die sein Leben und sein Fühlen komplett auf den Kopf gestellt hatten. Ohne den Wecker zu bemühen, sprang er um sieben aus dem Bett. Für neun Uhr war ein Besuchstermin mit Anne in der Justizvollzugsanstalt Schwäbisch Gmünd angesetzt. Er würde als Assistent des Rechtsanwaltes mit dabei sein. Richard hatte geheimnisvoll gelächelt, als er Heinrich den Termin mitgeteilt hatte. Alles abgesegnet von einem Richter, der sich anscheinend nicht irgendwann vorwerfen lassen wollte, er habe die Wahrheitsfindung behindert.

Pünktlich um Viertel vor acht klingelte Rechtsanwalt Fröhling. Kaum saß Heinrich im Auto, begann er:

»Sie sind also dieser Heinrich Morgen?«

Heinrich war sich nicht sicher, ob Fröhling das anerkennend oder feindselig meinte. »So steht es in meinem Personalausweis.«

»Und Sie halten sich für schlauer als die Polizei?«

Heinrich musterte den Anwalt von der Seite. »Nur damit wir uns richtig verstehen. Ich bin weder Ihr Mandant, noch bin ich ein Richter oder Staatsanwalt, den Sie beeindrucken müssen. Ansonsten haben Sie vollkommen recht. Ich bin mit Sicherheit schlauer als die Polizei.«

Fröhling lachte. »Okay, wollte nur mal sehen, ob Sie Ihrem Ruf gerecht werden.«

»Dann klären Sie mich mal über meinen Ruf auf, und danach, was wesentlich wichtiger wäre, weihen Sie mich doch bitte in alle Neuigkeiten ein, falls es welche gibt.«

»Gerne. Richard zumindest hält Sie für einen hochintelligenten Menschen, den man nicht unterschätzen sollte. Sie zeigen Führungsqualitäten, sind Akademiker und trotzdem gebildet. Außerdem haben Sie schnell Kontakte zur hiesigen Polizei geknüpft. Eine Frage treibt mich allerdings um.«

»Warum ein Historiker Spielzeug verkauft?« Heinrich betrachtete das mit Holz ausgelegte Armaturenbrett.

Fröhling schwieg.

»Wann hatten Sie das letzte Mal Sex?«, fragte Heinrich.

Fröhling enthielt sich einer Antwort.

»Was soll das? Ein Reifetest?« Heinrich fand Gefallen an dem Geplänkel.

»So was Ähnliches. Sie müssen sich wappnen gegen das, was Sie gleich erleben werden. Waren Sie schon mal in einem Gefängnis?«

»Gott sei Dank nicht, nein.«

»Für jemanden, der das erste Mal die Härte des Gesetzes in Form von Freiheitsentzug erlebt, ist es eine traumatische Erfahrung.« Jeglicher Sarkasmus war aus Fröhlings Stimme gewichen. »Es ist schlicht ein Alptraum. Anne Schnickel hat das Glück, in Schwäbisch Gmünd einzusitzen. Die sind Untersuchungsgefangenen gegenüber ziemlich fair und halten die Idee der Unschuldsvermutung ganz anständig in Ehren. Trotzdem. Machen Sie sich auf etwas gefasst.«

Sie brauchten eine gute halbe Stunde für die fünfzig Kilometer nach Schwäbisch Gmünd. Ein nettes Städtchen, wäre da nicht die JVA gewesen, die in einem ehemaligen Kloster untergebracht war, das im 13. Jahrhundert erbaut worden war. Zweimal schon war die Anstalt erweitert worden.

Heinrich und Fröhling betraten den schmucken Bau durch ein hohes Portal, das jedoch nicht darüber hinwegtäuschen konnte, worum es hier ging: Menschen gefangen zu halten.

Schon in der Schleuse musste Heinrich den Marsch über die grüne Wiese antreten, um nicht sofort schreiend umzukehren. Das lag nicht an den Räumen. Die waren erstaunlich großzügig. Nein, es lag an der puren Vorstellung, hier hineinzugehen und nicht mehr hinauszukommen, nicht mehr über sich selbst bestimmen zu können. Was bekam man wegen Erpressung? Bis zu fünf Jahre. In besonders schweren Fällen nicht unter einem Jahr. Immerhin, da war noch Bewährung drin. Aber es kamen ja noch ein paar andere Straftatbestände dazu. Heinrichs Magen meldete sich. Ein seltsamer Geruch lag in der Luft. Reinigungsmittel, Kantinenessen, Angst und Trauer, Verzweiflung.

Heinrich atmete schwer, und Fröhling musterte ihn von der Seite. »Nur nicht schlappmachen, ich verkaufe Sie hier als meinen Assistenten, der schon hundertmal im Gefängnis war. Reißen Sie sich zusammen«, knurrte er durch die Zähne.

Die Ermahnung half, Heinrich pumpte Sauerstoff in die Blutbahn, sein Kopf wurde wieder klar, er wandte sich einer erstaunlichen Beobachtung zu: Es gab tatsächlich immer noch Schlüssel. Neben den automatischen Schleusen gab es noch Türen, an denen das Metall der Schließgeräte rasseln durfte, um den Namen ihrer Besitzer nicht in Vergessenheit geraten zu lassen: die Schließer. Heute hießen sie Justizvollzugsbeamte, aber das versteckte ihre wahre Funktion nur hinter einem Wort. Sie wechselten mit keinem der Schließer ein Wort, Fröhling legte Papiere vor, die gründlich geprüft wurden, ebenso wie die Personalausweise der beiden. Eine geschlagene halbe Stunde dauerte es, bis sie endlich in das Besuchszimmer geführt wurden. Ein nackter kleiner Raum, grauer Boden, graue Wände, kein Fenster, nichts, mit dem man irgendetwas hätte anstellen können. Ein Tisch in der Mitte, drei Stühle, eine Beamtin bezog an der Tür Posten. Es dauerte noch mal fünf Minuten, bis Anne Schnickel hereingeführt wurde. Fröhling stand auf, ging auf sie zu, drückte ihre Hand. Seine Stimme klang wie verwandelt. Mitfühlend, warm, besorgt.

Heinrich erschrak. Die schwarzen Ringe unter Annes Augen wirkten wie geschminkt. Sie hatte deutlich an Gewicht verloren, obwohl sie vorher schon schlank gewesen war. Ihr Gesicht ähnelte dem der Mumie und dem Monika Schenks. Eingefallen, die Haut spannte über den Knochen.

»Werden Sie gut behandelt?«

Anne nickte und starrte Heinrich an. Die Beamtin schien über ein gerüttelt Maß an Menschenkenntnis zu verfügen. Mit monotoner Stimme sagte sie: »Kein enger Kontakt, bitte. Keine Umarmung. Nur die Hand!«

Anne schossen Tränen in die Augen. Heinrich drückte ihre Hände, weich waren sie, und sie zitterten. Gut, dass Fröhling ihn gewarnt hatte. Am liebsten hätte er sich mit Anne den Weg freigeschossen. Stattdessen führte er sie zu einem Stuhl und drückte sie sanft darauf. Beim Hinsetzen flüsterte er ihr ins Ohr, dass alles gut werden würde, dass er einen Verdacht und Spuren habe, die er aber nicht offen legen dürfe. Dass er Beweise sammle, dass sie bald wieder frei sein würde. Frei. Heinrich fiel das Lügen leicht. Nichts hatte er in der Hand. Aber er würde so lange suchen, bis er etwas hatte. Anne Schnickel war keine Mörderin. Schluss, Punkt, Ende.

Heinrich rückte seinen Stuhl zurecht, Fröhling begann, Anne auf den neuesten Stand zu bringen und empfahl ihr erneut, ein Geständnis abzulegen.

»Ich habe mit dem Staatsanwalt geredet. Totschlag, minderschwerer Fall, drei Jahre, bei guter Führung nach einem Jahr Bewährung, eventuell sogar schneller, wir könnten ein Gnadengesuch stellen, das von der Staatsanwaltschaft und der JVA befürwortet würde. Der beste Deal meines Lebens. Und wahrscheinlich auch der beste Ihres Lebens.« Fröhling strich sich mit den Mittelfingern die Spucke aus den Mundwinkeln.

Anne schüttelte nur den Kopf und zog die Nase hoch. »Niemals. Ich habe Friedhelm nicht …« Sie konnte das Wort nicht aussprechen.

Fröhling nickte. »Ich glaube Ihnen. Aber die Fakten sprechen gegen Sie. Und zwar so sehr, dass Sie ohne ein Geständnis nicht unter fünf Jahre bekommen. Das Angebot des Staatsanwaltes ist mehr als großzügig.«

Aber Anne schüttelte wieder den Kopf. Fröhling seufzte. »Nun denn. Meine Verteidigungsstrategie baut darauf auf, dass wir ein Zeitfenster von fünfzehn Minuten haben, in dem ein dritter Mann hätte zuschlagen *können*. Entscheidend ist, wie die Ahle in den Keller gekommen ist. Nach Ihren Angaben muss sie Ihnen gestohlen worden sein. Sie haben die Ahle noch am Vorabend benutzt, erst am Nachmittag des Mordtages war sie verschwunden. Ist das richtig so?«

Anne nickte, aber Heinrich beschlich ein ungutes Gefühl.

»Ihre Freunde haben gute Arbeit geleistet und eine ganze Menge Leute aufgetrieben, die an diesem Tag an Ihrem Stand waren. Wirklich erstaunlich. Das hat die Polizei nicht getan. Wozu auch? Trotz der Mühe haben wir niemanden, den wir verdächtigen könnten, die Ahle gestohlen zu haben, und niemanden, der etwas Derartiges beobachtet hat. Jeder könnte die Ahle mitgenommen haben.«

Annes Blick flackerte, sie senkte den Kopf. »Wer will mich zerstören? Warum? Ich habe niemandem etwas getan.«

»Anne!« Heinrich nahm ihre Hand. »Du musst uns alles sagen, was du weißt. Auch wenn vielleicht etwas Unangenehmes dabei ist. Gibt es jemanden, der dich hassen könnte?«

Wieder Kopfschütteln.

»Ein verflossener Lover? Ein Kunde, der sich geprellt fühlt?« Heinrich seufzte. »Also gut. Ich weiß, du hast das schon hundertmal erzählt. Erzähl es mir bitte noch einmal: Was ist am Tattag passiert? Was hast du gemacht?«

Anne blickte auf den Boden und erzählte mit tonloser Stimme. »Er hatte mir gesagt, ich solle ihn nicht anrufen, er würde sich melden. Ich habe ganz normal am Stand gearbeitet, du hast mich ja gesehen, es war nichts Besonderes. Wir hatten uns für den Abend in diesem Keller verabredet. Er wollte mir etwas Wichtiges mitteilen, das über unser beider Zukunft entscheiden würde.« Sie weinte, und Heinrichs Sympathien für Friedhelm Schenk gingen in den Sinkflug über. »Ich dachte natürlich, er will mir einen Heiratsantrag machen, ganz romantisch mit Kerzenlicht im Keller und so. Er war schon da, nahm mich in den Arm und küsste mich wie wild.

Dann schob er mich ein Stück zurück, ich hab gedacht, mir springt das Herz aus der Brust vor Glück. Jetzt zeigt er mir den Ring, habe ich gedacht. Aber er hat nur gegrinst und gesagt: ›Anne, ich werde deine Küsse vermissen und deinen perfekten Körper. Du bist wirklich eine heiße Braut. Mach's gut. Ich hab jetzt zu tun.‹ Dabei hat er immer weitergegrinst. Als ich nichts sagte und mich nicht bewegte, hat er meine Hand genommen, ganz sanft, und wollte mich nach draußen schieben. Da hat dann endlich meine Lähmung aufgehört. Ich habe ihn angeschrien, er sei ein widerliches Arschloch und er soll doch verrecken und was weiß ich nicht noch alles. Ich hätte nicht gedacht, dass ich von einem Moment auf den anderen einen Menschen so hassen könnte. Aber er hat nicht reagiert. Hat da gestanden wie eine verdammte Steinfigur. Das hat mir den Rest gegeben. Ich habe ihm meine Fingernägel durchs Gesicht gezogen und bin abgehauen, erst mal zwei Stunden nur durch die Kälte gerannt. Am nächsten Tag habe ich ja versucht, ihn zu erreichen, aber da war er schon tot.«

Sie brach erneut in Tränen aus, Heinrich hielt ihre Hände, bis sie sich wieder beruhigt hatte. Nach ein paar Minuten hatte sie sich gefasst und holte tief Luft.

»Das Furchtbare ist, dass ich ihn immer noch liebe. Ich bin mir sicher, er wäre zu mir zurückgekommen.«

Dazu sagte Heinrich nichts.

Fröhling machte mit Anne einen neuen Termin aus. Er wollte einen weiteren Haftprüfungstermin anberaumen und ins Feld führen, dass Anne weder fliehen konnte noch wollte, dass keine Verdunklungsgefahr bestehe. Noch einmal beschwor er Anne, den Deal anzunehmen, und noch einmal lehnte sie entschieden ab. Hätte sie als Mörderin nicht sofort zustimmen müssen? Etwas Besseres hätte ihr doch gar nicht passieren können. Für einen Mord sozusagen mit einem blauen Auge davonzukommen. Trotzdem verschwieg Anne etwas. Heinrich spürte es, aber er hatte keine Idee, was es sein konnte.

Sie verabschiedeten sich, Annes flehender Blick brach ihm fast das Herz. Heinrich ließ die Prozedur der Menschwerdung über sich ergehen und atmete tief durch, als sie endlich wieder draußen waren. Köstlich schmeckte die beißend kalte Winterluft. Heinrich wandte sich noch einmal um, und es lief ihm eiskalt über den Rücken.

161

Fröhling legte ihm eine Hand auf die Schulter. »Das haben Sie gut gemacht. Sie braucht vor allem moralische Unterstützung. Übrigens: Ich glaube nicht, dass sie es war, auch wenn ich ihr empfehle, ein Geständnis abzulegen. Wer immer Anne Schnickel als Sündenbock benutzt, ich möchte nicht sein Gegner sein. Der verdammte Fall ist so wasserdicht, dass ich schreien möchte. Trotzdem ist irgendetwas faul. Oberfaul, aber ich weiß nicht, was. Ich habe Gerüchte gehört, der Oberbürgermeister sei irgendwie in die Sache involviert. Manchmal ist das ein echt beschissener Job.« Er ließ kurz die Schultern hängen, dann straffte er sich wieder. »Darf ich Sie zu einem Kaffee einladen?«

»Sie dürfen«, antwortete Heinrich und fühlte sich so verloren wie schon lange nicht mehr.

18

Balduin Vornholt trommelte unruhig mit den Fingern auf die Tischplatte. Er hatte bereits den dritten Becher Honigwein geleert, seine Nerven lagen blank. Wo trieb sich dieses Weib bloß so lange herum? Ihre Dienerin hatte ein paar vage Andeutungen gemacht, aus denen er nicht recht schlau geworden war. Seit er im Haus war, eilte sie ständig zwischen der kleinen Stube, in der er auf die Schreiberin wartete, und dem Zimmer, in dem das kranke Mädchen lag, hin und her. Ihr Gesicht war vor Aufregung gerötet, und kleine Schweißperlen standen auf ihrer Stirn und ihrer Oberlippe, wie Vornholt belustigt festgestellt hatte.

Endlich hörte er im unteren Stockwerk Geräusche.

»Greta, ich bin zurück.«

Augenblicklich stürzte die Dienerin aus dem Krankenzimmer und eilte die Treppe hinunter. »Ihr habt Besuch, Herrin. Es ist Meister Balduin, der Wirt des ›Schwarzen Bären‹. Er wartet in der Stube auf Euch.«

Was Reinhild antwortete, hörte Vornholt nicht. Er stand auf und warf sich in Positur, sodass seine wohlgeformte Gestalt besser zur Geltung kam. Wenig später betrat Reinhild das Zimmer. Sie sah so bleich und rastlos aus, dass er beinahe erschrak.

»Meister Balduin, was führt Euch zu mir?« Ihrer Stimme war nicht anzumerken, was sie dachte.

Er verneigte sich. »Es ist mir eine Ehre, von Euch empfangen zu werden.«

Er wartete kurz, doch Reinhild sagte nichts, blieb abwartend mitten im Zimmer stehen. Vornholt nahm wieder Platz.

»Setzt Euch doch und trinkt einen Wein mit mir, Ihr seht aus, als könntet Ihr einen gebrauchen«, sagte er, als sei er der Gastgeber.

Reinhild verschränkte die Arme und schüttelte den Kopf. »Ich will nicht unhöflich sein, Meister Balduin, doch ich habe im Augenblick wenig Zeit für müßige Plaudereien. Meine Tochter ist krank, und es gibt Arbeit, die auf mich wartet.«

Vornholt grinste. »Gut. Dann komme ich gleich zur Sache.« Er beobachtete sie aufmerksam, während er weitersprach. »Ich habe gehört, Ihr habt Sorgen, die Euch drücken. Ihr braucht Geld.« Er schwieg abwartend.

Reinhild war noch bleicher geworden. »Ich wüsste nicht, was Euch das angeht.«

»Na, na, nicht so voreilig.« Er hob die Hand. »Ich möchte helfen.«

Reinhild blinzelte misstrauisch. »Helfen?«

Vornholt zog die Augenbrauen hoch. »Ihr glaubt mir nicht?« Reinhild schwieg.

Vornholt löste einen Lederbeutel vom Gürtel und legte ihn auf den Tisch. Es war derselbe, den er bereits Johann von Gent wie einen Köder vor die Nase gehalten hatte. Er hoffte, dass die Frau sich weniger anstellen würde.

»Ich nehme an, das wird reichen«, sagte er leichthin.

Reinhilds Lippen bebten unkontrolliert, unverwandt starrte sie auf den Beutel wie auf eine himmlische Erscheinung.

»Seht nur hinein.« Vornholt schenkte sich Wein ein und lehnte sich zurück. Reinhilds Reaktion hatte seine Erwartungen noch übertroffen. Sie schien dieses Geld tatsächlich dringend zu brauchen. Seine Quellen hatten ihn richtig informiert.

Er sah zu, wie die Schreiberin auf den Tisch zuging und den Beutel vorsichtig öffnete. Ein Schauder lief durch ihren Körper, als sie den Inhalt sah. Mindestens vier Dutzend Schillinge, mehr als ein Steinmetzgeselle in einem halben Jahr verdiente, ein kleines Vermögen.

»Was muss ich dafür tun?«, fragte sie mit kaum hörbarer Stimme, ohne den Blick von dem Geld abzuwenden.

Vornholt lächelte. »Ihr nehmt meine Hilfe also an?«

Reinhild sah zu ihm. »Erst wenn ich weiß, was ich dafür tun muss.«

Vornholt nahm einen Schluck Wein. »Ihr klingt so misstrauisch, Schreiberin. Was, wenn ich einfach nur ein gutes Werk tun möchte?«

Sie schwieg, ihre Augen zuckten angstvoll.

»Nun gut, eine kleine Gegenleistung erwarte ich schon, Ihr habt recht. Ich möchte, dass Ihr mir einen Dienst erweist.«

»Was für einen Dienst?«, flüsterte Reinhild. »Was muss ich tun?«

Vornholt faltete die Hände vor der Brust.»Nicht viel, nur ein Dokument für mich anfertigen. Einen Kaufvertrag.«

»Einen Kaufvertrag? Das ist alles?«, fragte Reinhild ungläubig.

»Ich sagte ja, nur ein kleiner Dienst.«

»So viel Geld für einen Kaufvertrag? Das glaube ich nicht.« Vornholt räusperte sich.»Es ist ein besonderer Vertrag.« Er zögerte, suchte nach geeigneten Worten.»Ihr sollt einen Kaufvertrag wiederherstellen, der vor vielen Jahren verloren ging.«

Reinhild trat vom Tisch zurück. Entsetzen spiegelte sich in ihrem Gesicht.»Ich glaube, ich verstehe nicht recht. Wie meint Ihr das?«

»Ihr wisst genau, was ich meine.«

Sie zögerte, starrte erst auf das Geld, dann auf Vornholt.

»Das kann ich nicht tun«, flüsterte sie tonlos.

Vornholt beobachtete den Kampf, der in der Frau tobte. Ihre Finger zitterten, ihr Blick huschte immer wieder zu dem Beutel auf dem Tisch. Schließlich straffte sie die Schultern und warf den Kopf zurück.

»Was Ihr verlangt, kann ich unmöglich tun«, wiederholte sie. »Verlasst mein Haus. Auf der Stelle.«

Vornholt umfasste die Tischkante.»Überlegt Euch gut, was Ihr sagt, Schreiberin. Vielleicht ist dies die letzte Gelegenheit, an das Geld zu kommen, das Ihr so dringend benötigt. Das Leben Eurer Tochter steht auf dem Spiel.«

Reinhild zitterte jetzt am ganzen Körper, doch sie stand gerade wie eine Statue.»Hinaus, habe ich gesagt!«

Vornholt sprang auf. Die Wut ließ kleine rote Lichtpunkte vor seinen Augen tanzen.»Ganz wie Ihr wollt, Schreiberin! Ich wette, dass Ihr noch vor Sonnenuntergang an meine Tür klopfen und um das Geld betteln werdet. Doch dann wird der Preis dafür noch viel höher sein, das schwöre ich Euch!«

Ohne ihre Antwort abzuwarten, sprang er auf und stürmte aus dem Haus.

Mit langen Schritten hastete Vornholt durch die Kupfergasse. In seinem Gasthaus angekommen, stampfte er die Treppe zur Stube hoch. Rastlos lief er zwischen Tisch und Wand hin und her. Dieses eingebildete Weib! Hielt sich für etwas Besseres, weil sie aus einer vornehmen Familie stammte. Doch was nützte ihr ihr ganzer Dünkel? Nichts.

Langsam beruhigte er sich. Eine Weile stand er nachdenklich am Fenster und beobachtete das Treiben in der Bindergasse, die Fuhrwerke auf dem Weg zum Oberen Tor, eine Frau mit einem Korb voller Eier, die im »Eichbrunnen« verschwand, dann beschloss er, in sein geheimes Zimmer hinunterzugehen.

Auf dem Weg schaute er kurz in der Küche vorbei. »Ist der Eckhart im Haus?«

Der Koch zuckte mit den Schultern. »Ich habe ihn heute noch nicht gesehen.«

Vornholt stieß einen unwilligen Laut aus. »Dieser Taugenichts! Wo treibt er sich wieder herum?« Unentschlossen sah er zu, wie der Koch Möhren in kleine Scheiben schnitt.

»Nun gut«, sagte er schließlich. »Um den Burschen kümmere ich mich später. Ich gehe hinunter in den Keller, ich will auf gar keinen Fall gestört werden. Verstanden?«

Der Koch nickte nur.

Vornholt zog die Kellertür hinter sich zu. Die Stufen waren schmal und ausgetreten, das Talglicht flackerte. Der Keller bestand aus zwei Räumen, einem großen, in dem Salzfässer aufbewahrt wurden, zusätzliche Becher und Krüge für die Schankstube und ein paar Werkzeuge, um die Tische und Bänke zu reparieren, und einem etwas kleineren, in dem die Fässer mit Wein lagerten. Vor der Rückwand des zweiten Kellers blieb er stehen und horchte, ob ihm auch niemand gefolgt war. Dann betätigte er den Mechanismus.

Wenige Herzschläge später stand er in seinem geheimen Zimmer. Er atmete tief durch und ließ seinen Blick durch den Raum schweifen. An der Kiste, die links von ihm an der Mauer stand, blieb er hängen. Vor drei Tagen war der kostbare Schatz geliefert worden. Die Fuhrknechte hatten dumm geglotzt, als er sie aufgefordert hatte, die Ware in den Keller zu tragen. Fluchend waren sie die enge Stiege hinabgeklettert, Vornholt mit der Fackel voran, ängstlich besorgt, dass die beiden Strohköpfe die Kiste fallen lassen könnten. Erst als er wieder allein war, hatte er sie in die Geheimkammer geschoben.

Noch war er nicht dazu gekommen, den Schatz auszupacken. Langsam ging er auf die Kiste zu. Sie war fest vernagelt. Zwischen den Brettern war nicht mehr zu sehen als haufenweise Sägespäne, die die zerbrechliche Fracht vor Schaden schützen sollten.

Suchend blickte Vornholt sich nach einem geeigneten Werkzeug um, mit dem er den Deckel aufhebeln konnte. Die Geheimkammer war leer, aber im vorderen Lagerraum direkt neben der Treppe fand er in einer Kiste ein Stemmeisen. Zurück in der Geheimkammer wog er es in der Hand, bevor er es zwischen Deckel und Kistenrand ansetzte.

Zunächst lief es gut. Das Holz ächzte, der Deckel bewegte sich. Doch dann kam er an eine Stelle, die besonders gründlich vernagelt war. Mehrmals setzte er das Stemmeisen an, plötzlich rutschte es ab, und er hieb sich das scharfkantige Metall in die Handfläche.

»Verflucht seien diese französischen Bastarde! Warum haben sie diese Kiste zugenagelt, als befände sich der Leibhaftige höchstpersönlich darin?«

Blut tropfte auf den Boden, seine Handfläche brannte wie Feuer. Zorn wogte in ihm hoch. Wollte denn heute gar nichts gelingen? Erst dieses eingebildete Weibsstück, dann sein Sohn, der sich vermutlich wieder im »Alten Landmann« oder irgendeiner anderen heruntergekommenen Kaschemme herumtrieb und sein sauer verdientes Geld am Würfeltisch verspielte, und jetzt auch noch die Kiste, die einfach nicht aufgehen wollte. Als hätte die Welt sich gegen ihn verschworen. Wieder sah er die kleinen roten Lichtpunkte. Er packte den Griff des Stemmeisens fester und schlug mehrmals damit gegen die Wand. Schließlich hielt er schnaufend inne. Das Eisen hatte drei schmale, längliche Kerben in die Mauer gehauen, zwei kreuzten sich, die dritte verlief links davon schräg abwärts.

Langsam beruhigte sich sein Atem, nur in seiner Hand pulsierte das Blut wie rasend. Er knallte das Stemmeisen in die Ecke. Für heute war ihm die Freude an seinem Schatz verdorben. Hastig griff er nach dem Talglicht und schritt aus dem geheimen Zimmer. Nachdem er den Zugang sorgfältig verschlossen hatte, stieg er die Treppe hinauf ans Tageslicht.

Während eine Magd seine Hand mit einem Stück Leinen verband, schmiedete er bereits neue Pläne. So leicht ließ sich ein Vornholt nicht unterkriegen.

19

Senta drehte sich vor dem Spiegel einmal um die eigene Achse. Perfekt. Heute musste es Rot sein. Die Farbe der Liebe. Ein wenig zwickte sie das Gewissen. Sie hatte nicht widerstehen können und Heinrich durchgecheckt. Nichts lag gegen ihn vor, sein Betrug war unter der Hand erledigt worden, keine Polizei, niemand hatte einen Skandal gewollt, weil einer der besten Nachwuchshistoriker einen Fehler gemacht hatte. Am liebsten hätte sie ihn auf der Stelle ins Bett gezerrt, aber er schien tatsächlich warten zu wollen. Sie musste zugeben, dass ihr das imponierte, sein Geständnis hatte sie tief beeindruckt. Es war nie leicht, Fehler zuzugeben, und dann gleich einen so schweren. Was würde sie noch erwarten im Untergrund von Heinrich Morgens Seele?

Sie schlüpfte in ihre roten Stilettos, zog den falschen Pelzmantel an und fuhr zum Parkplatz am »Dicken Turm«. Gut, dass kein Schnee lag oder die Bürgersteige vereist waren. Sonst hätte sie andere Schuhe anziehen müssen. Nach sieben Minuten erreichte sie den »Dicken Turm«, holte tief Luft, trat ein, suchte Heinrich. Sie ließ ihren Blick durch das Restaurant schweifen und entdeckte ihn an einem Tisch ganz am anderen Ende. Nicht schlecht, dachte sie. Er hat sich auch in Schale geworfen.

Ein Nadelstreifenanzug, Weste, eine Krawatte, ebenso rot wie ihre Schuhe und ihr Kleid. Er sah sie, stand auf, kam auf sie zu, gab ihr zwei Rosen, ohne die Möbel durcheinanderzubringen, und nahm ihren Mantel.

»Du siehst mal wieder umwerfend aus«, sagte er und lächelte.

»Du aber auch«, sagte sie und ließ sich von ihm den Stuhl zurechtrücken.

Heinrich schürzte die Lippen. »Vielen Dank für die Einladung. Woher weißt du eigentlich, dass ich knapp bei Kasse bin?«

»Woher willst du wissen, dass ich dich deswegen einlade?«

»Ich vergesse immer wieder, dass du eine ganz besondere Frau bist.«

Senta schwieg ein wenig verlegen und studierte die Speisekarte kurz. »Ich möchte auch die Karten auf den Tisch legen.«

Kein Muskel zuckte in Heinrichs Gesicht.

Er ist wirklich gut, dachte Senta. Entweder es berührt ihn nicht, oder er ist ein ausgekochtes Pokerface.

»Vertraust du mir?«

»Ich dachte, du wolltest die Karten auf den Tisch legen?«

»Du bist auch ein ganz besonderer Mann.«

Heinrich nickte.

»Und ein klein wenig eitel.«

Heinrich nickte abermals, Senta hätte ihm am liebsten die Frisur verwuschelt.

»Der Fall Friedhelm Schenk wird morgen von uns an die Staatsanwaltschaft weitergeleitet. Im Laufe der nächsten zwei bis drei Wochen wird Anklage erhoben.«

»Warum sagst du mir das?«

»Weil ich vermute, dass ihr ein paar interessante Sachen rausbekommen habt. Ich kenne Thomasio. Er ist gut, hat beste Verbindungen und verdient hervorragend. Die anderen aus eurer Gruppe haben ebenfalls Geld und können sich manches leisten, das sich andere nicht leisten können.«

»Den Kauf von Informationen zum Beispiel?« Heinrichs Gesicht blieb stumm, verriet nichts.

»Ja. Wir vermuten, dass Schenk krumme Geschäfte gemacht hat, aber wir wissen nicht, was, und kommen nicht an seine Auslandskonten ran. Polizeiarbeit ist streng reglementiert. Sein Vater mauert natürlich. Außerdem ist der alte Schenk wirklich fertig mit den Nerven und hochexplosiv.«

Der Kellner trat an den Tisch und nahm die Bestellung entgegen.

»Wer ist ›wir‹?«

»Du bist wirklich sehr gut. Wir, das bin eigentlich nur ich.«

»Gut, Majestät. Ihr wollt, dass ich meine Leute verrate?«

»Ich will, dass du normal redest und der Fall Schenk nicht einfach so abgetan wird.«

Heinrich zog nur die Augenbrauen nach oben, nahm sein Weinglas und prostete ihr zu. Senta wurde heiß. Wenn Heinrich mitspielen sollte, musste sie ihm reinen Wein einschenken. Sein Blick machte ihr klar, dass sie ihn nicht so einfach übertölpeln konnte. Es gab keinen Zweifel, dass er in sie verliebt war, aber er legte dieselbe

169

Vorsicht an den Tag wie sie selbst. Senta prostete zurück und pickte ein wenig in ihrem Salat, der erstaunlich schnell auf dem Tisch gestanden hatte.

»Zuerst muss ich dir sagen, dass ich in dich verliebt bin. Einfach so. Peng. Schon als ich dich im Keller das erste Mal sah. Wenn du nichts sagen willst, ändert das nichts daran. Glaubst du mir das?«

Heinrich sagte nichts, aber in seinen Augen konnte sie Zustimmung sehen.

»Wie soll ich es sagen. Ich bin schon einige Jahre bei der Polizei, aber mir ist es noch nie untergekommen, dass der Innenminister persönlich bei unserem Chef vorspricht und, hinter vorgehaltener Hand natürlich, darauf drängt, den Fall Schenk so schnell wie möglich zu schließen. Der Staatsanwalt überlegt nicht lange. Er sichtet die Akten, und alles ist klar. Ich ermittele nicht mehr im Fall Schenk, verstehst du?«

»Glaubst du denn an Annes Unschuld?«

»Nein. Die Wahrscheinlichkeit, dass eine dritte Person am Tatort war, ist angesichts der Beweislage verschwindend gering. Sie sollte ein Geständnis ablegen. Ich habe gehört, Fröhling hat einen unglaublichen Deal mit dem Staatsanwalt gemacht. Besser kann es doch nicht gehen. Sie …« Senta unterbrach sich. »Irgendwas liegt dir doch auf dem Herzen? Raus damit. Du darfst mich alles fragen, und ich werde entscheiden, worauf ich antworte.«

»Ich war gestern bei Anne. Sie ist in einem furchtbaren Zustand.«

»Das war keine Frage. Machst du mich dafür verantwortlich?« Senta hatte das befürchtet. Jetzt würde sich entscheiden, ob Heinrich ein ernst zu nehmender Kandidat für ihr Herz war.

Heinrich schüttelte den Kopf. »So naiv bin ich nicht. Mir geht es darum, wie du dich damit fühlst. Ob dich das in deinen Träumen verfolgt oder ob es für dich zum Beruf gehört.«

»Das ist immer anders.« Senta fragte sich, ob Heinrich ihr die Erleichterung ansah. »In diesem Fall sind es widerstreitende Gefühle. Einerseits bin ich überzeugt, dass Anne Schnickel Friedhelm Schenk getötet hat. Andererseits ist sie mit Sicherheit keine eiskalte Killerin. Wie so viele, die im Affekt töten. Das ändert nichts daran, dass sie sich verantworten muss für das, was sie getan hat. Und glaub mir: In Schwäbisch Gmünd wird gut auf sie aufgepasst. Es gibt Seelsorger und Psychologen, sie wird genau beobachtet, rund um die Uhr.«

»Und wenn sie unschuldig ist?«

»Dann habe ich Fehler gemacht und muss mich dafür verantworten. Das ist mein Job. Wenn ich das nicht riskieren will, muss ich etwas anderes machen. Ganz klar, ein Restrisiko bleibt immer. Wenn ich eines in meinem Beruf gelernt habe: Nichts ist unmöglich, vieles wahrscheinlich. Mein Problem im Moment ist nicht, dass ich Zweifel habe an meinem Ermittlungsergebnis. Aber wenn der Innenminister Druck macht, dann ist da irgendetwas faul. Irgendetwas, was mit Schenks Geschäften zu tun haben muss. Du wirst es nicht glauben, aber ich kann nicht einfach drauflos ermitteln, vor allem nicht gegen Schenk. Ich würde meinen Job riskieren. Wisst ihr etwas?«

Heinrich hatte angefangen, an der Unterlippe zu kauen. Senta war klar, dass er etwas wusste und dabei war, eine Entscheidung zu treffen.

»Ich weiß, das ist nicht der beste Einstieg, aber die Dinge haben sich nun mal so entwickelt, und ich weiß im Moment keinen anderen Rat.«

Heinrich nahm ihre Hand. »Also gut. Aber nur, wenn du mir versprichst, nicht zu vergessen, dass niemand ohne Fehl ist?«

»Aber ja, kein Problem, das sagte ich bereits.« Wollte er noch ein paar andere Sachen beichten? Egal. Was immer es war, solange er kein Schwerkrimineller war, konnte sie ihm alles verzeihen.

Heinrich holte tief Luft.

»Wir wissen, dass Schenk Junior einige hochgestellte Esslinger Frauen zuerst bezirzt und dann erpresst hat. Darunter ist auch die Frau des Oberbürgermeisters.«

Senta grinste teuflisch. »Das würde natürlich einiges erklären. Progalla hat beste Verbindungen ins Innenministerium.«

»Als Politiker ist er erledigt, wenn das rauskommt.«

»Das wäre sehr schade. Progalla ist ein guter Mann. Ein parteiloser, direkt vom Volk gewählt. Er setzt sich ein für die Belange der Bürger. Weißt du, Esslingen war fast immer eine wohlhabende Stadt, aktuell haben wir eine Arbeitslosenquote von um die fünf Prozent. Esslingen kann sich die Unternehmen aussuchen. Wer hier nicht will, muss nicht. Wir werfen niemandem Sonderkonditionen hinterher. Es gibt ein oder zwei Bauprojekte, über die man trefflich streiten kann, aber im Großen und Ganzen läuft hier alles korrekt. Korruption ist für uns kein Thema, ehrlich. Ich weiß, dass das in Köln, Frankfurt, Berlin und anderen Metropolen anders ist. Natürlich gibt es hier genauso Abhängigkeiten durch Macht und so weiter und so fort. Und der eine oder andere schuldet dem einen oder anderen einen Gefallen. Das ist überall so, und es kommt darauf an, ob es zum Missbrauch führt oder nicht.«

Heinrich hob nur die Augenbrauen. Senta überging seine Geste, die ja nichts sagen sollte als:»Esslingen mag vieles sein, eine Metropole ist es mit Sicherheit nicht.« Sie machte weiter, als sei nichts gewesen.

»Auch die Verbrechenshäufigkeit liegt bei uns weit unter dem Bundesdurchschnitt. Trotzdem haben wir hier auch Mörder. Letztes Jahr sogar in den eigenen Reihen. Ein Kollege hatte seine Frau regelrecht hingerichtet. Wir haben zwei Tage gebraucht, bis wir ihn hatten.«

»Schnell wie die Feuerwehr.«

Senta lächelte.»Im Schnitt brauchen wir fünf Tage für die Aufklärung eines Tötungsdeliktes. Es gibt drei oder vier Ausreißer und einen ungeklärten Fall. Mafiöse Strukturen haben wir nur im Bereich Auto- und Taschendiebstahl und bei den Wohnungseinbrüchen. Da gibt es einige Banden, die in Esslingen und Umgebung absahnen, aber keine Gewalt, keinen Mord, bis jetzt zumindest.«

»Wo viel Geld ist …«

»… ist viel Neid«, sagte Senta und widmete ihre Aufmerksamkeit Heinrichs Händen.»Deine Finger sind schmal wie die einer Frau. Wenn du einen Ring tragen würdest, bräuchtest du nur Größe 18.«

»Darüber habe ich mir noch nie Gedanken gemacht. Aber du hast recht. Nur dass ich Ringe nicht tragen mag.«

»Und wenn du mal heiratest?«

»Heiraten? Warum sollte ich das? Willst du denn heiraten?«

»Ich bin mir noch nicht sicher. Wenn Kinder im Spiel wären, vielleicht.«

Senta spürte Enttäuschung. Eigentlich war es für sie klar, zu heiraten, wenn sie den Richtigen traf. Sie fing sich schnell wieder, ließ sich nichts anmerken. Sie wusste ja gar nicht, ob Heinrich der Richtige war. Er stand nur ganz oben auf der Liste. Und auf der Liste befand sich zurzeit nur ein Name. Ihre Fingerkuppen kribbelten, als er mit seinen darüberstrich.

»Jetzt bist du dran. Wir wissen natürlich, dass die Ermittlungen abgeschlossen sind«, sagte er.

Senta musste schmunzeln. »Der Anwalt. Klar. Übrigens: Hast du den Beruf gewechselt? Das ist so eine Sache. Eigentlich dürftest du nicht mit Fröhling zu Anne. Aber da kennt einer einen ...«

Heinrich wurde ernst. »Das ist kein Spiel.«

Senta seufzte. »Natürlich nicht. Glaubst du, ich hätte nicht alles ausermittelt? Und das Wundermittel DNA hilft uns nicht. Das Labor konnte dich, mich, meine Kollegen, Notarzt und Sani und Rinne nachweisen. Außerdem haben wir jede Menge andere Spuren, die sich nicht zuordnen lassen. Vermutlich diese Besuchergruppe, mit der du da unten warst, und alle möglichen anderen Personen, die den Keller besichtigt haben. Aber das können wir nicht alles abgleichen, das wäre viel zu aufwendig und kostspielig. Von Anne haben wir nichts. Ihre DNA ist untergegangen in den Spuren der ganzen Menschen, die da unten waren.«

»Also könnte theoretisch auch die DNA des unbekannten Mörders darunter sein.«

»Theoretisch.«

Heinrich klopfte mit dem Zeigefinger auf die Tischplatte. Er seufzte. »Lass uns von etwas anderem reden. Über uns.«

Erleichtert griff Senta ihr Weinglas und prostete Heinrich zu. »Auf uns«, sagte sie, und er belohnte sie mit einem unwiderstehlichen Lächeln.

Sie erzählten sich ihr Leben, bis eine Bedienung sie höflich bat, das Lokal zu verlassen. Sie fuhren zurück in die Stadt und spazierten Arm in Arm noch ein wenig herum. Auf der Inneren Brücke lehnte sich Senta mit dem Rücken an das steinerne Geländer und zog Heinrichs Kopf zu sich. Der schrie auf, riss sich los und sprang die Treppe zur Maille hinunter.

»Da knackt jemand mein Auto!«, brüllte er.

Senta verwünschte ihre hohen Absätze, mit denen sie nur staksen konnte. Sie sah Heinrich über die Wiese fliegen, sein Schrei hatte den Autoknacker alarmiert. Er floh in die Simauer Straße, Heinrich rannte hinterher, Senta verfluchte ihn für diese Dummheit. Damit brachte er sich nur unnötig in Gefahr. Wenn er den Täter in die Enge trieb, konnte alles passieren. Sie rief sofort Verstärkung und atmete auf, als Heinrich wieder aus der Straße kam und sein Auto inspizierte. Sie ging ihm langsam entgegen und nahm ihn in den Arm, als sie ihn erreicht hatte. Er erwiderte ihre Umarmung und strich ihr über den Kopf.

»Das war kein normaler Autoknacker. Die tragen keine Wollmäntel, oder?«

»Normalerweise nicht, nein.« Senta löste sich und schaute sich Heinrichs uralten Golf an. Nichts zu sehen. Sie waren wohl rechtzeitig gekommen.

Die Streife puderte das ganze Fahrzeug ab, fotografierte und bat Heinrich um seine Fingerabdrücke, damit sie ihn ausschließen konnten. Senta erklärte, dass sie nicht im oder am Wagen gewesen sei, die Streife nahm die Anzeige gegen Unbekannt auf und rückte wieder ab. Heinrich pflücke noch das Strafmandat wegen Falschparkens von der Windschutzscheibe und warf es in den nächsten Mülleimer.

Eine Viertelstunde später dankte Senta dem seltsamen Autodieb, denn Heinrich hatte sie gefragt, ob er bei ihr übernachten dürfe, er fühle sich nach dem Vorfall nicht mehr sicher ohne Polizeischutz. Sie entschieden sich dann doch für Heinrichs Wohnung. Nach zwei Stunden hatte sie vergessen, dass es Diebe, Mörder und Verschwörer gab.

20

Ein weiterer Frühsommertag ging zu Ende. Fast zögerlich legte sich der Abend wie ein luftiger Schleier über die Häuser von Esslingen, noch hielt sich die Wärme in den Gassen. Reinhild trat vom Fenster weg und schaute auf Eva hinunter. Den ganzen Tag hatte sie am Bett gesessen, wieder und wieder gebetet und hilflos mit angesehen, wie es ihrer Tochter immer schlechter ging. Wie ein Geist sah sie aus, die Wangen hohl, die Augen riesig und voll fiebrigen Glanzes. Bald würden die Stadttore geschlossen werden, und von Johann von Gent und dem sarazenischen Arzt gab es kein Zeichen. Vielleicht hatte der Mann sich ja geweigert, mit Johann in die Stadt zu reiten. Womöglich wollte er erst Geld sehen, bevor er sich auf ein solches Unterfangen einließ. Wer konnte es ihm verdenken? Vor allem, da Reinhild tatsächlich kein Geld hatte auftreiben können. Was würde geschehen, wenn die beiden doch noch vor ihrer Tür auftauchten? Sollte sie den Arzt wieder wegschicken? Selbst den vergeblichen Tagesritt würde er sich vermutlich bezahlen lassen. Was sollte sie nur tun?

Vielleicht war es voreilig gewesen, Meister Balduin wegzuschicken. Vielleicht hätte sie sein Geld nehmen sollen. Vielleicht war er Evas letzte Hoffnung gewesen. Und sie hatte die ausgestreckte Hand empört weggestoßen. Was, wenn er gar nichts Unlauteres von ihr gewollt, wenn sie sein Anliegen missverstanden hatte? Sie griff nach der glühenden Hand ihrer Tochter. Eva stöhnte leise.

Sanft strich Reinhild über die kraftlosen schmalen Finger. Möglicherweise würden sie schon in wenigen Stunden kalt und starr in ihrer Hand liegen. Der Gedanke jagte ihr einen glühenden Schmerz durch den Körper. Sie wollte Eva nicht verlieren. Mochte Gott ihr zürnen, weil sie sich seinem Willen nicht unterwarf, sie würde ihre Tochter nicht kampflos hergeben.

Reinhild stand auf. Sie würde das Geld beschaffen, ganz gleich um welchen Preis. Sie musste es tun, sie hatte keine Wahl. Es ging nicht nur um Eva. Sie hatte Johann da mit hineingezogen, er holte den Fremden in die Stadt auf ihr Versprechen hin, dass sie das Geld beschaffen werde.

»Dann sei es so.«

Entschlossen wandte Reinhild sich ab und lief aus dem Zimmer. Sie hastete die Treppe hinunter und rief im Laufen: »Greta, schnell, meinen Mantel und meine Gugel!«

»Aber Herrin, es wird bald dunkel, Ihr wollt doch nicht schon wieder zu dieser Stunde hinaus auf die Straße!«

Reinhild streckte die Hand aus, um die Kleidungsstücke entgegenzunehmen. »Ich komme so rasch zurück, wie ich kann. Sollte Meister Johann inzwischen mit einem Fremden hier auftauchen, führ ihn hinauf zu Eva.«

Greta riss die Augen auf. »Aber Herrin!«

»Tu, was ich dir sage!« Reinhild stieß die Tür auf und lief hinaus auf die Gasse. Bis zur Herberge von Meister Balduin war es nicht weit. Hoffentlich war er zu Hause!

Sie stolperte vorbei an den letzten müden Heimkehrern, die ihr Tagewerk vollendet hatten, sich nach einer warmen Mahlzeit und einer weichen Bettstatt sehnten. Die Herberge »Zum schwarzen Bären« kam in Sicht. Der Schankraum war von einem durchdringenden Geruch nach Kohl und Schweiß und von zahllosen Stimmen erfüllt. Als sie eintrat, fiel kurzzeitiges Schweigen über die Gäste, einige musterten sie abschätzend. Reinhild sprach eine Magd an, die mit einem Krug aus der Küche kam. Sie war kaum älter als fünfzehn, und ihr stark gewölbter Bauch verriet, dass sie ein Kind unter dem Herzen trug. Reinhild dachte an die Gerüchte, die sie über Vornholt gehört hatte.

»Ist Meister Balduin im Haus?«, fragte sie das Mädchen. »Ich muss ihn dringend sprechen.«

»Wartet hier, ich werde in der Stube nachsehen.« Die Magd stellte den Krug ab und verschwand auf der Treppe, Reinhild blieb mit einem unbehaglichen Gefühl im Magen im Schankraum stehen. Die Gespräche hatten zwar wieder eingesetzt, doch noch immer warf ihr der eine oder andere Gast neugierige Blicke zu. Endlich kam die Magd wieder.

»Der Herr erwartet Euch. Folgt mir.«

Stufe für Stufe stieg Reinhild die Treppe hinauf, jeder Schritt kostete sie unendlich viel Kraft. Doch sie blieb nicht stehen.

Vornholt saß zusammen mit seinem Sohn am gedeckten Tisch, der unter der Last von duftenden Speisen ächzte. Reinhild machte gebratenen Kapaun aus, Erbsen mit Speck, Honig und Kerbel, Weißkohl mit Knoblauch sowie eine Schale mit getrockneten Feigen.

Eckhart Vornholt tunkte ein Stück Brot in die Soße, riss etwas Fleisch aus dem Schenkel des gebratenen Kapauns und schob es sich zusammen mit dem Brot in den Mund.

Reinhilds Magen drehte sich um. Sie hatte den ganzen Tag nichts gegessen. Ihr wurde schwarz vor Augen, sie wankte, tastete suchend nach Halt. Bevor sie stürzte, griffen zwei Arme nach ihr und setzten sie auf einen Schemel.

Als sie wieder klar sehen konnte, erkannte sie Balduin Vornholt, der mit ernster Miene vor ihr hockte. Er hielt ihr einen Becher Wein vors Gesicht.

»Trinkt!«

Sie gehorchte wortlos. Das heiße, nach Ingwer und Muskat duftende Getränk rann ihr die Kehle hinunter und wärmte ihren Magen.

»Und jetzt kommt an den Tisch, Ihr müsst etwas essen.« Vornholt sah sie auffordernd an. Fast meinte Reinhild, so etwas wie aufrichtig gemeinte Sorge in seinen Augen zu sehen.

Sie schüttelte den Kopf. »Ich kann nicht, ich muss so bald wie möglich wieder zurück nach Hause.«

Vornholt erhob sich und nickte bedächtig. »Ich verstehe.«

Einen Augenblick lang hörte man nur das schmatzende Kauen Eckhart Vornholts, eines graugesichtigen, schmächtigen Jünglings, den der Zwischenfall seltsam unberührt ließ. Schließlich schnipste sein Vater mit den Fingern.

»Genug jetzt«, herrschte er seinen Sohn an. »Das reicht für heute. Geh zu Bett. Schlaf dich aus. Morgen früh wirst du etwas Vernünftiges tun. Vorhin gab es eine Prügelei unten in der Schankstube, drei Schemel und eine Bank sind zu Bruch gegangen. Ich habe mir den Schaden ordentlich bezahlen lassen, aber in Ordnung gebracht werden müssen die Sachen noch. Ich erwarte, dass sie morgen Abend wieder in der Schankstube stehen.«

»Aber Vater!« Eckhart hatte die Feige fallen gelassen, von der er gerade abbeißen wollte. »Ich kann das nicht.«

»Dann wird es Zeit, dass du es lernst. Als ordentlicher Gastwirt musst du auch solche Dinge können.«

Eckharts Mund klappte auf und zu, doch kein Laut drang zwischen seinen Lippen hervor.

Sein Vater machte eine ungeduldige Handbewegung. »Und jetzt raus hier!«

Eckhart duckte sich wie unter einem Schlag und huschte ohne ein weiteres Wort aus dem Zimmer. Nachdem die Tür hinter ihm zugefallen war, wandte Balduin Vornholt sich seinem Gast zu.

»Nun sind wir unter uns.« Er lächelte, doch keine Wärme ging von seinem Gesicht aus. »Was führt Euch zu mir, Schreiberin?«

Reinhild erhob sich von dem Schemel. Ihre Beine zitterten noch immer ein wenig, doch sie fühlte sich besser, wenn sie ihr Anliegen im Stehen vortrug.

»Euer Angebot von heute Morgen, Meister Balduin«, begann sie, »gilt es noch?«

Vornholt ließ sich Zeit mit der Antwort. Er schenkte sich Wein nach und nahm einen Schluck.

»Wie ich bereits andeutete«, erwiderte er dann, »haben sich inzwischen die Spielregeln geändert.«

Reinhild spürte, wie ihre Beine drohten, erneut den Dienst zu versagen. »Wie meint Ihr das?«

Vornholt breitete die Arme aus. »Ihr könnt das Geld haben, wenn Ihr wollt. Ihr könnt es gleich mitnehmen.«

»Aber?«

»Ihr müsst zuvor ein Dokument verfassen und unterzeichnen.«

»Was für ein Dokument? Einen Schuldschein? Ich dachte, ich soll einen Kaufvertrag für Euch aufsetzen.«

»Ja, das sollt Ihr auch, doch der erfordert viel Geduld und Genauigkeit. Schließlich handelt es sich um einen sehr alten Kaufvertrag. Den schreibt man nicht mal so eben, den muss man auf besondere Art behandeln, damit er alt aussieht. Damit er echt aussieht.«

Reinhilds Finger krampften sich zusammen. Tief in ihr hatte sie gehofft, Vornholts Anliegen missverstanden zu haben. Doch jetzt gab es keinen Zweifel mehr, er wollte, dass sie ein Dokument fälschte. Sie wusste, dass dies häufig geschah, auch wenn niemand gern darüber sprach. Doch sie wusste auch, dass es eine Sünde war, die streng bestraft wurde. Sogar auf dem Scheiterhaufen konnte man dafür enden. In was für eine verfahrene Lage war sie nur geraten!

»Und jetzt wollt Ihr, dass ich einen Schuldschein unterzeichne, damit ich meine Schuld zu gegebener Zeit abtrage?«, fragte sie vorsichtig. Etwas in Vornholts Blick sagte ihr, dass sie ihre Lage noch nicht in ihrer ganzen Tragweite begriffen hatte.

Vornholt lachte. »Nein, ganz so billig kommt Ihr mir nicht davon. Ihr werdet mir etwas niederschreiben, das mir Eure Verlässlichkeit ohne jeden Zweifel sichert. Geht zu meinem Schreibpult!«

Er deutete in die Ecke des Raums, wo ein Schreibpult aus dunklem Holz stand, auf dem Pergament und Feder bereitlagen. Ein Tonfässchen mit Tinte stand daneben.

Zögernd machte Reinhild einen Schritt in Richtung des Pults. »Wollt Ihr mir nicht sagen, um was für ein Dokument es sich handelt?«

»Wollt Ihr das Geld?«

»Ich brauche es.«

»Dann schreibt!«

Reinhild trat vor das Pult und tauchte die Feder in das Tintenfass. Vornholt nahm einen Schluck Wein, dann fing er an, ihr einen Text zu diktieren. Nach dem zweiten Satz legte Reinhild die Feder weg.

»Das kann ich nicht schreiben!«

»Dann lasst es. Dort ist die Tür.« Vornholt knabberte an einer Dattel, so als wäre es ihm völlig gleichgültig, ob Reinhild ging oder blieb. Sie rang mit sich, dachte an Eva, an den fremden Arzt, der vielleicht schon in ihrem Haus war. Resigniert griff sie nach der Feder. Ihre Hand zitterte, als sie weiterschrieb. Schließlich war Vornholt zufrieden.

»So, jetzt setzt Euren Namen darunter.« Er war aufgestanden und lugte Reinhild über die Schulter.

»Reinhild Wend, Witwe des Thomas Wend, Schreiberin in der Stadt Esslingen«, schrieb sie. Wie eine giftige Schlange ließ sie die Feder auf das Pult fallen. »Nun bin ich ganz in Eurer Hand.«

Vornholt griff nach dem Pergament und pustete darauf, um sicherzustellen, dass die Tinte getrocknet war. Dann rollte er es zusammen.

»Wenn Ihr tut, was ich verlange, bleibt dieses Schriftstück unser

179

beider Geheimnis und wird nie unter die Augen anderer Sterblicher kommen, dass verspreche ich Euch«, versicherte er ihr. »Doch Ihr versteht, dass ich mich absichern muss. Immerhin stelle ich Euch eine gewaltige Summe Geld zur Verfügung.«

Er griff an seinen Gürtel und löste den Beutel. »Hier, nehmt!«

Reinhild hatte das Gefühl, nach einem brennenden Dolch zu greifen. »Vergib mir, Herr im Himmel!«, murmelte sie, als sie das Geld entgegennahm. Ohne ein weiteres Wort verließ sie die Stube. Sie hatte soeben ihr eigenes Todesurteil unterschrieben und es einem Mann übergeben, dessen Ehrbarkeit keinen Pfifferling wert war. Ihr Leben lag in seiner Hand, so wie Evas Leben in der Hand des Sarazenen lag.

Wenn der nur bald kam. Sonst hatte sie ihr Seelenheil vergebens an diesen Widerling verkauft.

21

Heinrich schwebte noch immer auf Wolke sieben, als er für die Ermittlungsgruppe Anne, die sich in Soko Anne umbenannt hatte, den ersten Kaffee kochte. Senta hatte um acht Uhr Dienstantritt gehabt, der Mittwoch forderte gnadenlos seinen Tribut. Die Soko hatte gestern, während Heinrich bei Anne gewesen war, weitere Frauen telefonisch kontaktiert und Geldübergaben organisiert. Am Abend hatten sie die ersten Schweigegelder abgeholt. Sie lagen in Bündeln auf seinem Küchentisch, fast zehntausend Euro. Er berichtete von den Gesprächen, klebte ein Bild von Christine Progalla an die Pinnwand, die Thomasio mitgebracht hatte, und schrieb darunter: »Unwahrscheinlich«. Als Nächstes pinnte er Anne-Katrin Wegener an die Wand, schrieb darunter: »Hochgradig gestört, aggressiv, fähig zum Mord«.

Das erpresste Geld würde man einem Treuhänder übergeben, der es zurückzahlen würde, samt Zins und Zinseszins, sobald der Fall geklärt war. Annes Anwalt war nicht eingeweiht, er hätte sonst sofort das Mandat niedergelegt, weil die Ermittlungsgruppe mit illegalen Mitteln arbeitete. Allen war klar, dass sie belangt werden würden. Die Erpressung war nicht gespielt. Sie war echt, auch wenn das Motiv nicht Habgier war. Um ein Ermittlungsverfahren würden sie nicht herumkommen. Ein übel gelaunter Richter konnte durchaus Bewährungsstrafen oder zumindest schmerzhafte Geldstrafen verhängen.

Richard zeigte auf Anne-Katrins Bild. »Ich habe gehört, dass sie ihren Mann schlägt. Ob das irgendwelche exotischen Sexspielchen sind oder häusliche Gewalt, ist nicht bekannt. Normalerweise ist es ja umgekehrt.« Er schüttelte verständnislos den Kopf.

»Ich habe mit Senta Taler gesprochen«, sagte Heinrich.

Thomasio grinste schief. »Und? Wie ist sie so?«

Heinrich stand auf und goss Kaffee nach. »Nett.«

Alle lachten, und Heinrich ärgerte sich, dass er tatsächlich rot anlief. Er setzte sich wieder und schlug die Beine übereinander. Das Lachen war nicht hämisch oder anzüglich gewesen, eher wohlwollend.

»Entschuldige, aber Esslingen ist kleiner als klein, und zwei Turteltäubchen, die über einen gewissen Bekanntheitsgrad verfügen und sich in der Öffentlichkeit blicken lassen, werden schnell Stadtgespräch«, sagte Richard.

Heinrich nahm einen Schluck Kaffee. »Sie hat mir etwas gesteckt: Der Innenminister persönlich hat sich darum gekümmert, dass die Staatsanwaltschaft schon bald Anklage erheben wird. Progalla ist ein enger Freund des Ministers.« Er hob abwehrend die Hände. »Bevor ihr euch zu früh freut: Senta hätte die Ermittlungen auch so bald abgeschlossen. Bis auf ein Geständnis ist der Fall für den Staatsanwalt wasserdicht.«

»Hast du ihr von Schenks Geschäften erzählt?«

»Ja. Sie haben so etwas vermutet, kommen aber nicht an die Konten ran. Außerdem ist es für die Ermittlungen letztlich egal, weil die Indizienkette lückenlos ist. So sieht das der Staatsanwalt auch. Sicher ist, dass der Fall bald vor Gericht kommen wird.«

»Wir müssen uns beeilen«, sagte Thomasio und schlug sich mit der Faust in die Hand.

Heinrich überlegte, ob er nicht hier in der Runde sein kleines Geheimnis verraten sollte. Nein. Das eine hatte mit dem anderen nichts zu tun. Es war nur sein schlechtes Gewissen, das ihm im Magen lag. Lieber etwas zum Fall beitragen.

»Habt ihr rekonstruiert, wann Annes Ahle gestohlen wurde?«

Thomasio lächelte. »Schön, dass du trotzdem an Anne glaubst. Ja, haben wir. Sie hat das Werkzeug erst am Morgen des Tattages vermisst, es aber niemandem erzählt. Abends hatte sie noch etwas gearbeitet. Alle, die wir gefragt haben, bestätigen Annes Angaben. Soweit sie das können.«

»Ist der Beutel noch da, in dem sie die Ahle aufbewahrt hat?«, fragte Heinrich.

»Das ist das Problem. Der Beutel ist noch da. Den trägt sie ständig bei sich.«

»Und sie hat ihn nie abgelegt, auch nicht für einen Moment?«

Thomasio überlegte. »Sie hat zumindest nichts davon gesagt.«

Heinrich schüttelte den Kopf. »Entweder war es ein genialer Taschendieb, der ihr die Ahle aus dem Beutel gefischt hat, oder sie hat den Beutel irgendwann unbeaufsichtigt gelassen. Und was ist mit ihrer Wohnung? Sie hat doch bestimmt ihre Sachen abgelegt.«

»Ja, sicher. Aber niemand ist eingebrochen«, sagte Frauke.
»Wenn ihr jemand gezielt den Mord angehängt hat, dann könnt
ihr wetten, dass der einen Schlüssel hatte oder geschickt genug war,
das Schloss mit einem Werkzeug so zu öffnen, dass es niemandem
auffällt.« Heinrich rieb sich die Nasenwurzel.

Thomasio nickte. »An dir ist wirklich ein Bulle verloren gegangen. Der Mörder muss von Annes und Friedhelms Beziehung gewusst haben. Er muss gewusst haben, wo Anne wohnt und arbeitet.«

Hubert, der neu zur Soko gestoßen war, pulte an seinen Fingernägeln herum. »Das trifft auf eine Person zu, die hier im Raum ist.«

Frauke sprang auf, ihr Kopf hochrot. Thomasio reagierte als Erster, stellte sich ihr in den Weg.

»Hubert, du miese kleine Ratte! Jetzt weiß ich wenigstens, warum du dich hier eingeschleimt hast.« Frauke stach mit ihrem Zeigefinger in Huberts Richtung.

Hubert hielt den Kopf gesenkt. »Was soll das? Du kennst Anne,
du hast von der Affäre gewusst, du weißt, wo die Ahle war, du
hattest jederzeit Zugang zu ihrer Wohnung.«

Frauke spie ihre Worte aus. »Vor allem weiß ich, dass ich dir mindestens zehn Körbe verpasst habe!«

Thomasio hinderte sie daran, auf Hubert loszugehen.

»Ich lege meine Hand für Frauke ins Feuer.« Fitzek hatte sich
langsam von seinem Stuhl erhoben und ging zu Hubert hinüber.
»Ich glaube, es ist besser, wenn du jetzt gehst. Dein Auftritt war
wirklich mal wieder perfekt.«

Hubert verzog das Gesicht. »Thomasio, du müsstest das eigentlich besser wissen.«

Aber Thomasio sagte nichts. Niemand sagte ein Wort. Hubert
schaute sich um, gab ein Grunzen von sich und machte sich aus dem
Staub.

»Noch irgendjemand, der Zwietracht sähen will?« Fitzek nickte
zufrieden, Frauke setzte sich, immer noch empört über die Ver-
dächtigung.

»Ich glaube, das Thema ist geklärt. Jetzt sollten wir uns wieder
wichtigeren Dingen zuwenden.«

In Heinrichs Erinnerung flammte ein Bild auf.

»Ich weiß, wie der Mörder in den Keller gekommen ist.« Er erzählte, wie er aus purer Neugier in die Keller eingestiegen und bis zum Tatort vorgedrungen war. »Es gibt drei Wege in den Kellerraum. Den direkten durch die Haustür. Den indirekten über die Baustelle gegenüber und den durch die Kanäle mit dem Einstieg auf dem Hafenmarkt. Der Mörder muss den Weg durch die Baustelle genommen haben.«

Thomasio schüttelte den Kopf. »Die Spurensicherung hat das überprüft. Keinerlei Anhaltspunkte dafür, dass eine Person diesen Weg genommen hat. Unberührte Staubschicht, Spinnweben vor der Verbindungstür.«

Schweigen breitete sich aus. Heinrich überlegte fieberhaft. Inzwischen machte ihm das Rätselraten Spaß, und die Tatsache, dass der Fall aussichtslos schien, spornte ihn nur an.

Thomasio gab die Parole aus. »Wir sollten erst mal so weitermachen.«

Heinrich holte tief Luft. »Da bin ich anderer Meinung. Wir werden uns nicht mehr persönlich mit den Opfern treffen. Wir machen es fernmündlich und warten ab.« Keiner widersprach.

Thomasio schürzte die Lippen. »Du machst das hervorragend. Bei uns wärst du schnell Soko-Leiter geworden.«

Heinrich winkte ab, Thomasio überbrachte noch eine gute Nachricht. »Wir können den Künstlerkeller endgültig räumen. Dann können wir ungestört arbeiten, und die Musiker haben keine Angst mehr um ihre Instrumente. Ich habe bei Bekannten einen Raum bekommen. Da können wir die Pinnwände, unsere Flipcharts und so weiter aufstellen und uns ab heute treffen. Vielen Dank für deine Gastfreundschaft, Heinrich.«

Heinrich bat sich noch zwei Stunden Zeit aus, um ein paar persönliche Sachen zu regeln, danach würde er wieder zur Soko stoßen.

Er rief seine Mails ab. Endlich. Antwort von Slobodan. Wie Heinrich vermutet hatte: Die Kleider stammten vom Anfang des 14. Jahrhunderts, plus/minus zwanzig Jahre. Slobodan war nichts Besonderes aufgefallen. Das Kleid musste eine vornehme Frau getragen haben, daran bestand kein Zweifel. Er grüßte Heinrich und lud ihn ein, bei einer Ausgrabung in Polen mitzumachen, die im Sommer des kommenden Jahres beginnen würde. Heinrich sagte zu, vorbehaltlich, dass er auf Märkten Geld verdienen musste. Hendrik Fischer hatte ebenfalls geantwortet. Er datierte den Span auf das Jahr 1318, plus/minus zehn Jahre. Zufrieden löschte Heinrich zehn Spam-Mails und fuhr seinen Laptop herunter.

Sein Handy meldete sich. Sentas private Mobilnummer. Sein Herz schlug schneller.

»Hallo, Senta, schön, dass du anrufst.«

»Das werden wir noch sehen, ob das schön ist«, sagte sie, und Heinrich fiel der Magen in die Schuhe. Ihre Stimme klang wie hochprozentige Salzsäure.

»Kennst du einen Arne Mangold?«

»Ja. Das ist der mit dem Heraldik-Stand, direkt neben mir.«

»Wann hast du ihn zum letzten Mal gesehen?«

»Ist das ein Verhör?« Heinrich schwitzte.

»Das ist eine Vernehmung, noch unter vier Ohren. Ich erwarte, dass du mir alles sagst, was du weißt.«

»Was ist denn mit Arne?«

»Ich stelle die Fragen.«

Mit dieser Senta hatte Heinrich nicht gerechnet. Hatte Arne ihn verpetzt? Wahrscheinlich hatte er kalte Füße bekommen, war zur Polizei gerannt und hatte um Vergebung gebettelt. Arne hatte also vermutet, dass mit dem Ring etwas nicht stimmte, als Heinrich ihm die Fotos gegeben hatte, aber nichts gesagt.

Heinrich bemühte sich um eine warme Stimme, ohne jegliche Spannung darin. »Sag mir doch bitte, was los ist, dann kann ich dir auch sagen, was wichtig ist.«

Die Leitung blieb einen Moment tot.

»Arne Mangold ist ermordet worden. Und er hatte einen Zettel mit deinem Namen und deiner Handynummer dabei.«

Heinrich fühlte nur das blanke Chaos.

»Heinrich? Bist du noch da?«

»Wann? Wie? Wer?«

»Vergangene Nacht. Du kannst es nicht gewesen sein, keine Angst, du hast das beste Alibi der Stadt. Er ist erschlagen und in den Kanal geworfen worden, hat sich im Wasserrad verfangen und dort zwei oder drei Stunden seine Runden gedreht. Vom Täter keine Spur. Was hast du mit ihm zu tun?«

Heinrich fiel das Herz in die Hosentasche. Arne ermordet! Was für eine Katastrophe. War er Schuld am Tod des jungen Mannes? Hatte jemand den Ring gesucht?

185

»Du brauchst nicht zu überlegen, ob ich irgendwas verrate oder nicht. Ich bin nicht an dem Fall dran. Die Leitung hat der Chef persönlich.«

»Wegen mir?«

»Wegen uns, und weil du schon zum zweiten Mal mit einem Mord etwas zu tun hast.«

»Kannst du herkommen?«

Senta seufzte. »Ralf ist unterwegs zu dir. Wir telefonieren später.«

Heinrich legte auf und spähte aus dem Fenster. Eine schwarze Limousine hielt. Ralf Heidenreich und ein Kollege stiegen aus. Heinrichs Därme murrten. Es klingelte. Heinrich betätigte die Gegensprechanlage, rang seine Schuldgefühle nieder.

»Herr Morgen? Dürfen wir hereinkommen?«

Er drückte den Türöffner, die beiden kamen langsam die Treppe hoch, ihre Augen nahmen jedes Detail auf. Heidenreich stellte seinen Kollegen Kriminalkommissar Martin Holz vor und kam gleich zu Sache.

»Wie bezahlen Sie eigentlich die Wohnung hier?«

Heinrich zögerte einen Moment mit der Antwort. »Mein Chef zahlt die Wohnung. Sascha Prüng. Ein Unternehmer, der andere Ziele hat, als Geld zu scheffeln.«

Heidenreich gab sich damit zufrieden. »Senta hat Sie über die wichtigsten Fakten informiert?«

»Ja. Setzen Sie sich doch, meine Herren. Kaffee?«

Die Kommissare nahmen Platz und Kaffee, Heidenreich fuhr fort.

»Arne Mangold hat für Sie nach einem Wappen gesucht, ist das richtig?«

Clever gefragt, dachte Heinrich. Er gibt nichts von seinem Wissen preis. »Das ist richtig.«

»Um welches Wappen handelte es sich?«

»Das wollte ich ja von Arne erfahren.«

»Um Ihr eigenes?«

Heinrich nickte nur und goss Kaffee nach. »Wenn es denn eines gibt von meiner Familie.«

»Kannten Sie Arne Mangold näher?«

Heinrich überlegte nicht. »Nein. Ich habe ihn erst vor ein paar Tagen beim Aufbau kennengelernt. Ein angenehmer Mensch.«

»Wann haben Sie ihn beauftragt?«

»Am Freitag.«

Die Kommissare wechselten einen Blick, den Heinrich nicht deuten konnte.

»Herr Mangold wurde in seinem Zimmer in der Pension Albert ermordet, das Zimmer wurde gründlich durchsucht, wahrscheinlich vom Täter. Können Sie sich vorstellen, warum?«

Heinrich schüttelte spontan den Kopf. »Nein.«

»Arne Mangold hatte keinerlei Daten von Ihnen auf seinem Rechner. Wie kommt das? Normalerweise hat er für Kunden immer eine Datei angelegt, auch wenn nichts daraus wurde.«

»Keine Ahnung. Vielleicht weil ich ein Kollege bin? Weil er keine Zeit mehr hatte? Ich muss Sie enttäuschen. Ich bin vor allem tief erschüttert, dass Arne tot ist. Dass er ermordet wurde.«

Ralf Heidenreich stand auf. »Ja. Natürlich. Danke, das war erst mal alles.«

Waren sie ihm wirklich auf den Leim gegangen? Jeder Historiker absolvierte seine persönliche Ahnen- und Wappenforschung im Grundstudium. Polizisten wussten eben doch nicht alles.

Heinrich schaute den Kommissaren hinterher und fühlte sich nicht wirklich gut.

22

Es war stockdunkel. Reinhild tastete sich orientierungslos durch das Nichts. Ihr Herz raste, in ihrem Kopf war ein stetiges leises Rauschen, das sie beinahe in den Wahnsinn trieb. Sie musste den Ausgang finden, sonst war sie verloren. Panisch streckte sie ihre Hände aus, mal in die eine, mal in die andere Richtung, doch nirgends fühlte sie etwas anderes als die lähmende, schwere Dunkelheit. Die Zeit lief ihr davon. Sie wollte schreien, um Hilfe flehen, doch ihre Kehle war trocken wie der Salzbrunnen auf dem großen Marktplatz in einem heißen Sommer. Dann hörte sie etwas, das anders klang als das Rauschen in ihrem Kopf, erst ganz leise, dann immer lauter und deutlicher. Ein Lachen. Es perlte durch das Dunkel auf sie zu, schwoll an und donnerte schließlich in ihren Ohren, sodass sie es vor Schmerz nicht mehr aushielt.

Reinhild riss die Augen auf. Ihre Cotte war schweißnass, das Haar klebte ihr im Gesicht. Es war immer noch dunkel, doch jetzt konnte sie schemenhafte Umrisse erkennen. Das Fenster, die Truhe, die Konturen ihrer Tochter, die schwer atmend neben ihr im Bett lag. Behutsam legte Reinhild ihre Hand auf Evas Stirn. Sie war immer noch glühend heiß.

Dann merkte sie, dass das Donnern nicht aufgehört hatte, sondern andauerte, leise, aber eindringlich. Hatte es denn nicht zu ihrem Traum gehört? Mühsam stand sie auf. Jetzt hörte sie Geräusche aus dem unteren Geschoss. Der Arzt! Hastig schlüpfte Reinhild in ihren Surcot, schnürte ihn zu und eilte zur Tür. Am Treppenabsatz begegnete ihr Greta. Sie trug eine Talglampe, die ihr verschlafenes Gesicht warm schimmern ließ.

»Meister Johann bittet um Einlass. Und der Fremde ist bei ihm«, sagte sie, und ihre Körperhaltung verriet, dass sie die beiden am liebsten sofort wieder weggeschickt hätte.

»Bitte sie herein, rasch!«

Die Frauen liefen die Treppe hinunter. Greta zog wortlos die Tür auf. Johann betrat als Erster das Haus. Er sah blass und müde aus. Hinter ihm schritt ein großer schlanker Mann in die Küche. Er trug ein Gewand in leuchtendem Blau und Rot und auf dem Kopf ein weißes gewickeltes Tuch. Seine Haut war dunkel und seine Gesichtszüge ernst und wachsam. In der rechten Hand hielt er eine kleine Tasche aus Leder.

Er verneigte sich vor Reinhild. »As-salâmu 'alaikum, Friede sei mit Euch«, sagte er mit tiefer Stimme.

»Seid gegrüßt«, erwiderte Reinhild unsicher.

Johann zog Reinhild zur Seite. »Es war nicht einfach, mit Abd-al-Qadir in die Stadt zu gelangen«, raunte er ihr zu. »Ich musste dem Torwächter ein ordentliches Sümmchen zustecken. Ich fürchte, nachher will er noch einmal genauso viel sehen, bevor er den Fremden wieder hinauslässt. Und wisst Ihr, was das Schlimmste ist?«

Reinhild schüttelte stumm den Kopf, sie war immer noch benommen, halb in ihrem Alptraum gefangen, halb in der Küche ihres Hauses zusammen mit zwei Fremden, einem Maler aus dem fernen Flandern und einem Medikus aus dem noch ferneren Orient, was ihr kaum weniger wie ein Alptraum vorkam.

»Der Sarazene hat den Torwächter bezahlt«, fuhr Johann fort. »Ich hätte gar nicht genug Geld gehabt.« Er sah Reinhild eindringlich an. Sie verstand seine Frage, auch ohne dass er sie formulierte.

»Macht Euch darum keine Sorgen.«

»Euer Vater hat Euch das Geld gegeben?« Johanns Augen leuchteten erfreut auf.

Reinhild zögerte kurz, dann nickte sie.

Der Fremde räusperte sich. »Ich habe nicht viel Zeit, lasst uns zur Tat schreiten. Habt Ihr das Geld?« Er sah Reinhild mit durchdringenden Augen an.

»Ja, Herr.« Sie reichte ihm den Beutel. »Zwei Pfund Silber für Eure Dienste, außerdem vier Schillinge für den Torwächter und die Pferde. Genügt das?« Ängstlich sah sie ihn an. Vier Schillinge von den vier Dutzend, die Vornholt ihr gegeben hatte, hatte sie für sich selbst behalten, für die nötigsten Ausgaben.

Der Fremde öffnete den Beutel und zählte gewissenhaft den Inhalt nach, dann nickte er wortlos und ließ das Geld unter seinem Gewand verschwinden. »Und nun zeigt mir das kranke Mädchen!«

»Ja, gewiss.« Reinhild führte die Besucher in den ersten Stock. Greta folgte ihnen widerwillig.

»Macht so viel Licht wie irgend möglich«, forderte der Arzt sie auf, bevor er an das Bett trat. »Und entfacht das Feuer in der Küche, wir werden es brauchen.«

Reinhild warf Greta einen auffordernden Blick zu. Mit steinerner Miene verließ sie das Zimmer. Während der Arzt Eva vorsichtig an die Stirn fasste und dann das Bein um die Wunde herum betastete, entzündete Reinhild drei weitere Talglampen. Johann hatte eine Fackel mitgebracht, die er über das Bett hielt.

Der Arzt murmelte etwas in einer fremden Sprache, es klang verärgert, dann drehte er sich zu Reinhild um. Seine Augen funkelten zornig.

»Welcher Quacksalber hat denn hier herumgepfuscht?«

Reinhild öffnete den Mund, doch der Mann erwartete keine Antwort. »Habt Ihr sauberes Tuch im Haus? Ein Laken aus Leinen?«

Reinhild nickte und stürzte zur Truhe.

»Und Eure Dienerin soll zwei Schüsseln mit heißem Wasser heraufbringen, sie muss darauf achten, dass das Wasser gut gekocht hat, bevor sie es vom Feuer nimmt.«

»Ich werde es ihr sagen.« Reinhild reichte dem Arzt das Leinentuch. »Braucht Ihr sonst noch etwas?«

»Wein«, antwortete er, ohne von seiner Patientin aufzublicken.

Reinhild zuckte zusammen. Wein? Vielleicht wollte der Mann sich stärken, bevor er sich an die Arbeit machte, schließlich hatte er einen langen Ritt hinter sich. Sie eilte in die Küche, wo sie Greta fand, die mit ruckartigen Bewegungen im Feuer herumstocherte. Hastig gab sie weiter, was der Sarazene verlangt hatte.

Greta machte den Mund auf, schloss ihn aber rasch wieder, als sie Reinhilds Gesicht sah. Sie goss Wasser aus einem großen Krug in den Kessel, dann stellte sie zwei hölzerne Schalen bereit.

Reinhild hatte indessen einen Krug Wein aus der Vorratskammer geholt. Sie griff nach zwei Bechern – sicher hatte Johann auch Durst – und lief zurück ins Krankenzimmer. Entsetzt blieb sie stehen, als sie sah, dass der Ungläubige dabei war, das Leinentuch in lange Streifen zu reißen. Sie blickte zu Johann, der sie warnend ansah.

»Hier ist der Wein«, sagte sie daraufhin nur und stellte den Krug und die Becher auf dem Schemel ab, der neben dem Bett stand.

»Wo bleibt das Wasser?« Der Arzt hatte die Stoffstreifen sorgfältig am Fußende des Bettes ausgebreitet, lediglich den letzten hatte er sich über den Arm gehängt.

»Wird gleich gebracht«, antwortete Reinhild.

Der Mann nickte nur, dann beugte er sich über seine Tasche, die er auf dem Boden abgestellt hatte, und holte einen Gegenstand hervor, der in ein Tuch geschlagen war. Behutsam wickelte er ihn aus und legte ihn neben den Weinkrug. Es war ein kleines Messer mit einem Griff aus Elfenbein, dessen blanke Klinge im Licht der Fackel glänzte.

Endlich waren Schritte auf der Treppe zu hören. Greta trat schnaufend mit der ersten Schale Wasser ein. Suchend blickte sie sich um, dann stellte sie sie auf der Truhe ab und verschwand wieder.

Der Arzt trat an die Truhe und tauchte seine Hände in das heiße Wasser. Gründlich rieb er sie, bevor er sie an dem Leinenstreifen abtrocknete, der über seinem Arm hing.

»Jetzt Ihr.« Er sah Reinhild auffordernd an.

»Meine Hände sind sauber«, erwiderte sie. »Glaubt Ihr, ich bin eine schmutzige Bäuerin?«

»Tut, was ich sage. Es ist zum Wohl Eurer Tochter. Vertraut mir.« Sein Blick duldete keinen Widerspruch.

Reinhild zögerte kurz, trat dann an die Truhe und tauchte ihre Hände ins Wasser. In dem Moment brachte Greta die zweite Schale. Sie stellte sie neben die erste und blieb abwartend stehen.

Als Reinhild sich die Hände abgetrocknet hatte, trat der Arzt wieder ans Bett.

»Was ich jetzt tun muss«, erklärte er, »würde Eurer Tochter sehr wehtun. Deshalb sorgen wir dafür, dass sie ein wenig tiefer schläft und nichts spürt.« Er holte eine Dose aus seiner Tasche, in der sich eine Art Schwamm befand. Diesen tauchte er in die zweite Schale. Nachdem der Schwamm sich mit Wasser vollgesogen hatte, schnüffelte der Fremde kurz daran und nickte zufrieden.

»Hier!« Er reichte ihn Reinhild. »Haltet den Schwamm unter ihre Nase.«

Zögernd tat Reinhild, was der Mann von ihr verlangte. Augenblicklich wurde Eva, die bisher unruhig geatmet und immer wieder leise gestöhnt hatte, ganz still. Ihre Gesichtszüge entspannten sich, ihr Atem ging ruhig und regelmäßig.

Der Ungläubige nahm einen weiteren Stoffstreifen und begann, die Wunde zu säubern. Vorsichtig wischte er immer wieder über die verletzte Stelle, bis von dem Eiter fast nichts mehr zu sehen war. Er warf Greta das Tuch zu.

»Verbrennt es umgehend!«

Die Dienerin gehorchte stumm.

Der Sarazene griff nach dem Messer. Zu Reinhilds maßlosem Erstaunen hielt er es einen Augenblick lang in die Flamme, die an der Fackel loderte. Dann beugte er sich über Evas Bein und schnitt sorgfältig die Haut am Wundrand ab.

Reinhild biss sich auf die Lippen. Gott im Himmel, betete sie stumm, du bist mächtig und weise. Steh mir bei! Steh diesem Ungläubigen bei! Ich weiß, er glaubt nicht an dich, sondern an einen fremden Götzen, doch vielleicht ist er ja auf seine Weise ebenso fromm wie wir Christen. Sie verschluckte sich fast an diesen ketzerischen Gedanken, dennoch erleichterte sie die Zwiesprache mit Gott.

Der Sarazene hatte das Messer weggelegt und zu einem neuen Streifen Leinen gegriffen. Langsam goss er etwas Wein darauf und tupfte damit die Wunde aus. Eva rührte sich noch immer nicht. Vollkommen ruhig schlief sie, so, als hätte das, was mit ihrem Bein geschah, gar nichts mit ihr zu tun.

Als der Sarazene die Wunde mit dem Wein ausgewaschen hatte, wickelte er einen weiteren sauberen Streifen Leinen um das Bein und verknotete ihn.

»Wir haben es fast geschafft.« Er lächelte Reinhild an. »Ihr seid sehr tapfer.«

Reinhild versuchte, sein Lächeln zu erwidern, doch die Sorge lähmte ihr Gesicht.

»Ihr könnt den Schwamm jetzt wegnehmen.« Er fischte ein kleines Fläschchen aus seiner Tasche und hielt es Eva unter die Nase. Es dauerte ein paar Atemzüge, dann rührte sie sich plötzlich, blinzelte kurz und bewegte die Lippen.

Noch einmal beugte der Arzt sich über die Tasche. »Seht genau zu«, forderte er Reinhild auf. Er holte ein Tongefäß hervor, löste den Deckel und ließ Reinhild hineinschauen. Im Inneren befand sich etwas, das aussah wie ein alter Brotkanten, über und über mit einem weißen Flaum bedeckt.

Der Mann nahm den brotartigen Gegenstand, hielt ihn vor Evas Gesicht und pustete sacht. Etwas von dem pudrigen Flaum löste sich und drang in Evas Nase und halb geöffneten Mund. Behutsam legte der Fremde den Gegenstand zurück in das Gefäß und reichte es Reinhild.

»Habt Ihr gesehen, wie ich es gemacht habe?«

Sie nickte.

»Ihr müsst es mir nachtun. Einmal morgens und einmal abends, so vertreibt Ihr das Fieber aus ihrem Körper. Und den Verband müsst Ihr ebenfalls morgens und abends wechseln. Achtet darauf, dass das Leinen sauber ist, und reinigt Euch vorher die Hände. Habt Ihr verstanden?«

Reinhild umklammerte das Tongefäß. »Ja, ich habe verstanden.«

»Wenn Ihr Euch genau an meine Anweisungen haltet, wird es Eurer Tochter schon sehr bald besser gehen.« Er reinigte das Messer in der Wasserschale und wickelte es wieder in das Tuch, dann packte er es zusammen mit dem Schwamm zurück in seine Tasche.

Wenige Augenblicke später standen sie wieder in der Küche. Reinhild hatte Greta befohlen, bei Eva Wache zu halten, bis sie die beiden Männer verabschiedet hatte.

»Habt tausend Dank, Diener Gottes.« Reinhild ergriff die Hände des Fremden.

Der Mann lächelte dünn. »Es war mir eine Ehre.«

»Wünscht Ihr noch eine Stärkung, bevor Ihr aufbrecht?«, fragte Reinhild.

Der Arzt verneinte. »Ich möchte so schnell wie möglich nach Hohenheim zurückkehren.«

»Dann sollten wir uns auf den Weg machen«, meinte Johann. »Ich bringe Euch zum Tor.«

Der Sarazene neigte seinen Kopf vor Reinhild. »Lebt wohl. Friede sei mit Euch, und vergesst nicht, was ich Euch gesagt habe.«

Er wandte sich ab, zog die Tür auf und huschte lautlos in die Nacht. Johann warf Reinhild einen kurzen Blick zu, dann folgte er dem Fremden in die dunkle Gasse.

Reinhild blieb allein zurück, benommen, verwirrt. Erst als irgendwo draußen ein Hahn schrie, erwachte sie aus ihrer Erstarrung und stieg erneut hinauf in die Schlafkammer.

23

Immer wieder derselbe Gedanke: War Arne Mangold ermordet worden, weil er sich auf die Spuren des Wappens begeben hatte? Bevor Heinrich Spurrinnen in das Laminat laufen konnte, meldete sich sein Handy. Thomasio. In einer halben Stunde Krisensitzung. Die Frage lautete: den Markt abbrechen oder nicht? Der Künstlerkeller platzte aus allen Nähten. Selbst auf der steilen Treppe drängten sich die Marktbeschicker. Richard stand auf der obersten Stufe einer Klappleiter und versuchte, sich Gehör zu verschaffen.

»Jetzt hört doch mal zu, verdammt noch mal!«, schrie er, aber die Leute plapperten durcheinander, dass man sein eigenes Wort nicht verstehen konnte.

Eine Trillerpfeife brachte die Menge zur Ruhe. Thomasio steckte sie wieder ein, Richard konnte endlich anfangen.

»Arne Mangold hatte keine Verwandten. Sein Lebensgefährte, Holger Zink, ist von der Polizei benachrichtigt worden. Er hat sich bei uns noch nicht gemeldet. Was sollen wir tun? Erst Anne, jetzt Arne. Ich mache mal ein Stimmungsbild. Wer ist dafür, den Markt zu schließen?«

Vier Hände hoben sich. Die haben anscheinend zu viel Geld, dachte Heinrich. Für mich wäre das eine Katastrophe. Wie für die meisten anderen. Wie er verdienten hier einige ihren Lebensunterhalt für mehrere Monate.

»Okay, das ist deutlich. Ich denke, wir sollten Halbmast flaggen. Was ist mit dem Musikprogramm? Sollen wir es einschränken?«

Niemand wollte das, aber man einigte sich darauf, während des Marktes täglich um vierzehn Uhr eine Gedenkminute einzulegen. Ansonsten sollten der Markt und die Musik weitergehen, ganz im Sinne von »Es gibt ein Leben vor dem Tod!«.

Heinrich war erleichtert. Die Beschicker beeilten sich, ihre Stände zu öffnen, es war kurz vor elf, um elf Uhr musste der Markt bereit sein.

Die Soko Anne verabredete sich für vierzehn Uhr im neuen Besprechungsraum, Zeit genug für Heinrich, noch mal nach Hause zu fahren und nach dem Rechten zu sehen. Vor seiner Tür stand ein Versandrohr. Er bekam den Schlüssel kaum ins Schloss, so nervös war er. Das musste das Dokument sein. Offenheimer hatte anscheinend ohne Unterbrechung gearbeitet. Trotz aller Aufregung öffnete er die Pappröhre, als hätte er Nitroglyzerin in den Händen. Langsam zog er das Pergament heraus; es war in Plastikfolie eingeschweißt, ein Brief von Offenheimer lag bei.

»Sehr geehrter Herr Morgen, ich weiß nicht, woher Sie das haben, aber es ist mehr als spannend. Ich habe ein wenig grübeln müssen bei der Übersetzung, da verschwimmen die Lautverschiebungen etwas, und die Schreiberin war in ihren Formulierungen ungelenk, aber letztlich habe ich wie immer gewonnen. Ach ja, die Übersetzung ist kostenlos, ich weiß ja, dass das kein Problem für Sie gewesen wäre, aber die Neugierde, das kennen Sie ja, Sie werden es mir nachsehen. Sie wissen ja, dass Ihr Geheimnis bei mir bestens gehütet ist. Genug Zeit verschwendet mit Worten, ich wünsche Ihnen gutes Gelingen und verbleibe mit freundlichen Grüßen, Karl Friedrich Offenheimer. P.S. Sie halten mich auf dem Laufenden?«

Heinrich musste lächeln. Der alte Herr hatte ihn damals nicht im Stich gelassen und für ihn gesprochen, hatte sich dafür eingesetzt, dass er nicht entlassen werden sollte, aber vergebens. Das System wollte nicht helfen, sondern konnte nur strafen. Im Nachhinein war sich Heinrich gar nicht mehr im Klaren darüber, warum er das überhaupt gemacht hatte. Seine These war falsch gewesen. Die Skelette lagen so wie alle anderen auch. Es gab keinen Standesunterschied. Adlige wie nicht Adlige wurden von Osten nach Westen begraben. Er erinnerte sich genau. Es war nur ein Moment gewesen. Ein kleiner Moment. In dem er nichts gedacht hatte. Seine Finger hatten sich wie von selbst bewegt. Er hatte Norden statt Osten getippt, und schon war es passiert. Der Bericht war am nächsten Tag ans Kuratorium gegangen, dann weiter an die Universität, Glückwünsche erreichten ihn per Telefon und dann der Anruf, der sein Leben veränderte. Aufgeflogen. Heinrich hatte sich nicht gewehrt, nicht gekämpft, hatte alles über sich ergehen lassen: den Rauswurf. Die bösen Anrufe. Die vernichtenden Artikel.

Noch immer wurde ihm flau im Magen, wenn er an die Wochen und Monate dachte, die ihm gezeigt hatten, wie es einem Menschen erging, der andere betrog. So etwas wollte er nie wieder erleben. Und dennoch war er beim Anblick des Rings erneut schwach geworden. Hatte ihn eingesteckt, ohne lange nachzudenken. Hatte er denn nichts dazugelernt?

Er ließ das Dokument eingeschweißt, so war es sicher vor Verschmutzung, und nahm sich die Übersetzung vor. Ein Datum fehlte. Der Text begann mit einem eleganten Schwung zum ersten Buchstaben des ersten Satzes hin:

»Zu Esslingen, der freien Reichsstadt, will ich, die unterzeichnende Schreiberin Reinhild Wend, freiwillig Zeugnis ablegen von meiner Schuld und darum bitten, mich von der Qual zu befreien, die diese Schuld in mir verursacht. Eingegangen bin ich den Pakt mit dem Teufel. Das Feuer der Leibeslust hat mich niedergerungen und zur Buhlschaft geführt mit dem Gehörnten, der ich gefrönt habe und von der ich nicht lassen kann, solange ich lebe. Durch die Lüfte bin ich geflogen zum Hexensabbat, auf dem ich Gott abgeschworen und den Teufel angebetet habe. So sehr bin ich dem Teufel verfallen, dass ich mit schwarzer Magie Teufelszauber über das Volk von Esslingen gebracht habe: Die Dürre vor zwei Jahren war mein Werk, nur um dem Teufel zu gefallen. Neugeborene habe ich der Taufe entrissen und in den Höllenschlund geworfen, damit sich der Teufel die armen Seelen einverleiben konnte. Tränke habe ich gebraut, deren Zutaten ich zu nennen nicht im Stande bin. Die Bastarde aus der Verbindung mit dem Teufel habe ich entweder getötet und am Hexensabbat unter den Hexen verteilt oder ich habe sie gesotten und gegessen, damit der Teufel jederzeit in mir sei und mich ganz und gar besitze. Als Werwolf bin ich durch die Wälder gezogen auf der Suche nach Opfern meines unstillbaren Blutdurstes. Nun flehe ich um die Gnade des Feuertodes. Gewährt ihn mir, sodass ich trotz aller Schuld eingehen kann in das Reich des Herrn.«

Unterschrieben hatte Reinhild Wend mit ihrer makellosen Schrift, die Heinrich auch noch nach siebenhundert Jahren berührte: *»Reinhild Wend, Witwe des Thomas Wend, Schreiberin in der Stadt Esslingen«.* War die Mumie Reinhild, die sich selbst der Hexerei bezichtigt und damit ihr eigenes Todesurteil unterschrieben hatte? War sie eines natürlichen Todes gestorben? Hatte sie sich umgebracht? War sie ermordet worden? Warum war das Geständnis nie verwendet worden? Es hatte siebenhundert Jahre lang in dem Geheimfach hinter den Steinen gelegen, niemand hatte es beachtet, niemand hatte es der Inquisition vorgelegt. Dass ein solches Geständnis niemals freiwillig verfasst worden sein konnte, lag auf der Hand. Es umfasste jedes denkbare Delikt der Hexerei, ausreichend, um eine ganze Stadt damit auf den Scheiterhaufen zu bringen.

Heinrich fühlte sich wie ein Löwe im Käfig. Die Mumie nicht erreichbar, der Heraldiker ermordet. Das Wappen auf dem Ring war jetzt entscheidend. Wie sollte er sonst die Identität der Mumie herausfinden?

»Moment!«, rief er in den Raum, nahm das Dokument noch mal genau unter die Lupe und untersuchte die Schrift. Vielleicht waren die Unterschrift und der Text nicht von derselben Hand geschrieben worden.

Auf den ersten Blick war es ein und dieselbe Schrift. Ein geschickter Fälscher hätte die Unterschrift natürlich zum Verwechseln ähnlich nachvollziehen können. Das konnte nur ein Schriftsachverständiger klären. Heinrich beschloss, zunächst seiner Laienmeinung zu folgen. Wenn es nötig wurde, konnte er das Dokument immer noch einem Fachmann vorlegen. Der nächste Schritt musste sein, im Stadtarchiv zu recherchieren, ob diese Reinhild irgendwo verzeichnet war, ob ihre Familie ein Wappen geführt hatte, das dem auf dem Ring entsprach. Er musste den in Frage kommenden Zeitraum untersuchen. Fast fünfzehn Jahre. Ein Blick auf die Uhr machte ihm klar, dass er das auf morgen verschieben musste. In einer halben Stunde begann die Lagebesprechung der Soko Anne, und es sah nicht gut aus.

Er machte sich auf den Weg und kam wie immer pünktlich.

Thomasio hat gut gewählt, dachte Heinrich. Die Einsatzzentrale war in einer ehemaligen Kfz-Werkstatt untergebracht, die zu mehreren Mietbüros umgebaut worden war. Sie hatten die Flipcharts und Pinnwände hierhergeschafft, in einer Reihe aufgestellt.

Zuerst besprachen sie den Mord an Arne Mangold. Allen war der Schreck gehörig in die Glieder gefahren. Ein Zusammenhang mit dem Mord an Friedhelm Schenk war nicht zu erkennen; sie waren sich schnell einig, den Fall Mangold der Polizei zu überlassen, es sei denn, die Staatsmacht würde erneut eine Unschuldige verhaften.

Das Schaubild hatte sich erweitert. Bilder von Frauen hingen daran, verbunden mit Linien, die alle zu Friedhelm Schenk führten. Die Gatten der Frauen waren ebenfalls angepinnt, versehen mit Name, Funktion, geschätztem Einkommen, Hobbys, eben allem, was einen Menschen so ausmachte.

Thomasio stand davor und rieb sich das Kinn. Ohne sich umzudrehen, sprach er Heinrich an.

»Etwa die Hälfte der Frauen ist mehr oder weniger erpresst worden. Die andere Hälfte zahlte freiwillig. So weit, so gut. Das Grundproblem ist aber nach wie vor der Zugang zum Keller und das Timing. Wie ist sie oder er ungesehen reingekommen, wie rausgekommen? Es gibt einen Weg durch die angrenzenden Keller, das haben wir festgestellt. Aber am Tattag ist dort niemand durchgekommen. Es ist wie verhext.«

Heinrich starrte auf die Pinnwand. Schenks Erpressungen und Dienste waren ein hervorragendes Motiv. Bis jetzt waren alle auf die Forderungen eingegangen, außer Jutta Liebermann, die gar nicht erpresst worden war. Das Geld stapelte sich beim Treuhänder.

Richard kam herein, zwei Tüten mit Brötchen, Croissants und anderen Leckereien in der Hand. Das Team versammelte sich um einen runden Tisch, der Kaffee dampfte.

»Ich komme gerade vom Anwalt«, sagte Richard und bestrich sein Croissant dick mit Butter. »Die Zeit läuft uns davon. In acht Tagen wird Anklage erhoben.«

Thomasio furchte die Stirn. »Das geht verdammt schnell. Ich glaube, die würden Anne am liebsten im Neckar verschwinden lassen.«

Heinrich schaute zur Pinnwand. Der Oberbürgermeister. Der Innenminister. »Verdammt!«, rief er. »Wir sind so was von blind!«

Richard hörte auf zu kauen, Thomasio legte sein Brötchen wieder hin, im Raum herrschte schlagartig Ruhe.

»Der Oberbürgermeister persönlich lässt die Ermittlungen beschleunigen. Er wusste von der Affäre seiner Frau, sie hat es ihm angeblich nach dem Tod von Schenk erzählt. Und wenn sie es ihm doch vorher erzählt hat? Sie zahlt vielleicht, damit nichts an die Öffentlichkeit kommt, weil sie annimmt, *ihr* Mann hat Schenk auf dem Gewissen. Wir müssen die Strategie ändern. Wir werden Progalla direkt angehen und ihm klarmachen, dass die Ermittlungen noch lange nicht beendet sind. Wir wollen nicht nur Geld von ihm, sondern Ermittlungen. Wenn das nicht hilft, machen wir das mit allen, die durch Öffentlichkeit erledigt wären. Dann wollen wir mal sehen, wer in Esslingen die Fäden in der Hand hält.«

Richard holte tief Luft. »Das ist ein ganz schöner Hammer. Damit verscherzen wir uns jede Unterstützung der Esslinger Entscheidungsebene. Bei der nächsten Gelegenheit werden sie uns abschießen. Davor kann uns auch die EST nicht schützen.«

Thomasio nickte langsam. »Das sehe ich genauso. Das können wir uns nicht leisten. Nein. Wir machen weiter wie bisher und liefern den Mörder, verpackt in Frischhaltefolie, ohne zu viel Staub aufzuwirbeln.«

»Und wie, bitte schön?«, fragte Heinrich und versuchte, seine aufkeimende Wut zu unterdrücken. »Habt ihr jetzt die Hosen voll?«

Richard legte sein Croissant auf den Tisch. »Dein Vorschlag ist die absolut letzte Möglichkeit, die wir erwägen. Der Skandal würde nicht nur jede Menge Porzellan zerschlagen, glaub mir, die knasten uns alle ein. Wegen Erpressung und noch ein paar anderen Feinheiten. Komm mal wieder runter. Wir lassen Anne nicht im Stich, aber wir werfen uns auch nicht die Klippe runter. Bis die Gerichtsverhandlung über die Bühne geht, dauert es noch Wochen oder Monate. Wenn sich bis dahin nichts bewegt hat, ziehen wir die Reißleine und beten, dass der Fallschirm korrekt zusammengelegt ist.«

»Das kann doch nicht wahr sein! Was glaubt ihr, hat Anne zu verlieren? Alles! Wenn wir recht haben, dann wird niemandem von uns auch nur ein Haar gekrümmt. Wenn nicht, haben wir immer noch einen kleinen Skandal aufgedeckt.«

Thomasio und Richard wechselten einen Blick und schüttelten gleichzeitig den Kopf.

»Es bleibt dabei. Als allerletzte Option«, sagte Richard, und niemand widersprach ihm.

Heinrich fühlte den Boden unter seinen Füßen wegsacken. Das waren also die Retter der Enterbten. Ein jämmerlicher Haufen. Die Gespräche gingen weiter, als sei nichts gewesen; Heinrich biss in sein Croissant und fühlte sich elend. Er traf eine Entscheidung. Senta musste alles erfahren. Sie musste ihm helfen. Zu zweit würden sie die Sache schon schaukeln. Er ging in einen Nebenraum, zückte sein Handy, wählte ihre Nummer und hatte Glück. Sie hatte Zeit. In einer halben Stunde im Café auf der Inneren Brücke. Aber ihre Stimme hatte seltsam geklungen. Den ganzen Weg ins Zentrum über ließ ihn Sentas Stimme nicht los.

Sie stand vor dem Café, er ging auf sie zu, wollte sie auf den Mund küssen, aber sie drehte im letzten Moment den Kopf zur Seite. Senta strahlte eine Kälte aus, die dem Wintertag in nichts nachstand. So schnell war es also vorbei. Er genoss die letzten Minuten ihrer Beziehung, denn er war sich sicher, dass sie ihn in die Wüste schicken würde, so oder so. Sie setzten sich an einen Tisch, er bestellte sich einen großen Henkers-Latte macchiato, Senta einen Milchkaffee.

Bevor er anfangen konnte, zog Senta zwei Fotos aus der Tasche und knallte sie auf den Tisch. Heinrich erstarrte. Jetzt verstand er. Er war zu spät gekommen, hatte zu lange gezögert. Sie hatte ihn durchschaut.

»Für wie beschränkt hältst du mich eigentlich?« Sie ließ ihm keine Zeit zur Antwort. »Du hast mein Vertrauen missbraucht. Du hast mich belogen. Du hast mit mir gespielt. Das verfluchte Geheimfach haben wir auch gefunden. Hat ein bisschen gedauert. Es war leer.« Ihre Stimme überschritt nicht den Gefrierpunkt, blieb leise, fast flüsterte sie, obwohl ihre Augen Feuer sprühten. »Was sagst du dazu?«

Heinrich schöpfte ein wenig Hoffnung. Er nahm die beiden Fotos und verglich den Zeitcode. »Das ist wohl eine Aufnahme von einem der Touristen, der den Tatort aufgenommen hat«, stellte er fest und tippte auf das rechte Foto. »Und das hier hat dein Kollege gemacht, etwa zwanzig Minuten später. Auf dem einen Foto steht der Stuhl zehn Zentimeter weiter links. Du hast gute Augen.«

Senta verzichtete auf einen Kommentar. Sie hatte ihre Hände ineinander verknotet, die Knöchel traten weiß hervor.

»Jemand muss in dieser Zeit den Stuhl verrückt haben. Und es waren nicht die Streifenbeamten. Bleibt nur einer übrig.« Er legte die beiden Fotos auf den Tisch. »Ich habe mich mit dir verabredet, um dir alles zu erzählen. Das kannst du mir glauben oder nicht. Und ich liebe dich.«

Mit allem hatte Heinrich gerechnet, aber nicht mit der Ohrfeige, die ihm ins Gesicht klatschte und bei einigen Frauen im Café zufriedenes Grinsen hervorrief.

»Okay«, sagte Senta. »Du bist ein vollkommener Idiot. Ich habe es geahnt. Deswegen hast du mir es wahrscheinlich so angetan. Ich gebe dir eine Chance. Wie versprochen.«

Heinrich legte ein ausführliches Geständnis ab, legte jedes Detail offen, hörte ihren weiteren Ausführungen zu und war ein zweites Mal an diesem Tag vollkommen überrascht.

24

Bereits am Morgen, nachdem der Fremde Eva behandelt hatte, war das Fieber deutlich gesunken. Reinhild fasste an die Stirn ihrer Tochter, und Tränen der Erleichterung flossen über ihr Gesicht. In den nächsten Tagen folgte sie gewissenhaft den Anordnungen des Arztes, verband die Wunde mit sauberem Leinen und pustete den merkwürdigen Staub in Evas Mund und Nase, obwohl Greta es nicht lassen konnte, dabei ein todernstes Gesicht zu machen und von Gotteslästerung und der Rache des Herrn zu murmeln. Doch selbst Greta konnte nicht umhin, sich an der Genesung Evas zu freuen, sie sang wieder bei der Küchenarbeit, hielt ein Schwätzchen mit der Magd der alten Gruberin, wenn sie sie auf der Straße traf, und zauberte aus den bescheidenen Mitteln, die im Haushalt der Schreiberin zur Verfügung standen, köstliche Mahlzeiten, damit Mutter und Tochter bald wieder zu Kräften kamen.

Reinhild allein wusste, dass die Rache weniger von Gott zu erwarten war, an dessen Güte sie fest glaubte, als vielmehr von einem Sterblichen: Balduin Vornholt. So glücklich, wie sie über Evas Genesung war, immer dann, wenn sie am wenigsten damit rechnete, tauchte plötzlich die Erinnerung an jenes Schreiben, das Vornholt ihr abgezwungen hatte, aus dem Nichts auf, und schwarze Gedanken machten sich in ihr breit.

Vier Tage nach dem Besuch des Sarazenen klopfte es an die Haustür. Das war nichts Ungewöhnliches. Reinhild hatte als Schreiberin ein erkleckliches Auskommen, und oft standen Kunden oder deren Bedienstete mit einem Auftrag vor ihrer Tür.

Reinhild saß gerade mit Eva zusammen auf dem Bett. Sie las dem Mädchen etwas aus einem Buch vor, das sie selbst schon als Kind geliebt hatte. Es hieß »Der arme Heinrich« und handelte von einem edlen Ritter, der von Gott mit einer schweren Krankheit gezeichnet wird. Am Ende seiner verzweifelten Suche nach einem Heilmittel lernt er schließlich, die Krankheit, die Gott ihm geschickt hat, anzunehmen. Zur Belohnung wird er daraufhin geheilt und lebt glücklich mit seiner jungen Frau. Das Buch war eines der wenigen Stücke, die Reinhild mitgenommen hatte, als sie ihr Elternhaus für immer verließ. Ihr Vater hatte den Verlust nic bemerkt, er las keine Verse zum Zeitvertreib, er hielt das für ein Zeichen von Schwäche. Reinhilds Mutter war es gewesen, die in ihr die Liebe zu den Abenteuern von Parzival, Erec und dem armen Heinrich geweckt hatte.

Während sie jetzt Eva die Verse vorlas, wurde ihr klar, dass sie, anders als der fromme Heinrich, Evas Krankheit nicht als Willen Gottes hingenommen hatte. Angst griff nach ihrem Herzen, und ihre Stimme stockte.

»Lies weiter, Mutter«, rief Eva ungeduldig. »Gleich kommt meine Lieblingsstelle!«

Reinhild presste die nächsten Sätze aus ihrer Kehle, dann wurde sie von Greta erlöst, die einen Besucher ankündigte.

»Wer ist es?«

»Der fremde Maler, Herrin.« Greta sah nicht gerade glücklich aus. Sie mochte Johann, aber sie wollte es sich wohl nicht eingestehen, denn in ihren Augen hatte der Mann einen schlechten Einfluss auf Reinhild, verführte sie zu Dingen, die sie ohne sein Zutun nie wagen würde. Allein das Bildnis in der Kirche war für Greta ein Zeichen gotteslästerlicher Eitelkeit, die der Maler in Reinhild geweckt hatte, davon war sie fest überzeugt.

»Oh.« Reinhild drückte Eva das Buch in die Hand. »Lies allein weiter bitte.«

Eva lächelte, ihr Gesicht hatte sich in den letzten Tagen wieder gerundet und seine natürliche Farbe zurückgewonnen. Am nächsten Tag wollte sie zum ersten Mal aufstehen und mit ihrer Mutter und Greta in der Küche speisen. »Grüß Meister Johann von mir und dank ihm noch einmal für seine Hilfe.«

Reinhild stand auf. Sie hatte Eva erzählt, dass Johann geholfen hatte, einen guten Arzt zu finden, der sie heilen konnte, ihr aber die Einzelheiten verschwiegen. »Das werde ich tun, Kind.«

Johann von Gent wartete in der Küche. Er saß am Tisch, vor ihm stand ein Becher Wein, den Greta ihm eingeschenkt hatte. Sie war zwar nicht erfreut über seinen Besuch, wusste aber dennoch, was ihre Pflicht als Magd war.

Als Reinhild eintrat, stand er auf und verneigte sich kurz. »Wie geht es Eurer Tochter?«

»Gut.« Reinhild lächelte. »Das Fieber ist gewichen, die Wunde am Bein fast geschlossen. Morgen will sie aufstehen und mit uns speisen. Sie lässt Euch Grüße ausrichten. Und ihren Dank.«

»Wie wunderbar!«

Sie setzten sich.

Reinhild sah ihn an. »Meines Dankes sollt Ihr natürlich auch versichert sein. Was Ihr für meine Tochter getan habt, ist mit Gold nicht aufzuwiegen. Ist denn alles gut gegangen? Ist der Mann heil nach Hohenheim zurückgekehrt?«

»Ja, das ist er. Am folgenden Tag erhielt ich Nachricht durch einen Diener, dass alles in bester Ordnung sei.«

Reinhild nickte erleichtert.

»Es tut mir leid«, sprach Johann weiter, »dass ich nicht früher vorbeikommen konnte, um zu sehen, wie es Euch geht. Aber meine Gehilfen haben den Tag ohne mich nicht gerade zum Besten genutzt. Ich hatte viel zu tun, um die verlorene Zeit aufzuholen und den Schaden zu richten.« Er seufzte. »Wenn mir die Kirche doch nur ein paar Männer zur Seite stellen würde, die ihr Handwerk verstehen! So ist es eine einzige Quälerei.«

»Und jetzt habt Ihr meinetwegen noch mehr Ärger«, sagte Reinhild leise.

»Nein, so war das nicht gemeint!«, rief Johann und ergriff ihre Hand. »Für Euch würde ich noch ganz andere Gehilfen in Kauf nehmen! Solange mir hin und wieder die Ehre gewährt wird, Euch besuchen zu dürfen, bin ich für alles entschädigt.«

Reinhild senkte verlegen den Kopf. Schon lange ahnte sie, dass der Maler mehr als nur freundschaftliche Gefühle für sie hegte. Auch sie fühlte sich seiner Gegenwart wohl, liebte es, mit ihm zu plaudern, seinen Erzählungen von seiner Heimat zu lauschen oder von den Orten, an denen er schon gewesen war. Venedig. Florenz. Paris. Er hatte ihr erzählt, dass man fast einen halben Tag brauchte, um Mailand zu Fuß vom einen Ende zum anderen zu durchqueren. Was für eine Vorstellung! Trotzdem ängstigte sie der Gedanke an eine Ehe mit dem Maler. War er nicht ein Fremder? Was wusste sie denn von ihm? Außerdem würde er, wenn er die Wandmalereien in der großen Kirche beendet hatte, weiterziehen und sie vergessen.

»Ich wollte Euch nicht in Verlegenheit bringen.« Sanft strich Johann über ihre Hand. Hastig zog sie den Arm zurück.

»Ihr bringt mich nicht in Verlegenheit«, sagte sie rasch. »Ich bin nur immer noch erschöpft. Außerdem warten einige Aufträge auf mich. Wenn Ihr mich also entschuldigen wollt.« Sie stand auf.

»Selbstverständlich.« Auch Johann erhob sich.

Reinhild griff nach ihrem Beutel und zog einige Münzen hervor. »Ich schulde Euch noch Geld, wie Ihr wisst. Für die Miniaturen in dem Buch und für die Zutaten.«

»Oh, das hat keine Eile.« Johann hob abwehrend die Hände.

»Ich bestehe darauf.« Reinhild hielt ihm die Münzen hin. »Bitte nehmt.«

Stumm nahm Johann das Geld entgegen. »Euer Vater hat sich offenbar als großmütig erwiesen. Das freut mich für Euch.«

Reinhild antwortete nicht, und Johann ging langsam auf die Tür zu.

»Darf ich darauf hoffen, dass Ihr gelegentlich in der Kirche vorbeischaut, um zu sehen, wie das Bildnis wächst? Ihr würdet mir eine große Freude bereiten.«

»Selbstverständlich. Sobald es meine Arbeit zulässt.«

Sie blieb stehen, bis Johann auf die Straße trat. Erst als er die Tür hinter sich zugezogen hatte, biss sie sich so fest auf die Lippen, dass sie das Blut im Mund schmeckte. Was hatte es für einen Sinn, ihm Hoffnung zu machen, wo doch ihr Schicksal ohnehin besiegelt war? Es war nur eine Frage der Zeit, bis Vornholt die Gegenleistung für sein Geld einfordern würde. Der Gedanke fuhr durch Reinhild wie ein eisiger Wintersturm. Zitternd räumte sie den Weinbecher fort, den Johann nicht angerührt hatte.

25

Heinrich streckte sich. Seit vier Stunden saß er im Stadtarchiv und wälzte Urkundenverzeichnisse. Sentas Ohrfeige wirke nach. Sie hatte ihn ohne Umwege hierhergeschafft, ein kurzes Gespräch mit dem Leiter, und er hatte Zugang zu allen Unterlagen gehabt. Die meisten waren in Südrheinfränkisch verfasst, einige in Latein und manche in Dialekten, die er nicht kannte. Er zog seine Notizen zu Rate. Reinhild Wend war Schreiberin gewesen. Der Rat der freien Reichsstadt Esslingen hatte ihr immer wieder Aufgaben übertragen, das ging aus den Rechnungsbüchern hervor. Leider waren nur noch wenige vorhanden, Feuer und Krieg hatten viele wertvolle Dokumente vernichtet. Die Quellen reichten Heinrich aus, sich ein ungefähres Bild zu machen, nicht mehr. Belegt war damit so gut wie nichts. Reinhild musste eine Tochter gehabt haben, zumindest war eine Eva im Geburtsregister von St. Dionys verzeichnet. Wann Reinhild geboren worden war, blieb im Dunkeln. Auffallend war ein Fehlen weiterer Eintragungen nach dem Jahr 1324. Das legte den Schluss nahe, dass die Mumie tatsächlich Reinhild Wend war. In welch auswegloser Situation sie sich befunden haben musste! Was war damals passiert? War sie einem mittelalterlichen Friedhelm Schenk aufgesessen, der sie erpresst hatte? War sie geisteskrank gewesen, hatte den Teufel gesehen, das Geständnis geschrieben, und irgendwer hatte es weggesperrt, damit sie nicht sich selbst und ihre Familie ins Unglück stürzen konnte? Aber warum hatte derjenige es nicht einfach vernichtet?

Heinrich ging noch einmal die Dokumente durch, die nachweislich von ihr geschrieben worden waren. Die Schrift war unverkennbar, auch wenn sie in den offiziellen Dokumenten gerader, genauer und gleichmäßiger daherkam.

Besitzurkunden, das Fragment eines Steuerbuches, private Korrespondenz und Kopien von Gerichts- und Ratsurteilen, alles, was das Leben bereithielt. Er blätterte weiter. Andere Schreiber. Andere Dokumente. Sein Verzeichnis wuchs. Zu jedem Namen, der in den Jahren 1310 bis 1324 in den Dokumenten erwähnt wurde, legte Heinrich eine eigene Akte an. Die Namen ordnete er in einem

Index. Mikado. Geduld und eine ruhige Hand. Er konnte noch nicht absehen, welche Informationen er brauchen würde. Also musste er alles erfassen, damit er im richtigen Moment den richtigen Namen und die dazugehörigen Fakten parat hatte. Stundenlang ackerte er sich durch die Jahre. Aber nichts über den Tod von Reinhild Wend. Und nichts über eine Heirat. Er musste sich eingestehen, dass die Mumie auch jemand anders sein konnte. Bleib objektiv, mahnte er sich. Es gibt keinen Beweis, dass Reinhild die Mumie ist. Die Lösung des Rätsels barg immer noch der Siegelring. Musste Arne wegen des Rings sterben? Heinrich spürte die Angst, die ihn heimsuchte, sobald er an Arne dachte.

Senta hatte nach der Ohrfeige ihre Bedingungen gestellt: »Erstens: Wenn du mich noch einmal anlügst, dann werden wir uns nie wieder sehen. Zweitens: Der Ring gehört zu der Mumie. Ich weiß noch nicht, wie und wann, aber du wirst ihn zurückgeben. Drittens: Finde heraus, wer die Mumie war. Viertens: Du ziehst nach Esslingen, damit wir herausfinden können, ob das, was ich fühle, nur ein Strohfeuer ist oder ernst. Fünftens: Wenn du eine meiner Bedingungen nicht erfüllst, sind wir geschiedene Leute und ich betrachte dich als Gegenstand meiner Ermittlungen.« Ihre Stimme war immer noch eiskalt gewesen, sie hatte mit ihrem Zeigefinger vor seiner Nase herumgefuchtelt wie ein Dirigent vor seinem Orchester bei molto vivace.

Sie nahm seine bedingungslose Kapitulation mit einem grimmigen Lächeln an und fügte hinzu, er solle sich um Geld erst mal keine Sorgen machen. Sie würde ihm aushelfen, denn eine Beziehung anzufangen, in der ein Teil ständig Existenzängste mit sich herumschleppe, sei kein guter Start.

Er war sich vorgekommen wie ein armer Sünder, und wenn er ehrlich mit sich sein wollte, war er das auch. Sein Talent, sich Probleme zu schaffen, war selten gut ausgeprägt. Dass Senta ihm nicht nur verziehen hatte, sondern auch mit ihm leben wollte, über kurz oder lang zumindest, erstaunte ihn und erfüllte ihn gleichzeitig mit einem ungekannten Glücksgefühl. Freimütig hatte sie ihm erklärt, dass sie fast hunderttausend Euro auf der hohen Kante habe und das Geld gerne in ihn investieren würde, wenn er sich als würdig erwies. Er hatte eingewandt, dass er seinen Lebensunterhalt selbst verdienen würde, es aber als angenehm empfände, wenn er sozusagen eine Versicherung im Rücken hätte und sich die Bemerkung verkniffen, was denn auf dem Preisschild stünde, das er anscheinend auf der Stirn kleben hatte.

Sie hatte ihn gefragt, ob er nicht doch noch an eine akademische Karriere denken würde. Sie könnte da vielleicht etwas bewegen. Heinrich war nicht näher darauf eingegangen, und sie hatte das Thema nicht mehr aufgegriffen.

Er machte sich Fotokopien, bedankte sich bei der Archivarin und trat hinaus in die Welt des Mittelaltermarktes. Der Mittwoch tröpfelte vor sich hin, gerade liefen die Stelzenläufer vorbei, vorneweg die Musikanten. Für Heinrich war es ein Rätsel, wie man bei dieser Kälte so komplizierte und vor allem schnelle Melodien spielen konnte. Den Musikern mussten doch die Finger einfrieren. Wie auch immer, ein Pulk Menschen folgte dem Zug. Ein Satyr kam daher mit seinem überdimensionalen Horn, grimmigem Blick und Adlernase. Zwei Rauscheengel in weißem Kostüm und mit blonden langen Haaren, die nicht so aussahen, als seien sie von selbst gewachsen. Vielleicht waren es ja auch zwei Nymphen, mit denen sich der Satyr vergnügt hatte. Waldgeister allesamt, die im Gefolge des griechischen Gottes Dionysos dem Wein und der Lust frönten. Eine Fee folgte, grazil und elegant tanzte sie auf den Stelzen, als wäre sie damit auf die Welt gekommen. Ihr smaragdgrünes Kostüm reichte bis zum Boden und betonte ihre perfekte Figur. Die Blicke, die Fee und Satyr wechselten, bedurften keiner Interpretation. Obwohl Heinrich die Läufer schon oft gesehen hatte, beeindruckten sie ihn immer wieder.

Am liebsten schaute er sich aber das Kinderprogramm an. Der Saitenträumer sorgte jeden Tag mit seinen Liedern und seinem Spektakel für ausgelassene Stimmung, nicht nur bei den Kleinen. Zur großen Freude der Kinder foppte er die Erwachsenen, und wer von denen gerade nicht auf der Bühne stand, der freute sich ebenfalls. Heinrich sang leise das Drachenlied vor sich hin: »Ich habe einen Drachen, einen kleinen Drachen ...«, und dachte dabei an Senta. Er sang weiter. »Ganz merkwürdige Sachen kann mein Drachen machen. Mit einem Feuerstoß ganz heiß und riesengroß, wird er es entfachen: Mein Herz das brennt jetzt lichterloh!« Eigentlich musste es heißen: »Mein Holz brennt jetzt lichterloh«, denn der kleine Drache sollte dem Saitenträumer etwas Wärme in sein Haus zaubern. Senta zauberte etwas Wärme in Heinrichs Leben. Wärme? Pure Lava!

Heinrich spazierte an den Ständen vorbei, blieb hier und da stehen, wechselte ein paar Worte, saugte den Duft des Hypocrass ein, des Glühweins, der ihm hier besonders gut schmeckte, fragte, wie das Geschäft so lief, und erhielt fast immer dieselbe Antwort. »Abwarten, wir haben ja gerade erst angefangen.« Sie hatten gerade erst angefangen, ja, so konnte man es auch sehen. Was wussten sie schon? Was wusste Heinrich wirklich über Anne, Friedhelm Schenk, über Frauen, die sich einem Mann an den Hals warfen, als wäre es der Erlöser persönlich. Was wusste er schon über Mörder? Nichts.

Gewandete kamen ihm entgegen. Einer sorgfältig ausgestattet, in voller Kriegsmontur eines Grafen aus dem beginnenden 12. Jahrhundert. Kettenhemd, wattierte Beinlinge, ebenfalls mit einem Kettengeflecht geschützt. Soweit Heinrich das beurteilen konnte, stimmig bis ins Detail. Das Gesicht war hinter einem Helm versteckt. Der Krieger näherte sich mit zwei Schritten, zog sein Schwert. Heinrich stockte der Atem. Das Schwert senkte sich, Heinrich wollte sich zur Seite werfen, als ihn eine bekannte Stimme unter dem Helm heraus ansprach.

»Kniet nieder!«

Fitzek, dieser Witzbold, und hinter ihm, wie die Ratten hinter dem Mann aus Hameln, ein ganzer Pulk Menschen, die nur darauf warteten, dass er wieder einen seiner derben Streiche spielte. Heinrich kniete, aber Fitzek machte keine Scherze, sondern schlug ihn zum allgemeinen Vergnügen zum Ritter, der ab sofort ihm zu dienen hatte. Fitzek und die Menge zogen weiter, Heinrich blieb zurück mit klopfendem Herzen.

Ein Messer? Ein Schwert? Ein Pfeil? Würde er es kommen sehen?

26

Zwei Wochen waren seit dem Besuch des Fremden vergangen. Vor einigen Tagen hatte man fünf Arbeiter zu Grabe getragen, die bei dem Unglück verletzt worden waren, das sich beim Bau der neuen Kirche ereignet hatte, und die auch Meister Herrmanns Heilkünste nicht hatten retten können. Reinhild hatte der Totenmesse beigewohnt, stumm die Gesichter der jungen Männer in den schlichten Holzsärgen gemustert und sich gefragt, ob Eva jetzt wohl auch jetzt so daliegen würde, wenn sie den Sarazenen nicht hinzugezogen hätte.

Einer der Arbeiter blieb ihr im Gedächtnis, weil sein Gesicht eine auffällige Narbe aufwies, die quer über die Stirn bis zum Ohr verlief. Er war kaum älter gewesen als ihre Tochter.

Eva war wieder wohlauf. Noch trug sie einen Verband um ihr verletztes Bein, doch sie sprang schon wieder durchs Haus wie ein junges übermütiges Fohlen.

Reinhild hatte sie mehrfach gefragt, was aus dem Lohn für das Buch geworden war, doch Eva erinnerte sich nicht. Sie wusste noch, dass sie vorgehabt hatte, eben schnell beim Kloster vorbeizulaufen, um nach ihrer Freundin Marie zu sehen, die sie so sehr vermisste. Aber sie war sich nicht einmal mehr sicher, ob sie überhaupt bis zum Kloster gekommen war. In ihrem Gedächtnis taumelten lediglich ein paar vage, unzusammenhängende Bilder herum, pieksendes Stroh unter ihren bloßen Knien, ein Gesicht, eingerahmt von strähnigen blonden Haaren, ein ekelhafter Geschmack im Mund. Jedes Mal, wenn Eva versuchte, sich an weitere Einzelheiten zu erinnern, brach sie irgendwann in Tränen aus, schrie verzweifelt und schlug um sich.

Reinhild hatte es schließlich aufgegeben, die Wahrheit herauszufinden. Das Geld brauchte sie ja nun nicht mehr. Sie hatte genug, um davon bis zum Winter angenehm zu leben. An den Preis, den sie dafür noch würde zahlen müssen, dachte sie immer seltener. Vornholt ließ nichts von sich hören. Fast begann Reinhild zu hoffen, dass alles doch noch ein gutes Ende nehmen würde, da stand er eines Tages unangekündigt vor ihrer Tür.

»Reinhild Wend, ich hoffe, Ihr seid wohlauf!« Er verneigte sich, trat ein und machte es sich am Tisch bequem, als befinde er sich in seinem eigenen Heim.

Reinhild blieb wie versteinert an der Tür stehen. Greta und Eva waren nicht im Haus. Sie hatte die beiden losgeschickt, Brot, Zwiebeln und Knoblauch auf dem Markt zu kaufen.

»Seid willkommen, Meister Vornholt«, sagte sie so leise, dass sie es selbst kaum hören konnte.

Vornholt trug einen schweren Samtsurcot in tiefem Spanisch-Rot unter seinem offenen Mantel, an seinen feinen Lederschuhen waren Trippen befestigt, um sie vor dem Straßenschmutz zu schützen. Sein langes Haar glänzte, und seine ebenmäßigen Gesichtszüge strahlten rosig. Es schien ihm gut zu gehen.

»Ich habe gehört, Eure Tochter ist wieder gesund.« Er lehnte sich zurück und sah sie fragend an.

»Ja, sie ist wieder wohlauf. Ich danke Gott täglich, dass er sie mir nicht genommen hat.« Reinhild stand immer noch bei der Tür, gelähmt vor Angst.

»Ihr dankt Gott? Müsstet Ihr nicht Allah danken? *Er* hat doch Euer Kind gerettet, oder?«

Reinhild sah Vornholt ängstlich an. Sie wusste nicht, worauf er hinauswollte.

Vornholt lachte. »Nur ein Scherz! Ihr braucht nicht so verschreckt dreinzublicken. Dankt meinetwegen dem Leibhaftigen, wenn Ihr wollt, das schert mich nicht. Ich bin nur hier, um meine Gegenleistung einzufordern.« Er fischte eine Pergamentrolle unter seinem Mantel hervor. »Hier habe ich Euch aufgeschrieben, wie der Vertrag aussehen soll. Und hier habe ich, was Ihr dazu braucht.« Er zog eine zweite Rolle hervor. »Das ist ein altes Dokument, die Schrift ist kaum noch zu lesen, es dürfte nicht schwer sein, sie verschwinden zu lassen und zu überschreiben. Sorgt dafür, dass die Tinte ebenfalls nicht allzu frisch aussieht. Und vergesst die Unterschrift des Zeugen nicht. Nehmt den Rüdiger Schöllkopf, der war lange Jahre Schultheiß und hat so viele Urkunden bezeugt, dass es auf eine mehr oder weniger nicht ankommt. Zudem ist seine Handschrift leicht zu fälschen. Ich selbst werde nachher das Siegel anbringen.«

Reinhild trat langsam näher. Wie in einem Alptraum nahm sie die beiden Rollen entgegen, legte die ältere fort und entrollte die

211

andere. Schnell überflog sie den Text. Mit jedem Wort wurden Dunkelheit und Kälte in ihr größer.

»Ihr wollt den ›Eichbrunnen‹ an Euch bringen?«

»Er ist schon so gut wie mein.« Vornholt lehnte sich grinsend zurück. »Bald gehören mir die beiden größten Herbergen der Stadt. Dann kommt niemand mehr an Balduin Vornholt vorbei.«

»Aber … aber Ihr werdet Lennhart Schankherr aus seinem Heim treiben. Er wird ohne Auskommen und ohne Dach über dem Kopf dastehen. Was ist mit seiner Familie? Er hat eine Frau und sieben Kinder. Was soll denn aus ihnen werden?«

Vornholts Stirn umwölkte sich. »Was kümmert mich das?«, fuhr er sie an. »Und was kümmert es Euch? Macht Eure Arbeit und schweigt. Ich brauche Euren Rat nicht!«

Reinhild legte mit zitternden Händen die Rolle weg. »Und wenn ich den Kaufvertrag angefertigt habe, übergebt Ihr mir dann das Schreiben, das ich für Euch abfassen musste?«

Vornholts Augen blitzten. »Selbstverständlich. Dokument gegen Dokument. Ihr zahlt Eure Schulden und bekommt den Schuldschein zurück.« Er strich sich durch das Haar, eine Strähne fiel in sein Gesicht. Hätten diese Züge zu einem anderen Mann gehört, hätte sein Anblick Reinhilds Herz vermutlich höher schlagen lassen. Doch eine schwarze Seele machte aus dem ebenmäßigsten Antlitz eine Fratze.

»Gut. Ich werde tun, was Ihr verlangt.«

»Davon gehe ich aus.« Vornholt erhob sich, sah sich in der kleinen Küche um. »Nett habt Ihr es hier. Ein richtiges kleines Heim. Schade, dass der Herr im Haus fehlt, der für Zucht und Ordnung sorgt. Nun ja, dafür kann ja zu gegebener Stunde gesorgt werden.« Er schritt zur Tür, die Trippen klapperten auf den Holzdielen, sein langer Tasselmantel wehte. »Ich wünsche Euch einen schönen Tag, Schreiberin. Lasst mich wissen, wenn die Arbeit beendet ist.« Er blieb stehen, sah sie an. Reinhild spürte seine Blicke wie Nadelstiche auf ihrer Haut.

Endlich wandte er sich ab und verließ das Haus. Kaum fiel die Tür hinter ihm zu, da sank Reinhild auf den Boden und brach in Tränen aus. Sie hatte kein leichtes Schicksal, doch bisher hatte sie immer in Anstand und Gottesfurcht gelebt. Damit war es nun vorbei. Ab heute war sie eine Verbrecherin.

27

Senta räkelte sich, warf sich auf Heinrich und küsste seine Nase.
»Na, gut geschlafen?«
Heinrich lächelte gequält. »Die drei Stunden, die mir geblieben
sind, ja.«
»Das kriegen wir schon noch hin.«
»Was?«
»Auf Schlaf ganz zu verzichten.«
Sie vergrub ihren Kopf in seiner Achselhöhle. »Ich möchte die
nächsten vier Wochen nicht mehr hier weg, außer zum Duschen.«
Er seufzte. »Meine Rede. Aber du musst ja unbedingt arbeiten
gehen.«
Sie richtete sich auf. »Ja. Ich muss den Staatsanwalt davon über-
zeugen, dass er die Ermittlungen wieder aufnimmt. Ich bin immer
noch von Anne Schnickels Schuld überzeugt, aber wir müssen alle
anderen Möglichkeiten ausschließen. Ich werde mit Ralf reden. Er
ist unbefangen, ihm kann ich trauen. Dann sehen wir weiter.«
Senta warf die Decke zur Seite, hüpfte aus dem Bett und ging
Richtung Dusche. »Ich dusche allein«, rief sie Heinrich zu, »sonst
komme ich zu spät.«
»Kaffee oder Tee?«
»Kaffee«, rief Senta und verschwand im Bad. Das heiße Wasser
tat gut, sie rieb sich den ganzen Körper mit einer Bürste ab und
verwöhnte ihre Haut danach mit einer milden Lotion. Sie wunderte sich, dass Heinrich so etwas benutzte; vielleicht hatte es eine andere Frau stehen lassen? Egal. Er gehörte jetzt ihr, und wenn er
nicht ganz dumme Sachen machen würde, sollte das auch so bleiben. Im Bett wusste er auf jeden Fall, wie Senta es mochte. Im richtigen Moment zart, im richtigen Moment wild und nicht versessen
auf den kurzen Orgasmus-Kick, wie die meisten Männer, mit denen Senta geschlafen hatte. Durch die Tür drang schon der Kaffee-
duft, sie schlüpfte in ihre Kleider und nahm sich vor, in Zukunft
frische Unterwäsche einzustecken.
Heinrich klopfte, sie öffnete ihm, er sprang unter die Dusche,
ein paar Minuten später saßen sie am Frühstückstisch.

»Ich bin gespannt«, sagte Senta und biss in ihr Brot. »Ich brauche ja nicht zu erwähnen, dass das vollkommen illegal ist, was ihr da treibt, und dass man euch strafrechtlich belangen wird, wenn es rauskommt.« Sie hatte nicht geglaubt, dass die Marktbeschicker so weit gehen würden, Gesetze zu brechen. Erpressung war Erpressung, selbst der Polizei war so ein Vorgehen verboten. Zumindest offiziell. Sie hatte sich entschieden, ein doppeltes Spiel zu spielen, obwohl es ein riskantes war und ihre Karriere gefährden konnte. Trotzdem. Sie konnte es nicht verwinden, dass irgendein Politiker ihr ins Handwerk pfuschte. Dann lieber den Beruf wechseln. Sie war Polizistin geworden, um die Wahrheit herauszufinden, und sie war niemandes Büttel. Heinrich erging es ähnlich. Die Mitglieder der Soko Anne, mit Ausnahme von Frauke, fürchteten ihre eigenen Nachteile mehr als das Unrecht, das Anne erleiden musste.

Sie waren den Fall noch mal im Detail durchgegangen. Senta war nach wie vor von Annes Schuld überzeugt, aber sie versetzte sich in Heinrichs Lage und ging jetzt von Annes Unschuld aus. Die Rekonstruktion der Zeugenaussagen hatte klar ergeben, dass niemand außer Anne zur Tatzeit das Haus betreten und verlassen hatte. Durch den Nachbarkeller hatte niemand einsteigen können, die Spinnweben bei der Tür waren unversehrt gewesen. Eine Möglichkeit wäre, dass sich der Täter die ganze Zeit im Haus aufgehalten hatte. Dagegen sprach, dass zwischen Annes Verschwinden und dem Eintreffen der Besichtigungstour nicht mehr als fünfzehn Minuten vergangen waren. Danach war das Haus abgesperrt worden und in den Wohnungen war niemand zu finden gewesen, der nicht dorthingehörte. Die Personalien waren aufgenommen worden, keine der Personen dort hatte ein Motiv, aber alle ein Alibi. Auch der Dachboden war untersucht worden, ohne Ergebnis.

»Wir arbeiten gründlich«, stellte Senta nochmals fest. »Trotzdem könnte es sein, dass sich zur Tatzeit jemand im Haus versteckt hatte. Wenn wir dieses Phantom nicht finden, wird Anne Schnickel verurteilt, das steht fest.«

Sie setzte sich auf Heinrichs Schoß, knabberte an seinem Ohrläppchen.

»Ich dachte, du wolltest zur Arbeit gehen?«

Sie lachte, sprang auf die Füße, küsste ihn auf den Mund und verließ die Wohnung.

Auf der Straße kam sie sich verloren vor. Das hat dir gefehlt, sagte sie sich. Hoffentlich ist der Traum nicht so schnell vorbei. So ein seltsamer und doch vertrauter Mensch, dieser Heinrich Morgen. Sie horchte in sich hinein. Du würdest dich für ihn vierteilen lassen, nicht wahr? Sie fuhr sich mit beiden Händen durch das Haar, drehte sich um und winkte Heinrich zu, der einen Kuss auf seine Hand hauchte und ihr hinterherblies. Sie lachte, stieg ins Auto und fuhr davon.

Heinrich stand am Fenster und schaute ihr hinterher. Würde es so sein wie immer? Ein, zwei Jahre Leidenschaft, Euphorie, goldene Zukunftspläne, und dann kam unerbittlich die Ernüchterung? Plötzlich stellte man fest, dass die Person, die da neben einem im Bett lag, ausgetauscht worden sein musste, und dann war es nur eine Frage von Monaten, bis alles zu Ende war.

Heinrich ging ins Bad, um sich zu rasieren. Spielte das eine Rolle? Nein. Carpe diem, nutze den Tag, lebe jeden Tag, als wäre es dein letzter. Sorgfältig schabte er sich die Stoppeln aus dem Gesicht, suchte nach Falten, fand zwei, drei kleine, die aber keinen Grund zur Sorge gaben. Er massierte sich alle Muskeln, die er erreichen konnte, und beschloss, wieder seine Lieblingsstrecke zu trainieren.

Er nahm sich die Kopien vor, ein dicker Stapel Papier, notierte Namen, Daten und stichwortartig die Ereignisse, die Reinhild Wend festgehalten hatte. Ein Todesurteil, die Anordnung der Folter, das Bittgesuch eines Bauern, man möge ihm die Steuern stunden, weil sein Weib krank geworden sei, das Protokoll eines Prozesses, bei dem es um Immobilien ging, jedes Blatt enthielt das Schicksal eines oder mehrerer Menschen. Was würde von ihm selbst bleiben? Letztlich nicht einmal eine Randbemerkung. Geschichte. Eine schwierige Geliebte. Wo fingen die Tatsachen an, wo hörten die Spekulationen auf? Heinrich war zu der Überzeugung gelangt, dass es keine Objektivität geben konnte. Er seufzte, bemitleidete sich noch ein wenig und brach dann auf zum Lokaltermin mit der Soko Anne.

Eine halbe Stunde später blieben Heinrich, Thomasio, Richard, Frauke und Wolfi auf dem Hafenmarkt stehen und lauschten dem

Saitenträumer, der gerade mit einer Horde Kinder das Drachentaxi spielte. Begeistert gingen die Kleinen mit, die Eltern hatten auch ihren Spaß. Zum Schluss spielte der Saitenträumer ein Lied, in dem es um das Verschwinden und Auftauchen von Sachen ging, die Kinder wollten gar nicht aufhören zu klatschen, doch die Eltern zogen sie schließlich mit sich.

Der Saitenträumer sammelte seine Stühle ein, stapelte sie auf seinem Handwagen und trat zu der Abordnung der Soko Anne hinzu. Bis auf Heinrich begrüßte er alle mit einer Umarmung. Thomasio kam gleich zur Sache.

»Es geht um Anne. Wir brauchen unter Umständen die Hilfe der überregionalen Presse. Du hast doch ganz gute Verbindungen?«, fragte er.

Der Saitenträumer wiegte den Kopf. »Das ist schon eine Weile her, dass ich da im Geschäft war. Den einen oder anderen wird es wohl noch geben, aber das Personalkarussell dreht sich schnell. Worum geht's denn?«

»Es kann sein, dass wir die Ermittlungsbehörden unter Druck setzen müssen.«

Der Saitenträumer versprach, sich sofort darum zu kümmern und sich zu melden, sobald er jemanden erreicht habe. Er griff seinen Karren und zog weiter.

Die Soko Anne machte sich auf den Weg zum Tatort. Sie wollten sich noch einmal alles genau anschauen, Thesen entwickeln, wie eine dritte Person unbemerkt ins Haus hatte hinein- und wieder hinausgelangen können. Sie gingen vom Hafenmarkt aus die Strohstraße hinunter, überquerten sie in Höhe der Franziskanergasse.

Ein silberfarbener Mercedes schoss die Straße hoch, hielt auf die Gruppe zu. Frauke ging als Letzte, Richard schrie, Frauke begriff nicht, Richard nahm Anlauf, sprang und riss Frauke zur Seite, bevor das Auto sie erfassen konnte.

Sie war nicht verletzt, Richards Jacke hatte einen langen Riss, ansonsten war er heil davongekommen. Er hatte sich abgerollt, mit Frauke im Arm, eine reife Leistung.

»Jetzt wissen wir wenigstens, dass wir auf der richtigen Fährte sind«, stellte Wolfi fest.

»Es ist nur eine Frage der Zeit, wann wir den Bastard erwischen«, ergänzte Richard und begutachtete seine ruinierte Jacke.

Frauke atmete hektisch. Obwohl sie blass war wie der Tod, lächelte sie. »Ich habe es gewusst. Anne ist unschuldig.« Trotz der Minusgrade bildeten sich Schweißperlen auf ihrer Stirn. Thomasio hielt seine Rechte hin. Alle schlugen ein, Heinrich mit einem unguten Gefühl. Ein Anschlag auf Frauke war auf jeden Fall die Bestätigung dafür, dass sich jemand massiv bedroht fühlte. Jemand, der viel wusste. Zu viel. Wann sie sich wo aufhielten. Wurden sie beobachtet, hatte die Soko Anne einen Maulwurf? Was war mit Hubert, den Thomasio aus der Soko rausgeworfen hatte? Heinrich behielt seine Gedanken für sich, wollte nicht unnötige Ängste und vor allem kein Misstrauen sähen. Sie beschlossen, den Vorfall nicht der Polizei zu melden, waren sich einig, weiterzumachen.

Der Saitenträumer hatte seine Kontakte schnell erreicht, alle sagten dasselbe: »Bringt uns Beweise, dann bringen wir Artikel.«

Das Haus war längst wieder freigegeben, jeder konnte es betreten. Sie klingelten irgendwo, sofort ging der Türsummer; sie traten in den Flur, die Kellertür war nicht abgesperrt. Das Medieninteresse war bereits wieder abgeflaut, schnell hatten Meldungen über Kriege, Massaker und Flugzeugkatastrophen die Morde an zwei jungen Männern von den Titelseiten verdrängt. Selbst die Geheimkammer und die Mumie interessierten niemanden wirklich, solange sich die Behörden darum stritten.

Heinrich wagte nicht daran zu denken, was dieselben Behörden mit ihm machen würden, wenn Sentas Plan nicht funktionierte, ein Geschäft auszuhandeln. Er würde straffrei ausgehen und den Ring und das Geständnis herausgeben. Andernfalls würde beides auf Nimmerwiedersehen verschwinden. Aber noch war es zu früh. Erst musste er die Familie finden, die dieses Wappen getragen hatte. Er hatte den einzigen möglichen Schlüssel zu der Mumie in der Hand und würde ihn nicht so schnell herausgeben. Immerhin hatte er im Stadtarchiv einen guten Hinweis gefunden. Morgen oder übermorgen würde er Gewissheit haben. Er musste weiterbohren. Die Dokumente, die er benötigte, mussten erst aus dem Landeskonservatoramt in Stuttgart herbeigeschafft werden. Natürlich nicht die Originale, sondern Kopien der Kirchenbücher Esslingens aus dem 14. Jahrhundert.

Sie stiegen in den Keller hinunter, Heinrich staunte, dass er nur ein leichtes Ziehen im Magen spürte, nichts weiter. Keine Panik. Vielleicht weil er Senta da unten kennengelernt hatte. Sein Unterbewusstsein hatte mit »Keller« und »enger Raum« jetzt etwas Schönes verknüpft. Der Gedanke gefiel ihm. Er hatte seine Angst einfach verlernt. Wenn das nur immer so einfach ginge.

Wolfi kratzte sich am Kopf. »Also bei uns würden die Leute Schlange stehen, um einen Blick auf die Mumie oder in die Geheimkammer zu werfen.«

Thomasio grinste. »Das liegt halt in den Ostgenen, kann man nichts machen.«

Wolfi knuffte ihn in die Seite. »Ihr Wessis seid wirklich so was von abgestumpft. Mein Gott, unter Massenmord macht ihr es gar nicht mehr, oder?«

»Da könnte was dran sein. Aber der gemeine Esslinger hat einen wichtigen Grund, nicht zu neugierig zu sein. Sonst kommt man zu leicht ›in ebbes nei‹.«

»Angsthasen«, sagte Wolfi.

»Weisheit«, sagte Thomasio.

»Weisheit, gepaart mit der richtigen Dosis Angst, heißt überleben«, dozierte Frauke, und die anderen nickten. Ihre Stimme zitterte leicht.

Der Blutfleck war immer noch zu sehen. Heinrich hob die Hand zu dem Stein, der den Mechanismus für die Geheimtür auslöste, und stutzte. Spinnweben lagen drüber, die Erbauerin des Netzes saß in der Mitte und wartete. Er stupste sie an, das kleine Tier floh in eine Fuge und versteckte sich. Vorsichtig zerriss Heinrich das Gespinst. Es fühlte sich angenehm an. Die weichen, klebrigen Fäden, unsichtbar für die Beute der Spinne. So fühlte sich Heinrich. Wie eine kleine Fliege, die auf ein Netz aus Gefahren zufliegt und nicht sehen kann, wie tödlich es ist. Vielleicht zappelte er ja schon im Netz. Zögernd drückte er den Stein, die Wand schwang nach oben, die Geheimkammer lag vor ihnen, vollkommen leer.

»Vielleicht gibt es hier noch eine Geheimtür, die zu einem Geheimgang führt, der mit den anderen Kellern verbunden ist. Dann hätte der Täter leichtes Spiel gehabt«, sagte Richard.

»Durchaus möglich, aber die Polizei hat das in Betracht gezogen. Es gibt keine weiteren unbekannten Hohlräume oder Zugänge«, sagte Heinrich.

Fast eine Stunde lang suchten sie den Keller ab, der sein Geheimnis nicht preisgab.

Sie stiegen wieder ans Licht. Ein Gedankenfetzen plagte Heinrich. Eine Idee, die er nicht fassen konnte. Dort unten hatte er etwas gesehen, das nicht passte. Oder nicht dorthingehörte. Irgendetwas Falsches. Es wird mir schon rechtzeitig einfallen, dachte er und wandte sich seinen Mitstreitern zu, die alle Fakten und Theorien zum hundertsten Mal durchgingen.

28

Reinhild stand vor der Tür und sah zu, wie Greta und Eva sich langsam entfernten. Eva humpelte kaum noch, ausgelassen sprang sie um Greta herum und schwenkte den Korb, den sie für die Einkäufe mitgenommen hatte. Reinhild hatte die beiden nach Wein geschickt. In der Nibelgasse in der Nähe des Oberen Tores lebte ein Winzer, der guten Wein für einen angemessenen Preis verkaufte. In derselben Straße befanden sich auch die Fleischbänke der Oberesslinger Vorstadt. Dort sollten die beiden beim Meister Hahnemann ein ordentliches Stück vom Schwein erstehen. Die Gattin des Weinbauern war sehr geschwätzig und freute sich über jeden Besuch. Der Metzger Hahnemann war bekannt dafür, dass er zu jedem Stück Fleisch eine Geschichte erzählte. Die beiden würden mindestens bis zum Mittag fortbleiben.

Reinhild trat zurück ins Haus und schloss die Tür. Zwei Tage waren seit Vornholts Besuch vergangen. Sie hatte hin und her überlegt, doch es gab keinen Ausweg, sie musste die Arbeit tun, die er von ihr verlangte. Oben in der Stube standen Schreibpult, Feder und Tinte bereit. Behutsam holte sie das alte Stück Pergament aus dem Fach unter der Schreibfläche des Pults hervor und strich es glatt. Mit vier Steinen fixierte sie es auf dem Holz und betrachtete nachdenklich die alte Schrift. Sie war kaum lesbar, doch Reinhild hatte sie dennoch entziffern können. Es handelte sich um das Testament eines Vorfahren Vornholts, der offenbar ein Haus der Kirche vermacht hatte. Reinhild hatte sich bereits den Kopf darüber zerbrochen, um welches Gebäude es sich handeln mochte, doch sie war zu keinem Ergebnis gekommen. In dem Dokument war von einem Anwesen hinter der Kirche der Barfüßer die Rede, direkt vor dem Kupferbrunnen. Hinter dem Kloster gab es keinen Brunnen, jedoch lag dort die Kupfergasse, in der früher mal ein Brunnen gewesen sein mochte. Doch soviel sie wusste, gehörte keines der Häuser dort zum Kloster. Der Verdacht hatte sie beschlichen, dass auch mit diesem Dokument etwas nicht stimmte, doch sie hatte es vorgezogen, nicht weiter darüber zu nachzudenken.

Reinhild griff nach dem Bimsstein und begann, vorsichtig über das Pergament zu schaben. Zwischendurch pustete sie, um die Krümel zu beseitigen, die durch das Schaben von der Oberfläche gelöst wurden. Stück für Stück bearbeitete sie so das ganze Blatt, nach und nach verschwanden die Worte, die irgendwer vor Dutzenden von Jahren niedergeschrieben hatte.

Als Reinhild die Arbeit beendet hatte, trat sie einen Schritt zurück und streckte sich. Dann begutachtete sie das Ergebnis mit einem Lesestein. Nichts war mehr zu sehen von der alten Schrift, das Pergament schien leer und unberührt.

Reinhild holte das zweite Pergament, das Vornholt ihr gegeben hatte, aus dem Fach hervor und fixierte es wie zuvor das andere auf der Schreibfläche. Jetzt lagen beide Blätter nebeneinander. Noch einmal überflog sie den Text, den der Wirt vorbereitet hatte. Sie schluckte. Für Lennhart Schankherr und seine Familie würde dieses Dokument den Ruin bedeuten.

Rasch verscheuchte sie den Gedanken und konzentrierte sich auf ihre Aufgabe. Die Tinte hatte sie bereits angemischt, ein Lot gestoßene Galläpfel in Wasser gekocht, dann Gummiarabikum und Vitriol hinzugegeben und die Masse eine Weile sieden lassen. Anders als sonst hatte sie diesmal mehr Wasser genommen, damit die Tinte nicht so tiefschwarz wurde. Sie sollte verblasst aussehen, so als sei sie bereits viele Jahre alt.

Reinhild tauchte die Feder in die Tinte und begann, in sauberer Textura den falschen Vertrag niederzuschreiben. Durch das Fenster drang die singende Stimme eines fahrenden Händlers in die Stube, der »Wundermesser« anpries, die angeblich nie wieder geschliffen werden mussten. Ein paar Frauen, die gerade vom Markt zurückkamen, riefen ihm zu, er solle sich erst mal seine Zunge ordentlich schleifen lassen, sonst werde er bis zum Jüngsten Tag auf seinen Wundermessern sitzen bleiben. Er schickte ihnen ein paar Flüche hinterher und trollte sich.

Reinhild nahm die Laute auf der Straße kaum deutlicher wahr, als seien sie das Plätschern eines Baches. Sie war in ihre Arbeit vertieft, bemüht, sie so gut sie konnte zu verrichten. Solange sie schrieb, dachte sie nicht daran, dass es sich in diesem Fall nicht um irgendeinen Auftrag handelte, sondern um eine Fälschung, ein Vergehen, für das sie auf dem Scheiterhaufen enden konnte. Sie sah nur das

Pergament, die Feder und die Tinte, aus der langsam, doch stetig ein Text wuchs, Wort für Wort, Zeile für Zeile.

Schließlich war das Werk vollendet. Was fehlte, war das Siegel – und ein wenig Sonnenlicht, damit Papier und Tinte verblichener aussahen. Letzteres war einfach zu bewerkstelligen. Noch stand die Sonne so, dass ihr Licht ins Zimmer fiel. Reinhild rückte den kleinen Schemel, der sonst neben dem Bett stand, vor das Fenster und legte das Pergament darauf. Dann begann sie, ihren Arbeitsplatz aufzuräumen. Sie schnitt den Federkiel mit einem Messer gerade und räumte ihn zu den anderen Arbeitsgeräten in das Fach unter der Schreibfläche. Die wässrige Tinte, die sie für die Fälschung benutzt hatte, trug sie hinunter in die Küche und goss sie auf die Straße. Für andere Dokumente war sie unbrauchbar. Kurz überlegte sie, was sie mit der Vorschrift, die Vornholt ihr zur Verfügung gestellt hatte, machen sollte. Sie beschloss, das Pergament zu vernichten. Je weniger Hinweise auf die Fälschung existierten, desto besser. Sie legte das Blatt in die Feuerstelle und zündete es an. Langsam fraßen sich die Flammen durch die dünne Haut, verschlangen Buchstaben für Buchstaben, bis nichts mehr übrig war als ein Häuflein Asche.

Bald würde sie auch das andere Pergament so vernichten können, jene furchtbaren Worte, die Vornholt sie als Pfand für das geliehene Geld hatte schreiben lassen. Wie sehr sie diesen Augenblick herbeisehnte! Noch heute würde sie dem Wirt das gefälschte Dokument überreichen und im Gegenzug das andere Pergament erhalten. Dann würde sie endlich wieder ruhig schlafen können. Halbwegs jedenfalls.

Die Tür wurde aufgestoßen, Greta und Eva stürmten ins Haus. Eva plapperte wie ein Wasserfall, während Greta die Einkäufe auspackte.

»Mutter, du wirst nicht glauben, was der Meister Hahnemann uns erzählt hat! Und was wir vor dem Oberen Tor gesehen haben. Dort haben sie einen Dieb ins Wasser gestoßen.«

»Der arme Wicht«, sagte Reinhild. In der Oberesslinger Vorstadt stand vor der Stadtmauer der Gießübel, ein hölzerner Kasten, durch dessen Falltür Verbrecher in den Fluss geworfen wurden.

»Wieso armer Wicht?«, empörte sich Eva. »Der Schurke hat gestohlen. Er ist ein Sünder. Er muss bestraft werden. So hat es doch der Herrgott befohlen, stimmt es nicht, Mutter?«

Reinhild seufzte. »Ja, Kind. Doch nicht jeder, den das Schicksal zum Dieb macht, ist deshalb ein durch und durch schlechter Mensch.«

»Aber der war bestimmt ein ganz übler Verbrecher. Schon wie der ausgesehen hat. Und soll ich dir sagen, was die Leute über ihn erzählt haben?«

»Hol erst einmal Luft«, ermahnte Reinhild sie lächelnd. »Du bist ja noch ganz außer Atem.«

»Sie hat darauf bestanden, die schweren Weinkrüge zu tragen«, erklärte Greta. »Ich konnte es ihr nicht ausreden.«

»Eva, du sollst doch dein Bein noch schonen.« Reinhild musterte ihre Tochter streng. »Ich möchte nicht, dass du zu schwer trägst.«

»Aber ich bin doch schon wieder ganz gesund.« Zum Beweis hüpfte Eva in der Küche herum, erst auf dem gesunden Bein, dann auf dem verletzen. »Siehst du, Mutter. Alles wieder wie vorher.« Sie drehte sich im Kreis, die Arme weit ausgebreitet, sodass sie beinahe die Weinkrüge vom Tisch gefegt hätte.

»Nun ist es genug, Eva«, mahnte Reinhild. »Wenn du schon so gesund bist, wirst du mir ab sofort wieder bei der Arbeit helfen. Morgen gehen wir zusammen zu Schreibermeister Martini. Es heißt, er habe eine ganz neue Art von Pergament im Haus, das ihm ein Reisender aus Spanien mitgebracht hat. Es nennt sich Papier und wird angeblich aus Lumpen hergestellt. Ich möchte es mir gern ansehen, und ich will, dass du dabei bist.«

»Pergament aus alten Lumpen?« Greta schüttelte unwillig den Kopf, während sie das Fleisch in Stücke schnitt. »Hat man so was schon mal gehört? Das ist bestimmt irgendein fauler Zauber, Herrin.«

Reinhild lächelte. »Mag sein. Aber das weiß ich erst, wenn ich es mit eigenen Augen gesehen habe. Und jetzt rasch, Eva, geh Greta mit dem Fleisch zur Hand. Ich muss einem Kunden ein Dokument vorbeibringen, das er bei mir bestellt hat. Wenn ich zurückkomme, möchte ich etwas essen, und zwar etwas besonders Feines.«

Eva näherte sich und sah sie neugierig an. »Gibt es etwas zu feiern, Mutter?«

Reinhild beugte sich zu ihr hinunter und gab ihr einen Kuss auf die Stirn. »Du bist wieder gesund, mein Kind. Ist das nicht Grund genug?«

Wenig später war sie auf dem Weg zum »Schwarzen Bären«. Das Dokument hatte sie in ein Tuch gewickelt und in einen ledernen Beutel gesteckt. Sie war bester Laune, summte sogar das Lied, das ihr die alte Ällin früher vorgesungen hatte, wenn sie nicht einschlafen konnte. Eva war wieder gesund, sie hatten genug Geld, und noch heute würde der furchtbare Ballast von ihren Schultern genommen werden, der dort lastete, seit sie für Vornholt die schrecklichen Worte niedergeschrieben hatte. Lediglich der Gedanke an den armen Lennhart Schankherr und seine Familie trübte ihre Stimmung, doch sie versuchte, ihn so gut es ging, zu verdrängen.

Vornholt empfing sie in der Küche. Breitbeinig stand er vor der Feuerstelle und überwachte mit verschränkten Armen die Arbeit des Kochs und der Mägde. Er trug einen kurzen zweifarbigen Surcot, der an den Seiten so eng geschnürt war, dass sich die Form seines Oberkörpers darunter abzeichnete. Auch seine Beinlinge hatten zwei verschiedene Farben, links rot, rechts blau, sodass er zwischen seinen Bediensteten in braunem und weißem Leinen wie ein Gockel inmitten einer Schar Hennen aussah.

Als Reinhild eintrat, klatschte er erfreut in die Hände.

»Ja, wen haben wir denn da? Reinhild, die Schreiberin!«, rief er, als stünde er auf einer der fahrenden Bühnen, auf denen an Jahrmarktstagen Schauspiele dargeboten wurden. »Kommt mit!«

Gut aufgelegt stieg er vor ihr her die Treppe hinauf.

In der Stube überreichte Reinhild ihm stumm das Dokument. Hastig entrollte er es und begutachtete ihre Arbeit.

»Sehr schön, sehr schön«, murmelte er immer wieder. »Nun fehlt nur noch das Siegel.« Er blickte auf. »Und das habe ich schon. Dem Himmel sei Dank, dass mein Taugenichts von einem Sohn wenigstens dazu zu gebrauchen ist.« Er grinste, sein Blick bohrte sich in Reinhild. »Wird Zeit, dass ich ihm ein Weib suche. Er hat das Leben genug ausgekostet. Wenn ich demnächst zwei Gasthäuser habe, muss er mit ran, da hilft nichts.« Er hielt inne. »Eure Eva ist im besten Heiratsalter, gesund, kräftig. Und schreiben kann sie auch. Gäbe bestimmt eine prächtige Wirtsgattin ab.«

224

Seine Worte fuhren Reinhild wie ein Fausthieb in den Magen. Vornholt sprach ungerührt weiter.»Doch davon später.« Er rollte das Dokument ein.»Habt Dank, Schreiberin. Wollt Ihr zur Feier des Tages noch mit mir speisen?«

»Nein danke«, erwiderte Reinhild. Ihre Stimme klang selbst in ihren eigenen Ohren merkwürdig hohl. Noch immer saß ihr der Schreck über Vornholts Worte in den Gliedern.»Ich werde zu Hause zum Essen erwartet.«

»Selbstverständlich. Dann gehabt Euch wohl.«

Reinhild räusperte sich.»Ihr seid mit meiner Arbeit zufrieden?«

»Voll und ganz.« Vornholt zog die Augenbrauen hoch.

»Dann gebt mir das Dokument zurück, das ich für Euch anfertigen musste.«

Schallend lachte er auf.»Ach, das ist es also!« Er trat auf sie zu.»Ihr bekommt es zurück. Zu gegebener Zeit. Nicht heute.«

»Aber Ihr habt doch ...« Reinhild versagte die Stimme.

»Was habe ich doch? Euch mein Wort gegeben? Ich werde es nicht brechen, doch soviel ich weiß, war vom Zeitpunkt keine Rede. Ihr bekommt das Dokument, wenn ich es für richtig halte. Noch brauche ich es als Pfand. Damit ich weiß, dass Ihr fest an meiner Seite steht, was auch immer kommen mag.«

Er stand jetzt so dicht vor ihr, dass sie seinen Atem auf ihrer Haut spürte. Stumm sahen sie sich an. Dann wandte er sich ab und polterte die Treppe hinunter.»Ihr kennt ja den Weg nach draußen«, rief er über die Schulter, bevor er in der Küche verschwand.

Betäubt stolperte Reinhild ihm hinterher, taumelte aus dem »Schwarzen Bären« auf die Gasse hinaus und wandte sich nach links. Wie dumm sie gewesen war! Als würde dieser Teufel ihr jemals das Dokument wiedergeben! Warum sollte er? Sie war in seiner Hand. Hilflos. Wehrlos. Vor wenigen Augenblicken noch hatte sie darauf gehofft, dass die Schreckenszeit nun ein Ende haben würde.

Sie hatte sich geirrt, sie fing gerade erst an.

29

Sentas Chef hatte kein Problem damit, dass sie bei der Einsatzbesprechung mit dabei war. Im Gegenteil. Sie konnte Aufgaben übernehmen, nur die Leitung hatte sie abgeben müssen. Zu nah stand ihr Heinrich, und zu eng war der mit dem Opfer verbunden.

Die Aula des Präsidiums war vollgestellt mit Tischen, Aktenwagen, Pinnwänden und Raumtrennern. Der Raum schloss mit einer halbrunden Glasfront zum geräumigen Hof hin ab, der an der rechten Seite begrünt war, jetzt im Winter aber kahl dalag und nur ab und zu von Rauchern frequentiert wurde, die aus den Gebäuden der Esslinger Polizei komplett verbannt worden waren. Selbst mancher Nichtraucher fand die Regelung zu scharf, man hätte ja innerhalb des Gebäudes einen Raucherraum einrichten können, aber die Führung war hart geblieben.

Senta saß mit Ralf und dem Kollegen Martin Holz an einem Laptop, der mit dem internen Netzwerk verbunden war. Sie betrachteten ein Foto und die persönlichen Daten von Arne Mangold. Bis jetzt gab es keinerlei Hinweise auf ein Motiv. Der Lebensgefährte schied aus, er war zur Tatzeit nachweislich über vierhundert Kilometer von Esslingen entfernt gewesen. Sie hatten die Schwulenszene abgeklappert, im Erotikshop »Bella Donna« nachgefragt und im Kulturzentrum in der Dieselstraße, wo regelmäßig die Feste der Schwulen- und Lesbenszene über die Bühne gingen. Auch die Veranstalter des »QueerFilmFestivals« wussten nichts zu sagen über Arne Mangold. Er hatte keinerlei Affären gehabt, ja, er war in Esslingen nicht einmal in eine Schwulenkneipe gegangen. Ralf Heidenreich hatte ihn auch nicht wahrgenommen, und der kannte sich wirklich aus in der Esslinger Szene. Mangold war also ein treuer Partner gewesen. Seine Pensionswirtin sagte aus, er habe immer den gleichen Rhythmus gehabt: aufstehen um acht Uhr; frühstücken um halb neun; Morgengymnastik; zur Arbeit gehen; um halb zehn abends nach Hause kommen; ein wenig fernsehen und lange telefonieren; schlafen gehen gegen Mitternacht. Arne sei ein so lieber Mensch gewesen. Er habe ihr geholfen, die Einkäufe zu tragen, und immer den Tisch mit abgeräumt.

Arnes Kundenkartei umfasste mehr als achthundert Adressen, über ganz Deutschland verteilt. Das war echte Kärrnerarbeit. Alle Personen, die hinter den Adressen steckten, mussten befragt werden, Amtshilfeanträge mussten gestellt werden, ein grausamer, zeitfressender Papierkleinkrieg, der Wochen dauern würde. Aber daran führte kein Weg vorbei. Eine Beziehungstat im nahen Umfeld schied aus, es gab keine Spuren eines Raubdeliktes. Stochern im Nebel, den Weihnachtsmarkt im Auge behalten und hoffen, dass es irgendetwas Verwertbares gab, das war die Strategie.

Senta saß mit klopfendem Herz an ihrem Tisch und telefonierte wegen eines Kunden von Mangold mit einem Kollegen aus Berlin, der ihr aber auch nicht weiterhelfen konnte. »Das wird dauern«, sagte der, sie seien total überlastet, und da würde wahrscheinlich eh nix rumkommen. Senta schickte den Amtshilfeantrag an seine E-Mail-Adresse und nahm sich den nächsten Kunden vor. Vier Stunden arbeitete sie ohne Pause. Schließlich kam Ralf rüber und lud sie zu einem Spaziergang ein. Sie gaben Bescheid, traten hinaus auf die Agnespromenade und liefen Richtung Schelztor.

»Und? Wie läuft es mit deinem Historiker?«

Senta verzog den Mund zu einem seligen Lächeln.

»So gut?«

»Endlich mal wieder ein guter Liebhaber. Ist doch auch wichtig, oder?«

»Wem sagst du das. Ohne Sex macht das Leben nur halb so viel Spaß. Sag mal …«, Ralf zögerte, »gibt es irgendwas, das ich wissen sollte?«

»Ja. Gibt es. Streng vertraulich.«

»Kein Problem. Solange du niemanden umgelegt hast, schweige ich wie ein Grab.«

Mit jedem Satz, den Senta in die kalte Luft blies, wurde Ralf langsamer, bis er endlich stehen blieb. Sie berichtete von dem Ring, den Ermittlungen der Soko Anne, von Schenk juniors Nebeneinkünften und von Christine Progalla.

»Das ist starker Tobak, ist dir das klar? Das kann uns beide den Job kosten. Wir sind doch nicht Schimanski und Tanner!«

»Wer von den beiden wärst du denn, wenn wir die beiden wären?«

Ralf holte tief Luft. »Witze kannst du auch noch machen!« Er überlegte. »Tanner. Ganz klar. Und du bist die Schimanska. Mein lieber Scholli. Das muss ich erst mal verkraften.« Er kramte in seinen Taschen, fand aber nicht, was er suchte. »Hast du ein Bonbon? Oder eine Zigarette? Oder eine Zyankalikapsel?«

»Wenigstens hast du auch noch Humor.«

»Purer Galgenhumor.« Ralfs Miene sprach Bände.

Senta reichte ihm ein Taschentuch, das er aber kopfschüttelnd ablehnte. »Redest du mit dem Staatsanwalt? Mich schmeißt der sofort raus. Du kannst dich ja hinter dem Informantenschutz verstecken.«

Ralf schnaubte, weiße Wolken tanzten vor seinem Gesicht. »Dein Realitätssinn leidet. Der zerreißt mich in der Luft, wenn ich meinen Informanten nicht nenne. Vor allem in dieser Sache. Und wenn nichts dran ist? Hast du die Auszüge gesehen? Hast du irgendwelche Beweise gesehen?«

Senta musste gestehen, dass sie Heinrich einfach geglaubt hatte.

Ralf schüttelte den Kopf. »Du weißt, ich mag dich sehr, und ich kann mir auch vorstellen, dass das alles stimmt. Aber solange ich nicht irgendwas in der Hand habe, werde ich mich nicht auf dem Schleudersitz niederlassen und so tun, als säße ich in einem Fernsehsessel. Und bevor du fragst: Ich werde nicht zu dieser anmaßenden Soko gehen, ich werde keinen von denen treffen, es sei denn, sie wollen mir offiziell Informationen geben.«

Senta hob die Hände. »Alles klar. Du kriegst Kopien der Auszüge.«

»Ist denen überhaupt klar, was sie erwartet, wenn das rauskommt? Und das wird es, das ist so sicher wie das Amen in der Kirche.«

»Sieh es doch mal so: Wir werden einen Skandal aufdecken.«

Ralf schnaubte verächtlich. »Das glaubst du doch selber nicht. Für eine Einflussnahme wird es nicht den geringsten Beweis geben.« Er musterte Senta. »Mein Gott, was Hormone anrichten können!«

»So ein Unsinn. Ich ticke ganz normal. Die ganze Sache stinkt doch zum Himmel. Und Mangold ist nur ein Teil im Puzzle. Was meinst du, warum wir keinerlei Spur finden? Weil wir an der vollkommen falschen Ecke suchen. Der Mord an Mangold hat etwas mit der Mumie zu tun! Könnte doch sein. Ein Heraldiker stöbert in der schmutzigen Vergangenheit von irgendwem, und das wird ihm zum Verhängnis. Vielleicht haben Schenk und Mangold zusammengearbeitet? Die Mumie lag drei Meter neben Schenk, der anscheinend ein Hobbyarchäologe war und auf der Suche nach irgendwelchen Geheimnissen.«

»Es gibt keine Verbindung zum Mord an Schenk. Vergiss es. Der Fall ist ausermittelt. Du selbst hast die Akten fertig gemacht und weitergegeben, und das in Rekordzeit. In zwei Tagen hast du die Arbeit von zwei Wochen gemacht. Hast du übrigens mitbekommen, was Anne Schnickel heute Morgen ausgesagt hat?« Ralf wartete nicht auf Antwort. »Sie hat die Ahle im Keller doch dabeigehabt. Sie hat sie in die Hand genommen und Schenk gedroht, ihn umzubringen.«

Senta stöhnte. »Hat sie zugestochen?«

Ralf seufzte. »Sie behauptet, nein. Sie hat es dabei bewenden lassen, ihm die Fingernägel durchs Gesicht zu ziehen. Die Ahle hat sie dann auf den Stuhl gelegt. Als Abschiedsgeschenk, so hat sie es genannt. Quasi ein Geständnis. Glaub mir, noch ein paar Tage oder Wochen U-Haft, und sie wird die ganze traurige Geschichte erzählen.«

»Und wenn wir doch einen Fehler gemacht haben? Wenn wir irgendein verdammtes Detail übersehen haben? Wenn Progalla froh ist, eine Schuldige zu haben?«

»Gib mir Fakten. Dann lege ich mich auch mit dem Innenminister an.«

Senta nickte. »Du hast ja recht. Ich werde dir die Unterlagen mailen.«

»Übrigens. Das mit dem Autoknacker kann auch Zufall gewesen sein. Du weißt doch, wie viele Autos in der Gegend da unten aufgemacht werden. Ihr interpretiert zu viel. Ihr seid nicht objektiv. *Du* bist nicht objektiv. Das weißt du genau, und du würdest mit Recht *mir* ins Gewissen reden, wenn es umgekehrt wäre. Ihr werdet Fehler machen, Menschen in Gefahr bringen. Und bevor ich es vergesse: Sag Thomasio einen schönen Gruß von mir. Wenn er Mist baut, sorge ich dafür, dass er einen fetten Denkzettel erhält. Er ist kein Polizist mehr. Er hat keine Legitimation mehr. Ende.«

»Mach ich.« Senta war sich nicht mehr sicher, ob es gut gewesen war, Ralf einzuweihen. Er hatte anders reagiert, als sie erwartet hatte. Hoffentlich hielt er sein Wort. Sie gingen zurück, und die Spannung zwischen ihnen war greifbar.

Inzwischen lag der Obduktionsbericht vor. Er konnte von jedem Rechner aus eingesehen werden. Drei Vollzeitkräfte waren von morgens bis abends damit beschäftigt, alle Unterlagen, die für einen Fall relevant waren, zu digitalisieren. Vernehmungsprotokolle, Fotos, Dokumente, Berichte, Lagebesprechungen. So konnte sich jeder Ermittler zu jeder Zeit einen Überblick verschaffen über den Stand der Dinge. Senta und Ralf waren einmal zu Besuch im Saarland gewesen und waren schockiert zurückgekehrt. Die Aktenhaltung dort war zu achtzig Prozent analog. Papier, Papier und nochmals Papier. Keine Indizes, keine Suchfunktion für einzelne Begriffe, nichts. Steinzeit. Trotzdem hatten die saarländischen Beamten eine tadellose Aufklärungsquote bei Kapitaldelikten. Ein Kriminalhauptkommissar aus Saarbrücken, Martin Bremer hieß er, hatte Senta beiseitegenommen und ihr erklärt, dass Technik wichtig sei, siehe DNA. Und sie spare auch Zeit. Den Fall müssten aber nach wie vor die Polizisten mit ihrem Gehirn lösen.

Trotzdem würde sie nicht auf diese Technik verzichten wollen. Innerhalb von wenigen Minuten wussten sie genau, wie Arne Mangold ermordet worden war. Schlageinwirkung mit einem stumpfen Gegenstand auf den Hinterkopf. Die Schädeldecke eingedrückt. Hirnblutung. Nach wenigen Minuten tot. Erschlagen in seinem Pensionszimmer, das über dem Rossneckarkanal lag. Der Täter musste Mangold dann aus dem Fenster geworfen haben, die Strömung hatte den Körper bis zu den Wasserrädern am Kesselwasen mitgenommen. Kein Zeuge. Unmengen an DNA-Material. Ständig wechselnde Mieter. Alle Mieter der letzten Zeit mussten angeschrieben werden, Proben mussten gezogen und mit den vorhandenen abgeglichen werden. Eine Nadel im Heuhaufen war nichts dagegen. Das Zimmer war ebenso wie Mangolds Stand durchsucht worden, aber niemand konnte sagen, ob etwas fehlte. Bis auf Senta. Aber die behielt es für sich, so wie sie es mit Heinrich vereinbart hatte. Die Fotos des Rings fehlten. Das ließ mehrere Schlüsse zu: Der Täter ist tatsächlich in der Geheimkammer gewesen. Er hat den Ring gesehen, aber nicht genommen, was er später wahrscheinlich bereut hat, weil der Täter die Bedeutung erst im Nachhinein erkannt hat. Er sieht bei Mangold die Fotos, wie auch immer das passiert sein mag, und erschlägt ihn. Hat er aus Mangold herausbekommen, wer ihm die Fotos gegeben hat? Denn derjenige wäre ja das nächste Opfer. Oder Heinrich wurde beobachtet, als er sie Mangold übergibt. Und drittens: Mangold findet etwas heraus, erliegt der Verlockung, handelt auf eigene Faust, erpresst den Mörder. Zumindest einmal war versucht worden, in Heinrichs Wagen einzubrechen, und zwar nicht von einem, der Geld oder wertvolle Geräte stehlen wollte. Heinrichs Auto sah man an, dass der Besitzer nicht viel besaß. Nicht einmal ein CD-Spieler war eingebaut. Heinrich war in Gefahr.

Senta verdrückte sich in den Hof und wählte Heinrichs Handynummer. Ausgeschaltet. Verdammt. Sie rief Thomasio an, der jedoch auch nicht wusste, wo Heinrich war. Frau Meyer, seine Wirtin, musste ebenfalls passen. Senta spürte ein Ziehen im Magen. Die Sache fing an, sich selbstständig zu machen. Vielleicht hatte Ralf doch recht. Eigentlich müsste sie jetzt zu ihrem Chef gehen. Sie knetete ihre Hände. Wenn sie doch einen Fehler gemacht hatte? Wenn Anne Schnickel unschuldig war? Dann war Heinrich einer großen Sache auf der Spur und der Mörder von Friedhelm Schenk und Arne Mangold ein und dieselbe Person. Und logischerweise noch auf freiem Fuß. Und es gab nur zwei Personen, die von dem Ring und Reinhild Wend wussten. Heinrich musste geschützt werden. Der Mörder würde nicht zögern. Er hatte die Schwelle zur Hölle schon längst überschritten. Heinrich war ihm auf der Spur. Ein weiterer Mord, eine weitere Verdeckungstat war so gut wie sicher.

30

Balduin Vornholt schritt mit schwingenden Armen über den Marktplatz. Das Gerichtshaus lag direkt gegenüber dem Salzbrunnen. Den Duft nach frischen Erdbeeren und würziger Kohlsuppe noch in der Nase, trat er durch die Tür und sprang die Treppe hinauf. Endlich war es so weit. Nachdem Eckhart, dieser Tölpel, fast zwei Wochen gebraucht hatte, um das Siegel zu besorgen, danach die Schreiberin sich noch mal zwei Tage Zeit gelassen hatte für ihre Arbeit, konnte er endlich zur Tat schreiten.

Im Gerichtssaal war es dunkel und kühl. Die zwölf Richter erwarteten ihn mit ernsten Mienen. Sie saßen auf Schemeln um einen langen, schweren Eichentisch, an dessen Kopfende der Schultheiß Hannes Remser auf einem Scherenstuhl thronte. Vor ihm lag der Gerichtsstab. An einem Pult unter dem Fenster stand der Schreiber, die Feder in der Hand, den Kopf über das Pergament gebeugt. Auch Lennhart Schankherr war bereits eingetroffen, mit verschränkten Armen stand er da und musterte seinen Kontrahenten mit verächtlicher Miene.

»Was habt Ihr Euch jetzt wieder ausgedacht, Vornholt?«, fragte er mit näselnder Stimme. »Ihr könnt es einfach nicht lassen.« Er ließ seinen Blick beifallheischend über die Gesichter der Anwesenden kreisen, die leise miteinander tuschelten, doch niemand schloss sich ihm an. Der Schultheiß klopfte mit dem Gerichtsstab auf den Tisch, Ruhe trat ein.

»Tretet vor, Meister Balduin. Ihr erhebt Anrecht auf die Herberge ›Zum Eichbrunnen‹ samt Garten und Stallungen. Meines Wissens ist das Anwesen seit Generationen im Besitz der Familie Schankherr, ich habe hier eine Urkunde, die einem gewissen Heinrich Schankherr das Schankrecht bewilligt. Sie ist mehr als hundert Jahre alt. Was habt Ihr dazu zu sagen?«

Der Schultheiß wedelte mit einem Pergament und musterte Vornholt argwöhnisch. Er war dick und kurzatmig, und die für seine Verhältnisse lange Rede hatte ihn ins Schwitzen gebracht. Kleine Schweißperlen schimmerten auf seiner Stirn.

»Das ist unbestritten.« Vornholt verneigte sich. Zur Feier des

Tages trug er seine samtenen Beinlinge mit der Silberstickerei, eine weiße bestickte Cotte und einen Surcot aus leuchtendem rot-grünem Samt. Echtem Samt aus Lucca, keinem billigen Wollimitat aus Venedig. Bevor er weitersprach, studierte er die Gesichter der Richter. Den meisten schien es ähnlich zu gehen wie dem Schultheiß, ihnen war die Angelegenheit lediglich lästig. Es war ihnen gleich, wem die Herberge »Zum Eichbrunnen« gehörte, solange der Wirt ordentlich seine Steuern zahlte. Bedächtig zog Vornholt eine Pergamentrolle aus der Tasche.

»Das ist unbestritten, da stimme ich zu«, wiederholte er. »Doch drei Generationen später wurde das Haus verkauft. Und zwar an meinen Urgroßvater.«

»Lüge! Alles Lüge!« Schankherr schüttelte aufgebracht die Faust. Nichts war mehr übrig von der überlegenen Ruhe, die er noch Augenblicke zuvor ausgestrahlt hatte.

»Lasst Meister Balduin aussprechen, ich bitte Euch.« Ein anderer Richter war aufgesprungen, ein dürres Männlein mit schütterem Haar. Es war Gerold von Türkheim, Oberhaupt einer der mächtigsten Familien von Esslingen. Sein Vater war vor Jahren Oberbürgermeister gewesen.

»Ich danke Euch, Herr von Türkheim.« Wieder verneigte Vornholt sich, warf Schankherr einen kurzen Blick zu. In seinen Augen blitzte der Triumph. »Nun, wie ich bereits sagte, das Haus wurde verkauft. Und ich kann es beweisen.« Er schritt auf Remser zu und überreichte ihm die Urkunde. Dieser entrollte das Dokument und studierte den Inhalt, dann reichte er das Pergament an seinen Nachbarn weiter. Langsam wanderte Reinhilds Fälschung von Richter zu Richter, nacheinander begutachteten die Männer sie. Einer hielt das Pergament prüfend ins Licht, ein anderer studierte eingehend das Siegel, das mit einem Band ans untere Ende des Pergaments gebunden war. Dann kratzte er sich ratlos am Kopf. Schließlich sprach der Schultheiß erneut.

»Wie kommt es, dass Ihr diesen Kaufvertrag erst heute präsentiert?«, fragte er. »Wenn Eurer Familie die Herberge schon seit fünf Jahrzehnten gehört?«

Schankherr stieß ein zustimmendes Knurren aus, doch er schwieg.

Vornholt räusperte sich. »Natürlich wusste man in unserer Familie all die Jahre, dass das Anwesen eigentlich uns gehört. Doch die Urkunde war verschwunden. Was sollten wir also tun? Erst jetzt habe ich in einem geheimen Fach in einer Truhe, die meinen Vorfahren gehörte, diese Pergamentrolle entdeckt, und endlich kann Unrecht in Recht gewandelt werden.«

»So ein Unfug! Dieser Schurke lügt, wenn er nur den Mund aufmacht!« Schankherr machte ein paar Schritte auf Vornholt zu. »Seit Jahren schon wollt Ihr mir meine Herberge streitig machen. Ihr seid ein elender Betrüger!«

Vornholt lächelte. »Nicht *ich* bin der Betrüger.«

Schankherr packte Vornholt am Surcot. Der Schultheiß sprang auf. »Büttel. Setzt diesen Mann fest!«

Zwei Büttel kamen herbeigestürzt und packten Schankherr, der vor Schreck blass wurde.

»Bitte verzeiht, Schultheiß. Ich habe für einen Augenblick die Beherrschung verloren. Bitte! Es wird nicht wieder vorkommen, ich verspreche es.«

Remser wechselte einen Blick mit Gerold von Türkheim, dann nickte er. »Nun gut. Lasst ihn los.« Er überlegte. »Ich gebe Euch drei Tage, mir einen Beweis dafür zu bringen, dass der ›Eichbrunnen‹ Euer rechtmäßiger Besitz ist. Solltet Ihr in drei Tagen nichts vorzuweisen haben, muss ich diese Urkunde anerkennen und Meister Balduin zusprechen, was rechtmäßig ist.«

Schankherr blickte erschrocken von einem Richter zum anderen, die alle zustimmend nickten. Ohne ein weiteres Wort wankte er mit gesenktem Kopf aus dem Saal.

»Habt Dank, edle Richter. Schultheiß. Ihr habt weise entschieden.« Vornholt nickte jedem der Herren kurz zu.

Der Schultheiß winkte unwirsch ab. »Jaja, schon gut. Lasst uns jetzt allein. Wir sehen uns in drei Tagen.«

Rasch verließ Vornholt das Gerichtshaus. Es hätte kaum besser laufen können. Die drei Tage würden schnell vergehen. Und welchen Beweis sollte Schankherr schon hervorhexen? Es gab keinen. Vor dem Gebäude blieb Vornholt kurz stehen und rieb sich die Hände. In drei Tagen würde der »Eichbrunnen« ihm gehören. Er straffte die Schultern. Bald war er der einflussreichste Wirt ganz Esslingens. Und das war erst der Anfang.

In Hochstimmung erreichte er die Bindergasse. Vor dem »Eichbrunnen« blieb er stehen und ließ seinen Blick genussvoll über die

Fassade gleiten. Der Lehm zwischen dem Gefache war hier und da bröckelig, das Holz schrie nach einem Anstrich. Ein wenig Farbe, und das Haus würde aussehen wie neu. Er sah sich schon mit stolzgeschwellter Brust vor dem Eingang stehen, Balduin Vornholt, Herr der zwei größten Herbergen in Esslingen. Vornehme Gäste würden in seinem Haus absteigen und seine Gastfreundschaft genießen – und viel Geld dafür bezahlen. Ja, vielleicht würde sogar der König selbst es sich bei seinem nächsten Besuch nicht nehmen lassen, bei ihm, Meister Balduin Vornholt, einzukehren.

Zwei Burschen mit einem Karren kamen die Straße heruntergerannt, vom Oberen Tor her näherte sich ein Gefährt, beladen mit Stoffballen. Die Tagträumerei zerplatzte wie ein teures venezianisches Trinkgefäß auf einem harten Steinboden, die Wirklichkeit kehrte zurück. Noch drei Tage! Vornholt wandte sich ab und betrat den »Schwarzen Bären«.

Eine Magd stürzte ihm entgegen. »Ihr habt Besuch, Herr. Ich wusste nicht, wo ich die … die Frau auf Euch warten lassen sollte. Sie ist in der Stube.«

»Welche Frau?«, fragte Vornholt unwirsch. Ihm stand der Sinn nicht nach lästigen Besuchern. Er war in Feierlaune.

»Ich weiß nicht, Herr. Sie sagt, sie sei eine Freundin von Euch.«

Reinhild, schoss es Vornholt durch den Kopf. Doch er verwarf den Gedanken sofort wieder. Die Schreiberin würde sich kaum seine Freundin nennen. Ein wohliges Kribbeln krabbelte durch seinen Unterleib. Nein, freiwillig würde sie das niemals tun. Aber er hatte das Mittel, sie dazu zu bringen. Sie noch zu ganz anderen Dingen zu bringen.

Er riss seine Gedanken von Reinhild fort und bohrte seinen Blick in die Magd. »Was für eine Freundin? Was soll das heißen?«

»Ich … ich kenne sie nicht, Herr. Doch ihrer Kleidung nach …« Ihre Stimme versickerte. Verlegen schabte sie mit den Füßen über den gestampften Lehmboden des Schankraums.

Vornholt kniff die Augen zusammen, dann schritt er die Treppe hoch.

Auf der Türschwelle blieb er wie vom Donner gerührt stehen.

»Agnes!«, rief er empört. »Was in des Teufels Namen tust du hier? Scher dich fort!«

Agnes war erschrocken drei Schritte zurückgetreten, als Vorn-

235

holt hereinkam, doch sie machte keine Anstalten, das Haus zu verlassen.

»Was willst du?«, herrschte Vornholt die Hure an.

»Ich bin gekommen, um Euch etwas mitzuteilen«, begann Agnes. Sie hielt den Kopf schamvoll gesenkt, doch in ihren Augen funkelte es siegessicher.

Vornholt beäugte sie misstrauisch. »Was?«

»Es geht um die Dorothea.«

»Was ist mit der?« Langsam, ganz langsam, stieg ein schrecklicher Gedanke in Vornholt hoch.

»Sie ist tot, Meister Balduin.«

»Tot?« Vornholt spürte, wie sein linkes Auge zu zucken begann. »Was hab ich damit zu schaffen?«

Agnes strich sich über das blassgelbe Gewand, Kennzeichen ihres Berufsstandes, bevor sie weitersprach.

»Es ist wegen dem Eckhart, Eurem Sohn, Herr. Der Herr Konrad weiß ja nicht, wer die arme Dorothea so übel zugerichtet hat, dass der Herrgott sie jetzt zu sich genommen hat. Wenn er's erfährt, will er den Schurken zu Brei schlagen, hat er gesagt. Wie ein Rasender ist er durch das Haus gerannt und hat gedroht, er wird vor dem Rat Ersatz fordern. Nicht ruhen will er, bis der Verantwortliche ordentlich zur Rechenschaft gezogen wurde. Das gäb ein hübsches Gerede um Euren Sohn, meint Ihr nicht, Meister Balduin?«

Vornholt war wütend auf sie zugesprungen. Wieder tanzten diese roten Punkte vor seinen Augen, die er immer sah, wenn er die Beherrschung verlor. Nur mit Mühe bezwang er den Drang, Agnes die Finger um den schlanken Hals zu legen und ihr für immer das Mundwerk zu stopfen.

»Du sagst, außer dir weiß keiner, dass es der Eckhart war?«, fragte er lauernd.

»Keiner, ich schwör's bei allen Heiligen.«

»Dann soll es auch so bleiben.«

»Sicher, Meister Balduin.« Sie lächelte süß. »Doch Ihr müsst verstehen. Die Geschäfte gehen schlechter, jetzt, wo die Dorothea nicht da ist und mein Herr alle Kunden mit seinem Geschrei vertrieben hat.«

»Du sollst dein Schweigen nicht bereuen, teuerste Agnes. Dessen kannst du gewiss sein.« Er zögerte. »Doch gib mir bis morgen Zeit. Dann sollst du so viel Geld von mir bekommen, dass du ein neues Leben als ehrbare Frau damit beginnen kannst. Wie hört sich das an?«

Agnes strahlte. »Danke, Meister Balduin. Ihr seid ein Mann mit einem großen Herzen. Bis morgen dann.«

Mit wiegenden Schritten verließ sie das Zimmer und stieg die Treppe hinunter. Vornholt beobachtete durchs Fenster, wie sie in die Strohgasse bog.

Na warte, du kleine Schlange, dachte er, mit dir werde ich auch noch fertig.

31

Der dicke braune Umschlag hatte fast nicht in den Briefkasten gepasst. Heinrich zog ihn heraus. Den Absender kannte er nicht. Er riss ihn auf und nahm das Anschreiben heraus. Es stammte von Arnim von Freienberg, Siegelforscher.

»Sehr geehrter Kollege Morgen, Arne Mangold hat mich beauftragt, für Sie die Bedeutung eines Siegels zu klären, dessen Fotos er mir zugesandt hat. Es sind die Originale, deswegen gehen sie zu meiner Entlastung an Sie zurück. In den Anlagen finden Sie alle nötigen Quellen und meine Honorarrechnung.
Hochachtungsvoll
Arnim von Freienberg«

Selbst die Rechnung über eintausenddreihundertachtzig Euro und siebzig Cent konnte Heinrichs Freude nicht schmälern. Er zügelte seine Neugierde, steckte den Umschlag in seine Tasche und machte sich auf den Weg in die Stadt, ins »Café Maille«. Hier würde ihn niemand stören. Richard hatte das Café empfohlen, er war um zehn dort mit ihm verabredet.

Das Handy hatte Heinrich abgeschaltet, vor ihm standen ein Latte macchiato und auf einem Teller ein angebissenes Croissant. Heinrich fieberte. Eine Schweißperle hielt sich einen Moment am Haaransatz, kullerte die Stirn hinunter und versickerte in den Augenbrauen. Langsam zog er die edlen gebundenen Bögen aus dem Umschlag. Das Deckblatt verkündete den Inhalt: »Gutachten über einen Siegelring, gefunden in der Stadt Esslingen«. Arnim von Freienberg versicherte an Eides statt, nach bestem Wissen und Gewissen recherchiert zu haben. Heinrich überging die wissenschaftlichen Nachweise der Herkunft des Wappens und las rasch weiter.

Der Ring hatte einem Esslinger Bürger gehört. Das Wappen repräsentierte eine angesehene Sippe: die ehrenwerte Familie des Schankmeisters Balduin Vornholt. Er ging den Index durch, den er angelegt hatte. Ganz am Ende. »Vornholt, Balduin«. Schnell hatte er die entsprechenden Stellen in seinen Aufzeichnungen gefunden. Vornholt war verheiratet gewesen, die Ehe hatte mehrere Kinder hervorgebracht, aber nur ein Sohn hatte das heiratsfähige Alter erreicht. Was aus dem Sohn geworden war, darüber hatte Heinrich bisher keine Aufzeichnungen gefunden. Heinrich blätterte. Vornholt hatte eine Herberge besessen. Er studierte den Stadtplan. Phantastisch! Die Herberge und das Haus, unter dem der Keller mit Friedhelm Schenk, der Mumie und dem Spiegel lag, waren ein und dasselbe gewesen! Strohstraße/Ecke Bindergasse. Heute hieß die Bindergasse Küferstraße. Natürlich. Küfer und Binder war ein und derselbe Beruf gewesen. Heinrich lachte über sich selbst. Manchmal lag die Lösung so nahe, dass man nicht darauf kam. Seine Fragen blieben aber so bohrend wie vorher. Ob Balduin Vornholt eine echte Leiche im Keller gehabt hatte? Warum hatte die Mumie den Siegelring der Familie Vornholt am Finger? War es eine unliebsame Mätresse gewesen, die er hatte verschwinden lassen? Oder war es doch diese Reinhild Wend gewesen, geborene von Ulm? Warum hatte in den Jahrhunderten niemand die Geheimkammer gefunden?

Heinrich wusste, auf die meisten Fragen würde er keine Antwort bekommen, es sei denn, jemand würde ihm eine Zeitmaschine ausleihen. Auf jeden Fall hatte er den Namen Vornholt in einem anderen Zusammenhang schon gelesen. Ein Prozessprotokoll. Darin ging es um die Besitzverhältnisse der Herberge »Zum Eichbrunnen« in Esslingen in der Nähe des Oberen Tores, dem heutigen Wolfstor. Vornholt hatte Anspruch erhoben und eine Urkunde vorgelegt, die ihn als Eigentümer auswies und die vom Rat als echt akzeptiert wurde. Eine kurze Sache, unspektakulär, das Haus wurde dem rechtmäßigen Besitzer zugesprochen, die Eintragungen in den Grundbüchern korrigiert. Das passierte häufig. Ob die Urkunde echt gewesen war oder nicht, das konnte Heinrich nicht beurteilen. Die Wahrscheinlichkeit stand fünfzig-fünfzig, denn im Mittelalter wurden Dokumente reihenweise gefälscht. Je mächtiger die Betrüger, desto schlechter die Geschichten, bis hin zu lapidaren Erklärungen, das Dokument sei ja jetzt da, und fertig. Ganze Abteilungen in Klöstern waren mit Fälschungen befasst gewesen. Aber wehe, es kam heraus. Dann drohten drakonische Strafen, zumindest für die unteren Schichten.

Heinrich schaute auf die Uhr. Zehn nach zehn. Er hatte sich mit Richard um zehn verabredet, weil er Interesse gezeigt hatte an der Mumie und Heinrich ihn auf den neuesten Stand bringen wollte. Gerade als Heinrich sein Handy einschalten wollte, kam Richard herein.

»Hallo, Heinrich, entschuldige die Verspätung, ich musste noch etwas an meinem Stand machen.« Er ließ sich fallen und schnaufte. »Bin auch nicht mehr der Jüngste.« Hastig legte er seinen prächtigen purpurfarbenen Surcot ab, zog sich die Gugel vom Kopf und lachte. »Also ich wollte nicht im Mittelalter leben müssen. Alles viel zu kompliziert, und ständig muss man frieren, weil man zwölf Stunden am Tag draußen herumläuft und keine Zentralheizung hat. Und? Gibt's was Neues?« Er deutete auf die Papiere. »Mein Gott, das sind ja mindestens zweihundert Seiten!«

Heinrich klopfte auf die Stapel. »Dreihundertsiebenundsechzig, und ja, es gibt etwas Neues. Erstens: Die Mumie ist mit großer Wahrscheinlichkeit nicht die Schreiberin Reinhild Wend. Zweitens: Das Haus samt Keller gehörte mit an Sicherheit grenzender Wahrscheinlichkeit einem gewissen Balduin Vornholt.« Heinrich musste vorsichtig sein, damit er sich nicht verriet. Auch Richard gegenüber musste er den Ring verschweigen. Aber seine Phantasie durfte Heinrich spielen lassen. »Meine These: Die Frau ist Vornholts Schwester, die unter Wahnvorstellungen gelitten hat. Sie bestellt Reinhild Wend, um ein Geständnis zu verfassen. Vornholt versteckt seine Schwester und das Geständnis im Keller. Seine Schwester stirbt irgendwann, er versiegelt den Keller, und Vergessen breitet sich über die Affäre. Aber dagegen spricht natürlich die Unterschrift unter dem Geständnis. Es sei denn, jemand hat die Unterschrift später gefälscht. Es gibt noch eine These: Der Vater der Schreiberin hieß Arnulf von Ulm. Früh verwitwet, sehr wohlhabend. Lebte in der Nähe des Rathauses in einem Steinhaus, einem sogenannten Wohnturm. Ein echter Bonze für damalige Zeiten. Reinhild war sein einziges Kind. Es ist ein Brief an einen Großcousin erhalten, datiert auf den Juni 1324, in dem er beklagt, dass er keine Tochter mehr hat. Sie muss also um diese Zeit herum verschwunden sein. Also könnte die Mumie doch Reinhild Wend sein. Es gibt keine Hinweise auf ein Verbrechen. Allerdings können wir das erst mit Gewissheit sagen, wenn die Mumie untersucht

240

worden ist. Es gibt hundert mögliche Varianten. Mir fehlen einfach die Fakten.«

»Unglaublich. Woher weißt du das alles? Das ist ja ein richtiger Krimi!«

Heinrich freute sich über Richards Interesse an einem eigentlich trockenen Stoff. »Willst du mehr hören?«

»Klar!«

»Im Stadtarchiv findet man unterschiedlichste Dokumente. Steuerlisten, Sterberegister, Ratsprotokolle, Laderegister, Rechnungen, Urteile und im Fall von Ulm sogar private Korrespondenz mit seinem Großcousin. Leider ist nur ein Bruchteil der verfassten Dokumente überliefert.«

Richard hob einen Zeigefinger. »Der große Brand von 1701!«

»Sehr gut. Du kennst dich aus in Esslinger Geschichte?«

»Ein wenig. Wie bist du denn überhaupt auf diesen Vornholt gekommen?« Richard nippte an seinem Kaffee und kniff die Augen zusammen.

»Gute Frage. Das Haus war eine Gastwirtschaft, darüber gibt es Besitzurkunden.«

Richard lachte. »Unglaublich. Und das alles hast du aus ein paar Dokumenten im Archiv?«

Heinrich sonnte sich in Richards Bewunderung. »Das ist mein Beruf.«

»Logisch.« Richard faltete die Hände. »Nehmen wir mal an, die Mumie ist Reinhild Wend. Dieser Vornholt hat also ihr Geständnis gehabt. Dann könnte es doch Mord gewesen sein?«

»Wenn es Mord war, dann hat sie vielleicht irgendetwas gewusst, was Vornholt hätte zu Fall bringen können. Balduin Vornholt hat zu seinen Lebzeiten sein Geschäft Schritt für Schritt ausgeweitet. Angefangen hat er mit der Schankstube seines Vaters, ›Zum schwarzen Bären‹ hieß sie. Entweder hat er seine Einnahmen dem Fiskus verschwiegen, oder der ›Schwarze Bär‹ warf nicht viel ab. Seinem Sohn hat er zwei Schenken hinterlassen, die satte Gewinne brachten. Den ›Schwarzen Bären‹ und den ›Eichbrunnen‹, den er vom Gericht zugesprochen bekam. Das steht in den Steuerbüchern, die noch erhalten sind. Kann gut sein, dass er seinem Glück etwas nachgeholfen hat. Oder er hat sein gutes Recht wiederhergestellt. Zwei Möglichkeiten. Wenn die Sache mit dem ›Eichbrun-

nen‹ rechtens war, dann hat er vielleicht etwas über Reinhild Wend
gewusst und sie mit dem Geständnis gefügig gemacht. Wollte er in
die wohlhabende Familie von Ulm einheiraten? Wenn die Sache
nicht rechtens war, muss er ein gefälschtes Dokument vorgelegt
haben, und du könntest recht haben.«

Heinrich ließ Richard einen Moment zum Überlegen.

»Reinhild Wend fälscht das Dokument und wird damit zur Gefahr für Vornholt. Aber warum unterschreibt sie dann ihr Todesurteil? Warum gibt sie sich Vornholt in die Hand? Das ist seltsam. Eigentlich hat *sie* doch das Messer an Vornholts Hals?«

»Ja, das macht einen Mord unwahrscheinlich. Außerdem ist es
nicht nachvollziehbar, warum die Leiche im Keller liegen blieb.
Nein, ich bin mir ziemlich sicher: Die Mumie ist nicht Reinhild
Wend, sondern eine Verwandte oder Mätresse von Vornholt, die
entweder eines natürlichen Todes gestorben ist oder Selbstmord
begangen hat. Letztlich bleibt alles Spekulation und ist wissen-
schaftlich nicht einen Heller wert. Die Mumie müsste obduziert
werden. Dann wüssten wir wenigstens, ob ein Verbrechen in Frage
kommt oder nicht. Weiß du, was mit der Mumie ist?«

Richard nickte. »Eine Provinzposse. Sie liegt immer noch im
Kühlfach. So schnell kommt da keiner ran.«

Heinrich schüttelte resigniert den Kopf. »Das ist nicht zu fassen.« Er nahm einen Schluck Kaffee. »Ich kann nichts daran ändern. Was mir jetzt noch bleibt, ist herauszufinden, ob Balduin
Vornholt oder Reinhild Wend Nachfahren haben. Und ob es in
deren Familienbesitz noch irgendwelche Dokumente gibt.«

»Wohl kaum.« Richard räusperte sich.

Heinrich schüttelte den Kopf. »Du glaubst gar nicht, was Menschen über Jahrhunderte hinweg aufheben. Nicht immer Originale. Aber doch Quellen, die es erlauben, Schlussfolgerungen zu ziehen. Oder Hinweise auf andere Quellen enthalten.«

Richard beugte sich vor. »Und für so eine Geschichte interessiert
sich niemand außer dir und mir?«

»Nicht ganz. Die Zeitungen berichten regelmäßig und zügeln
ihre Phantasie ebenso wenig, wie wir das tun. In Fachkreisen gilt
die Mumie als bedeutende, aber nicht umwälzende Entdeckung.
Wenn ich die Fakten zusammenhabe, werde ich das natürlich ver-
öffentlichen.«

»Logisch. Ist ja auch eine spannende Sache.« Richard ließ sich
wieder nach hinten fallen.

Heinrich nippte an seinem Glas und spann seine Geschichte weiter. Es machte Spaß, zu fabulieren, es machte Spaß, aus ein paar Fakten eine Geschichte zu basteln, es machte riesigen Spaß, wie Gott
Menschen zu lenken und ihr Schicksal neu zu erfinden, ohne den
Zwang wissenschaftlicher Genauigkeit.

»Stell dir vor, es klingelt, du machst die Tür auf, ein Beamter hält
dir einen Wisch vor die Nase, aus dem hervorgeht, dass du in zwei
Tagen dein Haus verlassen musst, weil es gar nicht dein Haus ist,
obwohl du es von deinen Eltern geerbt hast und die von ihren. Das
ist häufig passiert.«

Richard krauste die Stirn. »Da kann man richtig wütend werden,
wenn einem so was passiert.«

»Ich werde morgen noch mal ins Stadtarchiv gehen und herausfinden, um welches Haus es sich gehandelt hat bei dieser Herberge
›Zum Eichbrunnen‹, ob es noch steht und was mit den Leuten passiert ist, denen es abgenommen wurde.« Heinrich nahm einen kräftigen Schluck Kaffee, stellte das Glas wieder ab.

»Steht das nicht in dem Gerichtsprotokoll?«

»Indirekt schon. Aber im 14. Jahrhundert gab es noch keine
Adressen mit Straße und Hausnummer, sondern irgendwelche Na-
men, zum Beispiel: ›Das Haus vom Schankherr, in der Nähe des
Oberen Tores gelegen, direkt vor dem Eichbrunnen.‹«

Richard hatte den Kopf gesenkt, schien in Gedanken versunken.

»Alles klar?«, fragte Heinrich.

Richard schreckte hoch, lächelte. »Ja. Ist alles logisch. Ich habe
mir das nur gerade vorgestellt, wie das sein muss. Plötzlich alles zu
verlieren. Nur weil irgendein mieser Betrüger daherkommt und einen übers Ohr hauen will. Das ist nicht schön. Das verdammte Geld.
Letztlich macht es jeden kaputt.«

Heinrich wiegte den Kopf. »Geld zu haben wäre mir persönlich
sympathischer, als keins zu haben.«

Richard errötete leicht. »Wenn du Geld brauchst …«

Heinrich schüttelte den Kopf. »Das ist lieb von dir, aber im Moment geht es. Wenn ich mal einen Tausender fürs Kasino brauche,
sage ich Bescheid. Oder wenn ich ernsthaft in Not bin. Danke für
dein Angebot.«

Richard nickte und leerte seine Kaffeetasse in einem Zug. »Gut. Ich ziehe mal weiter, hab noch ein paar Termine. Um zwei ist Soko-Treffen?«

»Um zwei«, bestätigte Heinrich.

»Warum schreibst du nicht historische Romane? Mit deinem Wissen und ein wenig Phantasie wäre das doch kein Problem, oder?« Richard zwängte sich in seine Mittelalterkluft, bezahlte die Rechnung und hetzte los.

Wieso nicht?, dachte Heinrich. Das Genre boomte, in den Buchhandlungen stapelten sich die Romane. Wäre eine Alternative zum Schwerterverkaufen. Er könnte mit der Geschichte von Reinhild Wend und Balduin Vornholt anfangen, ihr Schicksal erfinden, dort, wo die Quellen Lücken ließen.

Er bestellte noch einen Latte macchiato, verwarf den Gedanken und vertiefte sich in die Kopien der Listen und Dokumente. Der Ring. Der verdammte Ring. Statt das Rätsel zu lösen, hatte der Ring alles komplizierter gemacht. Warum trug diese Frau den Siegelring der Vornholts?

Er blätterte weiter und stutzte. Beim ersten Durchsehen der Papiere war ihm das gar nicht aufgefallen, und jetzt sprang es ihn geradezu an.

»Ach du Scheiße noch mal!«, rief er aus, so laut, dass sich die Gäste nach ihm umdrehten. »Der Name. Es ist der Name.« Er hielt sich die Hand vor den Mund, raffte die Papiere zusammen, warf einen Zwanzig-Euro-Schein auf den Tisch und hatte es auf einmal genauso eilig wie Richard.

Heinrich stürzte auf die Straße, wandte sich in Richtung Archiv, blieb aber abrupt stehen. Zuerst die Mumie.

Frechheit siegt, beschloss er, jetzt kam es auch nicht mehr drauf an, zusätzlich wegen Hochstapelei und Urkundenfälschung angeklagt zu werden.

Er setzte ein Schreiben auf, das von Herrn Prof. Dr. Dr. Rinne unterzeichnet war. Der bat darum, dem Historiker und Archäologen Heinrich Morgen Zugang zur Mumie zu verschaffen für eine »Inaugenscheinnahme«. Unter Kollegen sozusagen.

An den Städtischen Kliniken arbeiteten über tausend Menschen, davon fast hundert Ärzte.

Die Schwester an der Rezeption verhielt sich vorbildlich. Sie las das Schreiben, bat um Heinrichs Ausweis, warf einen kurzen Blick darauf, gab ihn zurück und nickte. Da Heinrich noch nie hier gewesen war, rief sie einen Zivildienstleistenden, der ihn begleiten sollte.

Heinrich hatte sich den Raum größer vorgestellt. Der Zivi erklärte, die Leichen würden hier zwischenlagern, die Mumie sei nur Gast. Der Boden war gekachelt, es gab einen Tisch, keinen Stuhl; sechs Fächer mit Griffen, wie an einem alten Kühlschrank, verwahrten die Toten. Der Zivi zog an einem der Griffe, die Lade öffnete sich, mit einem leisen Sirren fuhr die Bahre heraus. Aber da lag keine Mumie drin. Ein Mann, so fett, dass er fast nicht hineinpasste in das Fach. Der Zivi verzog das Gesicht, ließ es wieder zuschnappen und öffnete das nächste.

Heinrich unterdrückte ein euphorisches Geräusch. Da lag sie. »Sie haben zehn Minuten«, sagte der Zivi, ging in eine Ecke und nahm ein Buch aus der Tasche.

Heinrich musste einfach fragen. »Interessiert Sie das nicht? Eine Frau, die vor siebenhundert Jahren gestorben ist?«

Der Zivi blickte noch nicht einmal auf. »Alles alter Quatsch, der keinem was nutzt.«

Heinrich zuckte die Schultern und wandte sich der Mumie zu. Vorsichtig hob er die Haube an, dem Zivi war das vollkommen egal. »Inaugenscheinnahme« hieß normalerweise: Finger weg!

Die Schädeldecke schien intakt. Die langen Haare waren zum Teil ausgefallen, die Kopfhaut vertrocknet, die Augen vollkommen eingefallen. Das Relief des Schädels zeichnete sich deutlich ab, die Zähne sahen gesund aus, ein Zeichen, dass die Frau jung gewesen sein musste und sich gut ernährt hatte. Der Stoff des Kleides war intakt, soweit Heinrich es beurteilen konnte. Er wusste, wie leicht er einen Riss im Kleid übersehen konnte. Über die Jahrhunderte hinweg konnten sich die Fasern so sehr verschieben, dass die Zerstörung nicht mehr mit dem bloßen Auge zu sehen war. Hätte er die Mumie nur richtig untersuchen können. Innerhalb von ein paar Stunden wäre alles klar gewesen. Vielleicht auf dem Rücken?

Heinrich schielte hinüber zum Zivi. Der stand in der Ecke und war vertieft in sein Buch. Das Gute an Mumien war, dass sie so gut wie nichts mehr wogen. Er hob die Tote seitlich an, hier und da knacksten die Knochen, aber in der Zivi-Ecke blieb es ruhig. Vorsichtig legte er sie wieder auf den Rücken. Nichts. Keine sichtbaren Anzeichen für eine Verletzung. Ohne Obduktion konnte er keine Aussage treffen. Die Mumie schwieg. Die Spur zu Friedhelm Schenks und Arne Mangolds Mörder führte also nicht über die tote Frau vor ihm, sondern über das Motiv, warum jemand verhindern wollte, dass ihre Identität bekannt wurde. Er musste ins Stadtarchiv, seine Recherchen vollenden. Wenn zutraf, was er vermutete, dann war er dem Mörder bedenklich nahe.

32

Johann von Gent kniff die Augen zusammen. Ja, sie war es. Reinhild. Mit gestrafften Schultern und festen Schritten trat sie auf den Stand des Seifensieders zu. Der reichte ihr ein Dutzend Talgkerzen, die sie bezahlte und in ihren Korb packte. Johann beobachtete, wie sie ihre Haube zurechtrückte, bevor sie weiterging. Er kannte diese Geste, wusste genau, wie sie mit den Fingern rasch über den Rand des Stoffes fuhr, um zu fühlen, ob ihre Haare noch vollständig bedeckt waren. Sie schlug dabei die Augen nieder und senkte den Kopf, so als wolle sie nicht gesehen werden. Oft genug hatte er sie diese Bewegung ausführen sehen, während sie auf dem Schemel in der Kirche saß, damit er sie malen konnte, sie war ihm vertraut, so als wäre es ein Geheimnis zwischen ihnen beiden.

Er beschleunigte seine Schritte. »Reinhild!«

Sie blieb stehen, drehte sich um und sah ihn überrascht an. Wortlos standen sie zwischen den Ständen der Bäcker, der Duft nach süßem Früchtebrot hing betörend schwer in der Luft.

»Meister Johann, wie schön, Euch zu sehen.« Sie lächelte, doch sie schien unsicher, so als wisse sie nicht genau, ob sie sich über seinen Anblick freuen dürfe.

»Ich finde es ebenfalls schön, Euch zu sehen«, sagte Johann. »Leider hatte ich in letzter Zeit viel Arbeit in der Kirche, deshalb hatte ich keine Gelegenheit, Euch einen Besuch abzustatten. Sicherlich hattet Ihr auch alle Hände voll zu tun?«

Sie nickte. Eine rundliche Frau mit einem Korb voller Brote drängte sich an ihnen vorbei und schubste Reinhild in Johanns Richtung. Einen winzigen Augenblick lang berührten sich ihre Finger, dann zuckte Reinhild zurück.

»Ich habe in der Tat alle Hände voll zu tun«, antwortete sie. »Eva ist erst seit Kurzem ganz genesen, sodass ich alle Aufträge allein erledigen musste. Jetzt hilft sie mir wieder bei meinen Schreibarbeiten.«

Johann sah sie aufmerksam an. Da waren Schatten um ihre Augen, die er vorher nie dort gesehen hatte.

»Geht es Euch gut?«, fragte er. »Ihr seht ein wenig müde aus.«

»Nur die viele Arbeit.« Verlegen strich sie über ihre Haube. »Deshalb muss ich nun auch weiter. Gehabt Euch wohl, Meister Johann.«

Sie wollte an ihm vorbeigehen, doch er stellte sich ihr in den Weg. »Auf ein Wort noch, Reinhild.«

»Ja?« Sie umfasste den Korb, als wolle sie sich daran festhalten.

»Ich lasse Euch nicht gehen, bevor ich Euch nicht das Versprechen abgerungen habe, mich heute noch in der Kirche zu besuchen. Das Marienbildnis ist fertig, ich möchte wissen, wie es Euch gefällt.«

»Heute noch?« Ihr Blick wurde unsicher. »Ich würde gern kommen, doch ich weiß nicht, ob es sich einrichten lässt.«

»Tut mir diesen Gefallen. Ich bitte Euch.«

Sie schien sich einen Ruck zu geben. »Also gut. Aber dann möchte ich es jetzt gleich tun, wenn es Euch recht ist.«

»Nichts ist mir lieber. Kommt!« Er drehte sich um und machte ein paar Schritte über den Marktplatz auf die kleine Kapelle zu, die zum Katharinenhospital gehörte. Reinhild folgte ihm. Sie passierten die Kapelle, den Wohnturm der Familie Burgermeister und gelangten zum Kirchhof von St. Dionys. Zwei Männer kamen ihnen entgegen, der vornehmen Kleidung nach Ratsherren oder Richter, und Gesprächsfetzen drangen an Johanns Ohren.

»Ich traue diesem Vornholt nicht über den Weg, sicherlich steckt irgendein Betrug dahinter«, sagte der Erste.

»Aber die Urkunde schien echt zu sein. Was, wenn wir dem Burschen Unrecht tun?«, erwiderte der Zweite.

Die Antwort des ersten Richters auf diesen Einwurf hörte Johann nicht mehr. Er drehte sich um, sein Blick fiel auf Reinhild, die bleich wie ein Leichnam an der Kirchenmauer lehnte. Rasch sprang er zu ihr.

»Ist Euch nicht wohl? Soll ich einen Arzt rufen lassen?«

»Nein, nein, es ist alles in Ordnung. Nur ein kurzer Schwindel. Ich habe wohl doch zu viel gearbeitet in letzter Zeit. Ich sollte besser auf mich achten.« Sie lächelte und griff nach seinem Arm. »Führt mich in die Kirche und zeigt mir Euer Werk.«

Sie hatten das Gotteshaus für sich. Johann hatte die Burschen losgeschickt, Gummiarabikum und neue Pinsel zu besorgen.

Reinhild stand vor dem Bildnis, und Johann sah, dass es sie anrührte. Ihre Augen schimmerten feucht.

»Es ist wunderschön geworden, Meister Johann. Ihr seid ein großer Künstler.«

Johann winkte ab. »Meine Fähigkeiten sind bescheiden, dieses Bild ist nichts gegen das Original.«

Sie senkte verlegen den Kopf.

Johann bot Reinhild an, sie nach Hause zu begleiten. Auf dem Weg fiel ihm das Gespräch zwischen den beiden Ratsherren wieder ein, das er mitgehört hatte. Er wusste, worum es ging. Jeder in Esslingen wusste es. Die Nachricht hatte sich schneller herumgesprochen, als ein Herbstwind durch die Felder strich. Vornholt erhob Anspruch auf den »Eichbrunnen«, die Gaststätte, die seit Generationen der Familie Schankherr gehörte. Angeblich war er im Besitz eines alten Kaufvertrags, den er vorgestern dem Rat präsentiert hatte. Bis morgen hatte Schankherr Zeit zu beweisen, dass der »Eichbrunnen« rechtmäßig ihm gehörte.

»Habt Ihr von dem Streit um die Herberge ›Zum Eichbrunnen‹ gehört?«, fragte er Reinhild, während sie die Kirchgasse entlangliefen.

»Wer hat das nicht?«, antwortete sie, offenbar vertieft in den Anblick des Badehauses, das jetzt vor ihnen auftauchte.

»Und? Was haltet Ihr davon?«

»Was sollte ich davon halten? Es geht mich nichts an.« Ihre Stimme klang harsch, offenbar wollte sie nichts mehr davon hören. Doch Johann war noch nicht fertig. Schließlich gab es etwas, das er über Vornholt wusste.

»Ich muss Euch etwas erzählen, Reinhild.« Er blieb stehen.

»Ja?« Sie warf ihm einen beunruhigten Blick zu und ging weiter. »Ist es so wichtig? Ich muss dringend nach Hause.«

»Es ist wichtig. Ich weiß etwas über Vornholt und den ›Eichbrunnen‹. Etwas, das ich morgen dem Gericht vortragen werde.«

Abrupt blieb sie stehen. »Was wisst Ihr?« Ihre Stimme war dünn, fast nur ein Flüstern.

»Vornholt kam zu mir. Etwa drei Wochen sind seither vergangen. Er wollte, dass ich ihm einen Kaufvertrag fälsche. Es ging um den ›Eichbrunnen‹. Angeblich hatte sein Urgroßvater die Herberge vor Generationen gekauft, nur sei der Vertrag abhanden gekommen. Natürlich habe ich mich geweigert, ihm bei seinem Betrug zu helfen.« Johann hielt kurz inne. »Offenbar hatte jemand anders weniger Skrupel«, fügte er hinzu.

Reinhild starrte ihn entsetzt an. »Und das wollt Ihr morgen vor Gericht erzählen?«, fragte sie mit gepresster Stimme.

»Ja, natürlich. Es ist meine Pflicht, die Wahrheit ans Licht zu bringen. Diesem gottlosen Schurken muss das Handwerk gelegt werden.« Johann beugte sich zu ihr. »Doch sprecht mit niemandem darüber«, raunte er. »Ich möchte, dass dieser Gauner sich bis zum letzten Augenblick in Sicherheit wiegt.«

Reinhild nickte wortlos.

Johann sah sie besorgt an. Sie schien ehrlich bestürzt zu sein über Balduin Vornholts Skrupellosigkeit. Sie war noch blasser als zuvor, und ihre Hände zitterten.

Behutsam griff er nach ihrem Arm. »Bitte denkt nicht mehr daran. Macht Euch nicht allzu viele Sorgen. Ich werde darauf Acht geben, dass der Gerechtigkeit Genüge getan wird. Kommt jetzt.«

Stumm ließ sie sich nach Hause führen. Als er zum Abschied ihre Hände in die seinen nahm, waren sie kalt wie der Geiselbach im Winter.

»Trinkt einen kräftigen heißen Kräuterwein und legt Euch ins Bett«, riet er ihr. »Ihr seid nicht gesund.«

Sie nickte. »Habt Dank fürs Heimbringen, Meister Johann.« Noch immer hielt sie seine Hände, so als wolle sie sich an ihm festhalten.

»Ich komme Euch morgen besuchen, um zu sehen, wie es Euch geht«, sagte er sanft.

»Dann bis morgen«, erwiderte sie lächelnd und machte sich los. Ihre Worte versprachen ein baldiges Wiedersehen, doch ihre Stimme klang, als sei es ein Abschied auf immer.

33

Heinrich eilte vorbei am Stellplatz der Marktbeschicker, auf dem alle Varianten fahrbarer Unterkünfte standen. Ein ultramodernes Wohnmobil, ein uralter kleiner Ei-Wohnwagen, ein umgebauter Militärlaster und ein Spezial-Pick-up. Auf dessen Rücken thronte ein Holzhaus. Alles vom TÜV abgenommen und zugelassen. Er bog von der Vogelsangstraße ab auf die Maille, wo gerade ein ziemlich dicker Hund einen ziemlich dicken Haufen auf die Wiese setzte. Heinrich hasste Hunde und vor allem den Gestank ihrer Exkremente. Das Herrchen kam herübergeschlendert, zog eine Plastiktüte aus der Tasche, fischte den dampfenden Haufen von der Wiese und versenkte ihn im Mülleimer.

Immerhin, dachte Heinrich. Das ist mal ein guter Hundehalter. Herrchen und Hund, die aussahen wie Geschwister, machten sich davon, Heinrich blieb einen Moment stehen. Ein Stein hatte sich in seinen Schuh verirrt. Mit einem Arm stützte er sich an einem Baum ab, damit er das Gleichgewicht halten konnte, wenn er seinen Schuh auszog, um den Stein herauszuschütteln. Doch dazu kam er nicht. Ein Zischen, dann eine Schmerzexplosion. Heinrich verlor fast das Bewusstsein. Er wollte losgehen, aber sein Arm hing fest. Der Schmerz verschwand plötzlich. Das muss der Schock sein, stellte Heinrich kühl fest. Gott sei Dank. Er betrachtete den Bolzen, der seine Kleidung und die Haut seines Unterarmes durchschlagen hatte und ihn am Baum festnagelte. Matt schimmerndes Karbon. Kunststoffbefiederung. Ein Jagdbolzen aus einer professionellen Armbrust. Er wusste, dass diese Mordinstrumente die Geschosse auf bis zu vierhundert Kilometer pro Stunde beschleunigen konnten. Das entsprach etwa einhundert Metern pro Sekunde. Langsam wandte er den Kopf in die Richtung, aus der der Bolzen gekommen sein musste. Auf einem Flachdach, keine hundert Meter entfernt, spannte eine vermummte Gestalt in aller Seelenruhe eine Armbrust. Das Gesicht war nicht zu erkennen, aber Heinrich erkannte blonde Locken, die unter der Kapuze hervorlugten. Keine Frage, der nächste Schuss würde ihn tödlich treffen.

Auf dem Dach dort hinten stand der Mörder von Friedhelm

Schenk und Arne Mangold, wurde Heinrich klar. Der erste Schuss war fehlgegangen, weil Heinrich eine unvorhergesehene Bewegung gemacht hatte. Ich sollte mich hin und her bewegen, überlegte er. Aber es ging nicht. Ich sollte um Hilfe schreien. Aber es ging nicht. Ich sollte fliehen. Genau. Ich spüre keine Schmerzen, also …

Er ließ sich fallen, die Haut am Arm riss auf und gab ihn frei. In einem aber hatte sich Heinrich getäuscht: der Schmerz. Sein Arm schien Feuer gefangen zu haben, rote Punkte tanzten vor seinen Augen, die letzten Reste seines Willens trieben ihn an zu fliehen. Das Blut rann ihm heiß den Arm hinunter, über die Hand, tropfte auf den Boden und gefror. Er stolperte an Menschen vorbei, die Verachtung in ihren Augen hatten, er begriff schnell, warum. Wie ein Betrunkener wankte er durch die Maille, niemand konnte ahnen, dass er verletzt um sein Leben kämpfte. Eine Wurzel brachte ihn zu Fall, er kam auf dem Rücken zu liegen und erwartete den Fangschuss. Aber das Dach war leer, der Schütze verschwunden.

»Schlafen«, murmelte Heinrich, »nur noch schlafen.« Dann verließen ihn die Kräfte, er versank in Ohnmacht, und sein Blut taute den Boden unter ihm auf.

»Heinrich! Heinrich!« Die Stimme drang von weit her an sein Ohr. Es war eine angenehme Stimme, eine gute, sichere Stimme. Sentas Stimme.

Matt fühlte er sich. Kraftlos, aber wenigstens hatte er keine Schmerzen. Seine Linke lag in Sentas Händen, sie streichelte vorsichtig seine Finger.

»Wir haben dich in die Schelztorklinik gebracht. Du hast Glück gehabt. Fast wärst du verblutet, aber die Ärzte haben ein kleines Wunder vollbracht, dich mit Blutkonserven vollgepumpt. Du verdankst dein Leben einem kleinen Jungen, der irgendwas davon erzählte, dass er geschworen habe, Menschen zu beschützen. Er hat mit seinem Handy die Polizei gerufen, während alle anderen einfach vorbeigelaufen sind.«

Ihre Stimme vibrierte ein wenig. Sie hat Angst um mich gehabt, dachte Heinrich.

Er versuchte, ihre Hand zu drücken, aber außer einem kleinen Zucken kam nichts dabei heraus. Senta hatte es trotzdem gespürt und nahm seine Hand fester.

»Ich weiß, dass du ziemlich erledigt bist. Trotzdem müssen wir reden. Ralf steht kurz vor einem Nervenzusammenbruch. Lange hält der nicht mehr die Klappe. Und ich auch nicht. Wir müssen endlich die Karten auf den Tisch legen. Um ein Haar wäre ich Witwe gewesen, obwohl wir noch gar nicht verheiratet sind. Da ist ein Profi am Werk, und er wird es noch mal versuchen.«

Mühsam brachte Heinrich ein paar Worte heraus. »Wird er nicht. Er muss damit rechnen, dass ich alles, was ich weiß, erzählen werde.«

»Weißt du, wer es war?« Sentas Stimme zitterte vor unterdrückter Aufregung.

»Noch nicht.« Das Sprechen tat ihm gut. Sein Kopf klarte ein wenig auf. Wahrscheinlich hatten ihn Medikamente außer Gefecht gesetzt, deren Wirkung jetzt nachließ. »Ich muss erst noch was nachsehen.«

»Du wirst gar nichts tun. Draußen stehen zwei Beamte, die *ich* ausgesucht habe. Die werden dich nicht aus den Augen lassen.«

Heinrich zögerte. Sentas Schutzinstinkte waren geweckt. Das war an und für sich schön, aber er musste weitermachen.

»Die dürfen gerne mitgehen. Denn sie werden nichts von dem, was ich tue, verstehen. Machen wir einen Deal?«

Senta reagierte nicht.

»Ohne Deal keine Information. Und du musst mir alle Eide schwören.«

Sentas Kopf kippte einen Zentimeter nach vorn und wieder zurück.

»Sag es«, forderte Heinrich.

»Ich verspreche dir, nichts weiterzuerzählen.«

»Bist du verkabelt?«

Senta schnappte nach Luft.

»Okay. War ja nur eine Frage.« Heinrich spürte seine Lebenskräfte wiederkehren.

»Was haben die mir eigentlich in den Kaffee getan, damit ich so groggy bin?«

»Das Übliche.«

»Wie spät ist es?«

»Fast zehn Uhr abends.«

»Verdammt.« Heinrich versuchte, sich aufzusetzen, sein rechter

Arm war dick bandagiert und mit einer Schlaufe um seinen Hals fixiert. Alles tat ihm weh, obwohl doch nur sein Arm verletzt war. Er stöhnte.

»Du bist gestürzt. Deswegen.«

»Du kannst ja Gedanken lesen. Gut. Dann brauche ich nichts zu sagen.«

»Wenn du nicht ganz schnell ein wenig Demut zeigst, dann zeige ich dir, dass an mir ein guter Folterknecht verlorengegangen ist.«

Heinrich lachte rau, zog Senta mit seiner gesunden Hand zu sich auf das Bett und küsste sie ausgiebig.

»Wenn ich denke, dass ich das um ein Haar verpasst hätte.«

Senta schüttelte den Kopf. »Du Kindskopf. Also. Raus mit der Sprache.«

Heinrich brauchte nur zehn Minuten, um Senta einzuweihen. Die Krankenschwester kam herein, gerade als Senta Heinrich noch eine Frage stellen wollte. Unter Androhung von Folter und mit Sentas tatkräftiger Unterstützung verabreichte die Krankenschwester Heinrich Medikamente, die ihn für die Nacht außer Gefecht setzen würden.

Eine Viertelstunde später verließ Senta Taler den schlafenden Heinrich, nicht ohne den Beamten nochmals einzuschärfen, dass sie den Patienten da drin nicht aus den Augen lassen durften.

34

Johann von Gent warf einen letzten Blick auf das Wandgemälde, dann auf seine Burschen, die eifrig ihre Pinsel in die Farbe tauchten.

»Und denkt daran«, ermahnte er sie. »Nicht zu viel Azurit ins Blau. Der Himmel soll leicht wirken, weich und durchlässig. Wie ein Gebirgsbach im Frühjahr, wenn der Schnee schmilzt. Habt ihr schon mal einen Gebirgsbach gesehen?«

Die beiden schüttelten die Köpfe.

Johann seufzte. »Dann seht euch an, wie ich es gemalt habe. Versucht, es genauso zu machen. Und achtet auf meine Linien. Dort hinten an der Säule endet der Himmel!«

Die beiden nickten. Johann seufzte noch einmal, dann wandte er sich ab. Er wagte nicht daran zu denken, was die beiden alles anrichten konnten in den Stunden, die sie allein in der Kirche waren. Was hatten ihm die Speyerer da für zwei Tölpel an die Seite gestellt! Eigentlich bräuchte er mindestens acht Gehilfen, erfahren in der Malerei, die ihm einen Großteil der Arbeit abnehmen konnten. Stattdessen musste er sich mit diesen einfältigen Burschen herumschlagen, die nicht einmal Lapislazuli von Azurit unterscheiden konnten. Resigniert ging er aus der Kirche.

In der Bauhütte schlüpfte er in seinen guten Surcot aus dunkelgrünem Samt. Heute würde er vor Gericht aussagen und diesem Schurken Vornholt das Handwerk legen. Er straffte die Schultern und betrachtete sein Ebenbild so gut es ging in der polierten Oberfläche des Kupferkessels, der über der Feuerstelle hing. Danach trat er zum Fenster und warf einen Blick nach draußen. Dunkle Wolken ballten sich am Himmel, die warme Luft drückte. Das schöne Wetter der letzten Wochen hatte ihn beinahe vergessen lassen, dass der Herrgott auch anders konnte. Später würde es bestimmt ein Gewitter geben.

Eine Frau trat auf den Friedhof, und Johann musterte sie überrascht. Sie trug ein gelbes Gewand, ihr rotbraunes volles Haar hing offen auf ihre Schultern. Unsicher schritt sie zwischen den Grabsteinen hindurch auf die Kirche zu. Erstaunt folgte Johann ihr mit seinem Blick. Der Kleidung nach arbeitete die Frau als Hure in einem der Frauenhäuser in der Pliensau. Nie hatte er eine von ihnen hier in St. Dionys gesehen.

Gerade wollte Johann seinen Blick abwenden, als eine zweite Frau den Kirchhof betrat. Obwohl er das Gesicht nicht erkennen konnte, wusste er, dass es Reinhild sein musste. An ihrer Körperhaltung und ihrem Gang hätte er sie unter Hunderten von Frauen erkannt.

Schnell trat Johann zur Tür und öffnete sie.

Da zerriss ein Schrei die Stille des Kirchhofs. Johann fuhr herum. Die Hure war zu Boden gestürzt, er sah nicht mehr von ihr als einen gelben Fleck neben der Kirchenmauer.

Ohne zu überlegen, rannte Johann los. Aus den Augenwinkeln sah er, dass sich rechts hinter ihm beim Kirchturm etwas bewegte. Von der anderen Seite kam Reinhild angelaufen. Augenblicke später waren sie bei der Frau. Sie lag auf dem Boden und zitterte am ganzen Leib.

»Was ist los? Was habt Ihr? Seid Ihr krank?«, rief Johann und hockte sich neben sie.

Reinhild fasste die Frau an der Hand. »Soll ich Meister Herrmann holen, den Chirurgikus?«

Die Hure schüttelte den Kopf und richtete sich mit Reinhilds Hilfe auf. Stumm saß sie auf dem Boden, ihr Gesicht war bleich wie ein Leichentuch. Langsam hob sie den linken Arm, und ein großer Riss in ihrem Gewand wurde sichtbar. Dann deutete sie auf den Boden hinter sich. Dort lag ein Bolzen genau zwischen zwei Gräbern, die Spitze verbogen. Offenbar hatte jemand mit der Armbrust auf die Frau geschossen, sie aber um Haaresbreite verfehlt. Der Bolzen war daraufhin an der Kirchenmauer abgeprallt.

»Oh mein Gott!«, rief Reinhild. »Wer tut so etwas?«

»Ich … ich weiß nicht«, stammelte die Frau. »Ich habe keine Feinde.«

»Seid Ihr verletzt?«

»Nein, nur das Kleid ist zerrissen.«

Johann räusperte sich. »Wie ist Euer Name?«

»Agnes. Ich bin die Agnes Wildung.«

»Wo wohnt Ihr?«

Sie senkte den Kopf. »Beim Herrn Konrad. Im ›Wilden Kessel‹.«
Johann griff nach ihrem Arm. »Möchtet Ihr, dass ich Euch dort-
hinbringe?«

Agnes schob seinen Arm zur Seite, dann stand sie langsam auf.
Sie wankte, musste sich kurz an der Kirchenmauer abstützen, aber
schließlich gelang es ihr, aufrecht zu stehen.

»Ich glaube, ich komme zurecht«, sagte sie. »Habt Dank, Herr,
für Eure Hilfe. Und Ihr auch.« Sie blickte zu Reinhild. »Ihr wart
sehr freundlich zu mir.«

Ohne sich noch einmal umzudrehen, schritt sie Richtung Katharinenhospital davon. Der zerfetzte Ärmel ihres Gewandes wehte wie ein Fähnlein hinter ihr her.

Schweigend sahen Reinhild und Johann ihr nach, bis sie hinter
dem Wohnturm der Burgermeisters verschwunden war.

»Wie merkwürdig«, sagte Reinhild leise. »Wer mag einer Frau
wie ihr nach dem Leben trachten?«

»Da gäbe es durchaus ein paar Möglichkeiten«, antwortete Johann nachdenklich. »Aber lasst uns nicht mehr darüber nachdenken.« Er griff nach ihrem Arm. »Ihr seht selbst ganz blass aus. Der
Vorfall hat Euch arg mitgenommen. Kommt! Trinkt einen Honigwein zur Stärkung.«

Er führte sie in die Bauhütte und ließ sie Platz nehmen. Aus dem
Krug schenkte er zwei Becher Wein ein, dann setzte er sich zu ihr
an den Tisch.

Reinhild nahm einen großen Schluck.

»Was für ein Schreck. Die arme Frau, hoffentlich kommt sie heil
nach Hause.« Sie betrachtete Johann von oben bis unten. »Ihr wollt
ausgehen?«

Johann leerte seinen Becher und nickte. »Ich war gerade auf dem
Weg zum Gerichtshaus. Um ein Haar hättet Ihr mich nicht mehr
hier angetroffen. Heute hat Lennhart Schankherr seine letzte Gelegenheit zu beweisen, dass der ›Eichbrunnen‹ rechtmäßig ihm gehört. Ich möchte ihn dabei unterstützen.«

»Ihr wollt also wirklich vor Gericht aussagen?« Reinhild umklammerte ihren Becher. Ihre Knöchel waren weiß, ihre Lippen
blass und schmal.

»Ja, das werde ich in der Tat. Nichts und niemand wird mich davon abhalten.« Johann erhob sich und strich den Surcot glatt. »Des-

halb muss ich jetzt auch gehen. Bitte verzeiht meine Unhöflichkeit, verehrte Reinhild, doch das Gericht wartet nicht.«

»Oh Johann!« Reinhild sprang auf und griff nach seinen Händen. »Ihr seid ein so aufrechter, ein so tapferer Mann.«

Zärtlich drückte er ihre Finger. »Ach Unsinn«, flüsterte er fast tonlos, überwältigt von ihrem plötzlichen Gefühlsausbruch.

»Ich wünschte, ich …« Sie brach ab, sah ihn an, ihr Gesicht war so nah an seinem, dass er meinte, im Blau ihrer Augen zu ertrinken.

»Reinhild, was …« Sanft zog er sie zu sich heran. Sein Herz klopfte wie ein Schmiedehammer.

»Ja?« Sie entwand ihre Finger seinem Griff und legte ihre Hände um seinen Hinterkopf. Behutsam zog sie ihn zu sich herunter. Als seine Lippen die ihren berührten, glaubte er, vor Glück schreien zu müssen.

Gierig küsste er sie, fuhr mit den Fingern suchend unter ihre Haube, löste ihr langes, weiches Haar.

Nur flüchtig durchzuckte ihn der Gedanke, dass die Tür zur Bauhütte nicht verriegelt war, dass der Abt des Predigerklosters später vorbeikommen wollte, um mit ihm zu sprechen, dass er eigentlich längst auf dem Weg zum Gerichtshaus sein sollte. Dann versank er im Duft ihres Körpers und vergaß den Rest der Welt.

Als Reinhild ihn verließ, mit geröteten Wangen, das zerzauste Haar nur nachlässig unter die Haube gesteckt, blickte er ihr hinterher, benommen vor Glück. Sein sehnlichster Traum war wahr geworden.

Dann wurde er nachdenklich. Was hatte sie eigentlich um diese Zeit hier bei der Kirche gewollt? War sie zum Gebet gekommen, oder hatte sie ihn aufsuchen wollen? Warum? Mit keinem Wort hatte sie irgendein Anliegen erwähnt. Er dachte daran, dass er die Sitzung des Gerichts verpasst hatte und dass Vornholt inzwischen vermutlich rechtmäßiger Besitzer des »Eichbrunnen« war.

Ganz langsam wuchs ein anderer Gedanke in ihm, ein Gedanke, der ihn so erschreckte, dass er ihn am liebsten sofort wieder aus seinem Kopf verbannt hätte. Aber er war hartnäckig, brannte sich wie eine schwärende Wunde in seinen hämmernden Schädel. Er lehnte den Kopf gegen das grobe Holz der Hüttenwand.

»Oh Reinhild«, flüsterte er. »Was hast du nur getan?«

35

Zweiunddreißig Beamte arbeiteten an dem Fall Arne Mangold, weiterhin wurde jedes kleine Fädchen in die Hand genommen und jedem noch so unbedeutenden Hinweis nachgegangen. Bisher ohne Erfolg. Senta brütete über Vernehmungsprotokollen, erstellte Indizes, fügte kleine Puzzlestückchen ein in den Lebenslauf des Arne Mangold. Das alles war reine Zeitverschwendung. Aber was sollte sie tun? Dem Dienststellenleiter beichten? Den Job hinschmeißen? Ralf hatte sie mit einem Nicken gegrüßt und sich dann an einen anderen Schreibtisch verzogen, als hätte er Angst, sich anzustecken. Das konnte er vergessen. Sie hatte ihn eingeweiht, und damit steckte er mit drin. Den Mordanschlag auf Heinrich untersuchte eine andere Soko, vier erfahrene Kolleginnen und Kollegen waren angesetzt und hatten auch schon eine Spur, die direkt zu den Beschickern des Mittelaltermarktes führte.

Holz kam zu ihr, lächelte etwas verkniffen. »Der Alte will dich sprechen. Jetzt. Er hat den Eindruck gemacht, großen Appetit auf rohes Fleisch zu haben. Was hast du denn ausgefressen?«

Sie spähte zu Ralf hinüber, aber der drehte den Kopf weg. Also hatte er gepetzt. Senta speicherte ihre Eingaben, loggte sich aus und machte sich auf den Weg. Die Flure kamen ihr vor wie der Weg in den Hades, eng, dunkel, voll flüsternder Stimmen. Ihr Herz schlug bis zum Hals. Vorsichtig klopfte sie an die Tür, von innen hörte sie ein markiges »Herein.« Sie öffnete, trat in den Raum. Damit hatte sie gerechnet: Niklas Dauwe hatte ihr den Rücken zugewandt.

»Nehmen Sie Platz, Frau Taler. Kaffee?«

Senta krächzte wie ein Huhn. »Ja, danke, gerne.«

»Bedienen Sie sich.«

Vor ihr auf dem grauen Resopalschreibtisch standen eine einsame Tasse, eine Thermoskanne, Zucker und Kaffeesahne. Sie hasste Kaffeesahne, also schüttete sie sich drei Löffel Zucker in das Gebräu und machte es damit vollkommen ungenießbar. Sie nippte, setzte sich, wartete und hielt sich an der Tasse fest.

»Sie haben mir nichts zu sagen?«

Alter Trick, dachte Senta. Den Gegner im Ungewissen lassen. Die Karten schön verdeckt halten. Sie hatte zwei Möglichkeiten. Mauern oder beichten. Ein wenig werde ich noch kämpfen, beschloss sie.

»In welcher Angelegenheit?«

Ihr Chef drehte sich langsam um. Senta schluckte, stellte die Kaffeetasse ab.

»In der Angelegenheit Mangold, Morgen, Progalla, Schenk und Senta Taler.« Am Ende des Satzes hob er die Stimme.

Sie konnte nichts sagen. Ihre Gedanken spielten Verstecken in den hintersten Winkeln ihres Gehirns. Nur ein dumpfes Gefühl war geblieben: Ich habe alles falsch gemacht. Und meine Hormone haben mich betäubt wie eine Ampulle Liquid Ecstasy. Heinrich ist fast ermordet worden, Mangold ist tot, und wer weiß, was noch passieren wird.

»Dieser Morgen und seine Detektive. Was wissen die, was wir nicht wissen?« Dauwes Ton ließ keine Schlüsse auf seinen Gemütszustand zu.

Senta schaffte es, Worte zu formulieren. »Was passiert, wenn ich etwas weiß, was die wissen und wir nicht?«

»Das kommt darauf an, ob es die Ermittlungen voranbringt oder nicht.«

»Ich stecke in der Zwickmühle. Die Ermittlungen im Fall Schenk sind abgeschlossen. Meine Ermittlungen. Aber ich glaube, da ist irgendetwas.«

»Sie haben eine Affäre …« Dauwe zögerte einen Moment. »Verstehen Sie mich nicht falsch. Vielleicht ist es ja auch mehr. Das ist allein Ihre Sache. Auf jeden Fall steht Ihnen Heinrich Morgen nahe. Er ist kein unbeschriebenes Blatt.« Dauwe wartete.

»Ich weiß Bescheid.«

»Und Sie haben ihn sicher durchgecheckt. Also. Was ich jetzt sage, ist streng vertraulich.«

Senta nickte.

»Mir geht es gegen den Strich, dass ein Oberbürgermeister Einfluss nehmen kann auf unsere Polizeiarbeit und die Staatsanwaltschaft instrumentalisiert. Aber mir sind die Hände gebunden. Der Oberstaatsanwalt hat die Akte und hält sie fest, als wäre es eine Schatzkarte. Wenn Sie es schaffen, neue Aspekte im Fall Schenk zu finden, die den Staatsanwalt zwingen, die Ermittlungen wieder aufzunehmen, wäre ich geneigt, die lange Liste Ihrer Dienstverfehlungen zu vergessen. Herr Heidenreich hat mich auf die Idee gebracht. Ich war drauf und dran, Sie zu suspendieren. Sie haben großes Glück, dass er sich für Sie verwendet hat. Ich kenne keine Details und will sie auch gar nicht kennen. Schaffen Sie Beweise ran. Schnell. Wie Sie das machen, ist unerheblich, solange Sie kein Porzellan zertrümmern und ihren normalen Dienst nicht vernachlässigen. Einverstanden?«

Senta verschluckte sich fast. »Ja, klar, vielen Dank. Ich weiß das zu schätzen.« Sie sprang auf und wollte los.

Dauwe hob die Hand. »Einen Moment noch. Ich möchte nicht, dass Sie glauben, dass Heidenreich Sie verpfiffen hat. Ich habe einen anonymen Anruf erhalten. Eines der Mitglieder dieser verrückten Soko Anne hat Sie verpetzt.« Dauwe nickte ihr zu und beendete damit das Gespräch. Schnell verließ sie das Büro, trat auf den Gang hinaus. So fühlt es sich also an, wenn man zum Spielball politischer Interessen wird, dachte Senta. Wenn die Macht ihre Zähne zeigt. Dauwe gegen Oberbürgermeister und Staatsanwalt. Und sie würde die Munition liefern. Oder auch nicht. Dauwe war auf jeden Fall fein raus, sie hatte den schwarzen Peter. Fände sie nichts, wäre Dauwe enttäuscht und verlor das Match gegen den Oberbürgermeister. Das würde sie zu spüren bekommen. Fände sie etwas, musste sie sich die Frage gefallen lassen, warum sie das nicht schon vorher gefunden hatte, als sie die Leitung der Moko innehatte. Sie war die Verliererin, so oder so. Wenigstens hatte sie freie Hand und konnte ihre Dienstmarke mehr oder weniger der Soko Anne zur Verfügung stellen.

Sie kehrte zurück in die Zentrale, suchte Ralf, drückte ihn und schmatzte ihm einen Kuss auf die linke Wange. Sie schmunzelte. Das war es wert. Wenn das mit Heinrich was würde, dann hatte sich alles gelohnt.

Heinrich setzte sich auf. Die Wirkung der Medikamente ließ nach, Schmerz kroch in den Arm. Der Lohn des Schmerzes war ein klarer Kopf. Er stand auf, suchte im Kleiderschrank seine Jacke, kramte sein Handy aus der Tasche und rief Thomasio an. Der freute sich, dass es ihm den Umständen entsprechend wieder gut ging, und brachte ihn auf den neuesten Stand. Es gab eine schlechte Nachricht. Die Soko Anne war aufgelöst worden. Anne hatte ein Geständnis abgelegt, hatte den Deal akzeptiert. Die Neuigkeit fuhr Heinrich direkt in den Magen. Thomasio wünschte gute Besserung, versprach, Blumen vorbeizubringen, und legte auf, ohne Heinrichs Antwort abzuwarten. Erleichtert hatte Thomasio geklungen, als wäre ihm ein ganzer Felsbrocken vom Herzen gefallen.

Anne war also eingeknickt, war weichgekocht worden, hatte ein Verbrechen gestanden, das sie nicht verübt hatte. Heinrich kannte sich. Wenn er sich in etwas verrannt hatte, dann konnte selbst ein Bulldozer ihn nicht davon abbringen. »Ich werde ihre Unschuld beweisen«, murmelte er beim Anziehen immer wieder. Er schluckte die bereitliegenden Schmerztabletten, ließ aber die Knock-out-Pillen liegen.

Die Beamten staunten nicht schlecht, als er die Tür öffnete und losmarschierte, als trainiere er für den New York Marathon. Vergeblich versuchten sie, ihn aufzuhalten. Einer wollte Senta erreichen, aber sie hatte ihr Handy ausgeschaltet oder sie befand sich in einem Netzloch. Also trotteten sie einfach neben ihm her. Die kalte Luft tat gut, der Weg zum Stadtarchiv war nicht weit, die Schelztorklinik lag nur ein paar Gehminuten entfernt. Er musste diesen Namen finden!

Sie überquerten den Rossneckarkanal auf der Abt-Fulrad-Straße, unter der Brücke gähnte eine runde Öffnung und spuckte ein Rinnsal Wasser in den Rossneckar. Heinrich fragte, was denn das für ein Kanal sein, der da einmündete.

»Das ist der Geiselbach«, erklärte ihm einer der Beamten. »Der kommt von Krummenacker und Sulzgries runter und fließt unter dem Marktplatz her. Wenn es regnet, kommt da anständig was rein. Dann ist das eine reißende Strömung.«

Der Weihnachtsmarkt lag noch verlassen, es war erst zehn Uhr morgens, da verlief sich kaum jemand hierher. Nur ein paar Beschicker luden Waren aus.

Heinrich hatte vom Krankenhaus aus angerufen und Glück gehabt. Eine Archivarin war bereits vor Ort und würde ihn hereinlassen. Er stieg die Stufen zum Eingang hinauf. Bevor hier das Stadtarchiv eingerichtet worden war, hatte das Untergeschoss der damaligen Kapelle und späteren Registratur als Beinhaus gedient, das zu dem Friedhof rings um die Stadtkirche St. Dionys gehörte, den es längst nicht mehr gab.

Heinrich vertiefte sich in die Familienbücher, in denen seit Jahrhunderten die Esslinger Geburten und Todesfälle verzeichnet waren, und vergaß völlig seine Umwelt. Irgendwo mussten die Namen auftauchen.

Hier! 1645. Aus Schankherr war Schenk geworden. Friedhelm Schenk war ein Nachfahr der Familie, die ihr Haus hatte verlassen müssen, weil eine Besitzurkunde aufgetaucht war, die Balduin Vornholt als Besitzer ausgewiesen hatte. Was hatte Friedhelm Jutta erzählt? »*Ich werde für Gerechtigkeit sorgen über alle Zeitalter hinweg.*« Er musste schon längere Zeit Nachforschungen betrieben haben.

Heinrich zückte sein Handy und rief Hugo Schenk an. Der hob sofort ab.

»Herr Schenk, wissen Sie etwas davon, dass im Mittelalter Ihre Vorfahren aus ihrem Haus vertrieben wurden?«

»Ja.«

Heinrich fiel fast vom Stuhl. »Ja? Einfach so?«

»Ja. Einfach so. Das ist Familiengeschichte. Wir sind stolz darauf, dass unsere Vorfahren nicht aufgegeben haben. Sie haben Esslingen erst mal verlassen, haben woanders ihr Glück gemacht. Im 16. Jahrhundert sind sie zurückgekehrt und bis heute geblieben.«

»Friedhelm kannte die Geschichte auch?«

»Selbstverständlich.«

»Wissen Sie, wer die Nachfahren von Balduin Vornholt sind?«

»Nein. Das hat uns nie interessiert. Wozu auch?«

»Danke.« Heinrich unterbrach die Verbindung und schlug die Faust auf das Familienbuch, dass die Beamten zusammenzuckten. Er ließ sich die Besucherliste zeigen. Friedhelm Schenk. Mehrfach war er hier gewesen und hatte genau das gesucht, was Heinrich jetzt auch suchte. Er fragte die Archivarin, ob sie noch wüsste, nach was oder wem der junge Schenk gesucht hatte.

Sie überlegte einen Moment. »Ich habe ihm Gerichtsdokumente aus dem frühen 14. Jahrhundert herausgesucht. Er interessierte sich für ungeklärte Mordfälle und verschollene Personen. Aber er hat wohl nicht gefunden, was er suchte. Danach hat übrigens schon mal jemand gefragt.«

263

Heinrich glaubte ohnmächtig zu werden. Er musste sich am Tisch abstützen. »Wer?«, brachte er mit Mühe heraus.

»Ich hab den Mann schon mal gesehen, aber sein Name sagte mir nichts. Hier.« Sie deutete auf die Unterschrift neben dem akkurat in Blockbuchstaben ausgeführten Namen. »Rudolf Müller. Nie gehört.«

Heinrich kämpfte mit einem Déjà-vu-Gefühl. Die Schrift hatte er schon mal gesehen. Und da, wo er die Schrift gesehen hatte, war noch etwas gewesen, das ihn irritiert hatte.

Er marterte sein Hirn, erfolglos. Es spielte keine Rolle. Er musste herausfinden, wer Vornholts Nachfahren waren. Einer von ihnen hatte ein Motiv, nicht nur Schenk, sondern auch Mangold und ihn umzubringen. Balduin Vornholt hatte sich also den »Eichbrunnen« zu Unrecht angeeignet! Anders konnte es gar nicht gewesen sein. Der Mörder wollte mit allen Mitteln verhindern, dass der siebenhundert Jahre zurückliegende Betrug an die Öffentlichkeit kam! Wenn es der Vorfahre eines angesehenen Esslinger Bürger gewesen war, konnte das durchaus einen Skandal auslösen oder zumindest das Ansehen beschädigen. Für Heinrich zwar eine absurde Vorstellung und niemals auch nur annähernd ein Grund, jemanden zu ermorden, aber auch im dritten Jahrtausend gab es Menschen, für die ein Kratzer im Lack eine Katastrophe war. Blieb immer noch der ungelöste Weg zum Tatort, an dem Schenk ermordet worden war. Wie war der Täter zum Opfer gekommen?

Eins nach dem anderen, mahnte sich Heinrich und wälzte wieder die Familienbücher.

Die Zeit verrann, die Polizisten wurden nervös, einer zog los und besorgte etwas zu essen. Gegen Mittag meldete sich Heinrichs Handy mit Sentas Nummer. Einen Moment zögerte er, dann stellte er die Verbindung her. Aber die Leitung blieb stumm.

»Senta? Alles klar?«

»Nichts ist klar. Du bist ein Anarchist. Ein Quertreiber. Ungehorsam und renitent.«

»Siehst du, da haben wir ja was gemeinsam.«

»Du … du … ach, ich weiß gar nicht, was ich sagen soll!«

»Aber ich weiß was. Zum Beispiel, dass ich dem Mörder von Schenk und Mangold auf der Spur bin. Es muss ein Nachfahr von Balduin Vornholt sein. Ich untersuche gerade die Lautverschiebung des Namens, um an die Identität unseres Mannes heranzukommen.«

»Deine ganze Theorie ist Unsinn. Während du dich einfach aus dem Krankenhaus stiehlst und dabei zwei Polizeibeamte mitgehen lässt, haben wir sinnvolle Arbeit geleistet und den mutmaßlichen Attentäter festgenommen, der dich als Zielscheibe benutzt hat. Außerdem hat Anne Schnickel gestanden. Wusstest du das noch nicht?«

»Doch, das wusste ich, aber sie hat nicht gestanden, sondern sich auf den Deal eingelassen, weil sie keine andere Möglichkeit mehr sah. Die Untersuchungshaft hat schon stärkere Menschen gebrochen. Und wer soll der Attentäter sein? Osama bin Laden?«

Senta schrie fast. »Abraham Kowalczik. Tatwaffe, Umhang, Fingerspuren, alles da. Und ein Motiv: Konkurrenz, Neid. Er hat dich wohl mit deinem Chef verwechselt. Und die Gelegenheit. Und kein Alibi.«

»Schon wieder ein wasserdichter Fall? Ist er schon verurteilt?« Heinrich schüttelte den Kopf. »Das glaubst du doch selbst nicht.«

»Ich glaube, dass du dich in etwas verrannt hast. Es gibt Zeugen dafür, dass Kowalczik gesagt hat, es sei Zeit, Klarschiff auf dem Markt zu machen und überflüssige Stände aus dem Weg zu räumen. Die Tatwaffe gehört ihm.«

Heinrich erinnerte sich an seine Auseinandersetzung mit Kowalczik. An den Schnaps und die Herzlichkeit, mit der Kowalczik ihn von da an behandelt hatte. Nein. Niemals Kowalczik. Außerdem verdiente der sein Geld vor allem mit seinem Bogenschießstand.

»Erkennst du nicht das Muster?«, fragte Heinrich. »Du hast das doch mal gelernt.« Er holte tief Luft. »Entschuldige, das war dumm von mir. Aber meine Nerven sind etwas dünn. Gäbe es nur die zwei Morde, würde ich dir zustimmen. Aber der Anschlag auf mich passt da nicht rein.«

Senta grummelte nur.

»Unser Mörder will verhindern, dass die bösen Taten seiner Vorfahren ans Licht kommen. Friedhelm Schenk war hier im Stadtarchiv. Und ein Unbekannter. Und ich. Wir drei haben dasselbe gesucht. Es ist klar, dass Friedhelm keine Skrupel hatte, zu erpressen. Mit dem Wissen über die Verfehlungen der Vorfahren eines angesehenen Esslinger Bürgers hätte er quasi die Lizenz zum Gelddrucken gehabt. Vermutlich ging es nicht nur um die Aneignung fremden Besitzes, sondern auch um Mord. Die Mumie. Balduin Vornholt ist ein Betrüger und Mörder gewesen. Aber Schenk hat die Rechnung ohne den Wirt gemacht. Er bestellt Vornholts Nachfahr in den Keller, um ihm die Mumie zu zeigen und die Zahlungsbedingungen auszuhandeln. Es kommt zum Streit, die Ahle liegt bereit. Anne hat sie liegen lassen.«

»Wie ist er da reingekommen?«

»Das wird uns der Mörder erklären, wenn wir ihn gefangen haben.«

Senta schnaufte in den Hörer. »Gut. Es ist ja eh egal. Wenn ich davon ausgehe, dass jemand verhindern will, dass du deine Informationen weitergibst, macht es Sinn. Das heißt aber auch, dass es jemand aus dem engeren Kreis sein muss. Jemand, der weiß, dass du an der Sache dran bist. Jemand aus der ehemaligen Soko Anne.«

»Das habe ich mir auch gedacht. Deswegen weiß niemand, dass ich hier bin.«

»Jetzt muss ich mich aber über dich wundern. Wenn der Täter so clever ist, wie er sein muss, um das alles zu arrangieren, dann weiß er auch, wo du bist. Ich werde die beiden Beamten zur Beförderung vorschlagen.«

Heinrich lachte kurz. »Okay. Wir treffen uns um fünfzehn Uhr bei mir. Dann weiß ich, wer es ist. Mit großer Wahrscheinlichkeit.«

»Sei vorsichtig, hörst du? Ich will noch was von dir haben.« Sentas Stimme wurde weich. Heinrich atmete auf.

»Geht mir genauso.« Er unterbrach die Verbindung und konnte sich immer besser vorstellen, dass es mit ihm und Senta mehr werden könnte als ein grandioses Abenteuer. Ein dumpfer Knall und eine Stichflamme rissen ihn aus seinen Gedanken.

Das Archiv stand mit einem Schlag in Flammen, und Heinrich dachte den Gedanken zu Ende: Es konnte etwas werden, wenn er hier lebend herauskam.

36

Der Schultheiß Hannes Remser räusperte sich und musterte Lennhart Schankherr.

»Und? Habt Ihr Beweise, die Euch als rechtmäßigen Besitzer des ›Eichbrunnen‹ ausweisen?«

Schankherr senkte den Kopf. Sein Gesicht wirkte fahl und eingefallen, er schien in den letzten drei Tagen um Jahre gealtert zu sein.

»Nur die beiden Dokumente, die ich Euch bereits zukommen ließ, die Besitzurkunde und den Brief mit dem Schankrecht.«

»Aber die sind älter als der Kaufvertrag. Ihr wisst, dass sie nichts beweisen.«

Schankherr schien noch weiter in sich zusammenzusinken. »Aber – werte Richter!«, rief er mit brüchiger Stimme. »Ich habe eine Frau und sieben Kinder! Was soll aus uns werden?«

»Das ist nicht unsere Angelegenheit«, antwortete ein Mann in dunkelrotem Samt. Er hieß Waldemar Guirrili und war der Zunftmeister der Schneider. »Hier geht es einzig und allein darum, zu klären, wem der ›Eichbrunnen‹ gehört. Und so, wie ich das sehe, ist das Balduin Vornholt.«

Alle Blicke schossen zu dem Gastwirt, der bisher schweigend zugehört hatte. Genussvoll hatte er abgewartet, es vorgezogen, die Tatsachen für sich sprechen zu lassen.

»Aber Herr Schultheiß! Richter! Seht Ihr nicht, was hier geschieht?«, rief Schankherr. »Seit Generationen ist das Haus ›Zum Eichbrunnen‹ Eigentum unserer Familie! Niemals hätte einer meiner Vorfahren es veräußert. Und schon gar nicht an einen Vornholt. Niemals!«

Vornholts Auge zuckte kurz, so als habe das Gift in Schankherrs Worten ihn ins Gesicht getroffen. Doch er schwieg weiterhin.

»Meister Lennhart! Ich bitte Euch! Mäßigt Eure Worte!« Der Schultheiß klopfte mit dem Gerichtsstab auf den Tisch. Fragend blickte er in die Runde. »Hat einer von Euch noch etwas dazu zu sagen?«

Ein älterer Mann in dunklen Gewändern erhob sich, Karl Schedel, Zunftmeister der Kürschner. »Vielleicht sollte man abwarten, ob sich nicht doch noch ein Zeuge findet. Eine solche Angelegenheit sollte nicht vorschnell entschieden werden.«

»Unsinn!« Gerold von Türkheim war aufgesprungen. »Das ist reine Zeitverschwendung. Die Angelegenheit ist doch eindeutig. Habt Ihr nicht Wichtigeres zu tun, Meister Karl, als Eure Zeit mit solchen Nebensächlichkeiten zu verschwenden?«

Er fixierte Schedel, der empört nach Luft schnappte. Von Türkheim gehörte zu den Richtern, die bedauerten, dass inzwischen auch die Meister der Zünfte ein Mitspracherecht im öffentlichen Leben hatten. Er war der Ansicht, dass die Verwaltung der Stadt und die Gerichtsbarkeit in die Hände der vornehmen Familien gehörten, deren natürliches Vorrecht es war, über die Handwerker und Bauern zu herrschen.

Schedel verschränkte die Arme. »Bitte verzeiht, Herr von Türkheim, aber für mich ist das Schicksal des Meisters Lennhart keine Nebensächlichkeit.«

Plötzlich redeten alle durcheinander. Unruhe machte sich im Saal breit. Vornholt begann zu schwitzen. Offenbar hatte er sich zu früh gefreut. Lennhart Schankherr hatte ein paar wortgewandte Fürsprecher bei Gericht.

»Meine Herren! Bitte!« Remser breitete die Arme aus, das Gemurmel verebbte. »Verfügt irgendwer hier im Raum über Beweise, die die Gültigkeit des Kaufvertrags, den Meister Balduin Vornholt in diesem Haus am vergangenen Montag vorgelegt hat, in Frage stellen?«

Niemand erhob die Stimme.

Eine Woge des Triumphs rollte durch Vornholts Körper. Er hatte es geschafft, jetzt würde der Schultheiß das Urteil sprechen.

»Dann ergeht folgender Beschluss«, begann Remser. »Die Gaststätte ›Zum Eichbrunnen‹ samt Garten und Stallungen muss binnen Wochenfrist an den rechtmäßigen Eigentümer, Meister Balduin Vornholt, übergeben werden. Der bisherige Besitzer, Lennhart Schankherr, übergibt das Anwesen einschließlich aller beweglichen Güter darin.« Er hielt schnaufend inne, die lange Rede zollte ihren Tribut. »Angesichts der besonderen Umstände und der Tatsache, dass Meister Lennhart offenbar ohne sein Wissen fremdes Eigentum bewirtschaftete, verzichtet das hohe Gericht auf die Verhängung einer Geldbuße.«

Er wandte sich an den Stadtschreiber, der an einem Pult unter dem Fenster stand und eifrig die Feder über das Pergament gleiten ließ.

»Habt Ihr alles notiert, Schreiber?«, fragte er.

»Ja, Herr Schultheiß.« Der Mann nickte und beugte sich wieder über das Dokument.

»Dann ist die Sitzung hiermit geschlossen.«

Aschfahl stand Lennhart Schankherr bei der Tür und rührte sich nicht. Seine Lippen bebten, seine Finger kneteten die Gugel, die er vom Kopf genommen hatte, als er das Gerichtshaus betreten hatte.

Vornholt warf ihm einen kurzen Blick zu, dann schritt er eilig aus dem Saal.

Die Gewitterwolken hingen tief über dem Marktplatz. Obwohl die Stände mit einem großen Gestell aus Holz und Stroh überdacht waren, hatten einige Händler damit begonnen, ihre Waren zusammenzupacken. Viele hatten noch einen weiten Heimweg vor sich, und nach dem Regen würden alle Wege aufgeweicht und schwer passierbar sein.

Vornholt schlenderte in Richtung Fischmarkt. Der Sieg schmeckte nicht so köstlich, wie er erwartet hatte. Ein schaler Geschmack im Mund verdarb ihm sogar die Vorfreude auf den süßen Wein aus der Toskana, dessen Trauben so lange in der Sonne gebadet hatten, dass man ihn weder mit Honig noch mit anderen Gewürzen schmackhaft machen musste, und den er zur Feier des Tages hatte trinken wollen. War es der Anblick des zusammengesunkenen Schankherr gewesen, der ihn so aus dem Gleichgewicht geworfen hatte? Wohl kaum. Seit Jahren träumte er davon, sich diesen Kerl vom Hals zu schaffen. Er empfand kein Mitleid, weder mit ihm noch mit seiner Brut.

Was war es dann? Bestimmt diese üble Metze Agnes. Zu dumm, dass dieser Schlappschwanz von seinem Sohn sie auf dem Kirchhof verfehlt hatte. Dieser Taugenichts! Nicht einmal mit einer Armbrust konnte der Bursche richtig umgehen. Er würde die Sache selbst in die Hand nehmen müssen.

Immerhin war Eckhart das Ganze eine Lehre gewesen. Er hatte versprochen, sich in Zukunft zu mäßigen und in der Gaststube

269

mitzuhelfen. Das tat auch bitter Not, jetzt, wo zwei Gasthäuser zu führen waren. Zwei Gasthäuser!

Vornholt bog in die Bindergasse. Die ersten dicken Tropfen klatschten bereits auf den staubtrockenen Boden. In der Ferne grollte der Donner. Erhobenen Hauptes trat Vornholt in den »Schwarzen Bären«, ohne Schankherrs Gattin eines einzigen Blickes zu würdigen, die mit ängstlicher Miene vor dem »Eichbrunnen« stand, einen Säugling auf dem Arm.

Energisch stapfte er die Treppe zur Stube hinauf, ließ sich auf den Stuhl fallen und atmete tief durch.

»Ihr wart erfolgreich, nehme ich an?«

Wie vom Blitz getroffen sprang Vornholt auf.

»Du?«

Agnes lächelte. »Habt Ihr angenommen, ich läg bereits unter der Erde?«

Vornholt trat auf die Frau zu. »Verlass sofort mein Haus!«

»Wenn Ihr darauf besteht, führt mein Weg mich von hier direkt zum Schultheiß.«

Vornholt fluchte. »Du Blutsaugerin. Von mir bekommst du nichts.«

Agnes zog die Augenbrauen hoch. »Ihr dauert mich, Meister Vornholt. Gerade noch erzielt Ihr den Triumph Eures Lebens, und jetzt seid Ihr im Begriff, so tief zu fallen.« Sie schüttelte mit gespieltem Bedauern den Kopf. »Ich will nicht mehr, als mir zusteht. Dorothea war wie eine Schwester für mich.«

Vornholt überlegte fieberhaft, dann griff er nach seinem Beutel.

»Da, nimm.« Er warf ihr eine Münze zu, die sie geschickt auffing. »Mehr habe ich im Augenblick nicht, ich muss das Geld erst herbeischaffen.«

»Heute Abend.« Sie ließ die Münze in ihrem Ausschnitt verschwinden. Vornholt dachte flüchtig daran, wie oft er seine Hand an eben dieser Stelle in ihrer Cotte vergraben hatte, und er konnte ein sehnsüchtiges Schaudern nicht unterdrücken.

Entschlossen kniff er die Augen zusammen. »Sei pünktlich zur fünften Stunde der Nacht auf dem Kirchhof hinter dem Predigerkloster. Dort bekommst du dein Geld.«

Agnes lächelte und trat auf ihn zu. »Das trifft sich gut, denn der Zellerar der Predigermönche, Bruder Adelphus, schuldet mir noch einen Gefallen. Er wird Zeuge unseres kleinen Treffens sein. Nur um sicherzustellen, dass Ihr nicht auf dumme Gedanken kommt. Ihr habt doch nichts dagegen? Und schickt nicht wieder Euren Tölpel von einem Sohn. Ihr seid es, mit dem ich das Geschäft mache.«

Sie ließ Vornholt keine Zeit zu antworten, flink wie ein Eichhörnchen huschte sie aus dem Raum.

Vornholt ließ sich zurück auf den Stuhl sinken. Er fühlte sich elend. Der Tag, der eigentlich sein Festtag hätte werden sollen, wurde mehr und mehr zu einer Katastrophe. Ein Blitz zuckte vor dem Fenster, kurz darauf krachte es, und im gleichen Augenblick prasselte der Regen los. Vornholt beobachtete die Tropfen, die auf die Fensterbank schlugen, sich dort sammelten und schließlich in kleinen Rinnsalen die Wand hinabliefen. Eigentlich hätte er den Laden schließen müssen, doch er verspürte keine Lust, aufzustehen. Er brauchte dringend ein wenig Ablenkung. Aufmunterung. Es wurde Zeit, dass er sich wieder einmal im Keller einschloss.

37

Die Archivarin lag tot oder bewusstlos über ihrem Schreibtisch, Heinrich konnte es nicht ausmachen. Auf jeden Fall würde sie nicht mehr lange leben, wenn das brennende Regal hinter ihr auf sie stürzte.

Bevor Heinrich sich bewegen konnte, sah er einen der Polizisten, der sich die Frau schnappte und zum Eingang schleppte. Heinrich sprang auf, wollte die Dokumente zusammenraffen, aber der andere Polizist riss ihn weg vom Tisch, weg von seinem sicheren Tod, denn einen Moment später krachte ein brennender Balken nieder.

Heinrich taumelte weiter, der Polizist ließ ihn los. Der Ausgang war noch frei. Er stolperte dem Beamten hinterher, hinaus in die kühle, dann kalte Luft. Eine Menschenmenge hatte sich bereits versammelt, vom angrenzenden Weihnachtsmarkt strömten sie zum Ort der Katastrophe. Sirenen heulten über der Stadt.

Die Flammen ließen die Fensterscheiben platzen, und aus dem Dachstuhl quoll schwarzer Rauch. Heinrich starrte in das Inferno. Das war nicht nur *ein* Brandsatz gewesen. Da hatte jemand auf Nummer sicher gehen wollen. Seit der Explosion waren keine fünf Minuten vergangen. So schnell breitete sich kein Feuer aus, es sei denn, man half nach.

Heinrichs Arm schmerzte. Das machte ihm bewusst, dass er zum zweiten Mal innerhalb von achtundvierzig Stunden einem Mordanschlag entgangen war. Seine Gedanken rasten. Die Sprinkleranlage hatte nicht funktioniert. Die Brandsätze hatten das halbe Gebäude sofort in ein Flammenmeer verwandelt. Der Balken, der ihn fast erschlagen hatte, musste durch brachiale Explosionsgewalt herausgesprengt worden sein. Jemand musste gewusst haben, dass er im Archiv recherchieren wollte. Oder der Unbekannte wollte alle Dokumente vernichten, die Aufschluss geben konnten über die Nachfahren des Balduin Vornholt.

Ein Knall ließ die Menschen aufschreien und zurückweichen. War eine Kohlensäureflasche in einem Wassersprudler explodiert? Er nutzte das Chaos und entzog sich dem Schauspiel, in dem er eine Rolle spielen sollte, die ihm ganz und gar nicht passte: Mordopfer.

Mit großen Schritten lief er los, ignorierte seinen verletzten Arm, verbarg sein Gesicht, eilte an den Ständen des Mittelaltermarktes vorbei. Niemand achtete auf ihn, alle starrten auf das Feuerwerk, das die Turmspitze von St. Dionys in schwarzen Rauch hüllte. Seine Sinne waren geschärft von der Gefahr, er hörte, sah und roch viele Eindrücke gleichzeitig. Wie eine Kamera nahm er alles in sich auf, ohne es bewerten zu können.

In einer Kneipentoilette säuberte er sich so gut es eben ging, schaltete sein Mobiltelefon aus, betrat das nächste Geschäft für Telefone und kaufte sich ein Prepaidhandy. Er aktivierte es, rief Senta an, meldete sich als überlebend, verabredete sich mit ihr, setzte sich in die nächste Kneipe, bestellte einen doppelten Scotch ohne Eis, kippte ihn, bestellte dasselbe noch mal und ließ die letzte Stunde immer wieder vor seinem geistigen Auge vorüberziehen.

Er hatte kurz davor gestanden, die Nachfahren von Balduin Vornholt ausfindig zu machen. Der Whisky reduzierte die Geschwindigkeit seiner Gedanken von Zeitraffer auf normal. An einer Stelle stoppte die Bilderflut. Jetzt wusste er, wo er die Handschrift schon mal gesehen hatte und den Wollmantel des angeblichen Autodiebes. Und die Haare! Die waren nichts als Ablenkung gewesen. Der Täter hatte seine blonden Haare absichtlich nicht bedeckt und die Perücke bei Kowalczik versteckt, mit der Armbrust. Den zweiten Scotch ließ er stehen, warf Geld auf den Tisch und nahm ein Taxi in die Alfred-Krafft-Straße. Die Uhr zeigte fünf Minuten vor drei. Es war an der Zeit, einem Mörder und Brandstifter das Handwerk zu legen.

Er suchte kurz, fand den Zettel mit Liebermanns Telefonnummer. Den hatte Thomasio ihm gegeben. Dieselbe Handschrift wie die von Rudolf Müller, der im Stadtarchiv dasselbe gesucht hatte wie Heinrich, nur einige Tage vorher. Kurz bevor das Archiv explodiert war, hatte Heinrich den Namen gesehen. Im 16. Jahrhundert hatte eine Familie »von Nolt« in Esslingen gelebt, die in direkter Linie auf Balduin Vornholt zurückging. Mit den Jahrhunderten war aus »von Nolt« »Pochnolt« geworden. Thomasio Pochnolt. Unfassbar. Der Polizist. Der Wohltäter. Der Freund. Alles Lüge. Er musste ihm eine Falle stellen.

Er fragte sich, wem er trauen konnte. Senta, keine Frage. Weiter. Wem noch? Ralf Heidenreich? Das musste Senta entscheiden. Nein. Nicht Heidenreich. Das Spiel hatte einen zu hohen Einsatz, als dass er sich jetzt einen Aussetzer leisten konnte. Senta, niemand sonst.

Heinrich drehte die Dusche auf, stellte sie auf heiß und ließ die vergangenen Tage noch einmal an sich vorüberziehen. Immer wieder stieß er auf Thomasio. Aber woher hatte er das mit dem Archiv gewusst? Obwohl die Dusche schon richtig heiß war, wurde ihm noch heißer. Er drehte den Hahn zu, trocknete sich ab und begutachtete sein Vertragshandy. Schließlich nahm er den Akku heraus.

Senta sah ihn nur erstaunt an, als Heinrich ihr erklärte, er gehe davon aus, dass sein Handy verwanzt sei. Thomasio hatte das Handy ausgetauscht, vorher die Simkarte gewechselt, eine Sache von dreißig Sekunden. Eine Software war aufgespielt worden, die es erlaubte, sowohl alle Telefonate mitzuhören als auch das Handy im ausgeschalteten Zustand zur akustischen Raumüberwachung zu missbrauchen, solange der Akku eingelegt und geladen war. Senta bestätigte, dass das eine Standardmethode war, wenn man nicht einbrechen und Wanzen installieren wollte. Sie trommelte mit den Fingern auf die Tischplatte.

»Mir ist nicht wohl bei der Sache. Wenn du recht hast, dann ist Thomasio zu allem fähig. Er hat beim Bund eine Einzelkämpferausbildung gemacht. Er weiß, wie man ein Gebäude in die Luft jagt. Er weiß, wie man Türen in zehn Sekunden öffnet. Meinst du nicht, dass er den Braten riecht? Wir müssen meine Kollegen verständigen.«

»Was, wenn ich mich täusche? Die Dokumente sind verloren. Das ist ihm klar. Dafür hat er gesorgt. Was er nicht wissen kann, ist, ob ich sie fotografiert habe oder nicht. Wir haben einen Vorteil: Er scheint die Kontrolle über sein Handeln verloren zu haben. Schon der Mord an Schenk war ein großer Fehler. Dass Anne verdächtigt wurde, war eine für ihn glückliche Verkettung von Umständen, er hätte nur stillhalten müssen, dann wäre nichts weiter passiert.«

»Sein Motiv scheint mir auch recht ... wie soll ich sagen, schwach. Zwei Morde, ein Mordanschlag, eine gefährliche Brandstiftung, nur damit nicht herauskommt, dass vor siebenhundert Jahren ein Vorfahr ein krummes Ding gedreht hat? Ich weiß nicht. Da muss noch irgendetwas anderes sein. Vielleicht hat ihm Schenk die Freundin ausgespannt?«

»Alles und nichts ist möglich. Verdammt.« Heinrich schlug mit der flachen Hand auf den Tisch. »Je länger ich darüber nachdenke, desto unsicherer werde ich. Die blonden Haare: Ist er wirklich so dumm, seine Haare offen zu tragen? Oder hat er einen Fehler gemacht? Oder ist er sich sicher gewesen, mich ausschalten zu können?«

»Das alles ist egal, solange wir nicht wissen, wie er in den Keller kommen konnte«, sagte Senta mit einem sauren Grinsen.

»Ach ja, das habe ich ganz vergessen. Ich habe mir jede Situation mit ihm vergegenwärtigt. Es lag die ganze Zeit direkt vor meiner Nase. Thomasio mag Spinnen. Er hat seinen Stand damit dekoriert. Sieht verdammt echt aus.«

Sentas Gesichtsfarbe wechselte zu kalkweiß. »Künstliche Spinnweben? Aus der Spraydose? Ernsthaft?«

Heinrich nickte. »Die einzige Möglichkeit. Thomasio hatte die Dose dabei, weil er sie beruflich brauchte. Er wusste auch, wie man Theaterstaub pudert, sodass es aussieht, als sei der Boden unberührt. Ob er Staub dabeihatte, weiß ich nicht, aber es gibt da unten ja genug davon.«

»Er hat alle getäuscht.« Senta atmete flach.

»Er hat Anne in die Augen gesehen und ihr versprochen, sie aus dem Gefängnis zu holen. Ich habe ihm in die Augen gesehen und nichts erkennen können, nichts. Das ist furchtbar.« Heinrich strich Senta über das Haar.

»Wir waren alle blind. Ich liebe dich!« Sie schlang ihre Arme um seine Taille und legte ihren Kopf an seine Brust.

»Ich liebe dich auch.« Fast fünf Minuten blieben sie so stehen und wünschten sich weit, weit weg.

Heinrich fuhr fort. »Als Polizist hat er schon so viel erlebt und gesehen, dass er abgebrüht genug ist. Ich glaube, dass er einen ganz besonderen Bezug hat zu Tod und Verbrechen.«

Heinrich zog Senta ein Stück nach hinten und ließ sich auf einem Küchenstuhl nieder. Senta kniete vor ihm, sah ihm von unten ihn die Augen und legte ihm die Hände auf die Oberschenkel.

Heinrich schloss einen Moment die Augen. Tiefe Erschöpfung

machte sich in ihm breit. Trotzdem überlegte er weiter. »Friedhelm Schenk hatte die fixe Idee, die Ungerechtigkeiten an seiner Familie wiedergutzumachen, wahrscheinlich um seinem Vater zu imponieren. Er wollte dastehen können und sagen: ›Seht her, das schwarze Schaf der Familie hat den Schmutz abgewaschen und Gerechtigkeit hergestellt.‹ Ich glaube, die beiden haben einfach nur Streit bekommen, und Thomasio ist ausgerastet. Affekt. Totschlag. Es war nicht geplant. Thomasio wäre es egal gewesen, ob seine Vorfahren Mörder waren oder Heilige. Er hätte das nicht planen können. Unmöglich.«

»Das klingt plausibel. Aber wie kriegen wir ihn? Es gibt keinerlei Beweise.«

Heinrich rieb sich das Kinn. »Ist das so, Senta? Habt ihr wirklich gar nichts?«

»Weniger als nichts. Vielleicht ergibt sich was mit den Brandsätzen, aber ich bezweifle es. Ich vermute, er hat eine Kombination aus Sprengstoff und einem hochsensiblen Brandbeschleuniger verwendet. Dafür muss man nicht einmal Experte sein. Die Anleitungen findest du im Internet. Er ist verdammt clever. Keine Fingerspur. Der einzige Strohhalm wären DNA-Spuren im Keller. Vielleicht ist eine Hautschuppe von ihm dabei. Dafür müssten wir aber erst mal offiziell eine Probe von ihm nehmen. Bei seinem Dienstaustritt ist seine Probe vernichtet worden. Sonst hätte sich der Computer gemeldet. Mein Chef hat mir klargemacht, dass er Fakten sehen will, bevor er einen Finger rührt. Auch vom Staatsanwalt kriege ich nichts.«

Heinrich ballte die Fäuste. »Wir müssen ihn glauben machen, dass wir Beweise *haben*. Bei der Übergabe schnappen wir ihn. Das ist doch kein Problem für dich Senta, oder?«

Senta schluckte. »Kein Problem? Überhaupt nicht. Es ist nur ein Himmelfahrtskommando, das gegen alles verstößt, das ich je gelernt habe und wovon ich überzeugt bin.«

»Gut. Das geht mir so ähnlich. Wir fallen nicht mit der Tür ins Haus. Ich werde ihn anrufen und ihm signalisieren, ich wüsste, wer der Täter ist. Er hat die Soko Anne aufgelöst, er hat es irgendwie geschafft, dass Anne gestanden hat. Er wird mit mir sprechen, denn er weiß nicht genau, ob ich was habe. Wir werden sehen, ob er sich bewegt oder nicht.«

Senta nahm Heinrichs Kopf in die Hände. »Wir sind vollkommen verrückt geworden. Ist dir das klar? Wir spielen mit unserem Leben.«

»Definitiv ja. Wir haben uns in eine Situation manövriert, aus der es nur zwei Auswege gibt.«

Senta holte tief Luft. »Den Mörder zur Strecke bringen …«

»… oder vom Mörder zur Strecke gebracht werden.«

38

Reinhild ließ die Feder sinken und blickte hinüber zum Bett, wo das Gewand hing. Es war noch nicht ganz fertig, doch es verströmte bereits den Zauber des Anlasses, für den sie es nähte. Die Cotte war aus hellgrüner Seide, der Surcot ein wenig dunkler, mit weiten Ärmeln und weinroter Schnürung an den Seiten. Eva hatte darauf bestanden, ihr zu helfen, hatte eifrig die Ärmel mit Blütenranken bestickt.

Die letzten zehn Tage hatte Reinhild wie einen Traum erlebt. Jede Stunde, die sie mit Johann verbracht hatte, hatte geschmeckt wie eine Schale kostbarer süßer Früchte. Es war, als könne er ihr Innerstes lesen wie ein Buch.

Und jetzt würden sie heiraten. Johann hatte sie bedrängt, bereits zur Sonnenwende die Ehe einzugehen, und sie hatte glücklich zugestimmt, zumal sie den Verdacht hatte, dass sich bereits ein neues Leben in ihr regte.

Reinhild seufzte. Manchmal, wenn sie das Gewand betrachtete, sah sie Lennhart Schankherrs vorwurfsvolles Gesicht in seinen Falten. Man hatte ihn am Tag nach der Gerichtsverhandlung aus dem Neckar gezogen. Seine Frau sagte, er habe die Schmach nicht ertragen. Sie selbst besaß nichts mehr außer den Kleidern, die sie am Leib trug, und wohnte jetzt mit ihren Kindern im Katharinenhospital, wo sie sich als Magd nützlich machte. Doch es gab auch Hoffnung für die Familie. Der älteste Sohn, Ludger, hatte Arbeit gefunden. Karl Schedel, der Zunftmeister der Kürschner höchstpersönlich, hatte ihn als Lehrbuschen aufgenommen und pries bei jeder Gelegenheit dessen Fleiß und Gelehrsamkeit.

Reinhild wandte den Blick von dem Hochzeitskleid ab. Mit Blutgeld hatte sie den Stoff und die Silberfäden für die Stickereien gekauft. Evas Leben hatte sie getauscht gegen das von Lennhart Schankherr. Ihr Glück gegen das einer unbescholtenen, angesehenen Familie. Sie war nicht mehr dieselbe Frau. Etwas in ihr war gestorben. Das Gottvertrauen, die Heiterkeit und die Leichtigkeit, mit denen sie früher das Leben gemeistert hatte, selbst in den schwersten Stunden, waren für immer fort. An ihrer Stelle lebte der Schmerz in ihr, ständig, jeden Tag, jede Stunde. Und die Schuld. Sie war das einzige Geheimnis zwischen Johann und ihr. Nie durfte er erfahren, welchen Preis sie für Evas Heilung bezahlt hatte.

Schritte waren auf der Stiege zu hören. Greta trat in die Stube.

»Herrin, Ihr habt Besuch.«

Reinhilds Herz tat einen Sprung. Das konnte nur Johann sein. Kein Tag war seit jenem Vormittag in der Bauhütte vergangen, an dem sie sich nicht gesehen hatten.

»Er soll heraufkommen!«

»Es ist ...«, begann Greta zögernd, und Reinhild stutzte. »Es ist der Meister Balduin Vornholt.«

Noch bevor Reinhild etwas erwidern konnte, hörte sie das Poltern seiner Trippen auf den Stufen. Rasch schickte sie Greta weg und beugte sich über das Pergament, an dem sie gerade arbeitete.

»Seid gegrüßt, Schreiberin.« Vornholt stand im Türrahmen, sein dunkelblauer Surcot schimmerte samtig, sein langes Haar, das er offen trug, glänzte seidig. Zum wiederholten Mal durchzuckte Reinhild der Gedanke, wie sehr seine angenehme, schlanke Gestalt seinem Wesen widersprach.

»Meister Balduin. Ihr findet mich mitten in der Arbeit, ein dringender Auftrag.«

Vornholt lächelte, doch seine Augen blickten kühl. »Ich werde Euch nicht lange belästigen, Reinhild. Ein fleißiges Weib soll man nicht in seinem Eifer aufhalten. Auf ein Wort, dann verschwinde ich wieder. Ich habe allerdings Eure Magd angewiesen, einen Krug gesüßten Wein bereitzuhalten. Möglich, dass es heute noch etwas zu feiern gibt.«

Reinhild schluckte. Sie bezweifelte, dass sie über etwas, auf das Vornholt anstoßen wollte, auch nur einen Funken Freude empfinden würde. Ein dunkler Verdacht stieg in ihr auf.

»Also dann: Was wünscht Ihr, Meister Balduin?«, fragte sie mit belegter Stimme.

Er trat einen Schritt vor und warf sich in die Brust. »Nun, Reinhild, uns verbindet, so kann man sagen, ein ganz besonderes Band. Ihr versteht?« Er hielt kurz inne und blickte sie fragend an.

Sie starrte wortlos zurück.

»Und daher«, fuhr er fort, »dachte ich mir, es sei für uns beide das Beste, dieses Band durch ein noch engeres zu verstärken. Das

Band der Ehe, meine ich.« Er räusperte sich. »Ich möchte, dass Ihr meine Gemahlin werdet.«

»Was?«, wisperte Reinhild.

Vornholt stand jetzt dicht vor ihr. »Reinhild Vornholt. Wie klingt das für Euch? Ihr werdet eine angesehene Frau sein. Und reich. Ihr könnt mir meine Bücher führen. Und für Euer Töchterchen habe ich auch schon einen Plan. Sie wird meinem Eckhart ein gefügiges Weib sein.«

Reinhild klammerte sich an das Pult, bis ihre Knöchel weiß hervortraten. Einen Augenblick lang war sie nicht sicher, ob sie schwankte oder der Boden unter ihr einstürzte.

»Das könnt Ihr nicht ...«, begann sie.

»Und wie ich das kann.« Vornholt streckte seine Hand aus und fuhr ihr mit den Fingern über den Hals, ganz sacht, fast zärtlich. »Ihr gehört mir, Reinhild Wend, und Ihr wisst es. Ich oder der Scheiterhaufen. Ihr habt die Wahl!«

Er machte kehrt und ging auf die Tür zu. Auf der Schwelle drehte er sich noch einmal um.

»In drei Tagen ist Sonnenwende«, erklärte er. »Dann soll die Hochzeit sein. Ich gebe Euch genau einen Tag, darüber nachzudenken. Morgen erwarte ich Eure Antwort.«

Benommen blieb Reinhild vor dem Pult stehen, unfähig, einen klaren Gedanken zu fassen. Greta trat ein, einen Krug und zwei Becher in den Händen.

»Ist der Herr schon fort? Er hatte doch um Wein gebeten.«

»Lass mich allein!«, herrschte Reinhild sie an, und Greta flüchtete aus der Stube.

Sobald die Tür zugefallen war, stürzte Reinhild zum Bett und riss das Hochzeitskleid zu Boden. »Kein Glück für dich, du dumme Gans«, flüsterte sie sich selbst zu. »Hast du etwa gedacht, du könntest dem Zorn des Herrn entgehen? Nein, nicht nach dem Tod, sondern schon hier im Leben wird er dich für deine Sünden bestrafen!«

Sie warf sich vor dem Bett auf die Knie. Hatte nicht alles damit begonnen, dass sie einen Ungläubigen ans Krankenbett ihrer Tochter geholt hatte, damit dieser dem Herrgott entriss, was rechtmäßig sein war? Nein. So durfte sie nicht denken. Johann würde sie auslachen, wenn er das hörte. Unsinn, würde er sagen. Der Herrgott

hat die Erde geschaffen, um seine Freude daran zu haben, um uns
Freude zu schenken. Er will seine Geschöpfe nicht leiden sehen.
Wer Kranke heilt, tut ein Werk des Herrn.

Sie lehnte ihre Stirn gegen das harte Holz des Bettes. Wenn sie
doch Johann um Rat bitten könnte. Wenn sie nur irgendjemanden
um Rat bitten könnte.

Sie kniete vor dem Bett, bis sie ihre Beine nicht mehr spürte. Die
Dämmerung war inzwischen über Esslingen hereingebrochen, der
Nachtwächter hatte bereits die zweite Runde gedreht. Allmählich
wurde es still in der Gasse unter ihrem Fenster.

Langsam stand sie auf. Ihre Beine waren schwer und brannten,
ihre Stirn schmerzte dort, wo sie sie gegen das Holz gepresst hatte.
Bedächtig bückte sie sich und hob das Kleid auf. Lange betrachtete sie es im Dämmerlicht der hereinbrechenden Nacht. Dann strich
sie es glatt und hängte es wieder ans Bett.

Reinhild schlüpfte in ihren Mantel und stülpte sich die Gugel
über den Kopf. Greta saß in der Küche und putzte Gemüse, Eva
lag auf der Bank neben der Feuerstelle und schlief.

»Ich muss noch einmal fort, Greta. Warte nicht auf mich.«

»Aber Herrin …«, begann Greta, doch dann brach sie ab, beugte sich wieder über die Möhre, die sie in den Händen hielt.

Draußen wehte ein leichter Wind. Der Tag war kühl gewesen, zu
kühl für einen Junitag, doch die alte Melwerin hatte erzählt, dass es
an Mittsommer wärmeres Wetter geben würde, und sie irrte nie.
Reinhild ging dicht an den Häuserfronten entlang. Je weniger Menschen sie sahen, desto besser. In der Kupfergasse begegnete ihr ein
ärmlicher alter Mann, der sie neugierig musterte. Doch sie senkte
den Kopf, sodass er ihr Gesicht nicht sah.

Sie betrat den »Schwarzen Bären« durch die Seitentür. Aus der
Küche hörte sie das Klappern des Kessels und die bellenden Befehle des Kochs, der die Mägde anhielt, die Schüsseln ordentlich zu
spülen. Aus dem Schankraum drang gedämpftes Stimmengewirr.
Plötzlich trat ein Mann auf den Korridor. Im letzten Augenblick
drückte Reinhild sich hinter die Treppe.

Jemand ging in die Küche. »Wo ist denn Meister Balduin?«, fragte eine tiefe Stimme. »Ich habe ihn heute Abend noch gar nicht gesehen.«

»Nicht da«, lautete die einsilbige Antwort. Der Mann brummte noch etwas und verschwand dann wieder im Schankraum.

»Ich möchte zu gern wissen, was der Herr immer im Keller macht«, sagte eine Magd.

»Das hat uns nicht zu kümmern«, fuhr der Koch sie an. »Komm bloß nicht auf die Idee, ihm nachzuschleichen. Einmal war eine Magd dumm genug, es zu tun. Ihre Schreie, als er sie mit dem Gürtel verprügelt hat, waren bis rüber zum ›Eichbrunnen‹ zu hören.«

Reinhild atmete tief durch. Im Keller also.

Suchend tastete sie sich durch den dunklen Gang, bis sie auf eine Tür stieß. Vorsichtig zog sie am Riegel, sie ließ sich öffnen.

Vor ihr lag eine steinerne Treppe, die im Dunkel unter ihr verschwand. Ein letztes Mal zögerte Reinhild, dann setzte sie den Fuß auf die oberste Stufe.

Als sie den Boden erreicht hatte, blieb sie stehen und horchte. Sie hatte die Kellertür hinter sich angelehnt, von oben drangen dumpf die Geräusche der Küche herunter. Aber auch von irgendwo aus dem hinteren Teil des Kellers war etwas zu hören. Und von dort kam Licht, das unruhige Flackern einer Kerze oder einer Fackel.

Schritt für Schritt tastete Reinhild sich vorwärts. Einmal stieß sie gegen ein Fass und konnte nur mühsam einen Schmerzensschrei unterdrücken. Das Licht wurde heller, langsam konnte sie Konturen erkennen. Weinfässer, die auf kleinen Holzgestellen lagerten. Das Licht kam aus einem Raum, der noch hinter dem Weinkeller lag. Sie hörte Geräusche, ein Schaben und ein Rascheln. Jetzt war die Öffnung zu dem anderen Raum nur noch wenige Schritte entfernt.

Reinhild hielt die Luft an und spähte vorsichtig um die Ecke. Es gab keine Tür, der hintere Kellerraum schien einfach hinter einer Öffnung in der Wand zu liegen, doch sie hatte keine Zeit, dich darüber zu wundern.

Das Erste, was sie sah, war ein merkwürdiges, leicht gewölbtes Glas an der Wand. Es war riesengroß, größer als ein ausgewachsener Mann, und bestand aus sechs Einzelteilen. In dem Glas war das Ebenbild einer Frau zu sehen. Sie war schlank, hochgewachsen und ausgesprochen elegant gekleidet. Ihre Haube war kunstvoll bestickt und mit Rüschen versehen, ihr weinroter Surcot hauteng geschnürt,

die kurzen, weiten Ärmel gaben den Blick auf eine kostbare Seiden-
cotte frei. An der rechten Hand blinkte ein Ring, der Reinhild seltsam bekannt vorkam.

Ihr stockte der Atem. Hatte sie Vornholt beim heimlichen Schä-
ferstündchen erwischt? Womöglich mit einer verheirateten Frau?
Den Kleidern nach stammte sie aus einer vornehmen Familie.

Lautlos trat Reinhild einen Schritt vor, um den Raum besser
überblicken zu können. Irgendwo musste ja auch Vornholt sein.
Nun sah sie die Frau, die ihr den Rücken zuwandte und sich an etwas zu schaffen machte, einer Art Fach, das offenbar in die gegen-
überliegende Wand eingelassen war. Leibhaftig war sie noch impo-
santer. Und sie war groß, überragte Reinhild um mindestens einen
halben Kopf.

Auf dem Boden neben ihr stand eine große Holzkiste. Späne lagen darum verteilt auf dem Boden. Was auch immer darin trans-
portiert worden war, musste kostbar und zerbrechlich sein. Reinhild warf erneut einen Blick auf das merkwürdige spiegelnde Glas
an der Wand.

Dann tat sie einen weiteren Schritt vorwärts, lugte um die Ecke,
in der Erwartung, dort Vornholt zu sehen, als sie gegen etwas stieß,
das am Boden lag. Ein ohrenbetäubendes Scheppern zerriss die Stille. Die Frau fuhr herum.

Reinhild erstarrte.

39

Vom Fenster aus beobachtete Heinrich, wie Senta in ihren Wagen stieg. Sie warf ihm eine Kusshand zu, er erwiderte die Geste. Langsam fuhr sie los, ließ die Seitenscheibe herunter, winkte ihm noch mal und verschwand aus seinem Sichtfeld.

Senta ging wirklich aufs Ganze. Sie hatte ihm ihre Dienstwaffe, eine Walther P 2000 DAO, dagelassen, inklusive einer Packung Patronen und zwei gefüllter Reservemagazine. Sie hatte eine zweite Waffe, die sie zu Hause in einem Tresor aufbewahrte. Heinrich steckte die Waffe in den Hosenbund und fühlte sich nicht wirklich besser damit. Eine Pistole war kein Spielzeug, so wie die Sachen, die er am Stand verkaufte. Eine Pistole konnte töten, Fakten schaffen. Dennoch hatte Senta darauf bestanden. Außerdem misstraute er dem Abzugssystem der P 2000. Er mochte diese Pistole nicht, aber er konnte damit umgehen. DAO hieß Double-Action-Only und bedeutete, dass Hahnspannen und Schussabgaben mit dem Durchziehen des Abzuges bewerkstelligt wurde, ein Vorspannen war nicht nötig. Der dadurch schwere Abzug ging zulasten der Treffsicherheit. Unsichere Schützen zogen den Abzug oft zur Hälfte durch, ein riskantes Manöver. Erschrak der Schütze, konnte der Schuss ungewollt losgehen.

Heinrich legte den Akku wieder in sein Handy ein, und keine drei Minuten später rief Thomasio an. Heinrichs Puls beschleunigte sich. Er habe Heinrich im Krankenhaus besuchen wollen, aber er sei nicht da gewesen, dann habe das Stadtarchiv gebrannt, Gott sei Dank sei die Feuerwehr schnell zur Stelle gewesen und habe ein Übergreifen der Flammen auf Nachbarhäuser verhindern können. Das Stadtarchiv sei nur noch eine rauchende Ruine, Medien aus ganz Deutschland zankten sich um Bilder und Zeugenaussagen. Ob er, Heinrich, nicht zufällig was wüsste?

Heinrich verneinte. »Ich hatte einfach keine Lust mehr auf Krankenhaus.«

Thomasio räusperte sich. »Da waren zwei Polizeibeamte bei den Überlebenden. Die werden als Helden gefeiert, weil sie einer Frau und einem Mann das Leben gerettet haben. Sie wollen nur nicht die

Identität des Mannes preisgeben. Order vom Chef persönlich. Was geht da vor?«

»Hat nicht jeder seine kleinen Geheimnisse?« Seine Hände wurden feucht.

»Mensch, Heinrich. In zehn Minuten ist die Polizei bei dir, um dich auszuquetschen. Hast du was erreicht? Weißt du, wer es ist?«

Schon wieder. Thomasio wusste also, dass er im Archiv gewesen war. Na gut. Dann musste er die Katze wohl aus dem Sack lassen.

»Du bist gut informiert. Ja, ich war im Archiv. Ich konnte die Dokumente fotografieren. Ich trage die Lösung bei mir. Wir brauchen sie nur noch auswerten.«

»Phantastisch«, sagte Thomasio, und Heinrich war klar, dass er sich gerade überlegte, wie er ihn am besten ausschalten und die Fotografien vernichten konnte, die es gar nicht gab.

»Wir treffen uns in zwei Stunden auf der Maille. In Ordnung? Du kannst mir helfen.« Heinrich war sich nicht sicher, ob seine Stimme klar genug klang, um Thomasio zu täuschen.

»Wie wäre es bei mir zu Hause? Da sind wir ungestört. An die Maille habe ich keine guten Erinnerungen. Da hat es dich fast erwischt. Und wenn du jetzt kurz davor stehst, den Mörder zu entlarven, wird er dir vielleicht genauso dicht auf den Fersen sein wie du ihm.«

Dass Thomasio schlechte Erinnerungen an den Mordanschlag hatte, glaubte Heinrich gern. Hatte er doch vorbeigeschossen mit seiner verdammten Armbrust. Heinrichs Arm schmerzte.

»Egal. Du kannst ja ein paar Schutzengel mitbringen.«

»Das werde ich tun. Einen ganzen Schwarm. Also gut. Bis später.«

Heinrich unterbrach die Verbindung. Noch hatte sich Thomasio nicht von seinem Platz wegbewegt. Die Akustik hatte sich nicht geändert. Aber jetzt würde er mit Vollgas hierherkommen, um ihm endgültig den Garaus zu machen. Oder auch nicht. Heinrich konnte keinen klaren Gedanken fassen. Thomasio. Ausgerechnet der Exbulle. Angst kroch ihm den Hals hoch. Es war einfach nur Wahnsinn, was sie da machten. Heinrich hielt den Kopf unter den Wasserhahn und drehte das kalte Wasser voll auf. Fünf Minuten lang kühlte er seinen heißen Kopf.

Er nahm den Akku wieder aus seinem Handy, rief mit dem sauberen Senta an. Sie verabredeten sich am Dicken Turm. In einer halben Stunde, um neunzehn Uhr. Da waren sie ungestört und konnten ihre weitere Strategie besprechen. Heinrich deutete an, dass er es doch besser fände, die Polizei einzuschalten, und Senta gab ihm recht. Sie würden sich ein paar gute Ausreden zurechtlegen und dann Sentas Kollegen rufen.

Heinrich atmete auf. Nach dem Telefonieren legte er den Akku wieder ein, damit Thomasio den Braten nicht roch.

Das Autofahren mit einer Hand war nicht ganz einfach. Er lenkte mit dem Knie, während er schaltete, und erkannte, warum ein Automatikgetriebe durchaus Vorteile bot. Gut, dass Frau Meyer ihm die Garage angeboten hatte. Das Schloss war unversehrt und vor allem das Haar, das er angeklebt hatte, um sicher zu sein, dass niemand sein Auto in eine fahrende Bombe verwandelt hatte. Jemand, der sich mit solchen Dingen auskannte. Jemand wie Thomasio.

Die Sonne war schon seit Stunden verschwunden, die schwarze Nacht hing über dem Turm, als er auf dem Parkplatz vor der Burg ausstieg. Es war noch nicht ganz neunzehn Uhr, also ging er ein wenig über die Burganlage, die oberhalb der Stadt angelegt worden war. Sie stammte aus dem frühen 13. Jahrhundert. Einige Mauern waren erhalten geblieben, und Heinrich fragte sich, ob Reinhild Wend vor siebenhundert Jahren auch hier entlanggegangen war. Ob sie sich mit ihrem Geliebten hier getroffen hatte, mit dem sie sich hatte aus dem Staub machen wollen? Oder hatte sie ihren Mörder getroffen? Ein leiser Schauer rieselte ihm über den Rücken. Vor ihm ragte der Dicke Turm auf, zu Reinhilds Zeiten hatte es ihn noch nicht gegeben. Im Jahr des Herrn 1527 war er gebaut worden. Immerhin hatte der Klotz schon fünfhundert Jahre auf dem Buckel, auch keine schlechte Leistung. Seit 1976 residierte ein Restaurant im Turm, nur ein Adelsgeschlecht hatte die Wehranlage nicht vorzuweisen.

Er hörte jemanden seinen Namen rufen. Weit weg. Oben auf dem Seilergang. Er hatte die Stimme nicht identifizieren können. Er griff nach der P 2000, die in seinem Hosenbund steckte, und stieg die Stufen hinauf. Noch mal hörte er seinen Namen. Jetzt erkannte er die Stimme und entspannte sich. Richard stand am Ende des Seilergangs, auf dem vor Jahrhunderten die Seiler ihre Seile gedreht hatten, weil der Wehrgang der am besten geeignete Ort dafür war: lang und wettergeschützt.

»Hallo, Heinrich, Mensch, was machst du denn hier? Du giltst als verschollen. Wir haben uns Sorgen gemacht.« Richard kam auf ihn zu und lächelte.

»Ich wollte euch anrufen, aber die Ereignisse haben sich überschlagen.« Heinrich war froh, Richard hier zu sehen. Vielleicht konnte er helfen.

»Das mit dem Archiv ist die absolute Katastrophe! Die ganzen Dokumente. Alles zerstört!«

»Das kannst du laut sagen.«

Sie traten unter eine Lampe, und Heinrich registrierte die Schweißperlen auf Richards Stirn. Er machte eine Kopfbewegung. »Erkältet? Du bist ja klatschnass, und das bei der Kälte.«

»Nein, nein. Alles klar. Der Weg hier rauf ist halt ganz schön steil. Ich bin gelaufen.« Wieder lächelte Richard, aber es geriet nicht wirklich freundlich.

Heinrich machte einen Schritt auf ihn zu, doch Richards Miene verfinsterte sich. Er öffnete den Mantel und hielt Heinrich einen Revolver vor die Brust, ging rasch zwei Schritte rückwärts, außerhalb der Reichweite von Heinrichs Armen.

»Was soll das?« Heinrich wollte seine Waffe greifen, aber Richard hatte damit gerechnet, hob den Revolver und zischte: »Mach keinen Fehler, sonst bist du tot.«

Heinrich erstarrte. Er hatte recht behalten, was Waffen anging. Sie nutzten gar nichts, wenn man nicht bereit war, zu töten. Wenn man nicht zu jeder Sekunde auf einen Angriff gefasst war. Er hätte das Mordinstrument schon an der Treppe ziehen, durchladen und anlegen müssen.

»Was willst du?«, fragte Heinrich und hob seine Hände, sodass Richard sie sehen konnte.

»Was wohl? Aufräumen. Unrat beseitigen, der nur stinkt und Ärger macht.«

»Du und Thomasio? Ihr macht gemeinsame Sache? Erstaunlich.« Heinrichs Stimme vibrierte.

»Wie kommst du auf so einen Unsinn? Thomasio hat damit nichts zu tun. Ein Wonnelt bringt seine Angelegenheiten selbst in Ordnung.«

Heinrich schoss die Hitze ins Gesicht. »Vornholt, von Nolt, Wonnelt. Richard Wonnelt. Und nicht Pochnolt. Die ganze Zeit dachte ich, es sei Thomasio Pochnolt.«

»Wie du siehst, war das ein unangenehmer Irrtum. Um nicht zu sagen, ein tödlicher.

»Wie *du* siehst, lebe ich immer noch, obwohl du ein paarmal versucht hast, mir die Lichter auszublasen. Was ich dir aber wirklich übelnehme, ist, dass du das Archiv abgefackelt hast.« Die schnoddrige Sprache tat Heinrich gut. Damit konnte er ein wenig von der brutalen Realität ausblenden und sich fühlen, als sei er Darsteller in einem B-Movie.

»Du hättest gar nicht im Archiv sein sollen, Mr. Spade.« Richard spuckte die Worte aus. »Der verdammte Zeitzünder ist zu spät losgegangen. Ich konnte das Ding nicht mehr entschärfen. Das Archiv sollte in der Nacht abbrennen. Ich hasse unnötiges Töten.«

»Ach ja? Und warum hast du Mangold abgeschlachtet?«

»Der Idiot wollte mein Geld nicht, also habe ich ihn unschädlich gemacht. Das war nicht zu vermeiden. Bevor du fragst: Ich habe dich nicht aus den Augen gelassen, von Anfang an, und euer Gespräch abgehört. Mein Instinkt hat mich nicht getrogen.«

Heinrich ließ langsam die Hände sinken. »Wer hat den Benz gefahren, der Frauke töten sollte?«

Richard lächelte. »Niemand, den ich kenne. Zufall. Nichts weiter. Deine Waffe. In Zeitlupe. Jetzt.«

Heinrich legte die P 2000 vor sich auf den Boden, Richard nickte zufrieden, scheuchte ihn ein paar Schritte zurück und steckte sie ein.

»Eine Polizeiwaffe? Spielt ihr damit im Bett rum? Damit es mehr prickelt?«

Heinrich unterdrückte den Drang zu schreien. »Handschellen. Bullen wollen gefesselt werden. Wir spielen mit Handschellen.«

»Ah ja. Wusste ich's doch.« Richards Augen flackerten. Er setzte zum Sprechen an, schwieg dann jedoch.

Heinrich versuchte, ruhig zu atmen, er kämpfte gegen die aufkommende Panik an. »Warum erschießt du mich nicht?«

»Nicht hier. Nicht jetzt. Das würde ich nur tun, wenn du versuchst, mich anzugreifen oder zu fliehen. Du weißt, ich verwische meine Spuren.«

»Ich muss dich enttäuschen. Die künstlichen Spinnweben, das war gut, aber ich habe es durchschaut. Die Polizei weiß davon.«

Richard zog tief die kalte Luft durch die Nase. »Da muss ich *dich* enttäuschen. Euer kleines Geheimnis ist gut verwahrt. Ihr seid solche Amateure. In meinem Auto habe ich zwei hübsche Pakete. Deine Süße und die Frau des Oberbürgermeisters. Ich habe sie gepflückt wie reife Kirschen.«

Heinrich zog es den Boden unter den Füßen weg. Richard hatte recht. Amateur war der falsche Begriff. Größenwahnsinnig. Ächzend ging er in die Knie.

»Was willst du?«, wiederholte Heinrich.

Richard zuckte mit den Schultern. »Meine Probleme lösen. Und das mit euch dreien, das wird eine echt tragische Geschichte. Christine erschießt euch beide und dann sich selbst. Der Klassiker. Sie hat eure Erpressung sehr ernst genommen und sich entschlossen, zu handeln. Senta ist ein Kollateralschaden, nicht zu vermeiden, Christine handelt im Affekt und unter Drogen. So, jetzt machen wir einen kleinen Spaziergang, dann eine kleine Fahrt und zuletzt ein kleines Spiel. Steh auf, mach schon, du Memme.«

Heinrich rappelte sich hoch. Das Wort »Memme« trieb ihm die Wut in den Bauch.

»Spiel? Das nennst du Spiel? Du bist ja völlig durchgeknallt.«

Die Wut wich der Verzweiflung. Niemand wusste etwas. Niemand kannte ihren Aufenthaltsort. Gut organisiert.

»Wo ist Thomasio?«

»Dem geht es blendend. Er wird so gegen zehn auf der Maille sein. Er hat eine SMS bekommen, von deinem Handy, dass es ein bisschen später wird. Technisch ein Kinderspiel. Dass du den Akku wieder eingesetzt hast, war sehr freundlich von dir. Sonst hätte das nicht so einfach funktioniert. Ich wusste, dass du dahintergekommen bist, hinter das mit dem Handy. Du hast ein paarmal den Akku herausgenommen. Einmal hätte Zufall sein können. Vielen Dank. Ich hatte es manipuliert und dann Thomasio in die Hand gedrückt, als er nach draußen ging, um mit dir seinen kleinen Betrug abzusprechen. Liebermanns Nummer habe ich ihm auf einen Zettel geschrieben. Er hat ein kurzes Gedächtnis. Ich habe ein wenig Mitleid mit euch, denn ihr könnt ja nicht wissen, dass mein IQ bei 148 liegt. Deinen schätze ich auf knapp 80, so dämlich, wie du dich angestellt hast. Los jetzt. Gehen wir.«

Heinrich konnte keinen klaren Gedanken fassen. Die Angst setzte sein Gehirn außer Funktion. Er musste an Senta denken, musste daran denken, dass sie sterben sollte, dass er sterben sollte. Sein Hals wurde eng, er bekam kaum Luft, Richard drückte ihm die Pistole in den Rücken und stieß ihn vorwärts, den Seilergang hinunter. Keine Menschenseele weit und breit. Aus der Stadt wehte der eisige Wind die Musik und das Lachen der Menschen herauf. Senta noch einmal sehen, noch einmal in den Arm nehmen, noch einmal küssen, dieses Bild war es, das Heinrich die Kraft gab, weiterzugehen. Am Fuß der Burgstaffel stand ein schwarzer Lieferwagen. Richard knebelte und fesselte Heinrich, stieß ihn auf die Ladefläche.

»Wünsche angenehme Unterhaltung«, rief Richard, schlug die Tür zu und fuhr los. Heinrich robbte zu Senta, die mit weit aufgerissenen Augen, vor dem Bauch gefesselten Händen und schweißnasser Stirn auf dem Radkasten saß. Christine Progalla war bewusstlos, ihr Brustkorb hob sich, aber ansonsten lag sie wie tot auf der Seite, ebenfalls gefesselt und geknebelt.

Sie konnten nichts weiter tun als sich in die Augen schauen. Beiden rutschten die Tränen über die Wangen, Heinrich verfluchte sich für seine Blindheit.

Schon bald verlor er seinen Zeitsinn. Wie lange waren sie unterwegs? Zwei Minuten? Eine Viertelstunde? Hundert Jahre?

Der Wagen bremste, kam schließlich zum Stehen, der Motor verstummte. Heinrich hörte Schritte, dann wurde die Tür aufgerissen. Richard fuchtelte mit der Waffe, aussteigen sollten sie. Heinrich rappelte sich hoch, Richard trat zurück und hielt seine Waffe auf ihn gerichtet. Eiskalte Luft schlug Heinrich ins Gesicht, seine Panik schwächte sich ab. Solange ich lebe, gibt es eine Chance, sagte er sich. Nur ein Moment, in dem Richard nicht aufpasst, und schon könnte ich ihn überrumpeln. Zumindest konnte er der Nachwelt eine Botschaft hinterlassen. Er fing an, seine Hände in den Fesseln zu drehen. Es tat höllisch weh, bald spürte er warmes Blut.

Senta stieg aus, Richard stieß sie neben Heinrich. Sie war auf denselben Gedanken gekommen. Blut tropfte von ihrem Handgelenk auf den Boden. Ihr Henker nahm ihnen die Knebel ab und betrachtete das Blut. Er lächelte.

»Ach, ihr seid so leicht zu durchschauen. Wunderbar. Ich danke euch für eure tatkräftige Unterstützung. Was glaubt ihr, mit wem ihr es zu tun habt? Frau Progalla hat euch natürlich gefesselt und geknebelt. Und ihr habt versucht, euch zu befreien. Was glaubt ihr, warum sie im Moment noch den Schlaf der Gerechten schläft? Damit sie sich nicht selbst verletzen kann. Gebt auf. Ihr könnt gegen mich nicht gewinnen.«

»Das können Sie vergessen, Herr Wonnelt. Es ist noch nie jemandem gelungen, einen Mord als Selbstmord zu tarnen«, sagte Senta.

Richards Stimme klang ätzend. »Woher willst du das wissen, du Klugscheißer von einem Bullen. Thomasio war eine hervorragende Quelle für die Interna der Polizeiarbeit. Was ist wichtig? Korrekter Schusskanal, korrekte Fingerspuren. Sie ist siebzehn Zentimeter kleiner als ich, also werde ich eure Fangschüsse entsprechend tiefer ansetzen. Fußspuren? Schaut nach unten. Trockener Lehm. Ihr habt mir wirklich Ärger bereitet, aber, Ironie des Schicksals, auch die Lösung meiner Probleme auf dem Silbertablett beschert. Wieso hast du nicht Alarm geschlagen, Heinrich? Du hast genug gewusst.«

Reden. Richard wollte reden. Gut. Heinrich hatte einen Plan und musste ihn Senta irgendwie verständlich machen. Es gab eine realistische Chance, dass zumindest einer von ihnen überlebte. Wer das war, hing von Richards Reflexen ab.

»Es gibt etwas, das auch du nicht gewusst hast. Und du hast einen gravierenden Fehler gemacht.«

Richard trippelte auf der Stelle. »Red schon, wir haben nicht die ganze Nacht Zeit.« Er lachte nervös.

»Du hast kein Vertrauen in dich selbst. Hättest du einfach abgewartet und mich machen lassen, wäre nichts passiert.«

Richards Gesicht verzerrte sich wieder zu einer hässlichen Grimasse. »Du hättest unsere Familie in den Dreck gezogen. Du bist ein eitler Geck, der ohne Anerkennung nicht leben kann. Du bist genauso schlecht wie mein Vater.«

Heinrich schluckte, verlagerte sein Gesicht auf den rechten Fuß und schob den linken drei Zentimeter zur Seite. Erleichtert sah er, dass Senta verstanden hatte. Sie tat dasselbe, entfernte sich von Heinrich. Richard atmete schwer.

»Du kennst mich nicht. Ein weiterer Fehler. Ich hätte die Sache auf sich beruhen lassen. Ich hasse die Medienmeute, weil sie mich schon mal fertiggemacht hat. Und da ich dich als netten Menschen kennengelernt habe, hätte ich sowieso nichts an die Öffentlichkeit gegeben.« Heinrich glaubte nicht, dass seine Lüge Wirkung zeigen würde, aber er täuschte sich.

Richard lief rot an. »Du Lügner. Du willst nur Mitleid erregen, damit ich dich nicht abknalle und deine Hure dazu. Ihr seid nicht die Ersten, die uns fertigmachen wollen. Aber so geht das nicht. Meine Mutter hat sich umgebracht, als die Wolfsrudel von der Zeitung meinen Vater als Schwulen abgestempelt haben. Da war ich drei Jahre alt.« Richard fing an zu flennen wie ein kleiner Bub, hielt aber die Waffe weiter auf Sentas Kopf gerichtet.

Jetzt wusste Heinrich, warum Richard gar nicht anders gekonnt hatte. Jede Bedrohung seiner Familie löste das alte Trauma aus: Todesangst, Vernichtung. Wahrscheinlich hatte er seine Mutter entdeckt. »Du hast sie gefunden, nicht wahr?«

Die Pistole zuckte zu Heinrich hin. »Woher weißt du das?«, schrie Richard.

»Es liegt auf der Hand. Du hast als Dreijähriger etwas Furchtbares erlebt und bis heute nicht verarbeiten können. Immer wenn jemand etwas Schlechtes über deine Familie sagt, rastest du aus. Verlierst vollkommen die Kontrolle, weil du dich in deiner Existenz bedroht fühlst. Du bist verwirrt und machst Fehler.« Heinrich kam sich vor wie ein Psychotherapeut, aber an Richards Gesicht erkannte er, dass er wohl etwas Falsches gesagt haben musste. Seine Züge entspannten sich, er lächelte.

»Einen Moment lang habe ich geglaubt, dass du anders bist als die anderen. Dass du verstehen kannst, dass ich so handeln muss. Dass das nichts mit der Vergangenheit, sondern nur mit der Zukunft zu tun hat. Genug jetzt. Ich bin sowieso schon zu spät dran.«

»Eine Frage noch, die letzte Frage, sozusagen die Henkersmahlzeit.«

Richard blieb stehen. »Schnell.«

»Was ist im Keller passiert? War das alles Zufall?«

»Es gibt keinen Zufall. Allerdings hatte ich es nicht geplant. Ich kannte Friedhelm nur vom Hörensagen, er bestellte mich in den Keller, ganz freundlich, er wolle mir etwas Interessantes zeigen, aus dem man Kapital schlagen könne. Einem guten Geschäft bin ich nie abgeneigt, also machte ich mich auf den Weg. Ich kam gerade vom Stand und hatte mein Dekorationsset dabei, wie immer, wenn Weihnachtsmarkt ist. Ich nahm den Weg über die Baustelle und hörte den Streit durch die geschlossene Tür. Das war amüsant, ich kannte Anne natürlich; dass sie was mit Friedhelm gehabt hatte, war mir verborgen geblieben. Unglaublich. Anne verzog sich, ich wartete einen Moment, trat ein. Er begrüßte mich freundlich, zeigte mir die Mumie. Ich war in der Tat erstaunt, mir kamen sofort Ideen für die Vermarktung. Aber Friedhelm unterbrach mich und eröffnete mir, dass er endlich herausgefunden hatte, wer seine Familie vor siebenhundert Jahren ins Unglück gestürzt habe. Davon hatte ich nichts gewusst. So wenig wie von der Homosexualität meines Vaters. Außerdem war das ja wohl der vollkommene Schwachsinn. Die Schenks sind die reichste Familie in Esslingen. Der verwöhnte Bengel hatte einen Gerechtigkeitswahn und einen Ödipuskomplex und Minderwertigkeitskomplexe und was weiß ich nicht noch alles. Er wollte mich einfach nur fertigmachen. ›Jetzt hab ich dich und deinen ganzen verrotteten Clan in der Falle! Ich, Friedhelm Schenk, habe vollbracht, was keiner in meiner Familie vollbracht hat. Ich habe das Rätsel unseres Fluchs gelöst.‹ Der hat tatsächlich geglaubt, Balduin Vornholt sei für sein eigenes beschissenes Leben verantwortlich gewesen und alle seine Nachkommen ebenfalls. Mir war sofort klar, was ich tun musste. Das müsst ihr doch einsehen. Mit reden war da nicht beizukommen. Er hat mich angeglotzt wie ein Depp, keinen Muckser gesagt und sich dann zusammengefaltet. Verrenkt lag er da, ich habe ihn ordentlich hergerichtet. Gut, dass ich Handschuhe anhatte. Aber das habt ihr euch wahrscheinlich gedacht. Und du hast recht. Ich sah meine Mutter vor mir, und ich musste verhindern, dass sie sich ein zweites Mal die Adern aufschlitzt. Das ganze Bad war verspritzt. Ja, ich war drei Jahre alt, aber ich habe nie vergessen, was sie zu mir gesagt hat, als ich neben ihr saß, blutverschmiert von oben bis unten: ›Hilf mir, Richard. Rette mich. Ich habe gesündigt.‹«

Richards Augen blieben eiskalt. Heinrich und Senta hatten es inzwischen geschafft, sich mehr als eineinhalb Meter auseinanderzubewegen. Richard merkte nichts. Er redete weiter, gefangen in seinem Wahn.

»Ich werde sie nie wieder im Stich lassen.«

»Aber sie ist tot!« Sentas Fassungslosigkeit ließ ihre Stimme schwanken, als sei sie betrunken.

Richard flüsterte. »Sie lebt in mir und für alle Zeiten. Ihr alle seid des Todes, weil ihr sie angegriffen habt. Ich erfülle das Vermächtnis meiner Mutter!« Er schwankte, und Heinrich hoffte, dass die Erinnerung ihn die Knie zwingen würde.

»Alles war bereitet. Die Ahle lag da, Anne hatte gedroht, ihn zu töten, niemand wusste, dass ich dort war, niemand kam auch nur auf die Idee, dass ich mit der Sache etwas zu tun haben könnte.« Richard lachte leise. »Senta hat gut gearbeitet. Sie hat keine Möglichkeit ausgelassen. Sie haben auch mein Alibi überprüft, routinemäßig.«

Senta meldete sich zu Wort. »Aber Zeugen haben ausgesagt …«

»Zeugen. Das schwächste Glied in der Kette. Ich konnte mein Glück kaum fassen.«

»Sie hatten quasi gewonnen und haben Ihren Sieg wieder aus der Hand gegeben.« Senta schüttelte den Kopf. »Sie wissen, dass die Polizei nicht ruhen wird, bis sie meinen Mörder gefangen hat? Dass noch kein Polizistenmörder davongekommen ist?«

»Es wird wie ein erweiterter Selbstmord aussehen!«, schrie Richard und verlagerte sein Gewicht auf das andere Bein. Mit einer Geste seiner freien Hand gebot er Schweigen. Er bewegte sich vorsichtig rückwärts zum Auto, ohne Heinrich und Senta aus den Augen zu lassen.

Heinrich arbeitete weiter an seinen Fesseln. Der Sisalstrick war durch das Blut weich geworden. Richard mochte ein Genie sein, aber zum Fesseln hätte er besser Kabelbinder genommen.

Richard zog die bewusstlose Christine Progalla mit einer Hand an den Füßen heraus. Er musste Bärenkräfte haben. Wie eine Puppe klemmte er sie sich vor die Brust, schleifte sie hin zu seinen Opfern. Er blieb etwa drei Meter von ihnen entfernt stehen.

»Meine Damen und Herren. Das Finale.«

Immer wieder schaute er zu Christine hin. Heinrich freute sich über eine gewonnene kleine Schlacht. Sie hatten seinen Zeitplan

294

durcheinandergebracht. Er drehte seine Handgelenke, die Schmerzen trieben ihm die Tränen in die Augen.

»Ich bin erstaunt über die Gefasstheit, mit der ihr in den Tod geht. Oh. Sehe ich da ein paar Tränen bei Heinrich dem Großen? Frisch verliebt, das muss doch wehtun? Romeo und Julia. Wie tragisch! Wer möchte zuerst? Wem macht es am wenigsten aus, seine Liebste oder seinen Liebsten sterben zu sehen?«

»Mich zuerst. Ich kann ihn nicht sterben sehen. Ich liebe dich.« Senta drehte ihren Kopf zu Heinrich.

»Nein. Halt. Mich zuerst. Bitte. Richard, tu mir das nicht an. Persönlich hast du ja nichts gegen mich. Also.« Heinrich bekam die Hände frei, der Adrenalinstoß warf ihn fast um, die Schmerzen verschwanden.

Richard schwenkte die Waffe wieder auf Heinrichs Kopf.

»Nein!«, schrie Senta. »Du bist ein egoistisches Schwein!«

Heinrich drehte sich zu Senta hin. »Ach ja? Und was bist du? Bist du besser?«, schrie er aus voller Kehle.

Aus den Augenwinkeln konnte er Richard sehen, der zufrieden grinste und vor Überraschung tatsächlich die Waffe senkte. Senta musste das auch sehen können. Jetzt oder nie. Er klimperte schnell mehrmals hintereinander mit den Wimpern, ließ sich fallen und rollte sich Richtung Richard ab. Er hatte mit erneuten Schmerzen gerechnet, aber nicht mit dieser Lawine. Sein Arm schien ihm weggerissen zu werden, als er auf dem Boden aufschlug. Senta hatte sich ebenfalls fallen lassen, sie brüllte wie ein Stier, um Richard zu verwirren; Heinrich brüllte, weil seine Schmerzen ihn fast umbrachten. Richard zögerte eine Sekunde.

Exakt die Sekunde, mit der Heinrich gerechnet hatte.

Richard zielte auf Senta und drückte ab. Im selben Moment streckte sich Christine Progalla und verriss Richards Arm. Der Schuss peitschte vor Senta in den Boden. Sie warf sich auf ihn, brachte ihn zu Fall, die Waffe flog weg. Christine fiel, versuchte aufzustehen.

Heinrich schaffte es auf die Knie und setzte zum Sprung an. Richard schleuderte Senta zur Seite, verpasste ihr gleichzeitig einen Hieb in den Magen, sprang auf, drehte sich im Kreis, suchte die Waffe. Heinrich kam ebenfalls auf die Beine.

Da lag sie. Zwei Meter von ihm entfernt. Richard hatte sie auch entdeckt. Einen Moment maßen sie sich mit Blicken. Siegesgewissheit lag in Richards Augen. Heinrich machte einen Schritt, Richard ebenfalls. Aber der schlug der Länge nach hin. Christine hatte sich mit ihrem Gewicht gegen ihn geworfen und ihn zu Fall gebracht. Sie war wach geworden. Heinrichs Kalkül war aufgegangen. Richard hatte alles auf die Minute genau geplant. Sie durfte zur Tatzeit nicht mit K.-o.-Tropfen vollgepumpt und bewusstlos sein, sondern es musste so aussehen, als habe sie sich vorher zugedröhnt.

Richard fluchte, trat nach hinten aus und traf Christine Progalla im Gesicht. Ein knirschendes Geräusch, Blut spritzte. Ihr gellender Schrei fuhr Heinrich durch Mark und Bein, aber er war als Erster bei der Waffe.

Richard sprang auf und rannte los. Heinrich nahm den Revolver, drückte ab, aber nichts passierte. Verdammt. Er musste den Hahn spannen, bevor er schießen konnte.

Richard schlug Haken wie ein Kaninchen. Heinrich spannte den Hahn, zielte, er musste treffen. Der Schuss ploppte, der Schalldämpfer schluckte einiges an Schall, aber längst nicht alles. Richard fiel, er kam sofort wieder hoch.

»Schieß, Heinrich, schieß doch!« Senta kniete, hielt sich den Magen, würgte und erbrach sich. Richard hatte sie voll erwischt.

Heinrich spannte den Hahn, drückte ab. Daneben. Richard war schon gute fünfzig Meter weit weg. Heinrich atmete tief durch, kam auf die Füße und lief los. Er presste seinen verletzten Arm an die Brust und fiel in einen regelmäßigen Trab. Richard wurde langsamer, er hatte erkannt, dass Heinrich ihn verfolgte und schonte seine Kräfte.

Heinrich spannte im Laufen den Hahn, zielte und drückte ab. Wie erwartet ließ sich Richard wieder fallen. Der Abstand schrumpfte. Heinrich spannte erneut, legte an und stolperte. Er rollte sich über den unverletzten Arm ab. Als er wieder auf den Beinen stand, war Richard verschwunden.

40

Reinhild brauchte eine Weile, bis sie begriff, was sie sah. Vor ihr stand Balduin Vornholt, der Wirt des »Schwarzen Bären«, neuerdings auch des »Eichbrunnen«, angesehener Bürger von Esslingen – und trug Frauengewänder. Sprachlos starrte sie ihn an.

Vornholt schien nicht weniger entsetzt, doch er fing sich rascher als sie.

»Tretet ein in mein kleines Reich, Reinhild Wend. Vor Euch, meiner zukünftigen Gemahlin, brauche ich keine Geheimnisse zu haben.«

Betäubt tat Reinhild ein paar Schritte, ohne den Blick von dem Mann zu wenden, der sie belustigt musterte.

»Ich … ich bin gekommen, um mit Euch zu sprechen«, erklärte sie schließlich und versuchte, ihrer Stimme einen entschlossenen Ton zu verleihen.

»Ihr habt Euch entschieden?«

»Ja.«

»Und? Spannt mich nicht auf die Folter.«

»Ich kann nicht Eure Gemahlin werden.«

»Was?« Vornholt stürzte auf sie zu. »Ihr wisst nicht, was Ihr sagt!«

»Doch, das weiß ich. Und ich verlange das Dokument zurück, das Ihr mich gezwungen habt zu verfassen. Ich bin keine Hexe. Ich bete Satan nicht an, bin nicht seine Dienerin. Ihr habt mir Geld gegeben, und ich habe dafür eine Gegenleistung erbracht. Der ›Eichbrunnen‹ ist Euer. Das muss genügen. Gebt mir das Geständnis!«

Vornholt begann, schallend zu lachen. Sein Körper bog sich nach vorn, er wieherte, grölte und schlug sich auf die Schenkel. Tränen liefen über seine Wangen.

»Holt es Euch doch!«, rief er, immer noch nach Luft japsend. Er deutete auf die Wand hinter sich. »Da ist es!«

Reinhild trat auf die Wand zu, doch alles, was sie sah, waren Steine, dicht an dicht, keine Lücke, keine Tür. Ein Geheimfach, schoss es ihr durch den Kopf.

»Ihr seid ein Verbrecher!«, schrie sie Vornholt an.

»Und Ihr seid meine wunderschöne Spießgesellin«, antwortete

er, raffte seinen Surcot und trat auf sie zu. »Ihr seid mein, mit Haut und Haar, habt Ihr es noch nicht begriffen?«

Er packte sie am Nacken und zog sie zu sich heran.

»Mein!«, zischte er.

Reinhild tastete nach ihrem Gürtel. Vornholt hatte den Verstand verloren, er war verrückt. Sie musste ihn aufhalten, seinem Irrsinn Einhalt gebieten, bevor er sie mit in den Abgrund zog. Bevor er Eva in den Abgrund zog. Niemals würde sie zulassen, dass Vornholts missratener Sohn ihre Tochter anrührte. Sie bekam den kleinen Dolch zu fassen, den sie immer bei sich trug.

Vornholt presste seine Lippen an ihr Ohr.

»Mein«, zischte er wieder. Seine Hände griffen nach ihrem Körper, fuhren gierig unter die Schnürung ihres Surcots.

Sie holte aus und hieb den Dolch in seinen Unterleib. Er zuckte, glotzte sie fassungslos an.

»Aber …«, stammelte er, seine Stimme klang trunken.

Er begann zu wanken, Reinhild sprang zur Seite, gerade rechtzeitig, um nicht mitgerissen zu werden, als er wie ein gefällter Baum in die Sägespäne stürzte.

Einige Augenblicke lang stand Reinhild reglos da, starrte auf den Körper zu ihren Füßen. Ihr Herz hämmerte so wild, dass sie glaubte, es müsse ihr aus der Brust springen. Jeden Moment rechnete sie damit, dass der Leibhaftige aus der Dunkelheit zu ihr stürzen und sie mit sich nehmen würde. Doch nichts geschah. Alles blieb still.

Langsam fasste sie sich, begann, klar zu denken. Das geheime Fach in der Wand fiel ihr ein. Sie musste das Geständnis finden.

Vorsichtig trat sie an die Mauer und fuhr mit den Fingern über die Steine. Nichts. Rasch suchte sie weiter, tastete die Wand ab, befühlte gewissenhaft jede Ritze, jede Unebenheit, klopfte sacht darauf. Doch nichts tat sich. Die Mauer gab ihr Geheimnis nicht preis.

Schließlich wandte Reinhild sich ab. Sie zitterte am ganzen Körper, ihre Fingerspitzen bluteten. Wenn sie das Dokument nicht fand, vielleicht fand es dann auch niemand anders. Vielleicht blieb es einfach bis zum Jüngsten Tag in dem verborgenen Hohlraum in der Wand.

Jetzt musste sie machen, dass sie aus dem Keller herauskam. Je länger sie hierblieb, desto größer war die Gefahr, entdeckt zu werden. Vornholts Gesinde hatte zwar offenbar große Scheu davor, ihn hier unten zu stören, doch ob das auch für seinen Sohn galt, war ungewiss.

Zögernd sah sie sich um. Der seltsame gläserne Spiegel an der Wand gegenüber zeigte ihr ein bleiches, angstverzerrtes Gesicht mit weit aufgerissenen Augen. Reinhild zuckte vor Schreck zusammen und begriff im gleichen Augenblick, dass sie selbst es war, die ihr da entgegenstarrte.

Sie blickte hinunter auf Vornholt, der leblos auf den Spänen lag, die Augen weit aufgerissen, die Arme starr neben dem Körper. Er sah befremdlich aus in den vornehmen weinroten Frauenkleidern. Die Haube war beim Sturz ein wenig verrutscht und bedeckte das linke Auge. Oberhalb des reich verzierten Gürtels war ein kleiner Schnitt im Surcot, kaum zu erkennen in dem schweren Stoff, Blut, von fast der gleichen Farbe wie das Gewand, sickerte aus der Wunde und tropfte auf die Späne.

Was sollte sie mit ihm tun? Ihn einfach da liegen lassen? Ihr blieb wohl nichts anderes übrig. Wenn es ihr gelang, ungesehen aus dem »Schwarzen Bären« zu verschwinden, würde niemand jemals seinen Tod mit ihr in Verbindung bringen. Sie hoffte nur, dass keiner auf die Idee kam, Schankherrs ältester Sohn hätte den Tod seines Vaters gerächt.

Vorsichtig hockte Reinhild sich neben den Toten. Langsam streckte sie die Finger aus, zögerte kurz, dann schob sie die Haube zurück und drückte sanft die Augen zu.

»Möge der Herr im Himmel sich Eurer annehmen, Balduin Vornholt«, murmelte sie, »und Euch Eure Sünden vergeben.«

Sie bekreuzigte sich und stand wieder auf. Auf dem Boden stand eine Talgkerze. Reinhild griff danach und ging auf den Ausgang des Kellerraums zu. Als sie auf der anderen Seite stand, drehte sie sich noch einmal um. Vornholt lag im Halbdunkel, der Spiegel schimmerte geheimnisvoll wie das Tor zu einer anderen Welt. Reinhild tastete noch einmal nach ihrem Gürtel, wo der Dolch wieder steckte. Nachdenklich betrachtete sie den Eingang. Nirgendwo war eine Tür zu erkennen. Trotzdem hatte sie das sichere Gefühl, dass niemand außer Vornholt diesen Raum kannte. Es musste eine Möglichkeit geben, den Eingang zu verschließen. Reinhild hielt die Kerze höher, blickte sich suchend um.

Da entdeckte sie es. Die Tür, oder wie man es sonst nennen mochte, hing über ihr an der Kellerdecke! Sie sah aus, als sei sie unbeweglich, aus massiven Steinen gemauert, aber das musste eine Täuschung sein. Niemals würde eine Tür aus schweren Steinen dort oben so leicht wie eine Feder unter der Decke schweben.

Hastig stellte Reinhild die Kerze ab. Sie ging auf die Zehnspitzen, griff nach der Kante und zog. Ein Ruck ging durch die Tür, dann glitt sie langsam nach unten, schwang vor den Eingang zu Vornholts geheimer Kammer und verschmolz mit der Kellerwand. Reinhild hob die Kerze auf und leuchtete die Wand ab. Nirgendwo war etwas von dem verborgenen Zugang zu erkennen. Zuerst staunte sie nur über das kleine Wunderwerk, dann begriff sie, was das für sie bedeutete. Wenn niemand Vornholts geheime Kammer kannte, würde niemals jemand seine Leiche finden. Er wäre einfach verschollen. Unauffindbar. Und sie wäre gerettet.

Rasch lief sie auf die Kellertreppe zu und stieg hinauf. Aus der Küche drang immer noch das Geschwätz der Mägde, aus dem Schankraum hörte sie Poltern und laute Rufe. Dort war offenbar eine Rauferei im Gang. Eine Stimme bot jetzt dem Durcheinander Einhalt. Reinhild erkannte den näselnden Tonfall von Eckhart Vornholt. Mit klopfendem Herzen löschte sie die Kerze und stellte sie neben der Kellertür ab. Rasch blickte sie den Korridor auf und ab, dann lief sie auf den Ausgang zu. Gerade als sie aus dem Haus schlüpfen wollte, krachte die Tür zum Schankraum auf.

»Halt! Wohin so eilig? Bleibt hier, oder Ihr sollt mich kennenlernen!«

Wie versteinert blieb Reinhild stehen. Sie wagte nicht, sich umzudrehen. Gerade war sie dem Vater entkommen, da geriet sie in die Fänge des Sohnes. Sie hatte keine Ahnung, ob Eckhart in die dunklen Geschäfte seines Vaters eingeweiht war. Womöglich wusste er sogar, dass sie den Kaufvertrag gefälscht hatte. Und dass sie dieses grauenvolle Geständnis unterzeichnet hatte.

In dem Augenblick brüllte jemand: »Lasst mich los! Ihr reißt mir ja den Arm aus! Darf man nicht mal in Ruhe seine Notdurft verrichten?«

»Notdurft verrichten! Dass ich's nicht glaube. Die Zeche wolltet Ihr prellen!«

Hastig drehte Reinhild sich um. Eckhart Vornholt hatte nicht zu ihr gesprochen, er hatte sie nicht einmal gesehen. Ohne weiter zu zögern, huschte sie aus dem Haus.

Draußen war es inzwischen stockfinster. Aus dem Inneren des »Schwarzen Bären« drangen dumpf Vornholts Gezänk und das jämmerliche Wimmern des Zechprellers. Reinhild achtete nicht darauf, sondern rannte, so schnell sie konnte, die Bindergasse hinunter.

41

Heinrich hörte sein Blut durch die Adern rauschen und spürte jeden seiner Herzschläge wie eine Faust, die von innen an den Brustkorb schlug. Richard konnte nicht weit sein. Das Feld vor ihm maß in der Breite mindestens zweihundert Meter, in der Länge gute vierhundert. Rechts ging es in den Wald, links umgab eine hohe Hecke das Feld, dahinter reihten sich ein paar Häuser aneinander. Richard konnte in den zwei Sekunden, die Heinrich gebraucht hatte, um wieder auf die Beine zu kommen, nicht den Wald erreicht haben und auch nicht die Straße, die an den Häusern entlangführte.

Vorsichtig machte Heinrich ein paar Schritte, stellte sich auf die Zehenspitzen, um einen besseren Überblick zu haben, aber das nutzte nicht viel. Richard hielt sich vermutlich in einer Bodenwelle verborgen und würde ihn angreifen, sobald er nah genug war, oder fliehen, wenn Heinrich die Suche aufgab. Senta und Christine waren außer Gefecht gesetzt. Heinrich musste sich eingestehen, dass er gegen Richard wie ein Schuljunge daherkam. Und seine Falle, die er Thomasio hatte stellen wollen, hatte ihn selbst gefangen und sich und zwei andere in Lebensgefahr gebracht. Heinrich schwor sich, sein Leben zu ändern, sollte er irgendwie aus dieser Sache herauskommen. Das waren doch die Momente, in denen Menschen sich änderten. Oder nicht? Leben. Wenn er weiterleben wollte, musste er sich ganz schnell etwas überlegen. Er musste den Fuchs aus dem Bau jagen.

Da stand er nun, der einsame Verfolger des Bösen, und schwankte zwischen Glück und Verzweiflung. Einsam. Das war der Punkt. Solange er Richard allein gegenübertrat, hatte er keine Chance. Er brauchte Verstärkung. Zumindest musste Richard annehmen, dass er Verstärkung bekam.

Er schraubte den Schalldämpfer ab, öffnete die Trommel und zählte die scharfen Patronen. Vier. Richard hatte sicher auch mitgezählt. Heinrich spannte den Hahn, streckte die Waffe in die Luft, möglichst weit weg von sich, und zog durch. Der Knall schlug ihm aufs Trommelfell, alle Geräusche um ihn herum wurden schlagartig leiser.

Die Taktik zeigte Wirkung. In einem der Häuser war Licht angegangen. Heinrich schoss noch einmal. Weitere Lichter gingen an. Richard musste das bemerken.

Heinrich lauschte, sein Gehör wurde langsam wieder scharf. Bevor er darüber nachdenken konnte, sprang er zur Seite und brachte die Waffe in Anschlag. Richard tauchte neben ihm auf, erkannte, dass er Heinrich unterschätzt hatte, und sprintete los.

Fast drei Sekunden brauchte Heinrich, um den Schock zu verdauen, dass Richard ihn fast an der Gurgel gehabt hatte. Er folgte ihm, nach fünfzig Metern wurde Richard wieder langsamer. Er ist in Panik, dachte Heinrich. Hat die Kontrolle endgültig verloren. Anstatt die Gelegenheit zu nutzen, in den Wald zu robben und zu fliehen, versucht er, mich zur Strecke zu bringen.

Wieder fiel Richard in einen gleichmäßigen Trab. Ein Außenstehender hätte ausgesagt, zwei Jogger gesehen zu haben, die in einem Abstand von vielleicht dreißig oder vierzig Metern hintereinander herliefen. Ganz normal, bis auf die Tatsache, dass einer der Jogger einen Revolver in der Hand hatte, von Zeit zu Zeit auf den Jogger vor ihm zielte, aber nicht abdrückte.

Heinrich wusste, dass ein Schuss im Laufen zu fast hundert Prozent danebenging, vor allem auf diese Distanz mit einem kurzläufigen Revolver, abgefeuert von einem verletzten panischen Schützen.

Sie erreichten die Häuser; Heinrich wurde schneller, damit er seine Beute nicht aus den Augen verlor. Die Gebäude standen licht, kein gutes Versteck für Richard, zumal er sich beeilen musste, wollte er nicht bald in Handschellen abgeführt werden. Von der Stadt her gellten Sirenen.

Richard wechselte die Straßenseite, lief ein kurzes Stück abschüssige Straße entlang, rechts tauchten umzäunte Becken auf, anscheinend gedacht, um die Sturzwasser des Geiselbaches aufzufangen. Zurzeit waren sie leer, nur das Gurgeln des Gewässers war zu hören, das unter den Becken eingesperrt sein Dasein fristete und das Tageslicht nur noch auf seinem Oberlauf sah.

Richard passierte das erste Becken. Dahinter lag ein zweites, das angelegt worden war, als der Geiselbach immer wieder das erste Becken überflutet hatte. Er lief am Zaun entlang bis zur Kopfseite, überwand ihn mit Leichtigkeit, lief hinaus auf eine Plattform, die in das Becken hineinragte, auf einen Betonzylinder, der aussah wie der Geschützturm eines U-Bootes. Er kniete sich hin, fummelte an einem Schloss, warf eine Eisenplatte hoch und war verschwunden.

Heinrich war am Zaun angekommen und fluchte. Wie sollte er mit einem Arm da rüberkommen? Und wie sollte er in das Loch dort steigen? Die Panik schnürte ihm schon bei dem Gedanken die Kehle zu. Eins nach dem anderen, beschloss er, steckte den Revolver ein und fing an zu klettern. Diesmal hatte er mit ungeheurem Schmerz gerechnet, aber es war gar nicht so furchtbar. Langsam zog er sich über den Zaun, lief hinaus auf die Plattform und spähte in das schwarze Loch. »Da unten ist eine grüne Wiese«, murmelte er, »eine grüne, grüne Wiese, saftig und kühl.«

Er schloss die Augen, stieg die Metallleiter hinunter und fand sich am gurgelnden Geiselbach wieder, der in einem mannshohen Kanal verschwand. Diffuses Licht versickerte in der Betonröhre. Heinrich lauschte, aber er konnte keine Schritte hören.

»Also gut«, sagte er, ließ sich fallen und schlidderte in nur zentimeterhohem Wasser den Berg hinunter Richtung Esslingen. Sein Gehirn schien sich zu verflüssigen, Panik stürzte auf ihn ein, selbst die grüne Wiese versank in Schlamm und Blut. Die Schwerkraft zog ihn mit sich; in der Rinne des Geiselbaches wuchsen glitschige Algen, die wie Schmierseife seine Fahrt beschleunigten. Heinrich wollte nur noch schreien, aber alle Gefühle blieben in seiner Kehle stecken. Der Kanal verengte sich, ihm schien, als tropfe Blut auf sein Gesicht, Schmerzen übermannten seinen Verstand. Das Einzige, was Heinrich jetzt noch wollte, war, hier herauszukommen. In einem entfernten Winkel seines Hirns schätzte er die Entfernung bis zum Rossneckarkanal auf zwei Kilometer. Die längsten zwei Kilometer seines Lebens.

Vor Sentas Augen tanzten immer noch Sterne. Sie hatte sich mehrmals übergeben müssen. Richard hatte sie voll am Solar Plexus erwischt und ihr zusätzlich einige Rippen gebrochen. So fühlte es sich zumindest an. Jeder Atemzug geriet zur Folter, an Aufstehen war nicht zu denken. Auf den Knien schleppte sie sich zu Christine Progalla, die stöhnend und schluchzend auf dem Boden lag.

»Wir müssen ins Auto, Frau Progalla, jetzt. Sonst erfrieren wir.«

»Ich will sterben«, nuschelte Christine Progalla.

Senta verstand sie kaum. Dieser Mistkerl von Richard musste ihr Gesicht furchtbar zugerichtet haben. Vorsichtig half sie ihr auf, sie ließ es geschehen. Christine Progalla nahm die Hände vom Gesicht. Senta erschrak. Sämtliche Schneidezähne fehlten. Das konnten nur Schuhe mit Stahlkappen angerichtet haben. Sie zog die Frau zum Wagen, startete den Motor und stellte die Heizung auf volle Leistung. Auf dem Beifahrersitz lag ihre Waffe, keine Patrone fehlte. Christine Progalla behielt trotz ihrer Schmerzen einen klaren Kopf. Sie wandte sich Senta zu und löste deren Fesseln. Senta befreite Christine Progalla, nahm sie in den Arm, tröstete sie kurz.

Ihr Herz raste vor Wut. Noch nie hatte Senta einen solchen Hass auf einen Täter gehabt. Hätte Richard jetzt hier gestanden, sie hätte ihm zwei Kugeln in die Knie gejagt und eine ins Gemächt. Sie hörte Schritte, erschrak, riss die Waffe hoch, aber es war nicht Richard.

Leute von dem Gehöft hinter den Bäumen hatten seltsame Geräusche gehört und endlich gewagt, nachzusehen. Senta vertraute ihnen Christine Progalla an, riss sich zusammen und ging los, zuerst langsam, es ging ihr schnell besser, der Schock betäubte die Schmerzen, schließlich rannte sie so schnell sie konnte. Der letzte Schuss war aus der Nähe gekommen; Richard hatte auf seiner Flucht eine Kurve gezogen, Senta kannte sich hier aus wie in ihrer Westentasche. Es gab einen guten Fluchtweg für Richard. Den Geiselbach. Schaffte er es bis dahin, konnte er entkommen. Auf der Straße hatte er kaum eine Chance, im Gelände ebenso wenig. Hubschrauber und Hundestaffel hätten ihn innerhalb einer Stunde erwischt. Durch den Geiselbach konnte er in weniger als fünf Minuten in der Stadt sein, und es gab viele Möglichkeiten für ihn, zwischendrin auszusteigen.

Auf der Böschung über der Kummenackerstraße blieb sie stehen. Die Straßenlaternen gaben gutes Licht. Sie sah, wie Heinrich in der Unterwelt verschwand, lief los, musste aber einen weiteren Moment verschnaufen. Ihr Magen tanzte Pogo, ihre Rippen wollten sie unbedingt am Weitergehen hindern. Trotz der Schmerzen atmete sie tief, denn sie wusste, dass sie sonst schnell ohnmächtig werden konnte. Richard musste zur Strecke gebracht werden, koste es, was es wolle. Und sie musste Heinrich beschützen. Sie malte sich den Moment aus, wenn sie ihn in den Arm nahm und ihm ins Ohr flüsterte, dass jetzt alles gut sei.

Sie überquerte die Straße, den Zaun, kletterte auf die Plattform, schaffte die Leiter nach unten, atmete tief durch und ließ sich vom Geiselbach davontragen.

Das Gefälle ließ nach, Heinrichs Fahrt verlangsamte sich, da der Geiselbach kaum Wasser führte. Kurz vor einer Gabelung, die er mehr ahnte als sah, blieb Heinrich wie ein gestrandeter Wal liegen. Die Schmerzen in seiner Brust übertrafen die Schmerzen in seinem Arm. So muss sich ein Herzinfarkt anfühlen, dachte er. Todesangst. Senta. Er musste an Senta denken. Das half. Der Panik-Tsunami schwächte sich ab zur Springflut. Zurück blieben Erinnerungsfetzen an seine Geburt. Das Schreien seiner Mutter. Dann riss der Schmerz ab und die Erinnerung. Der Drang zu lachen machte sich breit. Wie lächerlich er sich vorkam. Wie in einem kitschigen Film: Denk an deine Liebe, gib nie auf, bleib fest im Glauben. Aber es half.

Er horchte. Richard war bereits wieder auf den Beinen, das Platschen seiner Schritte echote durch den Kanal, das Licht seiner Taschenlampe flatterte unruhig hin und her. Heinrich sprang auf, sammelte alle Kräfte, die er noch zur Verfügung hatte, und rannte los. Richard durfte den Kanal nicht verlassen. Bald kam die große Kurve des Geiselbachs in Sicht. Geradeaus, hinter dem Beton, lagen die Fundamente von St. Dionys, sie reichten tief in die Erde, um die schweren Mauern tragen zu können. Immer noch platschten die Schritte, Heinrich kam offenbar näher, denn sie wurden lauter. Richard schien langsamer zu werden.

Plötzlich wurden die Schritte leiser, er hatte wohl die letzten Reserven mobilisiert. Heinrich sprintete um die Ecke, der Schlag warf ihn um, er krachte auf den Beton und verlor kurz sein Bewusstsein.

Ich bin in der Hölle, dachte Heinrich. Das Gelächter, das an seine Ohren drang, konnte nur das des Teufels sein. Er öffnete die Augen. Richard saß zwei Meter von ihm entfernt, spielte mit dem Revolver und hielt ihm die Lampe ins Gesicht.

»Schau her.« Richard stand auf und zeigte auf seinen Gürtel, der allerlei Taschen und Schlaufen besaß. »Kleine Outdoor-Ausrüstung.« Er schüttelte den Kopf. »Heinrich, Heinrich. Du hast mich enttäuscht. Ich muss zugeben, auf dem Feld habe ich gedacht, das war's. Jetzt ist es aus. Aber du hast einfach nicht abgedrückt. Dass du aber hier unten gleich in die nächste Falle tappst!« Er nahm seinen Schuh und platschte ihn ins Wasser. Mal leiser, mal lauter.

Richard kicherte wie ein Kind, schüttelte den Kopf, drehte die Trommel des Revolvers. »Zwei sind noch drin. Wie stehen deine Chancen? Eins zu drei. Beim ersten Mal. Tja.«

Er spannte den Hahn. Heinrich hätte am liebsten geschrien, gewinselt, gefleht, aber er brachte kein Wort heraus. Der Kanal zog sich zusammen, schrumpfte wie ein Ballon, der Luft verliert. Sein Blick verengte sich, er konnte nur noch Richards Finger sehen, der langsam den Abzug nach hinten drückte. Der Hahn sprang nach vorn, es klickte, nichts sonst passierte. Heinrich schluckte. Richard spannte den Hahn, der Finger, ein Klicken.

»Zweimal noch, maximal. Dann ist Feierabend«, hörte Heinrich aus weiter Ferne. Gleich würde er sterben. Er wunderte sich über die Gleichgültigkeit, die sich über sein Gemüt legte. Warum nicht sterben? Das große Geheimnis erkunden. Nichts Schlimmes. Nur Senta tat ihm leid. Sie würde trauern, weinen, ihre Schmerzen würden groß sein, aber mit der Zeit vergehen. Der Hahn, der Finger. Der Schuss krachte ohrenbetäubend durch den Kanal, hundertfach gebrochen und verzerrt.

Ich höre, also lebe ich, dachte Heinrich und schaute verwundert nach Richard, der sich am Boden wälzte und sich das Knie hielt. Der Revolver war im hohen Bogen davongeflogen. Mit der Waffe im Anschlag kam Senta vollends um die Ecke. Auf Strümpfen. Kein Ton war zu hören. Sie bezog einen Meter von Richard entfernt Stellung. Das alles schien ihn nicht zu interessieren. Er war voll und ganz mit seinem Knie beschäftigt, beziehungsweise mit dem, was davon übrig war, und heulte wie ein Rudel Wölfe.

»Die Kollegen müssen gleich kommen«, sagte Senta und ließ Richard nicht aus den Augen. »Warum jage ich ihm nicht einfach eine Kugel durch sein krankes Hirn?«

Heinrich fiel kein Gegenargument dazu ein. »Meinen Segen hast du. Dann hört er wenigstens auf zu schreien«, lallte er wie ein Besoffener.

Senta legte an, aber sie drückte nicht ab.

Heinrich kam langsam wieder zu sich, anscheinend ließ der

Schock nach. Sofort begann er zu zittern. So sehr, dass er nicht in der Lage war, ein Wort zu sagen. Das brauchte er auch nicht. Sie hatte nicht aufgegeben. Sie war schlauer gewesen als Richard und er zusammen und hatte den Mörder mit seinen eigenen Waffen geschlagen. Lautlos hatte sie sich angepirscht, gezielt und ihn außer Gefecht gesetzt. Heinrich konnte nicht aufhören zu zittern, aber alles war ihm recht. Hauptsache, er lebte. Hauptsache, der Alptraum hatte ein Ende. Hauptsache, er und Senta hatten eine Zukunft. Sollte sie ihn doch erschießen, diesen Widerling. Er würde alle Eide schwören, dass es Notwehr gewesen war.

Er zuckte zusammen. Schritte kamen durch den Kanal, viele Schritte, hektische Stimmen. Polizisten stürmten heran, Sanitäter. Sentas Kollege Ralf Heidenreich vorneweg. Vorsichtig nahm er Senta die Waffe aus der Hand, ein Sanitäter legte ihr eine Aludecke um, rief nach einer Trage, auf der sie sich niederlegte und die Augen schloss. Heinrich wischte helfende Hände beiseite, schleppte sich zu Senta, hauchte ihr einen Kuss auf die Stirn und ein »Ich liebe dich!« ins Ohr. Senta konnte nicht einmal lächeln, aber sie flüsterte: »Liebster, jetzt ist alles gut.« Heinrich wunderte sich über das Feuerwerk im Kanal, der Gipfel der Kitschigkeit, wankte und wurde von starken Armen aufgefangen. Einen Moment spürte er nur noch eine seltsame Leichtigkeit, dann wurde es dunkel.

42

Balduin Vornholt wurde nie gefunden. Im Januar des folgenden Jahres wurde er offiziell für tot erklärt. Zwar kursierten allerlei Gerüchte in der Stadt, manche sagten, der Herrgott habe ihn gerichtet, nachdem er dem Lennhart Schankherr so übel mitgespielt habe, andere behaupteten, Schankherrs Witwe habe ihn mit einem Zaubertrank umgebracht, und wieder andere meinten zu wissen, dass er wegen dunkler Geschäfte bei Nacht und Nebel aus der Stadt hatte fliehen müssen. Doch niemand konnte mit Sicherheit sagen, was tatsächlich geschehen war. Fest stand nur, dass er drei Tage vor der Sonnenwende spurlos verschwunden war. Drei Tage, bevor Reinhild Wend, Witwe des Thomas Wend, den Maler aus Flandern ehelichte.

Eckhart Vornholt übernahm die beiden Gasthäuser, den »Eichbrunnen« und den »Schwarzen Bären«, und zum großen Staunen der Esslinger Bürger entwickelte er sich im Laufe der Jahre zu einem respektablen Geschäftsmann.

Die Hure Agnes Wildung begann etwa zur gleichen Zeit ein ehrbares Leben. Offenbar hatte sie im Laufe der Jahre einiges angespart, jedenfalls besaß sie ein kleines Vermögen, das ihr dabei half, einen ehrlichen Schustergesellen zum Ehemann zu gewinnen. Das Paar bekam insgesamt vierzehn Kinder, von denen acht den sechzehnten Geburtstag erlebten. Gelegentlich sah man die junge Schustergattin in Gesellschaft des Eckhart Vornholt, doch niemand dachte sich etwas dabei.

Auch Reinhild und Johann von Gent bekamen vier weitere Kinder. Reinhilds älteste Tochter Eva heiratete einen Mann aus vornehmem Haus, einen Neffen jenes Guntram von Weihenstein, der vor vielen Jahren der Verlobte ihrer Mutter gewesen war. Ihr ältester Sohn, Caspar von Gent, wurde ein angesehener Stadtschreiber und stolzer Vater von siebzehn Kindern.

Reinhilds Vater, Arnulf von Ulm, starb einige Jahre nach Reinhilds zweiter Hochzeit einsam und verbittert in seinem steinernen Turm. Die alte Ällin fand daraufhin ein Heim bei der Familie von Gent, wo sie es sich nicht nehmen ließ, trotz ihres hohen Alters im

Haushalt zur Hand zu gehen. Als sie schließlich starb, hieß es, sie habe mehr als achtzig Sommer gesehen.

Am Michaelimorgen, gut drei Monate nach der Hochzeit, wachte Johann auf und sah, wie Reinhild auf dem Rücken lag und starr in Richtung Zimmerdecke blickte. Ihre Augen waren ganz dunkel, und ihre rechte Hand ruhte auf ihrem Bauch, der sich schon leicht wölbte.

Er rollte sich zur Seite und beugte sich über sie.

»Geht es dir gut, Liebste?«, fragte er besorgt. »Du siehst bedrückt aus.«

Sie lächelte. »Es geht mir so gut wie nie zuvor in meinem Leben.«

»Und was ist das für ein Schatten, den du dort an der Decke siehst?«

»Ach nichts.« Sie senkte den Blick.

Eine Weile sprach keiner von beiden, dann fragte Reinhild:

»Glaubst du, dass der Herr im Himmel jede Sünde gleich streng bestraft?«

Johann runzelte die Stirn. »Wie meinst du das?«

»Ich meine: Glaubst du, dass er, wenn er über uns zu Gericht sitzt, darauf Acht gibt, ob jemand aus reiner Selbstsucht oder Habgier vom rechten Weg abgekommen ist, oder ob er das getan hat, um großes Leid von sich und seinen Lieben abzuwenden?«

Johann küsste sie sacht auf die Stirn. »Ich glaube, dass der Herr im Himmel gütig und weise ist. Er vergibt denen, die ehrlich bereuen, auch wenn sie große Schuld auf sich geladen haben. Auch dir wird er bestimmt vergeben.«

Reinhild riss erschrocken die Augen auf. Eine Frage formte sich auf ihren Lippen. Doch Johann erstickte sie mit einem Kuss.

»Bitte frag nicht«, murmelte er, während er ihr Gesicht mit Küssen bedeckte und seine Finger suchend über ihre nackte Haut glitten. »Lass uns ein andermal darüber reden.«

43

Der Saitenträumer zählte bis vier. Die Musiker legten los, alle begannen gleichzeitig zu singen. Der Satyr, die Rauscheengelchen, Heinrich, Thomasio, Frauke, Susi, Fitzek, Wolfi und vierzig weitere Kolleginnen und Kollegen vom Mittelaltermarkt. Die Tür der JVA öffnete sich, Ralf Heidenreich, Senta Taler, Rechtsanwalt Fröhling und Anne verließen das Gebäude. Die Formalitäten hatten fast einen halben Tag gedauert, aber jetzt war Anne eine freie Frau.

»Happy Birthday«, klang über den Platz, die Sektkorken knallten, ein mobiler Glühweinstand verbreitete den Geruch von Hypocrass, die Stelzenläufer tanzten Ballett, Anne wurde mit Rosenblättern überschüttet und fast erdrückt. Alle schrien, riefen, sangen.

Anne hob ihren Krug mit Glühwein, Gesang und Gespräche verstummten.

»Ihr Lieben. Ich war kurz davor zu glauben, dass ich Friedhelm tatsächlich umgebracht habe. Ihr ahnt nicht, welche Überzeugungskraft Verhöre haben, die von morgens bis abends gehen.«

Senta schaute peinlich berührt nach unten, Heinrich drückte ihre Hand.

»Ich danke euch. Besonders natürlich unseren Helden Senta und Heinrich!«

Donnernder Applaus brandete auf. Heinrich piekste Senta in die gesunde Seite.

»Senta hat gezeigt, wozu Frauen fähig sind.« Alle lachten über den unfreiwilligen Scherz. »Heinrich! Du hast immer an mich geglaubt. Selbst wenn ich Friedhelm wirklich umgebracht hätte, wenn es davon Videoaufzeichnungen gegeben hätte, du hättest noch in zehn Jahren nach Beweisen gesucht. Du kannst nicht raus aus deiner Haut, nicht wahr?«

Heinrich nickte und hob sein Glas. Er hatte Sekt gewählt. Das schien ihm für diesen Anlass angemessen. Denn er feierte heute seinen und Sentas zweiten Geburtstag. Auf jeden Fall hatte Anne recht, und deswegen würde er ab der nächsten Woche einen Psychologen aufsuchen. Seine äußeren Wunden würden schnell verheilen, aber seine Ängste, das Grauen und die Todesangst, all das versteckte sich im Moment nur und würde ihn langsam zerstören, wenn er sich nicht damit auseinandersetzte. Senta hatte einen Arzt empfohlen, bei dem sie regelmäßig zum »Seelencheck«, wie sie die Supervision nannte, ging.

Anne vollendete ihre kurze Rede. »Last, but not least, meine allerbeste Freundin Frauke. Dank euch allen.« Sie strahlte über das ganze Gesicht.

Sie zogen los, zuerst im Autokorso. Fitzek hatte auf sein archäologisch wertvolles Campingmobil eine Lautsprecheranlage installiert, aus der ganz unmittelalterlich Freddie Mercury mit »We are the Champions« dröhnte. Der Korso wurde angeführt von einem Streifenwagen, der den Weg frei machte. Ziel war das »Al Forno«, das für die Feier komplett gemietet worden war.

Die Medien hatten ausgiebig berichtet, sogar in der Tagesschau gab es eine kurze Meldung, dass die spektakulären Morde von Esslingen aufgeklärt und die Unschuldige wieder auf freiem Fuß sei. Wie ein Popstar wurde Anne von den Menschen begrüßt, sie musste Hände schütteln und Autogramme geben. Ein Kamerateam war vor Ort, und als der Reporter Anne fragte, ob sie immer noch an Friedhelm dachte, wurde er einfach weggeschoben.

Die Besitzer des »Al Forno« spendierten erst mal eine Runde Grappa. Hartmut, der gerade erst aus Spanien angekommen war und zu den Urgesteinen des Marktes zählte, hatte gemeinsam mit dem Koch des »Al Forno« ein Buffet zusammengestellt, das jeden Geschmack bediente, egal ob orientalisch oder gutbürgerlich.

Die obere Etage war frei geräumt, Anne und der Tross strömten herein, der Saitenträumer hatte drei Kollegen mitgebracht. Dudelsack, Harfe und einen Trommler. Zum Tanz spielten sie eine barocke Gavotte. Wie es sich gehörte, stellten sich alle, die einen Platz fanden, auf, nahmen ihre Partner an den Händen, drehten sich, wechselten die Plätze.

Heinrich kam anständig ins Schwitzen, Senta musste beim Tanzen aufpassen, denn ihre Rippen meldeten sich bei der kleinsten falschen Bewegung mit heftigem Schmerz. An ein Gespräch war nicht zu denken.

Die Musiker machten eine Pause, Fitzek wechselte zu Achtziger-

Disco und keinen hielt es mehr, ein Knäuel aus Leibern ließ das »Al Forno« wackeln.

Heinrich zog Senta mit sich nach draußen. Die Feier war berauschend, aber mit der Zeit wurde es ihm zu eng. Senta sehnte sich ebenfalls nach frischer Luft und Ruhe. Sie spazierten zur Maille, der Himmel ließ die Sterne um die Wette funkeln.

»Du bist nicht wirklich glücklich?« Heinrich betrachtete den Nachthimmel und fühlte nichts. Ausgebrannt war er, ausgepumpt. Er betrachtete Senta, lächelte. Jetzt fühlte er etwas.

»Halbe, halbe. Auf der einen Seite bin ich froh, dass ich meinen Job doch noch gemacht habe. Der Mörder von Friedhelm Schenk und Arne Mangold sitzt im Gefängnis und wird dort viele Jahre verbringen, um dann für immer in der Psychiatrie zu verschwinden. Auf der anderen Seite hat mir das System die Zähne gezeigt. Ich frage mich die ganze Zeit, ob ich schon mal so einen Fehler gemacht habe wie bei Anne Schnickel. Ich frage mich, ob ich Polizistin bleiben kann. Ich frage mich, wie viele Fehler täglich gemacht werden.«

»Ich frage mich, ob ich Spielzeugverkäufer bleiben kann.«

»Musst du nicht. Mein Angebot steht. Und wir müssen das nicht heute Abend entscheiden. Ich habe die Tickets. Vier Wochen Kanaren. Sozusagen unsere Flitterwochen.«

Heinrich nahm Senta noch ein wenig fester in den Arm, aber nicht so fest, dass ihre Rippen schmerzten. »Das ist gut. Das ist sehr gut. Wir haben Zeit.« Er versenkte seine Augen in ihren. »Frauen sind seltsame Wesen. Geheimnisvoll. Egal wie alt sie sind. Ich weiß nur eins: Deine Geheimnisse werde ich ergründen. Und die von Reinhild Wend.«

»Wenn wir dir das gestatten.«

»Ich wusste es«, sagte Heinrich und verschloss Sentas Lippen mit seinen.

GLOSSAR

Bader: Er leitete das Badehaus und war eine Art Kombination aus Zuhälter und Arzt, weshalb seine Tätigkeit wie die des Henkers zu den sogenannten unehrlichen Berufen zählte. Neben den Bademägden arbeiteten auch Badeknechte als Gießer, Scherer, Schaber, Schröpfer und Reiber unter seiner Leitung. Im Badehaus wurden medizinische Anwendungen wie Schwitzbäder, Kräuterbäder, Schröpfen (mittels Schröpfköpfen oder Blutegeln), Massagen (durch den Reiber) und Aderlass durchgeführt.

Chirurgikus: Der Wundarzt, häufig in städtischen Diensten. Sein Alltagsgeschäft war angefüllt mit dem Verabreichen von Salben, Pulvern und Ölen, dem Öffnen von Geschwüren und Pestbeulen, dem Entfernen von Blasensteinen und ähnlichen Eingriffen. Manchmal leistete er auch Geburtshilfe und führte die (äußere) Leichenschau durch. Chirurgikus war ein Lehr- und Handwerksberuf mit eigenen Gilden.

Cotte: Ein Schlupfkleid aus Wolle, Leinen oder Seide, das im Mittelalter von Männern und Frauen getragen wurde. Gewöhnlich diente die Cotte als Unterkleid unter dem Surcot.

Frauenhaus: Bordell in der mittelalterlichen Stadt, oft von der Stadtverwaltung selbst geführt, dann zumeist unter der Aufsicht des Henkers.

Geld: Das mittelalterliche Währungssystem war sehr komplex und von regionalen Eigenheiten geprägt. Hier einige Richtwerte:

1 Pfund = 240 Pfennige

1 Pfennig = 2 Heller

1 Heller = 6 Schilling

Ein Steinmetzgeselle verdiente etwa 3 Pfennige pro Tag, abhängig von der Jahreszeit, im Jahr vielleicht 4 Pfund.

Gugel: Eine spitz zulaufende Kapuze mit einem Schulterteil aus Wolle oder Loden.

Haube: Eine von Männern und Frauen getragene Kopfbedeckung, die es in zahlreichen Varianten gab.

Lesestein: Ein halbkugelförmiger, kristalliner Stein, der auf den Text gelegt wurde, um diesen zu vergrößern und damit besser lesbar zu machen. Er wurde aus Quarz, Bergkristall oder Beryll gefertigt, aus Letzterem leitet sich der Name für unsere heutige Lesehilfe, die Brille, ab.

Medicus: Im Gegensatz zum Wundarzt ein gelehrter Mediziner, der an einer Universität (z. B. Bologna, Padua, Montpellier oder Paris) ein Medizinstudium absolviert hatte. Er arbeitete zumeist bei Hofe oder als städtischer Angestellter für die höheren Stände und war zuständig für »innere Leiden«. Zudem oblag ihm die Aufsicht über die Apotheker. Seine Dienste waren sehr teuer.

Ofenhaus: Ein Gebäude mit einem riesigen Holzofen, in dem die Familien ihr Brot backen konnten. Der Ofen fasste Dutzende von Brotlaiben, sodass sich gewöhnlich mehrere Familien zusammentaten, um ihre Brotvorräte zu backen. Anfang des 14. Jahrhunderts gab es in Esslingen drei solche Ofen- oder Backhäuser.

Schimmel: Im späten Mittelalter wurden spezielle Schimmelpilze als Antibiotikum genutzt, ohne dass die genaue Wirkungsweise bekannt war. Sie wurden entweder in die Atemwege geblasen oder direkt auf die Verletzung gegeben.

Schlafschwamm: Eine Art Narkoseschwamm, getränkt mit Opium, Mandragora (Alraune) und Bilsenkraut. Zum Aufwachen wurden Essig, Fenchel- oder Rautensaft verwendet.

Schultheiß: Eine Art Gemeindevorsteher bzw. der gewählte Vertreter des Königs in der Stadt, der oft auch als Stadtrichter tätig war.

Stunde: Im Mittelalter hatte eine Stunde nicht genau sechzig Minuten, ihre Dauer war von der Jahres- bzw. Tageszeit abhängig. Die Stunden des Tages bzw. der Nacht begannen immer bei Dämmerung. Im Juni dauerte die erste Stunde des Tages von 4.27 Uhr bis 5.42 Uhr, also 75 Minuten, die erste Stunde der Nacht begann etwa um 19.30 Uhr. Zur Wintersonnenwende dauerte die erste

Stunde des Tages dagegen nur von 7.33 Uhr bis 8.17, also 44 Minuten. Die Nacht begann bereits gegen 16.30 Uhr.

Surcot: Eine kleidähnliche Ärmeltunika für Männer und Frauen.

Tasselmantel: Ein zumeist ärmelloser Mantel aus Wolle oder Seide, der mit Hilfe von Tasseln bzw. der Tasselschnur an der Brustseite verschlossen wurde. Er wurde von Männern und Frauen getragen.

Textura: Mittelalterliche Schriftart, die vor allem im 14. und 15. Jahrhundert verwendet wurde. Die Gutenberg-Bibel ist in Textura gedruckt.

Theriak: *Das* Allheilmittel im Mittelalter, zubereitet aus pflanzlichen (u. a. Opium), tierischen und mineralischen Bestandteilen. Eigentlich gehörte auch Vipernfleisch hinein, was aber schwer zu beschaffen war. Deshalb gab es auch billigere Versionen mit Ersatzstoffen. Der beste Theriak kam aus Venedig, in Deutschland aus Nürnberg. Da viele Fälschungen auf dem Markt feilgeboten wurden, gab es eine Kontrolle durch die Stadtärzte.

Trippen: Hölzerne Stelzensandalen, die mit einem Lederriemen unter die, damals absatzlosen, Schuhe geschnallt wurden, um sie vor Schmutz zu schützen.

Umgeld: Eine im Mittelalter namentlich in den Städten erhobene verbrauch- und umsatzsteuerartige Abgabe, vor allem auf Bier, Wein, Getreide und Fleisch.

Zellerar: Der Zellerar leitete die wirtschaftliche Verwaltung eines Klosters.

DANKSAGUNG

Vielen Dank an die vielen Menschen, die uns geholfen haben, die komplizierte Materie Esslingen und Mittelaltermarkt in den Griff zu bekommen, und maßgeblich dazu beigetragen haben, dass wir in der Lage waren, dieses Buch zu schreiben:
Didi »Troubadidi« Conrath, Didier, Rainer Ewald, Sonja Hager, Heiko Hahn, Joachim Halbekann, Haug's Suppenküche, Uwe Heinemann, Klaus Wilhelm Heitz, Brigitte Janson, Norbert Käthler, Andy Kingl, Heidi Kingl, Arthur Kleinwächter, Suse Kraus, Fritz Mehl, André Metzinger, Ute Meyer, Mike von Heureka Leipzig, Cornelia Pfeifer, Petra Pfeiffer, Ulrich Proeller, Marc Sigle, Barbara Scherer, Hardy Sparwasser, Jens Steinert, Peter Stotz, Karl-Heinz Welling, Jacek Zimba und alle, die anonym bleiben wollen.
Besonderer Dank gilt Stefanie Rahnfeld, die uns mit ihrer Klugheit, Weitsicht und Professionalität wieder einmal vor vielen Fehlern bewahrt hat.
Vielen Dank für die reibungslose Zusammenarbeit mit dem Team vom Emons Verlag.

MARTIN CONRATH

Martin Conrath
DAS SCHWARZE GRAB
Broschur, 288 Seiten
ISBN 978-3-89705-403-5

»*Conrath garantiert beste Unterhaltung und Hochspannung. Das ist ein Lesevergnügen!*«
Saarbrücker Zeitung

Martin Conrath
STAHLGLATT
Broschur, 288 Seiten
ISBN 978-3-89705-332-8

»*Das Buch hat alles, was einen Verkaufserfolg ausmacht: Crime in Form einer spannenden Story, eine Prise Sex und viel Lokalpatriotismus.*«   Die Rheinpfalz

www.emons-verlag.de

IM EMONS VERLAG

Martin Conrath
DER HOFNARR
Broschur, 208 Seiten
ISBN 978-3-89705-479-0

»*In seinem neuen Saarland Krimi nimmt Martin Conrath die derzeitige Begeisterung für Ritterspiele zum Anlass, um seine Opfer einen archaischen Tod sterben zu lassen. Am Ende stehen sich Bremer und der Ritter im Duell gegenüber.*«   Saarbrücker Zeitung

Martin Conrath
DER SCHATTENREITER
Broschur, 288 Seiten
ISBN 978-3-89705-556-8

»*Conrath schreibt klar und stringent mit sauberen Beschreibungen und gut gezeichneten Milieustudien. Ein sehr schöner Saarland Krimi.*«   SR2 KulturRadio

»*Spannend von Anfang bis Ende.*«
Weier Ring

www.emons-verlag.de